幽默散文读本

鲁迅 老舍 林语堂——等著

哈尔滨出版社
HARBIN PUBLISHING HOUSE

图书在版编目(CIP)数据

幽默散文读本 / 鲁迅,老舍,林语堂等著.—哈尔滨:哈尔滨出版社,
2005.11(2018.11 重印)
ISBN 978-7-80699-592-1

Ⅰ. ①幽… Ⅱ. ①鲁… ②老… ③林… Ⅲ. ①小品文-作品集-中国-当代
Ⅳ. I267.3

中国版本图书馆 CIP 数据核字(2005)第 123668 号

书　　名:幽默散文读本

作　　者:鲁　迅　老　舍　林语堂　等　著
责任编辑:翟嫦娥　付中英
责任审校:李　战
封面设计:吕彦秋

出版发行:哈尔滨出版社(Harbin Publishing House)
社　　址:哈尔滨市松北区世坤路 738 号 9 号楼　　**邮编:**150028
经　　销:全国新华书店
印　　刷:北京高岭印刷有限公司
网　　址:www.hrbcbs.com　　www.mifengniao.com
E-mail:hrbcbs@yeah.net
编辑版权热线:(0451)87900272　87900273
邮购热线:4006900345　(0451)87900256
销售热线:(0451)87900202　87900203

开　　本:787mm×1092mm　1/16　**印张:**17　**字数:**250 千字
版　　次:2005 年 11 月第 1 版
印　　次:2018 年 11 月第 3 次印刷
书　　号:ISBN 978-7-80699-592-1
定　　价:60.00 元

凡购本社图书发现印装错误,请与本社印制部联系调换。　**服务热线:**(0451)87900278

目录

鲁迅作品

周作人作品

胡适作品

老舍作品

郁达夫作品

梁实秋作品

林语堂作品

丰子恺作品

朱自清作品

汪曾祺作品

苏雪林作品

王了一作品

聂绀弩作品

施蛰存作品

钱钟书作品

王小波作品

鲍尔吉·原野作品

鲁迅 作品

鲁迅(1881—1936)是中国新文学的奠基者,中国新文学运动的主将和旗手,是最有影响力的文学泰斗。他涉猎极广,无论是在小说、杂文的创作上,还是在翻译、学术研究以及社会活动上,都功绩卓著,有着极其深远的影响。

鲁迅是一位杰出的幽默大师,他的小说《阿Q正传》《高老夫子》等都是一流的幽默精品,他的杂文更是时时闪烁着幽默的光辉,有些作品堪称完美的幽默小品。

鲁迅认为真正的幽默应该是紧密地与时代相连的,是在现实的激发下自然而然涌现出的东西,他反对无聊地“说笑话”。他的每一篇作品几乎都是针对现实中种种无价值的东西进行揭露、讽刺、嘲弄,使那些荒谬、丑恶等无价值的东西充分地暴露出来。他在揭露、讽刺的时候,总是不忘运用一下幽默的手法,使文章更活泼,更富有趣味和艺术效果。

品读鲁迅先生的幽默小品,你会被他那深刻透彻的思想、机智诙谐的语言所吸引。幽默已成为鲁迅作品保持永久魅力的一个重要因素。

聪明人和傻子和奴才

奴才总不过是寻人诉苦。只要这样，也只能这样。有一日，他遇到一个聪明人。

“先生！”他悲哀地说，眼泪联成一线，就从眼角上直流下来。“你知道的。我所过的简直不是人的生活。吃的是一天未必有一餐，这一餐又不过是高粱皮，连猪狗都不要吃的，尚且只有一小碗……。”

“这实在令人同情。”聪明人也惨然说。

“可不是么！”他高兴了。“可是做工是昼夜无休息的：清早担水晚烧饭，上午跑街夜磨面，晴洗衣裳雨张伞，冬烧汽炉夏打扇。半夜要煨银耳，侍候主人耍钱；头钱从来没分，有时还挨皮鞭……。”

“唉唉……。”聪明人叹息着，眼圈有些发红，似乎要下泪。

“先生！我这样是敷衍不下去的。我总得另外想法子。可是什么法子呢？……”

“我想，你总会好起来……。”

“是么？但愿如此。可是我对先生诉了冤苦，又得你的同情和慰安，已经舒坦得不少了。可见天理没有灭绝……。”

但是，不几日，他又不平起来了，仍然寻人去诉苦。“先生！”他流着眼泪说，“你知道的。我住的简直比猪窝还不如。主人并不将我当人；他对他的叭儿狗还要好到几万倍……。”

“混帐！”那人大叫起来，使他吃惊了。那人是一个傻子。“先生，我住的只是一间破小屋，又湿，又阴，满是臭虫，睡下去就咬得真可以。秽气冲着鼻子，四面又没有一个窗……。”

“你不会要你的主人开一个窗的么？”

“这怎么行？……”

“那么，你带我去看去！”

傻子跟奴才到他屋外，动手就砸那泥墙。

“先生！你干什么？”他大惊地说。

“我给你打开一个窗洞来。”

“这不行！主人要骂的！”

“管他呢！”他仍然砸。

“人来呀！强盗在毁咱们的屋子了！快来呀！迟一点可要打出窟窿来了！……”他哭嚷着，在地上团团地打滚。一群奴才都出来了，将傻子赶走。

听到了喊声，慢慢地最后出来的是主人。

“有强盗要来毁咱们的屋子，我首先叫喊起来，大家一同把他赶走了。”他恭敬而得胜地说。

“你不错。”主人这样夸奖他。

这一天就来了许多慰问的人，聪明人也在内。

“先生。这回因为我有功，主人夸奖了我了。你先前说我总会好起来，实在是有先见之明……。”他大有希望似的高兴地说。

“可不是么……。”聪明人也代为高兴似的回答他。

牺牲谟

——“鬼画符”失敬失敬章第十三

“阿呀阿呀，失敬失敬！原来我们还是同志。我开初疑心你是一个乞丐，心里想：好好的一个汉子，又不衰老，又非残疾，为什么不去做工，读书的？所以就不免露出‘责备贤者’的神色来，请你不要见气，我们的心实在太坦白了，什么也藏不住，哈哈！可是，同志，你也似乎太……。

“哦哦！你什么都牺牲了？可敬可敬！我最佩服的就是什么都牺牲，为同胞，为国家。我向来一心要做的也就是这件事。你不要看得我外观阔绰，我为的是要到各处去宣传。社会还太势利，如果像你似的只剩一条破裤，谁肯来相信你呢？所以我只得打扮起来，宁可人们说闲话，我自己总是问心无愧。正如‘禹入裸国亦裸而游’一样，要改良社会，不得不然，别人那里会懂得我们的苦心孤诣。但是，朋友，你怎么竟奄奄一息到这地步了？

“哦哦！已经九天没有吃饭?！这真是清高得很哪！我只好五体投地。看你虽然怕要支持不下去，但是——你在历史上一定成名，可贺之至哪！现在什么‘欧化’‘美化’的邪说横行，人们的眼睛只看见物质，所缺的就是你老兄似的模范人物。你瞧，最高学府的教员们，也居然一面教书，一面要起钱来，他们只知道物质，中了物质的毒了。难得你老兄以身作则，给他们一个好榜样看，这于世道人心，一定大有裨益的。你想，现在不是还嚷着什么教育普及么？教育普及起来，要有多少教员；如果都像他们似的定要吃饭，在这四郊多垒时候，那里来这许多饭？像你这样清高，真是浊世中独一无二的中流砥柱：可敬可敬！你读过书没有？如果读过书，我正要创办一个大学，就请你当教务长去。其实你只要读过‘四书’就好，加以这样品格，已经很够做‘莘莘学子’的表率了。

“不行？没有力气？可惜可惜！足见一面为社会做牺牲，一面也该自己讲讲卫生。你于卫生可惜太不讲究了。你不要以为我的胖头胖脸是因为享用好，我其实是专靠卫生，尤其得益的是精神修养，‘君子忧道不忧贫’呀！但是，我的同志，你什么都牺牲完了，究竟也大可佩服，可惜你还剩一条裤，将来在历史上也许要留下一点白璧微瑕……。

“哦哦，是的。我知道，你不说也明白：你自然连这裤子也不要，你何至于这样地不彻底；那自然，你不过还没有牺牲的机会罢了。敝人向来最赞成一切牺牲，也最乐于‘成人之美’，况且我们是同志，我当然应该给你想一个完全办法，因为一个人最紧要的是‘晚节’，一不小心，可就前功尽弃了！

“机会凑得真好：舍间一个小鸦头，正缺一条裤……。朋友，你不要这么看我，我是最反对人身买卖的，这是最不人道的事。但是，那女人是在大旱灾时候留下的，那时我不要，她的父母就会把她卖到妓院里去。你想，这何等可怜。我留下她，正为的讲人道。况且那也不算什么人身买卖，不过我给了她父母几文，她的父母就把自己的女儿留在我家里就是了。我当初原想将她当作自己的女儿看，不，简直当作姊妹，同胞看；可恨我的贱内是旧式，说不通。你要知道旧式的女人顽固起来，真是无法可想的，我现在正在另外想点法子……。

“但是，那娃儿已经多天没有裤子了，她是灾民的女儿。我料你一定肯帮助的。我们都是‘贫民之友’呵。况且你做完了这一件事情之后，就是全始全终；我保你将来铜像巍巍，高入云表，呵，一切贫民都鞠躬致敬……。

“对了，我知道你一定肯，你不说我也明白。但你此刻且不要脱下来。我不能拿了走，我这副打扮，如果手上拿一条破裤子，别人见了就要诧异，于我们的牺牲主义的宣传会有妨碍的。现在的社会还太胡涂，——你想，教员还要吃饭，——那里能懂得我们这纯洁的精神呢，一定要误解的。一经误解，社会恐怕要更加自私自利起来，你的工作也就‘非徒无益而又害之’了，朋友。

“你还能勉强走几步罢？不能？这可叫人有点为难了，——那么，你该还能爬？好极了！那么，你就爬过去。你趁你还能爬的时候赶紧爬去，万不要‘功亏一篑’。但你须用趾尖爬，膝髁不要太用力；裤子擦着沙石，就要更破烂，不但可怜的灾民的女儿受不着实惠，并且连你的精神都白扔了。先行脱下了也不妥当，一则太不雅观，二则恐怕巡警要干涉，还是穿着爬的好。我的朋友，我们不是外人，肯给你上当的么？舍间离这里也并不远，你向东，转北，向南，看路北有两株大槐树的红漆门就是。你一爬到，就脱下来，对号房说：这是老爷叫我送来的，交给太太收下。你一见号房，应该赶快说，否则也许将你当作一个讨饭的，会打你。唉唉，近来讨饭的太多了，他们不去做工，不去读书，单知道要饭。所以我的号房就借痛打这方法，给他们一个教训，使他们知道做乞丐是要给人痛打的，还不如去做工读书好……。

“你就去么？好好！但千万不要忘记：交代清楚了就爬开，不要停在我的屋界内。你已经九天没有吃东西了，万一出了什么事故，免不了要给我许多麻烦，我就要减少许多宝贵的光阴，不能为社会服务。我想，我们不是外人，你也决不愿意给自己的同志许多麻烦的，我这话也不过姑且说说。

“你就去罢！好，就去！本来我也可以叫一辆人力车送你去，但我知道用人代牛马来拉人，你一定不赞成的，这事多么不人道！我去了。你就动身罢。你不要这么萎靡不振，爬呀！朋友！我的同志，你快爬呀，向东呀！……”

评心雕龙

甲 A-a-a-ch!

乙 你搬到外国去！并且带了你的家眷！你可是黄帝子孙！中国话里叹声尽多，你为什么要说洋话？敝人是不怕的，敢说：要你搬到外国去！

丙 他是在骂中国，奚落中国人，替某国间接宣传咱们中国的坏处。他的表兄的侄子的太太就是某国人。

丁 中国话里这样的叹声倒也有的，他不过是自然地喊。但这就证明了他是一个死尸！现在应该用表现法；除了表现地喊，一切声音都不算声音。这"A-a-a"倒也有一点成功了，但那"ch"就没有味。——自然，我的话也许是错的；但至少我今天相信我的话并不错。

戊 那么，就须说"嗟"，用这样"引车卖浆者流"的话，是要使自己的身分成为下等的。况且现在正要读经了……。

己 胡说！说"唉"也行。但可恨他竟说过好几回，将"唉"都"垄断"了去，使我们没有来说的余地了。

庚 曰"唉"乎？予蔑闻之。何也？噫嘻吗呢为之障也。

辛 然哉！故予素主张而文言者也。

壬 嗟夫！余曩者之曾为白话，盖痰迷心窍者也，而今悔之矣。

癸 他说"呸"么？这是人格已经破产了！我本就看不起他，正如他的看不起我。现在因为受了庚先生几句抢白，便"呸"起来；非人格破产是甚么？我并非赞成庚先生，我也批评过他的。可是他不配"呸"庚先生。我就是爱说公道话。

子 但他是说"嗳"。

丑 你是他一党！否则，何以替他来辩？我们是青年，我们就有这个脾气，心爱吹毛求疵。他说"呸"或说"嗳"，我固然没有听到；但即使他说的真是"嗳"，又何损于癸君的批评的价值呢。可是你既然是他的一党，那么，你就也人格破产了！

寅 不要破口就骂。满口谩骂，不成其为批评，Gentleman决不如此。至于说批评全不能骂，那也不然。应该估定他的错处，给以相当的骂，像塾师打学生的手心一样，要公平。骂人，自然也许要得到回报的，可是我们也须有这一点不怕事的胆量;批评本来是“精神的冒险”呀!

卯 这确是一条熹微翠朴的硬汉!王九妈妈的崚嶒小提囊,杜鹃叫道“行不得也哥哥”儿。滃然“哀哈”之蓝缕的蒺藜,劣马样儿。这口风一滑溜,凡有绯刚的评论都要逼得翘辫儿了。

辰 并不是这么一回事。他是窃取着外国人的声音,翻译着。喂!你为什么不去创作?

巳 那么,他就犯了罪了!研究起来,字典上只有“Ach”,没有什么“A-a-a-ch”。我实在料不到他竟这样杜撰。所以我说:你们都得买一本字典,坐在书房里看看,这才免得为这类脚色所欺。

午 他不再往下说,他的话流产了。

未 夫今之青年何其多流产也,岂非因为急于出风头之故么?所以我奉劝今之青年,安分守己,切莫动弹,庶几可以免于流产,……

申 夫今之青年何其多误译也,还不是因为不买字典之故么?且夫……

酉 这实在“唉”得不行!中国之所以这样“世风日下”,就是他说了“唉”的缘故。但是诸位在这里,我不妨明说,三十年前,我也曾经“唉”过的,我何尝是木石,我实在是开风气之先。后来我觉得流弊太多了,便绝口不谈此事,并且深恶而痛绝之。并且到了今年,深悟读经之可以救国,并且深信白话文之应该废除。但是我并不说中国应该守旧……。

戌 我也并且到了今年,深信读经之可以救国……。

亥 并且深信白话文之应当废除……。

论辩的魂灵

二十年前到黑市,买得一张符,名叫“鬼画符”。虽然不过一团糟,但帖在壁上看起来,却随时显出各样的文字,是处世的宝训,立身的金箴。今年又到黑市去,又买得一张符,也是“鬼画符”。但帖了起来看,也还是那一张,并不见什么增补和修改。今夜看出来的大题目是“论辩的魂灵”;细注道:“祖传老年中年青年‘逻辑’扶乩灭洋必胜妙法太上老君急急如律令敕。”今谨摘录数条,以公同好——

“洋奴会说洋话。你主张读洋书，就是洋奴，人格破产了！受人格破产的洋奴崇拜的洋书，其价值从可知矣！但我读洋文是学校的课程，是政府的功令，反对者，即反对政府也。无父无君之无政府党，人人得而诛之。”

“你说中国不好。你是外国人么？为什么不到外国去？可惜外国人看你不起……。”

“你说甲生疮。甲是中国人，你就是说中国人生疮了。既然中国人生疮，你是中国人，就是你也生疮了。你既然也生疮，你就和甲一样。而你只说甲生疮，则竟无自知之明，你的话还有什么价值？倘你没有生疮，是说诳也。卖国贼是说诳的，所以你是卖国贼。我骂卖国贼，所以我是爱国者。爱国者的话是最有价值的，所以我的话是不错的，我的话既然不错，你就是卖国贼无疑了！”

“自由结婚未免太过激了。其实，我也并非老顽固，中国提倡女学的还是我第一个。但他们却太趋极端了，太趋极端，即有亡国之祸，所以气得我偏要说‘男女授受不亲’。况且，凡事不可过激；过激派都主张共妻主义的。乙赞成自由结婚，不就是主张共妻主义么？他既然主张共妻主义，就应该先将他的妻拿出来给我们‘共’。”

“丙讲革命是为的要图利：不为图利，为什么要讲革命？

我亲眼看见他三千七百九十一箱半的现金抬进门。你说不然，反对我么？那么，你就是他的同党。呜呼，党同伐异之风，于今为烈，提倡欧化者不得辞其咎矣！”

“丁牺牲了性命，乃是闹得一塌糊涂，活不下去了的缘故。现在妄称志士，诸君切勿为其所愚。况且，中国不是更坏了么？”

“戊能算什么英雄呢？听说，一声爆竹，他也会吃惊。还怕爆竹，能听枪炮声么？怕听枪炮声，打起仗来不要逃跑么？打起仗来就逃跑的反称英雄，所以中国糟透了。”

“你自以为是‘人’，我却以为非也。我是畜类，现在我就叫你爹爹。你既然是畜类的爹爹，当然也就是畜类了。”

“勿用惊叹符号，这是足以亡国的。但我所用的几个在例外。”

中庸太太提起笔来，取精神文明精髓，作明哲保身大吉大利格言二句云：

中学为体西学用，不薄今人爱古人。

立论

我梦见自己正在小学校的讲堂上预备作文,向老师请教立论的方法。

“难！”老师从眼镜圈外斜射出眼光来,看着我,说,“我告诉你一件事——

“一家人家生了一个男孩,合家高兴透顶了。满月的时候,抱出来给客人看,——大概自然是想得一点好兆头。

“一个说:‘这孩子将来要发财的。’他于是得到一番感谢。

“一个说:‘这孩子将来要做官的。’他于是收回几句恭维。

“一个说:‘这孩子将来是要死的。’他于是得到一顿大家合力的痛打。

“说要死的必然，说富贵的许谎。但说谎的得好报，说必然的遭打。你……”

“我愿意既不谎人,也不遭打。那么,老师,我得怎么说呢？”

“那么,你得说:‘啊呀！这孩子呵！您瞧！多么……。阿唷！哈哈！He he！he,he he he he！’”

死后

我梦见自己死在道路上。

这是那里,我怎么到这里来,怎么死的,这些事我全不明白。总之,待到我自己知道已经死掉的时候,就已经死在那里了。

听到几声喜鹊叫,接着是一阵乌老鸦。空气很清爽,——虽然也带些土气息,——大约正当黎明时候罢。我想睁开眼睛来,他却丝毫也不动,简直不像是我的眼睛;于是想抬手,也一样。

恐怖的利镞忽然穿透我的心了。在我生存时,曾经玩笑地设想:假使一个人的死亡,只是运动神经的废灭,而知觉还在,那就比全死了更可怕。谁知道我的预想竟的中了,我自己就在证实这预想。

听到脚步声,走路的罢。一辆独轮车从我的头边推过,大约是重载的,轧轧地叫得人心烦,还有些牙齿龃。很觉得满眼绯红,一定是太阳上来了。那么,我的脸是朝东的。但那都没有什么关系。切切嚓嚓的人声,看热闹的。他们踹起黄土来,飞进我的鼻孔,使我想打喷嚏了,但终于没有打,仅有想打的心。

陆陆续续地又是脚步声,都到近旁就停下,还有更多的低语声:看的人多起来了。我忽然很想听听他们的议论。但同时想,我生存时说的什么批评不值一笑的话,大概是违心之论罢:才死,就露了破绽了。然而还是听;然而毕竟得不到结论,归纳起来不过是这样——

"死了?……"

"嗡。——这……"

"哼!……"

"啧。……唉!……"

我十分高兴,因为始终没有听到一个熟识的声音。否则,或者害得他们伤心;或则要使他们快意;或则要使他们加添些饭后闲谈的材料,多破费宝贵的工夫;这都会使我很抱歉。

现在谁也看不见,就是谁也不受影响。好了,总算对得起人了!

但是,大约是一个马蚁,在我的脊梁上爬着,痒痒的。我一点也不能动,已经没有除去它的能力了;倘在平时,只将身子一扭,就能使它退避。而且,大腿上又爬着一个哩!你们是做什么的?虫豸!?

事情可更坏了:嗡的一声,就有一个青蝇停在我的颧骨上,走了几步,又一飞,开口便舐我的鼻尖。我懊恼地想:足下,我不是什么伟人,你无须到我身上来寻做论的材料……。但是不能说出来。他却从鼻尖跑下,又用冷舌头来舐我的嘴唇了,不知道可是表示亲爱。还有几个则聚在眉毛上,跨一步,我的毛根就一摇。实在使我烦厌得不堪,——不堪之至。

忽然,一阵风,一片东西从上面盖下来,他们就一同飞开了,临走时还说——"惜哉!……"

我愤怒得几乎昏厥过去。

木材摔在地上的钝重的声音同着地面的震动,使我忽然清醒,前额上感着芦席的条纹。但那芦席就被掀去了,又立刻感到了日光的灼热。还听得有人说——“怎么要死在这里？……”

这声音离我很近，他正弯着腰罢。但人应该死在那里呢？我先前以为人在地上虽没有任意生存的权利，却总有任意死掉的权利的。现在才知道并不然，也很难适合人们的公意。可惜我久没了纸笔；即有也不能写，而且即使写了也没有地方发表了。只好就这样地抛开。

有人来抬我，也不知道是谁。听到刀鞘声，还有巡警在这里罢，在我所不应该“死在这里”的这里。我被翻了几个转身，便觉得向上一举，又往下一沉；又听得盖了盖，钉着钉。

但是，奇怪，只钉了两个。难道这里的棺材钉，是只钉两个的么？

我想：这回是六面碰壁，外加钉子。真是完全失败，呜呼哀哉了！……

“气闷！……”我又想。

然而我其实却比先前已经宁静得多，虽然知不清埋了没有。在手背上触到草席的条纹，觉得这尸衾倒也不恶。只不知道是谁给我化钱的，可惜！但是，可恶，收敛的小子们！我背后的小衫的一角皱起来了，他们并不给我拉平，现在抵得我很难受。你们以为死人无知，做事就这样地草率么？哈哈！

我的身体似乎比活的时候要重得多，所以压着衣皱便格外的不舒服。但我想，不久就可以习惯的；或者就要腐烂，不至于再有什么大麻烦。此刻还不如静静地静着想。“您好？您死了么？”

是一个颇为耳熟的声音。睁眼看时，却是勃古斋旧书铺的跑外的小伙计。不见约有二十多年了，倒还是那一副老样子。我又看看六面的壁，委实太毛糙，简直毫没有加过一点修刮，锯绒还是毛毵毵的。

“那不碍事，那不要紧。”他说，一面打开暗蓝色布的包裹来。“这是明板《公羊传》，嘉靖黑口本，给您送来了。您留下他罢。这是……。”

“你！”我诧异地看定他的眼睛，说，“你莫非真正胡涂了？你看我这模样，还要看什么明板？……”

“那可以看，那不碍事。”

我即刻闭上眼睛，因为对他很烦厌。停了一会，没有声息，他大约走了。但是似乎一个马蚁又在脖子上爬起来，终于爬到脸上，只绕着眼眶转圈子。

万不料人的思想，是死掉之后也还会变化的。忽而，有一种力将我的心的平安冲破；同时，许多梦也都做在眼前了。几个朋友祝我安乐，几个仇敌祝我灭亡。我却总是既不安乐，也不灭亡地不上不下地生活下来，都不能副任何一面的期望。现在又影一般死掉了，连仇敌也不使知道，不肯赠给他们一点惠而不费的欢欣。……我觉得在快意中要哭出来。这大概是我死后第一次的哭。

然而终于也没有眼泪流下；只看见眼前仿佛有火花一闪，我于是坐了起来。

说胡须

今年夏天游了一回长安，一个多月之后，胡里胡涂的回来了。知道的朋友便问我："你以为那边怎样？"我这才栗然地回想长安，记得看见很多的白杨，很大的石榴树，道中喝了不少的黄河水。然而这些又有什么可谈呢？我于是说："没有什么怎样。"他于是废然而去了，我仍旧废然而住，自愧无以对"不耻下问"的朋友们。

今天喝茶之后，便看书，书上沾了一点水，我知道上唇的胡须又长起来了。假如翻一翻《康熙字典》，上唇的，下唇的，颊旁的，下巴上的各种胡须，大约都有特别的名号谥法的罢，然而我没有这样闲情别致。总之是这胡子又长起来了，我又要照例的剪短他，先免得沾汤带水。于是寻出镜子，剪刀，动手就剪，其目的是在使他和上唇的上缘平齐，成一个隶书的一字。

我一面剪，一面却忽而记起长安，记起我的青年时代，发出连绵不断的感慨来。长安的事，已经不很记得清楚了，大约确乎是游历孔庙的时候，其中有一间房子，挂着许多印画，有李二曲像，有历代帝王像，其中有一张是宋太祖或是什么宗，我也记不清楚了，总之是穿一件长袍，而胡子向上翘起的。于是一位名士就毅然决然地说："这都是日本人假造的，你看这胡子就是日本式的胡子。"

诚然，他们的胡子确乎如此翘上，他们也未必不假造宋太祖或什么宗的画像，但假造中国皇帝的肖像而必须对了镜子，以自己的胡子为法式，则其手段和思想之离奇，真可谓"出乎意表之外"了。清乾隆中，黄易掘出汉武梁祠石刻画像来，男子的胡须多翘上；我们现在所见北魏至唐的佛教造像中的信士像，凡有胡子的也多翘上，直到元明的画像，则胡子大抵受了地心的吸力作用,向下面拖下去了。日本人何其不惮烦,孳孳汲汲地造了这许多从汉到唐的假古董,来埋在中国的齐鲁燕晋秦陇巴蜀的深山邃谷废墟荒地里?

我以为拖下的胡子倒是蒙古式,是蒙古人带来的,然而我们的聪明的名士却当作国粹了。留学日本的学生因为恨日本,便神往于大元,说道"那时倘非天幸,这岛国早被我们灭掉了!"则认拖下的胡子为国粹亦无不可。然而又何以是黄帝的子孙?又何以说台湾人在福建打中国人是奴隶根性?

我当时就想争辩,但我即刻又不想争辩了。留学德国的爱国者X君,——因为我忘记了他的名字,姑且以X代之,——不是说我的毁谤中国,是因为娶了日本女人,所以替他们宣传本国的坏处么?我先前不过单举几样中国的缺点,尚且要带累"贱内"改了国籍,何况现在是有关日本的问题?好在即使宋太祖或什么宗的胡子蒙些不白之冤,也不至于就有洪水,就有地震,有什么大相干。我于是连连点头,说道:"嗡,嗡,对啦。"因为我实在比先前似乎油滑得多了,——好了。

我剪下自己的胡子的左尖端毕,想,陕西人费心劳力,备饭化钱,用汽车载,用船装,用骡车拉,用自动车装,请到长安去讲演,大约万料不到我是一个虽对于决无杀身之祸的小事情,也不肯直抒自己的意见,只会"嗡,嗡,对啦"的罢。他们简直是受了骗了。

我再向着镜中的自己的脸,看定右嘴角,剪下胡子的右尖端,撒在地上,想起我的青年时代来——

那已经是老话,约有十六七年了罢。

我就从日本回到故乡来,嘴上就留着宋太祖或什么宗似的向上翘起的胡子,坐在小船里,和船夫谈天。

"先生,你的中国话说得真好。"后来,他说。

"我是中国人,而且和你是同乡,怎么会……"

"哈哈哈,你这位先生还会说笑话。"

记得我那时的没奈何,确乎比看见X君的通信要超过十倍。我那时随身并没有带着家谱,确乎不能证明我是中国人。即使带着家谱,而上面只有一个名字,并无画像,也不能证明这名字就是我。即使有画像,日本人会假造从汉到唐的石刻,宋太祖或什么宗的画像,难道偏不会假造一部木版的家谱么?

凡对于以真话为笑话的,以笑话为真话的,以笑话为笑话的,只有一个方法:就是不说话。

于是我从此不说话。

然而,倘使在现在,我大约还要说:"嗡,嗡,……今天天气多么好呀?……那边的村子叫什么名字?……"因为我实在比先前似乎油滑得多了,——好了。

现在我想,船夫的改变我的国籍,大概和X君的高见不同。其原因只在于胡子罢,因为我从此常常为胡子受苦。

国度会亡,国粹家是不会少的,而只要国粹家不少,这国度就不算亡。国粹家者,保存国粹者也;而国粹者,我的胡子是也。这虽然不知道是什么"逻辑"法,但当时的实情确是如此的。

"你怎么学日本人的样子,身体既矮小,胡子又这样,……"一位国粹家兼爱国者发过一篇崇论宏议之后,就达到这一个结论。

可惜我那时还是一个不识世故的少年,所以就愤愤地争辩。第一,我的身体是本来只有这样高,并非故意设法用什么洋鬼子的机器压缩,使他变成矮小,希图冒充。第二,我的胡子,诚然和许多日本人的相同,然而我虽然没有研究过他们的胡须样式变迁史,但曾经见过几幅古人的画像,都不向上,只是向外,向下,和我们的国粹差不多。维新以后,可是翘起来了,那大约是学了德国式。你看威廉皇帝的胡须,不是上指眼梢,和鼻梁正作平行么?虽然他后来因为吸烟烧了一边,只好将两边都剪平了。但在日本明治维新的时候,他这一边还没有失火……。

这一场辩解大约要两分钟,可是总不能解国粹家之怒,因为德国也是洋鬼子,而况我的身体又矮小乎。而况国粹家很不少,意见又很统一,因此我的辩解也就很频繁,然而总无效,一回,两回,以至十回,十几回,连我自己也觉得无聊而且麻烦起来了。罢了,况且修饰胡须用的胶油在中国也难得,我便从此听其自然了。

听其自然之后,胡子的两端就显出毗心现象来,于是也就和地面成为九十度的直角。国粹家果然也不再说话,或者中国已经得救了罢。

然而接着就招了改革家的反感,这也是应该的。我于是又分疏,一回,两回,以至许多回,连我自己也觉得无聊而且麻烦起来了。

大约在四五年或七八年前罢,我独坐在会馆里,窃悲我的胡须的不幸的境遇,研究他所以得谤的原因,忽而恍然大悟,知道那祸根全在两边的尖端上。于是取出镜子,剪刀,即刻剪成一平,使他既不上翘,也难拖下,如一个隶书的一字。

“阿，你的胡子这样了？”当初也曾有人这样问。

“唔唔，我的胡子这样了。”

他可是没有话。我不知道是否因为寻不着两个尖端，所以失了立论的根据，还是我的胡子“这样”之后，就不负中国存亡的责任了。总之我从此太平无事的一直到现在，所麻烦者，必须时常剪剪而已。

作文秘诀

现在竟还有人写信来问我作文的秘诀。

我们常常听到：拳师教徒弟是留一手的，怕他学全了就要打死自己，好让他称雄。在实际上，这样的事情也并非全没有，逢蒙杀羿就是一个前例。逢蒙远了，而这种古气是没有消尽的，还加上了后来的“状元瘾”，科举虽然久废，至今总还要争“唯一”，争“最先”。遇到有“状元瘾”的人们，做教师就危险，拳棒教完，往往免不了被打倒，而这位新拳师来教徒弟时，却以他的先生和自己为前车之鉴，就一定留一手，甚而至于三四手，于是拳术也就“一代不如一代”了。

还有，做医生的有秘方，做厨子的有秘法，开点心铺子的有秘传，为了保全自家的衣食，听说这还只授儿妇，不教女儿，以免流传到别人家里去，“秘”是中国非常普遍的东西，连关于国家大事的会议，也总是“内容非常秘密”，大家不知道。

但是，作文却好像偏偏并无秘诀，假使有，每个作家一定是传给子孙的了，然而祖传的作家很少见。自然，作家的孩子们，从小看惯书籍纸笔，眼格也许比较的可以大一点罢，不过不见得就会做。目下的刊物上，虽然常见什么“父子作家”“夫妇作家”的名称，仿佛真能从遗嘱或情书中，密授一些什么秘诀一样，其实乃是肉麻当有趣，妄将做官的关系，用到作文上去了。

那么，作文真就毫无秘诀么？却也并不。我曾经讲过几句做古文的秘诀，是要通篇都有来历，而非古人的成文；也就是通篇是自己做的，而又全非自己所做，个人其实并没有说什么；也就是“事出有因”，而又“查无实据”。到这样，便“庶几乎免于大过也矣”了。简而言之，实不过要做得“今天天气，哈哈哈……”而已。

这是说内容。至于修辞，也有一点秘诀：一要蒙胧，二要难懂。那方法，是：缩短句子，多用难字。譬如罢，作文论秦朝事，写一句“秦始皇乃始烧书”，是不算好文章的，必须翻译一下，使它不容易一目了然才好。这时就用得着《尔雅》，《文选》了，其实是只要不给别人知道，查查《康熙字典》也不妨的。

动手来改，成为“始皇始焚书”，就有些“古”起来，到得改成“政俶燔典”，那就简直有了班马气，虽然跟着也令人不大看得懂。但是这样的做成一篇以至一部，是可以被称为“学者”的，我想了半天，只做得一句，所以只配在杂志上投稿。

我们的古之文学大师，就常常玩着这一手。班固先生的“紫色蛙声，余分闰位”，就将四句长句，缩成八字的；扬雄先生的“蠢迪检柙”，就将“动由规矩”这四个平常字，翻成难字的。《绿野仙踪》记塾师咏“花”，有句云：“媳钗俏矣儿书废，哥罐闻焉嫂棒伤。”自说意思，是儿妇折花为钗，虽然俏丽，但恐儿子因而废读；下联较费解，是他的哥哥折了花来，没有花瓶，就插在瓦罐里，以嗅花香，他嫂嫂为防微杜渐起见，竟用棒子连花和罐一起打坏了。这算是对于冬烘先生的嘲笑。然而他的作法，其实是和扬班并无不合的，错只在他不用古典而用新典。这一个所谓“错”，就使《文选》之类在遗老遗少们的心眼里保住了威灵。

做得蒙胧，这便是所谓“好”么？答曰：也不尽然，其实是不过掩了丑。但是，“知耻近乎勇”，掩了丑，也就仿佛近乎好了。摩登女郎披下头发，中年妇人罩上面纱，就都是蒙胧术。人类学家解释衣服的起源有三说：一说是因为男女知道了性的羞耻心，用这来遮羞；一说却以为倒是用这来刺激；还有一种是说因为老弱男女，身体衰瘦，露着不好看，盖上一些东西，借此掩掩丑的。从修辞学的立场上看起来，我赞成后一说。现在还常有骈四俪六，典丽堂皇的祭文，挽联，宣言，通电，我们倘去查字典，翻类书，剥去它外面的装饰，翻成白话文，试看那剩下的是怎样的东西呵！？

不懂当然也好的。好在那里呢？即好在“不懂”中。但所虑的是好到令人不能说好丑，所以还不如做得它“难懂”：有一点懂，而下一番苦功之后，所懂的也比较的多起来。我们是向来很有崇拜“难”的脾气的，每餐吃三碗饭，谁也不以为奇，有人每餐要吃十八碗，就郑重其事的写在笔记上；用手穿针没有人看，用脚穿针就可以搭帐篷卖钱；一幅画片，平淡无奇，装在匣子里，挖一个洞，化为西洋镜，人们就张着嘴热心的要看了。况且同是一事，费了苦功而达到的，也比并不费力而达到的可贵。譬如到什么庙里去烧香罢，到山上的，比到平地上的可贵；三步一拜才到庙里的庙，和坐了轿子一径抬到的庙，即使同是这庙，在到达者的心里的可贵的程度是大有高下的。作文之贵乎难懂，就是要使读者三步一拜，这才能够达到一点目的的妙法。

写到这里，成了所讲的不但只是做古文的秘诀，而且是做骗人的古文的秘诀了。但我想，做白话文也没有什么大两样，因为它也可以夹些僻字，加上蒙胧或难懂，来施展那变戏法的障眼的手巾的。倘要反一调，就是“白描”。

“白描”却并没有秘诀。如果要说有，也不过是和障眼法反一调：有真意，去粉饰，少做作，勿卖弄而已。

夏三虫

夏天近了，将有三虫：蚤，蚊，蝇。

假如有谁提出一个问题，问我三者之中，最爱什么，而且非爱一个不可，又不准像“青年必读书”那样的缴白卷的。

我便只得回答道：跳蚤。

跳蚤的来吮血，虽然可恶，而一声不响地就是一口，何等直截爽快。蚊子便不然了，一针叮进皮肤，自然还可以算得有点彻底的，但当未叮之前，要哼哼地发一篇大议论，却使人觉得讨厌。如果所哼的是在说明人血应该给它充饥的理由，那可更其讨厌了，幸而我不懂。

野雀野鹿，一落在人手中，总时时刻刻想要逃走。其实，在山林间，上有鹰鹯，下有虎狼，何尝比在人手里安全。为什么当初不逃到人类中来，现在却要逃到鹰鹯虎狼间去？或者，鹰鹯虎狼之于它们，正如跳蚤之于我们罢。肚子饿了，抓着就是一口，决不谈道理，弄玄虚。被吃者也无须在被吃之前，先承认自己之理应被吃，心悦诚服，誓死不二。人类，可是也颇擅长于哼哼的了，害中取小，它们的避之惟恐不速，正是绝顶聪明。

苍蝇嗡嗡地闹了大半天，停下来也不过舐一点油汗，倘有伤痕或疮疖，自然更占一些便宜；无论怎么好的，美的，干净的东西，又总喜欢一律拉上一点蝇矢。但因为只舐一点油汗，只添一点腌臜，在麻木的人们还没有切肤之痛，所以也就将它放过了。中国人还不很知道它能够传播病菌，捕蝇运动大概不见得兴盛。它们的运命是长久的；还要更繁殖。

但它在好的，美的，干净的东西上拉了蝇矢之后，似乎还不至于欣欣然反过来嘲笑这东西的不洁：总要算还有一点道德的。

古今君子，每以禽兽斥人，殊不知便是昆虫，值得师法的地方也多着哪。

周作人 作品

周作人(1882—1968)是致力于小品文创作的现代作家。他很早就提倡写作“美文(当时指一切能够自由运用抒情、议论、叙事的短文,也包括小品文)”,他的小品文在中国现代散文史上占有重要的地位。

他在幽默小品方面的作品并不多,他很少有意为之,浑然成篇的幽默作品寥寥无几,我们这里所选的几篇,算是较完整的。但在非幽默小品中,他偶尔会小用一下幽默,虽然往往只是一两句,但读来饶有兴趣。他的幽默总是冷静平淡的,不有意制造语境,不作人为渲染,从容不迫、漫不经心地娓娓道来,却常常能给读者意外的收获。

和鲁迅一样,他的幽默也大都是对现实的讽刺和揶揄,不同的是,鲁迅的幽默更为犀利,是斗士的幽默,而周作人则多了几分绅士风度,笔法较为柔和,让人感觉似乎是在说笑话,但其用意却可以一目了然,机灵俏皮但并不肤浅。

碰伤

我从前曾有一种计画，想做一身钢甲，甲上都是尖刺，刺的长短依照猛兽最长的牙更加长二寸。穿了这甲，便可以到深山大泽里自在游行，不怕野兽的侵害。他们如来攻击，只消同毛栗或刺猬般的缩着不动，他们就无可奈何，我不必动手，使他们自己都负伤而去。

佛经里说蛇有几种毒，最利害的是见毒，看见了他的人便被毒死。清初周安士先生注《阴骘文》，说孙叔敖打杀的两头蛇，大约即是一种见毒的蛇，因为孙叔敖说见了两头蛇所以要死了。（其实两头蛇或者同猫头鹰一样，只是凶兆的动物罢了。）但是他后来又说，现在湖南还有这种蛇，不过已经完全不毒了。

我小的时候，看《唐代丛书》里的《剑侠传》，觉得很是害怕。剑侠都是修炼得道的人，但脾气很是不好，动不动便以飞剑取人头于百步之外。还有剑仙，那更厉害了，他的剑飞在空中，只如一道白光，能追赶几十里路，必须见血方才罢休。我当时心里祈求不要遇见剑侠，生恐一不小心得罪他们。

近日报上说有教职员学生在新华门外碰伤，大家都称咄咄怪事，但从我这浪漫派的人看来，一点都不足为奇。现今的世界上，什么事都能有。我因此连带的想起上边所记的三件事，觉得碰伤实在是情理中所能有的事。对于不相信我的浪漫说的人，我别有事实上的例证举出来给他们看。

三四年前，浦口下关间渡客一只小轮，碰在停泊江心的中国军舰的头上，立刻沉没，据说旅客一个都不失少。（大约上船的时候曾经点名报数，有账可查的。）过了一两年后，一只招商局的轮船，又在长江中碰在当时国务总理所坐的军舰的头上，随即沉没，死了若干没有价值的人。年月与两方面的船名，死者的人数，我都不记得了，只记得上海开追悼会的时候，有一副挽联道，“未必同舟皆敌国，不图吾辈亦清流”。

因此可以知道，碰伤在中国实是常有的事。至于完全责任，当然由被碰的去负担。譬如我穿着有刺钢甲，或是见毒的蛇，或是剑仙，有人来触，或看，或得罪了我，那时他们负了伤，岂能说是我的不好呢？又譬如火可以照暗，可以煮饮食，但有时如不吹熄，又能烧屋伤人，小孩们不知道这些方便，伸手到火边去,烫了一下,这当然是小孩之过了。

听说,这次碰伤的缘故由于请愿。我不忍再责备被碰的诸君,但我总觉得这办法是错的。请愿的事,只有在现今的立宪国里,还暂时勉强应用,其余的地方都不通用的了。例如俄国,在一千九百零几年,曾因此而有军警在冬宫前开炮之举,碰的更厉害了,但他们也就从此不再请愿了……我希望中国请愿也从此停止,各自去努力罢。

死之默想

四世纪时希腊厌世诗人巴拉达思(Polla laleis,anthrope-Palladas)作有一首小诗道,

“你太饶舌了,人呵,不久将睡在地下;

住口罢,你生存时且思索那死。”

这是很有意思的活。关于死的问题,我无事时也曾默想过,(但不坐在树下,大抵是在车上,)可是想不出什么来,——这或者因为我是个“乐天的诗人”的缘故吧。但其实我何尝一定崇拜死,有如曹慕管君,不过我不很能够感到死之神秘,所以不觉得有思索十日十夜之必要,于形而上的方面也就不能有所饶舌了。

窃察世人怕死的原因,自有种种不同,“以愚观之”可以定为三项,其一是怕死时的苦痛,其二是舍不得人世的快乐,其三是顾虑家族。苦痛比死还可怕,这是实在的事情。十多年前有一个远房的伯母,十分困苦,在十二月底想投河寻死,(我们乡间的河是经冬不冻的,)但是投了下去,她随即走了上来,说是因为水太冷了。有些人要笑她痴也未可知,但这却是真实的人情。倘若有人能够切实保证,诚如某生物学家所说,被猛兽咬死痒苏苏地很是愉快,我想一定有许多人裹粮入山去投身饲饿虎的了。可惜这一层不能担保,有些对于别项已无留恋的人因此也就不得不稍为踌躇了。

顾虑家族,大约是怕死的原因中之较小者,因为这还有救治的方法。将来如有一日,社会制度稍加改良,除施行善种的节制以外,大家不问老幼可以各尽所能,各取所需,凡平常衣食住,医药教育,均由公给,此上更好的享受再由

个人的努力去取得,那么这种顾虑就可以不要,便是夜梦也一定平安得多了。不过我所说的原是空想,实现还不知在几十百千年之后,而且到底未必实现也说不定,那么也终是远水不救近火,没有什么用处。比较确实的办法还是设法发财,也可以救济这个忧虑。为得安闲的死而求发财,倒是很高雅的俗事,只是发财不大容易,不是我们都能做的事,况且天下之富人有了钱便反死不去,则此亦颇有危险也。

人世的快乐自然是很可贪恋的,但这似乎只在青年男女才深切的感到,像我们将近“不惑”的人,尝过了凡人的苦乐,此外别无想做皇帝的野心,也就不觉得还有舍不得的快乐。我现在的快乐只是想在闲时喝一杯清茶,看点新书,(虽然近来因为政府替我们储蓄,手头只有买茶的钱,)无论他是讲虫鸟的歌唱,或是记贤哲的思想,古今的刻绘,都足以使我感到人生的欣幸。然而朋友来谈天的时候,也就放下书卷,何况“无私神女”(Atropos)的命令呢?我们看路上许多乞丐,都已没有生人乐趣,却是苦苦的要活着,可见快乐未必是怕死的重大原因;或者舍不得人世的苦辛也足以叫人留恋这个尘世罢。讲到他们,实在已是了无牵挂,大可“来去自由”,实际却不能如此,倘若不是为了上边所说的原因,一定是因为怕河水比彻骨的北风更冷的缘故了。

对于“不死”的问题,又有什么意见呢?因为少年时当过五六年的水兵,头脑中多少受了唯物论的影响,总觉得造不起“不死”这个观念来,虽然我很喜欢听荒唐的神话。即使照神话故事所讲,那种长生不老的生活我也一点儿都不喜欢。住在冷冰冰的金门玉阶的屋里,吃着五香牛肉一类的麟肝凤脯,天天游手好闲,不在松树下下棋,便同金童玉女厮混,也不见得有什么趣味,况且永远如此,更是单调而且困倦了。又听人说,仙家的时间是与凡人不同的,诗云“山中方七日,世上已千年”,所以烂柯山下的六十年在棋边只是半个时辰耳,那里会有日子太长之感呢?但是由我看来,仙人活了二百万岁也只抵得人间的四十春秋,这样浪费时间无裨实际的生活,殊不值得费尽了心机去求得他;倘若二百万年后劫波到来,就此溘然,将被五十岁的凡夫所笑。较好一点的还是那西方凤鸟(Phoenix)的办法,活上五百年,便尔蜕去,化为幼凤,这样的轮回倒很好玩的,——可惜他们是只此一家,别人不能仿作。大约我们还只好在这被容许的时光中,就这平凡的境地中,寻得些须的安闲悦乐,即是无上幸福;至于“死后,如何?”的问题,乃是神秘派诗人的领域,我们平凡人对于成仙做鬼都不关心,于此自然就没有什么兴趣了。

死法

“人皆有死”,这句格言大约是确实的,因为我们没有见过不死的人,虽然在书本上曾经讲过有这些东西,或称仙人,或是“尸忒卢耳不卢格”(Strulbrug),这都没有多大关系。不过我们既然没有亲眼见过,北京学府中静坐道友又都剩下蒲团下山去了,不肯给予凡人以目击飞升的机会,截至本稿上版时止本人遂不能不暂且承认上述的那句格言,以死为生活之最末后的一部分,犹之乎恋爱是中间的一部分,——自然,这两者有时并在一处的也有,不过这仍然不会打破那个原则,假如我们不相信死后还有恋爱生活。总之,死既是各人都有分的,那么其法亦可得而谈谈了。

统计世间死法共有两大类,一曰“寿终正寝”,二曰“死于非命”。寿终的里面又可以分为三部。一是老熟,即俗云油尽灯干,大抵都是“喜丧”,因为这种终法非八九十岁的老太爷老太太莫办,而渠们此时必已四世同堂,一家里拥上一两百个大大小小男男女女,实在有点住不开了,所以渠的出缺自然是要欢送的。二是猝毙,某一部机关发生故障,突然停止进行,正如钟表之断了发条,实在与磕破天灵盖没有多大差别,不过因为这是属于内科的,便是在外面看不出痕迹,故而也列入正寝之部了。三是病故,说起来似乎很是和善,实际多是那“秒生”(Bacteria)先生作的怪,用了种种凶恶的手段,谋害“蚁命”,快的一两天还算是慈悲,有些简直是长期的拷打,与“东厂”不相上下,那真是厉害极了。总算起来,一二都倒还没有什么,但是长寿非可幸求、希望心脏麻痹又与求仙之难无异,大多数人的运命还只是轮到病故。揆诸吾人避苦求乐之意实属大相径庭,所以欲得好的死法,我们不得不离开了寿终而求诸死于非命了。

非命的好处便是在于他的突然,前一刻钟明明是还活着的,后一刻钟就直挺地死掉了,即使有苦痛(我是不大相信)也只有这一刻,这是他的独门的好处。不过这也不能一概而论。十字架据说是罗马处置奴隶的刑具,把他钉在架子上,让他活活地饿死或倦死,约莫可以支撑过几天;茶毗是中世纪卫道的人对付异端的,不但当时烤得难过,随后还剩下些零星末屑,都觉得不很好。

车边斤原是很爽利,是外国贵族的特权,也是中国好汉所欢迎的,但是孤零零的头像是一个西瓜,或是“柚子”,如一位友人在长沙所见,似乎不大雅观,因为一个人的身体太走了样了。吞金喝盐卤呢,都不免有点妇女气,吃鸦片烟又太有损名誉了,被人叫做烟鬼,即使生前并不曾“与芙蓉城主结不解缘”。怀沙自沉,前有屈大夫,后有……倒是颇有英气的,只恐怕泡得太久,却又不为鱼鳖所亲,像治咳嗽的“胖大海”似的,殊少风趣。吊死据说是很舒服,(注意:这只是据说,真假如何我不能保证,)有岛武郎与波多野秋子便是这样死的,有一个日本文人曾经半当真半取笑地主张,大家要自尽应当都用这个方法,可是据我看来也有很大的毛病。什么书上说有缢鬼降乩题诗云,

目如鱼眼四时开,
身若悬旌终日挂。

(记不清了,待考;仿佛是这两句,实在太不高明,恐防是不第秀才做的。)又听说英国古时盗贼处刑,便让他挂在架上,有时风吹着骨节珊珊作响,(这些话自然也未可尽信,因为盗贼不会都是锁子骨,然而“听说”如此,我也不好一定硬反对,)虽然有点唐珊尼爵士(Lord Dunsany)小说的风味,总似乎过于怪异——过火一点。想来想去都不大好,于是乎最后想到枪毙。枪毙,这在现代文明里总可以算是最理想的死法了。他实在同丈八蛇矛咔嚓一下子是一样,不过更文明了,便是说更便利了,不必是张翼德也会使用,而且使用得那样地广和多:在身体上钻一个窟窿,把里面的机关搅坏一点,流出些蒲公英的白汁似的红水,这件事就完了,你看多么简单。简单就是安乐,这比什么病都好得多了。三月十八日中法大学生胡锡爵君在执政府被害,学校里开追悼会的时候,我送去一副对联,文曰:

什么世界,还讲爱国?
如此死法,抵得成仙!

这末一联实在是我衷心的颂辞。倘若说美中不足,便是弹子太大,掀去了一块皮肉,稍为触目,如能发明一种打鸟用的铁砂似的东西,穿过去好像是一支粗铜丝的痕,那就更美满了。我想这种发明大约不会很难很费时日,到得成

功的时候,喝酸牛奶的梅契尼柯夫(Metchnikoff)医生所说的人的"死欲"一定也已发达,那么那时真可以说是"合之则双美"了。

[附记]我写这篇文章或者有点受了正冈子规的俳文《死后》的暗示,但这里边的话和意思都是我自己的。又上文所说有些是玩话,有些不是,合并声明。

十五年五月案,所说俳文《死后》已由张凤举先生译出,登在《沉钟》第六期上。

十六年八月编校时再记

哑巴礼赞

俗语云,"哑巴吃黄连",谓有苦说不出也。但又云,"黄连树下弹琴",则苦中作乐,亦是常有的事,哑巴虽苦于说不出话,盖亦自有其乐,或者且在吾辈有嘴巴人之上,未可知也。

普通把哑巴当作残废之一,与一足或无目等视,这是很不公平的事。哑巴的嘴既没有残,也没有废,他只是不说话罢了。说文云,"瘖,不能言病也。"就是照许君所说,不能言是一种病,但这并不是一种要紧的病,于嘴的大体用处没有多大损伤。查嘴的用处大约是这几种,(一)吃饭,(二)接吻,(三)说话。哑巴的嘴原是好好的,既不是缺少舌尖,也并不是上下唇连成一片,那么他如要吃喝,无论番菜或是"华餐",都可以尽量受用,决没有半点不便,所以哑巴于个人的荣卫上毫无障碍,这是可以断言的。至于接吻呢?既如上述可以自由饮啖的嘴,在这件工作当然也无问题,因为如荷兰威耳德(Van de Velde)医生在《圆满的结婚》第八章所说,接吻的种种大都以香味触三者为限,于声别无关系,可见哑巴不说话之绝不妨事了。归根结蒂,哑巴的所谓病还只是在"不能言"这一点上。据我看来,这实在也不关紧要。人类能言本来是多此一举,试看世间林林总总,一切有情,莫不自遂其生,各尽其性,何曾说一句话。古人云,"猩猩能言,不离禽兽,鹦鹉能言,不离飞鸟。"可怜这些畜生,辛辛苦苦,学了几句人家的口头语,结果还是本来的鸟兽,多被圣人奚落一番,真是何苦来。从前四只眼睛的仓颉先生无中生有地造文字,害得好心的鬼哭了一夜,我怕最初类猿人里那一匹直着喉咙学说话的时候，说不定还着实引起了原始天尊的长叹了呢。人生营营所为何事，“饮食男女，人之大欲存焉，”既于大欲无亏，别的事岂不是就可以随便了么？中国处世哲学里很重要的一条是，多一事不如少一事，如哑巴者，可以说是能够少一事的了。

语云，“病从口入，祸从口出。”说话不但于人无益，反而有害，即此可见。一说话，话中即含有臧否，即是危险，这个年头儿。人不能老说“我爱你”等甜美的话，——况且仔细检查，我爱你即含有我不爱他或不许他爱你等意思，也可以成为祸根，哲人见客寒暄，但云“今天天气……哈哈哈！”不再加说明，良有以也，盖天气虽无知，唯说其好坏终不甚妥，故以一笑了之。往读杨恽《报孙会宗书》，但记其“种一顷豆，落而为萁”等语，心窃好之，却不知杨公竟因此而腰斩，犹如湖南十五六岁的女学生们以读《落叶》（系郭沫若的，非徐志摩的《落叶》）而被枪决，同样地不可思议。然而这个世界就是这样不可思议的世界，其奈之何哉。几千年来受过这种经验的先民留下遗训曰，“明哲保身”。几十年来看惯这种情形的茶馆贴上标语曰，“莫谈国事”。吾家金人三缄其口，二千五百年来为世楷模，声闻弗替。若哑巴者岂非今之金人欤？

常人以能言为能，但亦有因装哑巴而得名者，并且上下古今这样的人并不很多，即此可知哑巴之难能可贵了。第一个就是那鼎鼎大名的息夫人。她以倾国倾城的容貌，做了两任王后，她替楚王生了两个儿子，可是没有对楚王说一句话。喜欢和死了的古代美人吊膀子的中国文人于是大做特做其诗，有的说她好，有的说她坏，各自发挥他们的臭美，然而息夫人的名声也就因此大起来了。老实说，这实是妇女生活的一场悲剧，不但是一时一地一人的事情，差不多就可以说是妇女全体的运命的象征。易卜生所作《玩偶之家》一剧中女主人公娜拉说，她想不到自己竟替漠不相识的男子生了两个子女，这正是息夫人的运命，其实也何尝不就是资本主义下的一切妇女的运命呢。还有一位不说话的，是汉末隐士姓焦名先的便是。吾乡金古良作《无双谱》，把这位隐士收在里面，还有一首赞题得好：

“孑然独处，绝口不语，默隐以终，笑杀狐鼠。”

并且据说“以此终身，至百余岁”，则是装了哑巴，既成高士之名，又享长寿之福，哑巴之可赞美盖彰彰然明矣。

世道衰微，人心不古，现今哑巴也居然装手势说起话来了。不过这在黑暗中还是不能用，不能说话。孔子曰，“邦无道，危行言逊。”哑巴其犹行古之道也欤。

胡适 作品

胡适(1891~1962)是中国新文学的开创者和文学革命的发难者，在诸多领域开风气之先河。例如他的《文学改良刍议》是新文学的第一篇纲领性文献;《终身大事》是新文学的第一部话剧;《尝试集》是新文学的第一部新诗集等等。

胡适是一个非常富有幽默感的人，这主要得益于他平和温厚的性格和稳健通达的思想。他曾经说过,他是一个糅中西文化于一身的人，在家庭生活上他从东方，在社会政治上则从西方。但对于社会，他又不主张急风骤雨式的革命,而是主张一点一滴的改良。这种平和、折中的思路,颇合于古圣的“中庸”之道。因此,在处理世事时总是平心静气,对于人事的缺点,也只是作些轻描淡写的讽刺和善意的揶揄，就这一点来讲,他的风格和鲁迅实在是大相径庭。

总的来讲,他的文章风格是:不激烈,但也有批评;温和诙谐,又不失观察与思考的深度。

差不多先生传

你知道中国最有名的人是谁？

提起此人，人人皆晓，处处闻名。他姓差，名不多，是各省各县各村人氏。你一定见过他，一定听过别人谈起他。差不多先生的名字天天挂在大家的口头，因为他是中国全国人的代表。

差不多先生的相貌，和你和我都差不多。他有一双眼睛，但看的不很清楚；有两只耳朵，但听的不很分明；有鼻子和嘴，但他对于气味和口味都不很讲究。他的脑子也不小，但他的记性却不很精明，他的思想也不很细密。

他常常说："凡事只要差不多，就好了，何必太精明呢？"

他小的时候，他妈叫他去买红糖，他买了白糖回来。他妈骂他，他摇摇头说："红糖白糖不是差不多吗？"

他在学堂的时候，先生问他："直隶省的西边是哪一省？"他说是陕西。先生说："错了，是山西，不是陕西。"他说："陕西同山西，不是差不多吗？"

后来他在一个钱铺里做伙计；他也会写，也会算，只是总不会精细。十字常常写成千字，千字常常写成十字。掌柜的生气了，常常骂他。他只是笑嘻嘻地赔小心道："千字比十字只多一小撇，不是差不多吗？"

有一天，他为了一件要紧的事，要搭火车到上海去。他从从容容地走到火车站，迟了两分钟，火车已开走了。他白瞪着眼，望着远远的火车上的煤烟，摇摇头道："只好明天再走了，今天走同明天走，也还差不多。可是火车公司未免太认真了，八点三十分开，同八点三十二分开，不是差不多吗？"他一面说，一面慢慢地走回家，心里总不明白为什么火车不肯等他两分钟。

有一天，他忽然得了急病，赶快叫家人去请东街的汪医生。那家人急急忙忙地跑去，一时寻不着东街的汪大夫，却把西街牛医王大夫请来了。差不多先生病在床上，知道寻错了人；但病急了，身上痛苦，心里焦急，等不得了，心里想道："好在王大夫同汪大夫也差不多，让他试试看罢。"于是这位牛医王大夫走近床前，用医牛的法子给差不多先生治病。不上一点钟，差不多先生就一命呜呼了。

差不多先生差不多要死的时候,一口气断断续续地说道:“活人同死人也差……差……差不多, ……凡事只要……差……差……不多……就……好了,……何……何必……太……太认真呢?”他说完了这句格言,方才绝气了。

他死后,大家都很称赞差不多先生样样事情看得破,想得通;大家都说他一生不肯认真,不肯算账,不肯计较,真是一位有德行的人。于是大家给他取个死后的法号,叫他做圆通大师。

他的名誉越传越远,越久越大。无数无数的人都学他的榜样。于是人人都成了一个差不多先生。——然而中国从此就成为一个懒人国了。

名教

中国是个没有宗教的国家,中国人是个不迷信宗教的民族。——这是近年来几个学者的结论。有些人听了很洋洋得意,因为他们觉得不迷信宗教是一件光荣的事。有些人听了要做愁眉苦脸,因为他们觉得一个民族没有宗教是要堕落的。

于今好了,得意的也不可太得意了,懊恼的也不必懊恼了。因为我们新发现中国不是没有宗教的:我们中国有一个很伟大的宗教。

孔教早倒霉了,佛教早衰亡了,道教也早冷落了。然而我们却还有我们的宗教。这个宗教是什么教呢?提起此教,大大有名,他就叫做“名教”。

名教信仰什么?信仰“名”。

名教崇拜什么?崇拜“名”。

名教的信条只有一条:“信仰名的万能。”

“名”是什么?这一问似乎要做点考据。《论语》里孔子说,“必也正名乎”,郑玄注:正名,谓正书字也。古者曰名,今世曰字。

《仪礼·聘礼》注:

名,书文也。今谓之字。

《周礼·大行人》下注:

书名，书文字也。古曰名。

《周礼·外史》下注：

古曰名，今曰字。

《仪礼·聘礼》的释文说：

名，谓文字也。

总括起来，“名”即是文字，即是写的字。

“名教”便是崇拜写的文字的宗教；便是信仰写的字有神力，有魔力的宗教。

这个宗教，我们信仰了几千年，却不自觉我们有这样一个伟大宗教。不自觉的缘故正是因为这个宗教太伟大了，无往不在，无所不包，就如同空气一样，我们日日夜夜在空气里生活，竟不觉得空气的存在了。

现在科学进步了，便有好事的科学家去分析空气是什么，便也有好事的学者去分析这个伟大的名教。

民国十五年有位冯友兰先生发表一篇很精辟的《名教之分析》。冯先生指出“名教”便是崇拜名词的宗教，是崇拜名词所代表的概念的宗教。

冯先生所分析的还只是上流社会和知识阶级所奉的“名教”，他的势力虽然也很伟大，还算不得“名教”的最重要部分。

这两年来，有位江绍原先生在他的“礼部”职司的范围内，发现了不少有趣味的材料，陆续在《语丝》、《贡献》几种杂志上发表。他同他的朋友们收的材料是细大不捐，雅俗无别的；所以他们的材料使我们渐渐明白我们中国民族崇奉的“名教”是个什么样子。

究竟我们这个名教是个什么样子呢？且听我慢慢道来。

先从一个小孩生下地说起。古时小孩生下地之后，要请一位专门术家来听小孩的哭声，声中某律，然后取名字。现在的民间变简单了，只请一个算命的，排排八字，看他缺少五行之中的那一行。若缺水，便取个水旁的名字；若缺金，便取个金旁的名字。若缺火又缺土的，我们徽州人便取个“灶”字。名字可以补气禀的缺陷。

小孩的命若不好，便把他“寄名”在观音菩萨的座前，取个和尚式的“法名”，便可以无灾无难了。

小孩若爱啼啼哭哭，睡不安宁，便写一张字帖，贴在行人小便的处所，上写着：天皇皇，地皇皇，我家有个夜啼郎。过路君子念一遍，一夜睡到大天光。

文字的神力真不小。

小孩跌了一跤,受了惊骇,那是骇掉了“魂”了,须得“叫魂”。魂怎么叫呢?到那跌跤的地方,撒把米,高叫小孩子的名字,一路叫回家,叫名便是叫魂了。

小孩渐渐长大了,在村学堂同人打架,打输了,心里恨不过,便拿一条柴炭,在墙上写着诅咒他的仇人的标语:“王阿三热病打死。”他写了几遍,心上的气便平了。

他的母亲也是这样。她受了隔壁王七嫂的气,便拿一把菜刀,在刀板上剁,一面剁,一面喊“王七老婆”的名字,这便等于乱剁王七嫂了。

他的父亲也是“名教”的信徒。他受了王七哥的气,打又打他不过,只好破口骂他,骂他的爹妈,骂他的妹子,骂他的祖宗十八代。骂了便算出了气了。

据江绍原先生的考察,现在这一家人都大进步了。小孩在墙上会写“打倒阿毛”了。他妈也会喊“打倒周小妹”了。他爸爸也会贴“打倒王庆来”了。

他家里人口不平安,有病的,有死的。这也有好法子。请个道士来,画几道符,大门上贴一张,房门上贴一张,毛厕上也贴一张,病鬼便都跑掉了,再不敢进门了。画符自然是“名教”的重要方法。

死了的人又怎么办呢?请一班和尚来,念几卷经,便可以超度死者了。念经自然也是“名教”的重要方法。符是文字,经是文字,都有不可思议的神力。

死了人,要“点主”。把神主牌写好,把那“主”字上头的一点空着,请一位乡绅来点主。把一只雄鸡头上的鸡冠切破,那位赵乡绅把硃笔蘸饱了鸡冠血,点上“主”字。从此死者的灵魂遂凭依在神主牌上了。

吊丧须用挽联,贺婚贺寿须用贺联;讲究的送幛子,更讲究的送祭文寿序。都是文字,都是“名教”的一部分。

豆腐店的老板梦想发大财,也有法子。请村口王老师写副门联:“生意兴隆通四海,财源茂盛达三江。”这也可以过发财的瘾了。

赵乡绅也有他的梦想,所以他也写副门联:“总集福荫,准致嘉详。”

王老师虽是不通,虽是下流,但他也得写一副门联:“文章华国,忠孝传家。”

豆腐店老板心里还不很满足,又去请王老师替他写一个大红春帖:“对我生财”,贴在对面墙上,于是他的宝号就发财的样子十足了。

王老师去年的家运不大好,所以他今年元旦起来,拜了天地,洗净手,拿起笔来,写个红帖子,“戊辰发笔,添丁进财。”他今年一定时运大来了。

父母祖先的名字是要避讳的。古时候,父名晋,儿子不得应进士考试。现在宽的多了,但避讳的风俗还存在一般社会里。皇帝的名字现在不避讳了。但孙中山死后,“中山”尽管可用做学校地方或货品的名称,“孙文”便很少人用了;忠实同志都应该称他为“先总理”。

南京有一个大学,为了改校名,闹了好几次大风潮,有一次竟把校名牌子抬了送到大学院去。

北京下来之后,名教的信徒又大忙了。北京已改做“北平”了;今天又有人提议改南京做“中京”了。还有人郑重提议“故宫博物院”应该改做“废宫博物院”。将来这样大改革的事业正多呢。

前不多时,南京《京报·副刊》的画报上有一张照片,标题是“军事委员会政治训练部宣传处艺术科写标语之忙碌”。

图上是五六个穿中山装的青年忙着写标语;桌上,椅背上,地板上,满铺着写好了的标语,有大字,有小字,有长句,有短句。

这不过是“写”的一部分工作;还有拟标语的,有讨论审定标语的,还有贴标语的。

五月初“济南事件”发生以后,我时时往来淞沪铁路上,每一次四十分钟的旅行所见的标语总在一千张以上;出标语的机关至少总在七八十个以上。有写着“枪毙田中义一”的,有写着“活埋田中义一”的,有写着“杀尽矮贼”而把“矮贼”两字倒转来写,如报纸上寻人广告倒写的“人”字一样。

“人”字倒写,人就会回来了;“矮贼”倒写,矮贼也就算打倒了。

现在我们中国已成了口号标语的世界。有人说,这是从苏俄学来的法子。这是很冤枉的。我前年在莫斯科住了三天,就没有看见墙上有一张标语。标语是道地的国货,是“名教”国家的祖传法宝。

试问墙上贴一张“打倒帝国主义”,同墙上贴一张“对我生财”或“抬头见喜”,有什么分别?是不是一个师父传授的衣钵?

试问墙上贴一张“活埋田中义一”同小孩子贴一张“雷打王阿毛”,有什么分别?是不是一个师父传授的法宝?

试问“打倒唐生智”“打倒汪精卫”,同王阿毛贴的“阿发癞病打死”,有什么分别?

王阿毛尽够做老师了,何须远学莫斯科呢?

自然,在党国领袖的心目中,口号标语是一种宣传的方法,政治的武器。

但在中小学生的心里，在第九十九师十五连第三排的政治部人员的心里，口号标语便不过是一种出气泄愤的法子罢了。如果“打倒帝国主义”是标语，那么，第十区的第七小学为什么不可贴“杀尽矮贼”的标语呢？如果“打倒汪精卫”是正当的标语，那么“活埋田中义一”为什么不是正当的标语呢？

如果多贴几张“打倒汪精卫”可以有效果，那么，你何以见得多贴几张“活埋田中义一”不会使田中义一打个寒噤呢？

故从历史考据的眼光看来，口号标语正是“名教”的正传嫡派。因为在绝大多数人的心里，墙上贴一张“国民政府是为全民谋幸福的政府”正等于门上写一条“姜太公在此”，有灵则两者都应该有灵，无效则两者同为废纸而已。

我们试问，为什么豆腐店的张老板要在对门墙上贴一张“对我生财”？岂不是因为他天天对着那张纸可以过一点发财的瘾吗？为什么他元旦开门时嘴里要念“元宝滚进来”？岂不是因为他念这句话时心里感觉舒服吗？

要不然，只有另一个说法，只可说是盲从习俗，毫无意义。张老板的祖宗传下来每年都贴一张“对我生财”，况且隔壁剃头店门口也贴了一张，所以他不能不照办。

现在大多数喊口号，贴标语的，也不外这两种理由：一是心理上的过瘾，一是无意义的盲从。

少年人抱着一腔热沸的血，无处发泄，只好在墙上大书“打倒卖国贼”，或“打倒日本帝国主义”。写完之后，那二尺见方的大字，那颜鲁公的书法，个个挺出来，好生威武，他自己看着，血也不沸了，气也稍稍平了，心里觉得舒服的多，可以坦然回去休息了。于是他的一腔义愤，不曾收敛回去，在他的行为上与人格上发生有益的影响，却轻轻地发泄在墙头的标语上面了。

这样的发泄感情，比什么都容易，既痛快，又有面子，谁不爱做呢？一回生，二回熟，便成了惯例了，于是“五一”“五三”“五四”“五七”“五九”“六三”……都照样做去：放一天假，开个纪念会，贴无数标语，喊几句口号，就算做了纪念了！

于是月月有纪念，周周做纪念周，墙上处处是标语，人人嘴上有的是口号。于是老祖宗几千年相传的“名教”之道遂大行于今日，而中国遂成了一个“名教”的国家。

我们试进一步，试问，为什么贴一张“雷打王阿毛”或“枪毙田中义一”可以发泄我们的感情，可以出气泄愤呢？

这一问便问到“名教”的哲学上去了。这里面的奥妙无穷，我们现在只能指出几个有趣味的要点。

第一，我们古代的老祖宗深信“名”就是魂，我们至今不知不觉地还逃不了这种古老迷信的影响。“名就是魂”的迷信是世界人类在幼稚时代同有的。埃及人的第八魂就是“名魂”。我们中国古今都有此迷信。《封神演义》上有个张桂芳能够“呼名落马”；他只叫一声“黄飞虎还不下马，更待何时！”黄飞虎就滚下五色神牛了。不幸张桂芳遇见了哪吒，喊来喊去，哪吒立在风火轮上不滚下来，因为哪吒是莲花化身，没有魂的。《西游记》上有个银角大王，他用一个红葫芦，叫一声“孙行者”，孙行者答应一声，就被装进去了。后来孙行者逃出来，又来挑战，改名叫“行者孙”，答应了一声，也就被装了进去！因为有名就有魂了。民间“叫魂”，只是叫名字，因为叫名字就是叫魂了。因为如此，所以小孩在墙上写“鬼捉王阿毛”，便相信鬼真能把阿毛的魂捉去。党部中人制定“打倒汪精卫”的标语，虽未必相信“千夫所指，无病自死”；但那位贴“枪毙田中”的小学生却难保不知不觉地相信他有咒死田中的功用。

第二，我们的古代老祖宗深信“名”（文字）有不可思议的神力，我们也免不了这种迷信的影响。这也是幼稚民族的普通迷信，高等民族也往往不能免除。《西游记》上如来佛写了“唵嘛呢叭咪吽”六个字，便把孙猴子压住了一千年。观音菩萨念一个“唵”字咒语，便有诸神来见。他在孙行者手心写一个“迷”字，就可以引红孩儿去受擒。小说上的神仙妖道作法，总得“口中念念有词”。一切符咒，都是有神力的文字。现在有许多人似乎真相信多贴几张“打倒军阀”的标语便可以打倒张作霖了。他们若不信这种神力，何以不到前线去打仗，却到吴淞镇的公共厕所墙上张贴“打倒张作霖”的标语呢？

第三，我们的古代圣贤也曾提倡一种“理智化”了的“名”的迷信，几千年来深入人心，也是造成“名教”的一种大势力。卫君要请孔子去治国，孔老先生却先要“正名”。他恨极了当时的乱臣贼子，却又“手无斧柯，奈龟山何！”所以他只好作一部《春秋》来褒贬他们；“一字之贬，严于斧钺；一字之褒，荣于华衮。”这种思想便是古代所谓“名分”的观念。尹文子说：善名命善，恶名命恶。故善有善名，恶有恶名。……今亲贤而疏不肖，赏善而罚恶。贤不肖，善恶之名宜在彼；亲疏赏罚之称宜属我。……“名”宜属彼，“分”宜属我。我爱白而憎黑，韵商而舍徵，好膻而恶焦，嗜甘而逆苦。白黑商徵，膻焦甘苦，彼之“名”也；爱憎韵舍，好恶嗜逆，我之“分”也。定此名分，则万事不乱也。

“名”是表物性的，“分”是表我的态度的。善名便引起我爱敬的态度，恶名便引起我厌恨的态度。这叫做“名分”的哲学。“名教”，“礼教”便建筑在这种哲学的基础之上。一块石头，变做了贞节牌坊，便可以引无数青年妇女牺牲她们的青春与生命去博礼教先生的一篇铭赞，或志书“列女”门里的一个名字。“贞节”是“名”，羡慕而情愿牺牲，便是“分”。女子的脚裹小了，男子赞为“美”，诗人说是“三寸金莲”，于是几万万的妇女便拼命裹小脚了。“美”与“金莲”是“名”，羡慕而情愿吃苦牺牲，便是“分”。

现在人说小脚“不美”，又“不人道”，名变了，分也变了，于是小脚的女子也得塞棉花，充天脚了。——现在的许多标语，大都有个褒贬的用意：宣传便是宣传这褒贬的用意。说某人是“忠实同志”，便是教人“拥护”他。说某人是“军阀”，“土豪劣绅”，“反动”，“反革命”，“老朽昏庸”，便是教人“打倒”他。故“忠实同志”“总理信徒”的名，要引起“拥护”的分。“反动分子”的名，要引起“打倒”的分。故今日墙上的无数“打倒”与“拥护”，其实都是要寓褒贬，定名分。不幸标语用的太滥了，今天要打倒的，明天却又在拥护之列了；今天的忠实同志，明天又变为反革命了。于是打倒不足为辱，而反革命有人竟以为荣。于是“名教”失其作用，只成为墙上的符箓而已。

两千年前，有个九十岁的老头子对汉武帝说：“为治不在多言，顾力行何如耳。”两千年后，我们也要对现在的治国者说：治国不在口号标语，顾力行何如耳。一千多年前，有个庞居士，临死时留下两句名言：但愿空诸所有。慎勿实诸所无。

“实诸所无”，如“鬼”本是没有的，不幸古代的浑人造出“鬼”名，更造出“无常鬼”，“大头鬼”，“吊死鬼”等等名，于是人的心里便像煞真有鬼了。我们对于现在的治国者，也想说：但愿实诸所有。慎勿实诸所无。

末了，我们也学时髦，编两句口号：

打倒名教！

名教扫地，中国有望！

答某君书

……我细读来书，终觉得你不免作茧自缚。你自己去寻出一个本不成问题的问题，"人生有何意义？"其实这个问题是容易解答的。人生的意义全是各人自己寻出来、造出来的：高尚、卑劣、清贵、污浊、有用、无用……全靠自己的作为。

生命本身不过是一件生物学的事实，有什么意义可说？一个人与一只猪，一只狗，有什么分别？人生的意义不在于何以有生，而在自己怎样生活。你若情愿把这六尺之躯葬送在白昼做梦之上，那就是你这一生的意义。你若发愤振作起来，决心去寻求生命的意义，去创造自己的生命的意义，那么，你活一日便有一日的意义，作一事便添一事的意义，生命无穷，生命的意义也无穷了。

总之，生命本没有意义，你要能给他什么意义，他就有什么意义。与其终日冥想人生有何意义，不如试用此生作点有意义的事……

为人写扇子的话：

知世如梦无所求，无所求心普空寂。

还似梦中随梦境，成就河沙梦功德。

王荆公小诗一首，真是有得于佛法的话。认得人生如梦，故无所求。但无所求不是无为。人生固然不过一梦，但一生只有这一场做梦的机会，岂可不努力做一个轰轰烈烈像个样子的梦？岂可糊糊涂涂懵懵懂懂混过这几十年吗？

老舍 作品

老舍(1899~1966)主要以小说和剧作闻名于世,他的长篇小说《四世同堂》《骆驼祥子》和话剧《茶馆》一直享誉文坛,是具有世界影响力的杰作。老舍在散文的写作上也毫不逊色,早在 20 世纪三四十年代,就已有“语言艺术大师”、“幽默大师”的头衔了。

老舍小品的幽默极似传统艺人的幽默,生动形象,机智灵活,富有剧场效果和世俗的趣味,且在幽默中时时带有自嘲的口吻。他的幽默浑然天成,不留任何人为的痕迹。他的幽默中也常常带有讽刺,嘲弄时弊,但他不像鲁迅那样尖锐犀利,一针见血,而总是以打趣的口吻呈现,轻松、温和,不给人痛感,却也能达到讽刺的效果。

不过,老舍幽默的最大特点还在于他的惯用“自嘲”笔调,这几乎体现在他的每一篇小品上面。读老舍的小品,有的能使你捧腹大笑,而更多的是让你想笑却笑不出来。这是一种带有痛感、催人反省的幽默。

一天

闹钟应当，而且果然，在六点半响了。睁开半只眼，日光还没射到窗上；把对闹钟的信仰改为崇拜太阳，半只眼闭上了。

八点才起床。赶快梳洗，吃早饭，饭后好写点文章。

早饭吃过，吸着第一支香烟，整理笔墨。来了封快信，好友王君路过济南，约在车站相见。放下笔墨，一手扣钮，一手戴帽，跑出去，门口没有一辆车；不要紧，紧跑几步，巷口总有车的。心里想着：和好友握手是何等的快乐；最好强迫他下车，在这儿住哪怕是一天呢，痛快的谈一谈。到了巷口，没一个车影，好像车夫都怕拉我似的。

又跑了半里多路才遇上了一辆，急忙坐上去，津浦站！车走得很快，绝对误不了，又想象着好友的笑容与语声，和他怎样在月台上东张西望的盼我来。

怪不得巷口没车，原来都在这儿挤着呢，一眼望不到边，街上挤满了车，谁也不动。西边一家绸缎店失了火。心中马上就决定好，改走小路，不要在此死等，谁在这儿等着谁是傻瓜，马上告诉车夫绕道儿走，显出果断而聪明。

车进了小巷。这才想起在街上的好处；小巷里的车不但是挤住，而且无论如何再也退不出。马上就又想好主意，给了车夫一毛钱，似猿猴一样的轻巧跳下去。挤过这一段，再抓上一辆车，还可以不误事，就是晚也晚不过十来分钟。

棉袄的底襟挂在小车子上，用力扯，袍子可以不要，见好友的机会不可错过！袍子扯下一大块，用力过猛，肘部正好碰着在娘怀中的小儿。娘不加思索，冲口而成，凡是我不爱听的都清清楚楚的送到耳中，好像我带着无线广播的耳机似的。孩子哭得奇，嘴张得像个火山口；没有一滴眼泪，说好话是无用的；凡是在外国可以用“对不起”了之的事，在中国是要长期抵抗的。四围的人——五个巡警，一群老头儿，两个女学生，一个卖糖的，二十多小伙子，一只黄狗——把我围得水泄不通；没有说话的，专门能看哭骂，笑嘻嘻的看着我挨雷。幸亏卖糖的是圣人，向我递了个眼神，我也心急手快，抓了一大把糖塞在小孩的怀中；火山口立刻封闭，四围的人皆大失望。给了糖钱，我见缝就钻，杀出重围。

到了车站，遇见中国旅行社的招待员。老那么和气而且眼睛那么尖，其实我并不常到车站，可是他能记得我，“先生取行李吗？”

“接人！”这是多余说，已经十点了，老王还没有叫火车晚开一个钟头的势力。

越想头皮越疼，几乎想要自杀。

出了车站，好像把自杀的念头遗落在月台上了。也好吧，赶快归去写文章。

到了家，小猫上了房；初次上房，怎么也下不来了。老田是六十多了，上台阶都发晕，自然婉谢不敏，不敢上墙。就看我的本事了，当仁不让，上墙！敢情事情都并不简单，你看，上到半腰，腿不晓得怎的会打起转来。不是颤而是公然的哆嗦。老田的微笑好像是恶意的，但是我还不能不仗着他扶我一把儿。

往常我一叫“球”，小猫就过来用小鼻子闻我，一边闻一边咕噜。上了房的“球”和地上的大不相同了，我越叫“球”，“球”越往后退。我知道，我要是一直的向前赶，“球”会退到房脊那面去，而我将要变成“球”。我的好话说多了，语气还是学着妇女的：“来，啊，小球，快来，好宝贝，快吃肝来……”无效！我急了，开始恫吓，没用。

磨烦了一点来钟，二姐来了，只叫了一声“球”，“球”并没理我，可是拿我的头作桥，一跳跳到了墙头，然后拿我的脊背当梯子，一直跳到二姐的怀中。

兄弟姐妹之间，二姐是我最好的朋友。她第一个好处便是不阻碍我的工作。每逢看见我写字，她连一声都不出；我只要一客气，陪她谈几句，她立刻就搭讪着走出去。

“二姐，和球玩会儿，我去写点字。”我极亲热的说。

“你先给我写几个字吧，你不忙啊？”二姐极亲热的说。

当然我是不忙，二姐向来不讨人嫌，偶尔求我写几个字，还能驳回？

二姐是求我写封信。这更容易了。刚由墙上爬下来，正好先试试笔，稳稳腕子。

二姐的信是给她婆母的外甥女的干姥姥的姑舅兄弟的侄女婿的。二姐与我先决定了半点多钟怎样称呼他。在讨论的进程中，二姐把她婆母的、婆母的外甥女的、干姥姥的、姑舅兄弟的性格与相互的关系略微说明了一下，刚说到干姥姥怎么在光绪二十八年掉了一个牙，老田说吃午饭得了。

吃过午饭，二姐说先去睡个小盹儿，醒后再告诉我怎样写那封信。

我是心中搁不下事的，打算把干姥姥放在一旁而去写文章，一定会把莎士比亚写成外甥女婿。好在二姐只是去打一个小盹儿。

二姐的小盹儿打到三点半才醒，她很亲热的道歉，昨夜多打了四圈小牌。不管怎着吧，先写信。二姐想起来了，她要是到东关李家去，一定会见着那位侄女婿的哥哥，就不要写信了。

二姐走了。我开始从新整理笔墨，并且告诉老田泡一壶好茶，以便把干姥姥们从心中给刺激走。

老田把茶拿来，说，外边调查户口，问我几月的生日。“正月初一！”我告诉老田。

凡是老田认为不可信的事，他必要和别人讨论一番。他告诉巡警：他对我的生日颇有点怀疑，他记得是三月；不论如何也不能是正月初一。巡警起了疑，登时觉得有破获共产党机关的可能，非当面盘问我不可。我自然没被他们盘问短，我说正月与三月不过是阴阳历的差别，并且告诉他们我是属狗的。巡警一听到戌狗亥猪，当然把共产党忘了；又耽误了我一刻多钟。

整四点。忘了，图画展览会今天是末一天！但是，为写文章，牺牲了图画吧。又拿起笔来。只要许我拿起笔来，就万事亨通，我不怕在多么忙乱之后，也能安心写作。

门铃响了，信，好几封。放着信不看，信会闹鬼。第一封：创办老人院的捐启。第二封：三舅问我买洋水仙不买？第三封：地址对，姓名不对，是否应当打开？想了半天，看了信皮半天，笔迹，邮印，全细看过，加以福尔摩斯的判断法；没结果，放在一旁。第四封：新书目录，从头至尾看了一遍，没有我要看的书。第五封：友人求找事，急待答复。赶紧写回信，信和病一样，越耽误越难办。信写好，邮票不够了，只欠一分。叫老田，老田刚刚出去。自己跑一遭吧，反正邮局不远。

发了信，天黑了。饭前不应当写字，看看报吧。

晚饭后，吃了两个梨，为是有助于消化，好早些动手写文章。刚吃完梨，老牛同着新近结婚的夫人来了。

老牛的好处是天生来的没心没肺。他能不管你多么忙，也不管你的脸长到什么尺寸，他要是谈起来，便把时间观念完全忘掉。不过，今天是和新妇同来，我想他决不会坐那么大的工夫。

牛夫人的好处，恰巧和老牛一样，是天生来的没心没肺。我在八点半的时候就看明白了：大概这二位是在我这里度蜜月。我的方法都使尽了：看我的稿纸,打个假造的哈欠,造谣言说要去看朋友,叫老田上钟弦,问他们什么时候安寝,顺手看看手表……老牛和牛夫人决定赛开了谁是更没心没肺。十点了,两位连半点要走的意思都没有。

“咱们到街上走走,好不好？我有点头疼。”我这么提议,心里计划着:陪他们走几步,回来还可以写个两千多字,夜静人稀更写得快:我是向来不悲观的。

随着他们走了一程,回来进门就打喷嚏,老田一定说我是着了凉,马上就去倒开水,叫我上床,好吃阿司匹灵。老田的命令是不能违抗的,我要是一定不去睡,他登时就会去请医生。也好吧,躺在床上想好了主意明天天一亮就起来写。“老田,把闹钟上到五点!”

老田又笑了,不好和老人闹气,不然的话,真想打他两个嘴巴。

身上果然有点发僵,算了吧,什么也不要想了,快睡！两眼闭死,可是不困,数一二三四,越数越有精神。大概有十一点了,老田已经停止了咳嗽。他睡了,我该起来了,反正是睡不着,何苦瞎耗光阴。被窝怪暖和的,忍一会儿再说,只忍五分钟,起来就写。肚里有点发热,阿司匹灵的功效,还倒舒服。似乎老牛又回来了,二姐,小球……

“起吧,八点了!”老田在窗外叫。

“没上闹钟吗？没告诉你上在五点上吗？”我在被窝里发怒。

“谁说没上呢,把我闹醒了;您大概是受了点寒,发烧,耳朵不大灵,嘛!”

生命似乎是不属于自己的,我叹了口气。稿子应该就发出了,还一个字没有呢!

“老田,报馆没来人催稿子吗？”

“来了,说请您不必忙了,报馆昨晚被巡警封了门。”

昼寝的风潮

宰予昼寝。子曰:朽木不可雕也——言犹未了,只听得子路子贡……齐声呐喊:法西斯蒂!

夫子暗藏怒气,轻声问道:何谓也？

大家齐喊:法西斯蒂!

夫子微笑道:知之为知之,不知为不知,是知也!

大家第三次喊道:法西斯蒂!

夫子真动了气,冷笑了一声,翼翼如也,走了出去。心中乱想:没想到教了这么多年书,卖了这么大力气,临完来个法西斯蒂。越想越难过,只好去请教于老子。

见了老子细说始末,老子微微一笑,道:老二,该!我没告诉过你么,凡事要无为而治,谁叫你爱管闲事?法西斯蒂,活该!

难道学生睡觉,我还得给他盖上点被子么?夫子反抗。

谁那么说来着?不要管他好了,老子说。

他醒了呢?

醒了之后发给他毕业证书,好啦。

夫子虽然热心教育,不肯马马虎虎,可是到底觉得老子对人情世故是极有经验的,于是翼翼如也走回来。

到了学校,喝,贴满了标语:打倒法西斯蒂化的孔老二。夫子知道风潮是要扩大,决定采取老子的妙策。他偷偷的进了后门,到自己屋中填好几张毕业证书,然后笑嘻嘻的来找宰予子路们。找到了他们,他拍着宰予的肩头,说:朋友,请拿去这证书吧;晚半天也不要上课了,我请大家吃个便饭,如何?

诸贤脸上并无喜色,由子路代表发言:我们命令你明天给我们添招女生,这是一;第二,以后再不准有考试;第三,昼寝定为必修课程;末了,向宰予在书面上道歉。

夫子一一的答应了,登时向宰予作书面上的致歉。这样,一场风波算是没有扩大,后来宰予等就成了七十二贤,而夫子至死也没法西斯蒂化。

打倒近视

人类大概是退化了。尧舜禹汤俱不戴眼镜,而我则近视之中带着散光,不戴眼镜则宇宙模糊,曲线之美失其美!巴黎女子有将真眉剃去,另画一双者,是天然之眉生得不尽合人意。我非女性，尚不敢剃眉再画，画眉问题即不细加研究。可是一提到眼镜，总不免悲观！原始之人，钻木取火，未闻错钻了手指，而现代近视之流，往往锁门连同鼻子锁上。人类大概是退化了。

近视实非微小问题。其有关于经济者，如正在没钱之时，耳插或鼻架忽然破碎。用麻绳系上则大杀风景，到公司去配则现钱交易难以履行，终日双手捧镜则别的都不能干；干脆不戴则天旋地转，如何是好？甚或引起自杀之念！

友人王君，觉有结婚的必要，乃去自相自看。有女如花，一见成功。娶到家中，原来面上麻子甚多，因恼生恨，王君遂堕楼而死。他也是近视哟！

友人李君，事阔钱多，鼻托玳瑁镜架，标准美男子也。结婚之夕，摘了眼镜，两眼如死鱼，大而无当，离里离光。次日，夫人提起离婚。李君乃入山为僧。友人张君，错吻了小姨，亦近视之害也。

诸如此类，难以尽述。总而言之，近视理当打倒，而眼镜乃现代文明之咒诅。为今之计，宜将害目之工作，如读书、如写小楷、如刻字、如刺绣、如看电影，一律禁止。庶几乎人无近视，而天下太平矣。

致赵景深

景深兄：

元帅发来紧急令：内无粮草外无兵！小将提枪上了马，《青年界》上走一程。咧！马来！参见元帅。带来多少人马？两千来个字！还都是老弱残兵！后帐休息！得令！正是：旌旗明日月，杀气满山头！

弟舍予躬

考而不死是为神

考试制度是一切制度里最好的，它能把人支使得不像人了，而把脑子严格的分成若干小块块。一块装历史，一块装化学，一块……

比如早半天考代数，下午考历史，在午饭的前后你得把脑子放在两个抽屉里，中间连一点缝子也没有才行。设若你把 X+Y 和一八二八弄到一处，或者找唐朝的指数，你的分数恐怕是要在二十上下。你要晓得，状元得来个一百分呀。得这么着：上午，你的一切得是代数，仿佛连你是黄帝的子孙，和姓字名谁，全根本不晓得。你就像刚由方程式里钻出来，全身的血脉都是 X 和 Y。赶到刚一交卷，你立刻成了历史，向来没听说过代数是什么。亚力山大、秦始皇等就是你的爱人，连他们的生日是某年某月某时都知道。代数与历史千万别联宗，也别默想二者的有无关系，你是赴考呀，赴考的期间你别自居为人，你是个会吐代数、吐历史的机器。

这样考下去，你把各样功课都吐个不大离，好了，你可以现原形了；睡上一天一夜，醒来一切茫然，代数历史化学诸般武艺通通忘掉，你这才想起“妹妹我爱你”。这是种蛇脱皮的工作，旧皮脱尽才能自由；不然，你这条蛇不曾得到文凭，就是你爱妹妹，妹妹也不爱你，准的。

最难的是考作文。在化学与物理中间，忽然叫你“人生于世”。你的脑子本来已分成若干小块，分得四四方方，清清楚楚，忽然来了个没有准地方的东西，东扑扑个空，西扑扑个空，除了出汗没有合适的办法。你的心已冷两三天，忽然叫你拿出情绪作文，要痛快淋漓，慷慨激昂，假如题目是“爱国论”，或“天下兴亡匹夫有责”；你的心要是不跳吧，笔下便无血无泪；跳吧，下午还考物理呢。把定律们都跳出去，或是跳个乱七八糟，爱国是爱了，而定律一乱则没有人替你整理，怎办？幸而不是爱国论，是山中消夏记，心无须跳了。可是，得有诗意呀。仿佛考完代数你更文雅了似的！假如你能逃出这一关去，你便大有希望了，够分不够的，反正你死不了了。被“人生于世”憋死，不是什么稀罕的事。

说回来，考试制度还是最好的制度。被考死的自然无须用提。假若考而不死，你放胆活下去吧，这已明明告诉你，你是十世童男转身。

《牛天赐传》广告

《论语》编辑部早就约我写篇较长的文章，有种种原因使我不敢答应。眼看到暑假了，编辑先生的信又来到，附着请帖，约定在上海吃饭。赔上几十块路费，也得去呀，交情要紧。继而一想，不赔上路费而也能圆上脸，有没有办法呢？这一想，便中了计：写文章吧，没有旁的可说。答应了。

答应了，紧跟着是绑上帐来；你到底写什么呢？先具个简单说明，以便预告给读者。我是有罪不敢抬头——写什么？我自己也愿意知道呀！

这可真难倒了英雄好汉。大体上说，长篇总是小说喽；我没有写史诗的本领，对戏剧是超等外行。对科学哲学又都二五八；只能写小说——好坏是另一个问题。

什么样的小说呢？是呀，什么样的小说呢？又被问住了。内容大概是怎回事？赶快想吧，想了好久，决定写《牛天赐传》。为什么？不能说，说破就不灵了。内容？还是不能说，没想出来呢。再逼我，要上吊去了。一定会有这么个“传”，里边有个“牛天赐”。他也许是英雄，碰巧也许是英雄的弟弟。也许写他的一生，也许写他的半生。没有三角恋爱，也许有。

幽默？一定！虽然这很伤心。怎么说呢？是这样：我原想从今以后不再写幽默的文章。有好几位朋友劝告我：老弟，你也该写点郑重的东西，老大不小的了，总是嘻嘻哈哈？这确是良言。于是我决定暂行搁笔，板起面孔者两月有余。敢情不行。一个人的时间有限，才力有限，鸭子上树还不如乌鸦顺眼呢。假若我不忙，也许破出十年功夫写本有点思想的东西。可是我老忙，忙得没工夫去想。在忙中而能写出的那一点，只有幽默。这是我的“地才”——说“天才”怕有人骂街。

幽默是了不得的呀，我没这么说。幽默是该死的呀，我没这样讲。一个人也只好尽其所能的做吧。百鸟朝凤的时节，麻雀也有个地位。各尽所能，铺好一条路，等那真正天才降临；这是句好话吧？整好步骤，齐喊一二三——四，这恐怕只能练习摔跤吧？真希望我能伟大，谁不应这么希望呢？可是生把我的脖子吊起来，以便成个细高挑儿，身长七尺有余，趁早不用费这个事，骆驼和长颈鹿的脖子都比我的更合格。在这忙碌的生活里,一定叫我写作,我实在想不出高明主意来。这不是发牢骚,也不是道歉,这是广告。广告不可骗人过甚,所以我不能说:"读完此篇,独得五十万元!"我只说:我要写一本《牛天赐传》,文字是幽默的。将在《论语》上逐期发表几千字;到现在,还一个字没写。

画像

前些日子,方二哥在公园里开过"个展",有字有画,画又分中画西画两部。第一天到会参观的有三千多人,气晕了多一半,当时死了四五十位。

据我看,方二哥的字确是不坏,因为墨色很黑,而且缺着笔划的字也还不算多。可是方二哥自己偏说他的画好。在"个展"中,中画的杰作——他自己规定的——是一张人物。松树底下坐着俩老头儿。确是松树,因为他题的是"松声琴韵"。他题的是松,我要是说像榆树,不是找着打架吗?所以我一看见标题就承认了那是松树:为朋友的面子有时候也得叫良心藏起一会儿去。对于那俩老头儿,我可是没法不言语了。方二哥的俩老头儿是一顺边坐着,大小一样,衣装一样,方向一样,活像是先画了一个,然后又照描了一个。"这是怎么个讲究?"我问他。

"这?俩老头儿鼓琴!"他毫不迟疑的回答。

"为什么一模一样?"我问的是。

"怎么?不许一模一样吗?"他的眼里已然冒着点火。

"那么你不会画一个向左,一个向右?"

"讲究画成一样!这是艺术!"他冷笑着。

我不敢再问了,他这是艺术。

又去看西画。他还跟着我。虽然他不很满意我刚才的质问,可究竟是老朋友,不好登时大发脾气。再说,我已承认了他这是艺术。

西画的杰作,他指给我,是油画的几颗鸡冠花,花下有几个黑球。不知为什么标签上只写了鸡冠花,而没管那些黑球。要不是先看了标签,要命我也想不起鸡冠花来——一些红道子夹着蓝道子,我最初以为是阴丹士林布衫上洒了狗血,后来才悟过来那是我永不能承认的鸡冠花。那些黑球是什么呢?不能也是鸡冠花吧!

我不能不问了,不问太憋得慌。“那些黑玩艺是什么?”

“黑玩艺?!!!”他气得直瞪眼:“那是鸡!你站远点看!”

我退了十几步,歪着头来回的端详,还是黑球。可是为保全我的性命,我改了嘴:“可不是鸡!一边儿大,一样的黑;这是艺术!”

方二哥天真的笑了:“这是艺术。好了,这张送给你了!”

我可怪不好意思接受,他这张标价是一千五百元呢。送点小礼物,我们俩的交情确是过得着;一千五,这可不敢当!况且拿回家去,再把老人们气死一两位,也不合算。我不敢要。

我正谦谢,方二哥得了灵感:“不要这张也好,另给你画一张,我得给你画像;你的脸艺术!”

我心里凉了!不用说,我的脸不是像块砖头,就是像个黑蛋。要不然方二哥怎说它长得艺术呢?我设尽方法拦阻他:没工夫;不够被画的资格;坐定了就抽疯……他不听这一套,非画不可:第二天还就得开始,灵感一到,机关枪也挡不住;不画就非疯了不可!我没了办法。为避免自己的脸变成黑蛋,而叫方二哥入疯人院,我小忍。画就画吧。我可是绕着弯儿递了个口语:“二哥,可画细致一点。家里的人不懂艺术,他们专看像不像。我自己倒没什么,你就画个黑球而说是我,我也能欣赏。”

“艺术是艺术,管他们呢!”方二哥说,“明天早晨八点,一准!”

我没说出什么来,一天没吃饭。第二天,还没到八点,方二哥就来了;灵感催的。喝,拿着的东西多了,都挂着颜色。把东西堆在桌上,他开始惩治我。叫我坐定不动,脸儿偏着,脖子扭着,手放在膝上,别动,连眼珠都别动。我吓开了神。他进三步,退两步,向左歪头,抓抓头发,又向右看,挤挤眼睛。闹腾了半点多钟,他说我的鼻子长得不对。得换个方向,给鼻子点光。我换过方向来,他过来弹弹我的脑门,拉拉耳朵,往上兜兜鼻子,按按头发;然后告诉我不要再动。我不敢动。他又退后细看,头上出了汗。还不行,我的眼不对。得换个方向,给眼睛点光。我忍不住了,我把他推在椅子上,照样弹了他的脑门,拉了他的耳朵……“我给你画吧!”我说。

为艺术,他不能跟我赌气。他央告我再坐下:“就画,就画!”

我又坐好,他真动了笔。一劲嘱咐我别动。瞪我一眼,回过头去抹一个黑蛋;又瞪我一眼,在黑蛋上戳上几个绿点;又回过头来,向我的鼻子咧嘴,好像我的鼻子有毒似的。画了一点多钟,他累得不行了,非休息不可,仿佛我歪着头倒使他脖子酸了。我一边揉着脖子,一边去细看他画了什么。很简单,几个小黑蛋凑成的一个大黑蛋,黑蛋上有些高起的绿点。

“这是不是煤球上长着点青苔?”我问。

“别忙啊,还得画十天呢。”他看着大煤球出神。

“十天?我还得坐十天?”

“啊!”

当天下午,我上了天津。两天后,家中来信说:方二哥疯了。疯了就疯了吧,我有什么办法呢?

落花生

我是个谦卑的人。但是,口袋里装上四个铜板的落花生,一边走一边吃,我开始觉得比秦始皇还骄傲。假若有人问我:“你要是做了皇上,你怎么享受呢?”简直的不必思索,我就答得出:“派四个大臣拿着两块钱的铜子,爱买多少花生吃就买多少!”

什么东西都有个幸与不幸。不知道为什么瓜子比花生的名气大。你说,凭良心说,瓜子有什么吃头?它夹你的舌头,塞你的牙,激起你的怒气——因为一咬就碎;就是幸而没碎,也不过是那么小小的一片,不解饿,没味道,劳民伤财,布尔乔亚!你看落花生:大大方方的,浅白麻子,细腰,曲线美。这还只是看外貌。弄开看:一胎儿两个或者三个粉红的胖小子。脱去粉红的衫儿,象牙色的豆瓣一对对的抱着,上边儿还结着吻。那个光滑,那个水灵,那个香喷喷的,碰到牙上那个干松酥软!白嘴吃也好,就酒喝也好,放在舌上当槟榔含着也好。写文章的时候,三四个花生可以代替一支香烟,而且有益无损。

种类还多呢:大花生,小花生,大花生米,小花生米,糖饯的,炒的,煮的,炸的,各有各的风味,而都好吃。下雨阴天,煮上些小花生,放点盐;来四两玫瑰露;够作好几首诗的。瓜子可给诗的灵感?冬夜,早早的躺在被窝里,看着《水浒》,枕旁放着些花生米;花生米的香味,在舌上,在鼻尖;被窝里的暖气,武松打虎……这便是天国!冬天在路上,刮着冷风,或下着雪,袋里有些花生使你心中有了主儿;掏出一个来,剥了,慌忙往口中送,闭着嘴嚼,风或雪立刻不那么厉害了。况且,一个二十岁以上的人肯神仙似的,无忧无虑的,随随便便的,在街上一边走一边吃花生,这个人将来要是作了宰相或度支部尚书,他是不会有官僚气与贪财的。他若是作了皇上,必是朴俭温和直爽天真的一位皇上,没错。吃瓜子的照例不在街上走着吃,所以我不给他保这个险。

至于家中要是有小孩儿,花生简直比什么也重要。不但可以吃,而且能拿它们玩。夹在耳唇上当环子,几个小姑娘就能办很大的一回喜事。小男孩若找不着玻璃球儿,花生也可以当弹儿。玩法还多着呢。玩了之后,剥开再吃,也还不脏。两个大子儿的花生可以玩半天;给他们些瓜子试试。

论样子,论味道,栗子其实满有势派儿。可是它没有落花生那点家常的"自己"劲儿。栗子跟人没有交情,仿佛是。核桃也不行,榛子就更显着疏远。落花生在哪里都有人缘,自天子以至庶人都跟它是朋友;这不容易。

在英国,花生叫作"猴豆"——Monkey nuts。人们到动物园去才带上一包,去喂猴子。花生在这个国里真不算很光荣,可是我亲眼看见去喂猴子的人——小孩就更不用提了——偷偷的也往自己口中送这猴豆。花生和苹果好像一样的有点魔力,假如你知道苹果的典故;我这儿确是用着典故。

美国吃花生的不限于猴子。我记得有位美国姑娘,在到中国来的时候,把几只皮箱的空处都填满了花生,大概凑起来总够十来斤吧,怕是到中国吃不着这种宝物。美国姑娘都这样重看花生,可见它确是有价值;按照哥伦比亚的哲学博士的辩证法看,这当然没有误儿。

花生大概还跟婚礼有点关系,一时我可想不起来是怎么个办法了;不是新娘子在轿里吃花生,不是;反正是什么什么春吧——你可晓得这个典故?其实花轿里真放上一包花生米,新娘子未必不一边落泪一边嚼着。

我的理想家庭

一个二十多岁的小伙子，讲恋爱，讲革命，讲志愿，似乎天地之间，唯我独尊，简直想不到组织家庭——结婚既是爱的坟墓，家庭根本上是英雄好汉的累赘。及至过了三十，革命成功与否，事情好歹不论，反正领略够了人情世故，壮气就差点事儿了。虽然明知家庭之累，等于投胎为马为牛，可是人生总不过如此，多少也都得经验一番，既不坚持独身，结婚倒也还容易。于是发帖子请客，笑着开驶倒车，苦乐容或相抵，反正至少凑个热闹。到了四十，儿女已有二三，贫也好富也好，自己认头苦曳，对于年轻的朋友已经有好些个事儿说不到一处，而劝告他们老老实实的结婚，好早生儿养女，即是话不投缘的一例。到了这个年纪，设若还有理想，必是理想的家庭。倒退二十年，连这么一想也觉泄气。人生的矛盾可笑即在于此，年轻力壮，力求事事出轨，决不甘为火车；及至中年，心理的，生理的，种种理的什么什么，都使他不但非作火车不可，且作货车焉。把当初与现在一比较，判若两人，足够自己笑半天的！或有例外，实不多见。

明年我就四十了，已具说理想家庭的资格：大不必吹，盖亦自嘲。

我的理想家庭要有七间小平房：一间是客厅，古玩字画全非必要，只要几张很舒服宽松的椅子，一二小桌。一间书房，书籍不少，不管什么头版与古本，而都是我所爱读的。一张书桌，桌面是中国漆的，放上热茶杯不至烫成个圆白印儿。文具不讲究，可是都很好用。桌上老有一两枝鲜花，插在小瓶里。两间卧室，我独据一室，没有臭虫，而有一张极大极软的床。在这个床上，横睡直睡都可以，不论怎睡都一躺下就舒服合适，好像陷在棉花堆里，一点也不硬碰骨头。还有一间，是预备给客人住的。此外是一间厨房，一个厕所，没有下房，因为根本不预备用仆人。家中不要电话，不要播音机，不要留声机，不要麻将牌，不要风扇，不要保险柜。缺乏的东西本来很多，不过这几项是故意不要的，有人白送给我也不要。

院子必须很大。靠墙有几株小果木树。除了一块长方的土地，平坦无草，足够打开太极拳的，其他的地方就都种着花草——没有一种珍贵费事的，只求昌茂多花。屋中至少有一只花猫,院中至少也有一两盆金鱼;小树上悬着小笼,二三绿蝈蝈随意地鸣着。

这就该说到人了。屋子不多,又不要仆人,人口自然不能很多:一妻和一儿一女就正合适。先生管擦地板与玻璃,打扫院子,收拾花木,给鱼换水,给蝈蝈一两块绿黄瓜或几个毛豆;并管上街送信买书等事宜。太太管做饭,女儿任助手——顶好是十二三岁,不准小也不准大,老是十二三岁。儿子顶好是三岁,既会讲话,又胖胖的会淘气。母女于做饭之外,就做点针线,看小弟弟。大件衣服拿到外面去洗,小件的随时自己涮一涮。

既然有这么多工作,自然就没有多少工夫去听戏看电影。不过在过生日的时候,全家就出去玩半天;接一位亲或友的老太太给看家。过生日什么的永远不请客受礼,亲友家送来的红白帖子,就一概扔在字纸篓里,除非那真需要帮助的,才送一些干礼去。到过节过年的时候,吃食从丰,而且可以买一通纸牌,大家打打"索儿胡",赌铁蚕豆或花生米。

男的没有固定的职业,只是每天写点诗或小说,每千字卖上四五十元钱。女的也没事做,除了家务就读些书。儿女永不上学,由父母教给画图、唱歌、跳舞——乱蹦也算一种舞法——和文字、手工之类。等到他们长大,或者也会仗着绘画或写文章卖一点钱吃饭。不过这是后话,顶好暂且不提。

这一家子人,因为吃得简单干净,而一天到晚又不闲着,所以身体都很不坏。因为身体好,所以没有肝火,大家都不爱闹脾气。除了为小猫上房、金鱼甩子等事着急之外,谁也不急叱白脸的。

大家的相貌都很体面,不令人望而生厌。衣服可并不讲究,都做得很结实朴素;永远不穿又臭又硬的皮鞋。男的很体面,可不露电影明星气;女的很健美,可不红唇卷毛的鼻子朝着天。孩子们都不卷着舌头说话,淘气而不讨厌。

这个家庭顶好是在北平,其次是成都或青岛,至坏也得在苏州。无论怎样吧,反正必须在中国,因为中国是顶文明顶平安的国家;理想的家庭必在理想的国内也。

四十自拟小传

舒舍予,字老舍,现年四十岁,面黄无须,生于北平。三岁失怙,可谓无父。志学之年,帝王不存,可谓无君。无父无君,特别孝爱老母,布尔乔亚之仁未能一扫空也。幼读三百千,不求甚解。继学师范,遂奠教书匠之基。及壮,糊口四方,教书为业,甚难发财;每购奖券,以得末彩为荣,示甘于寒贱也。二十七岁,发愤著书,科学,哲学无所懂,故写小说,博大家一笑,没什么了不得。三十四岁结婚,今已有一女一男,均狡猾可喜。闲时喜养花,不得其法,每每有叶无花,亦不忍弃。书无所不读,全无所获,并不着急。教书作事,均甚认真,往往吃亏,亦不后悔。如是而已,再活四十年也许能有点出息!

著有:《老张的哲学》、《赵子曰》、《二马》、《小坡的生日》、《猫城记》、《离婚》、《赶集》、《牛天赐传》、《樱海集》、《蛤藻集》、《骆驼祥子》、《火车集》,皆小说也。当继续再写八本,凑成二十本,可以搁笔矣。散碎文字,随写随扔,偶搜汇成集,如《老舍幽默诗文集》及《老牛破车》,亦不重视之。

取钱

我告诉你,二哥,中国人是伟大的。就拿银行说吧,二哥,中国最小的银行也比外国的好,不冤你。你看,二哥,昨儿个我还在银行里睡了一大觉。这个我告诉你,二哥,在外国银行里就做不到。

那年我上外国,你不是说我随了洋鬼子吗?二哥,你真有先见之明。还是拿银行说吧,我亲眼得见,洋鬼子再学一百年也赶不上中国人。洋鬼子不够派儿。好比这么说吧,二哥,我在外国拿着张十镑钱的支票去兑现钱。一进银行的门,就是柜台,柜台上没有亮亮的黄铜栏杆,也没有大小的铜牌。

二哥你看,这和油盐店有什么分别?不够派儿。再说人吧,柜台里站着好几个,都那么光梳头,净洗脸的,脸上还笑着;这多下贱!把支票交给他们谁也行,谁也是先问你早安或午安;太不够派儿了!拿过支票就那么看一眼,紧跟着就问:“怎么拿?先生!”还是笑着。哪道买卖人呢?!叫“先生”还不够,必得还笑,洋鬼子脾气!我就说了,二哥:“四个一镑的单张,五镑的一张,一镑零的;零的要票子和钱两样。”要按理说,二哥,十镑钱要这一套罗哩罗嗦,你讨厌不,假若二哥你是银行的伙计?你猜怎么样,二哥,洋鬼子笑得更下贱了,好像这样麻烦是应当应分。喝,登时从柜台下面抽出簿子来,刷刷的就写;写完,又一伸手,钱是钱,票子是票子,没有一眨眼的工夫,都给我数出来了;紧跟着便是:“请点一点,先生!”又是一个“先生”,下贱,不懂得买卖规矩!点完了钱,我反倒愣住了,好像忘了点什么。对了,我并没忘了什么,是奇怪洋鬼子干事——况且是堂堂的大银行——为什么这样快?赶丧哪?真他妈的!

二哥,还是中国的银行,多么有派儿!我不是说昨儿个去取钱吗?早八点就去了,因为现在天儿热,银行八点就开门;抓个早儿,省得大晌午的劳动人家;咱们事事都得留个心眼,人家有个伺候得着与伺候不着,不是吗?到了银行,人家真开了门,我就心里说,二哥,大热的天,说什么时候开门就什么时候开门,真叫不容易。其实人家要愣不开一天,不是谁也管不了吗?一边赞叹,我一边就往里走。喝,大电扇忽忽的吹着,人家已经都各按部位坐得稳稳当当,吸着烟卷,按着铃要茶水,太好了,活像一群皇上,太够派儿了。我一看,就不好意思过去,大热的天,不叫人家多歇会儿,未免有点不知好歹。可是我到底过去了,二哥,因为怕人家把我撵出去;人家看我像没事的,还不撵出来么?人家是银行,又不是茶馆,可以随便出入。我就过去了,极慢的把支票放在柜台上。没人搭理我,当然的。有一位看了我一眼,我很高兴;大热的天,看我一眼,不容易。二哥,我一过去就预备好了:先用左腿金鸡独立的站着,为是站乏了好换腿。左腿立了有十分钟,我很高兴我的腿确是有了劲。支持到十二分钟我不能不换腿了,于是就来个右金鸡独立。右腿也不弱,我更高兴了,嗨,爽性来个猴啃桃吧,我就头朝下,顺着柜台倒站了几分钟。翻过身来,大家还没动静,我又翻了十来个跟头,打了些旋风脚。刚站稳了,过来一位,心里说:我还没练两套拳呢;这么快?那位先生敢情是过来吐口痰,我补上了两套拳。拳练完了,我出了点汗,很痛快。又站了会儿,一边喘气,一边欣赏大家的派头——真稳!很想给他们喝个彩。八点四十分,过来一位,脸上要下雨,眉毛上满是黑云,看了我一眼。我很难过，大热的天，来给人家添麻烦。他看了支票一眼，又看了我一眼，好像在断定我和支票像亲哥儿俩不像。我很想把脑门子上签个字。他连大气没出把支票拿了走，扔给我一面小铜牌。我直说："不忙，不忙！今天要不合适，我明天再来；明天立秋。"我是真怕把他气死，大热的天。

他还是没理我，真够派儿，使我肃然起敬！

拿着铜牌，我坐在椅子上，往放钱的那边看了一下。放钱的先生——一位像屈原的中年人——刚按铃要鸡丝面。我一想：工友传达到厨房，厨子还得上街买鸡，凑巧了鸡也许还没长成个儿；即使顺当的买着鸡，面也许还没磨好。说不定，这碗鸡丝面得等三天三夜。放钱的先生当然在吃面之前决不会放钱；大热的天，腹里没食怎能办事。我觉得太对不起人了，二哥！心中一懊悔，我有点发困，靠着椅子就睡了。睡得挺好，没蚊子也没臭虫，到底是银行里！一闭眼就睡了五十多分钟；我的身体，二哥，是不错了！吃得饱，睡得着！

偷偷的往放钱的先生那边一看，（不好意思正眼看，大热的天，赶劳人是不对的！）鸡丝面还没来呢。我很替他着急，肚子怪饿的，坐着多么难受。他可是真够派儿，肚子那么饿还不动声色，没法不佩服他了，二哥。

大概有十点左右吧，鸡丝面来了！"大概"，因为不肯看壁上的钟——大热的天，表示出催促人家的意思简直不够朋友。况且我才等了两点钟，算得了什么。我偷偷的看人家吃面。他吃得可不慢。我觉得对不起人。为兑我这张支票再逼得人家噎死，不人道！二哥，咱们都是善心人哪。他吃完了面，按铃要手巾把，然后点上火纸，咕噜开小水烟袋。我这才放心，他不至于噎死了。他又吸了半点多钟水烟。这时候，二哥，等取钱的已有了六七位，我们彼此对看，眼中都带出对不起人的神气。我要是开银行，二哥，开市的那天就先枪毙俩取钱的，省得日后麻烦。大热的天，取哪门子钱？不知好歹！

十点半，放钱的先生立起来伸了伸腰。然后捧着小水烟袋和同事低声闲谈起来。我替他抱不平，二哥，大热的天，十时半还得在行里闲谈，多么不自由！凭他的派儿，至少该上青岛避两月暑去；还在行里，还得闲谈，哼！

十一点，他回来，放下水烟袋，出去了；大概是去出恭。十一点半才回来。大热的天，二哥，人家得出半点钟的恭，多不容易！再说，十一点半，他居然拿起笔来写账，看支票。我直要过去劝告他不必着急。大热的天，为几个取钱的得点病才合不着。到了十二点，我决定回家，明天再来。我刚要走，放钱的先生喊："一号！"我真不愿过去，这个人使我失望！才等了四点钟就放钱，派儿不到家！可是，他到底没使我失望。我一过去，他没说什么，只指了指支票的背面。原来我忘了在背后签字，他没等我拔下自来水笔来，说了句："明天再说吧。"

这才是我所希望的！本来吗，人家是一点关门；我补签上字，再等四点钟，不就是下午四点了吗？大热的天，二哥，人家能到时候不关门？我收起支票来，想说几句极合适的客气话，可是他喊了"二号"；我不能再耽误人家的工夫，决定回家好好的写封道歉的信！二哥，你得开开眼去，太够派儿！

自传难写

自古道：今儿个晚上脱了鞋，不知明日穿不穿；天有不测的风云啊！为留名千古，似应早早写下自传，自己不传，而等别人偏劳，谈何容易！以我自己说吧，眼看就快四十了，万一在最近的将来有个山高水远，还没写下自传，岂不是大大的一个缺憾？！

可是，说起来就有点难受。自传不难哪，只要有好材料。材料好办；"好材料"，哼，难！自传的头一章是不是应当叙说家庭族系等等？自然是。人由何处生，水从哪儿来，总得说个分明。依写传的惯例说，得略述五千年前的祖宗是纯粹"国种"，然后详道上三辈的官衔，功德，与著作。至少也得来个"清封大夫"的父亲，与"出自名门"的母亲。没有这么适合体裁的双亲，写出去岂不叫人笑掉门牙！您看，这一招儿就把咱撅个对头弯；咱没有这种父母，而且准知道五千年前的祖宗不见得比我高明。好意思大书特书"清封普罗大夫"，与"出自不名之门"么？就是有这个勇气，也危险呀：普罗大夫之子共党耳，推出斩首，岂不糟了？！英雄不怕出身低，可也得先变成英雄啊。汉刘邦是小小的亭长，淮阴侯也讨过饭吃，可是人家都成了英雄，自然有人捧场喝彩。咱是不是英雄？对镜审查，不大像。

自传的头一章根本没着落。

再说第二章吧。这儿应说怎样降生；怎么在胎中多住了三个多月，怎么产房里闹妖精，怎么天上落星星，怎么生下来啼声如豹，怎么左手拿着块现洋……我细问过母亲，这些事一概没有。母亲只说：生下来奶不足，常贴吃糕干——所以到如今有时候一阵阵的发糊涂。

第二章又可以休矣。

第三章得说幼年入学的光景喽。“幼怀大志，寡言笑，囊萤刺股……”这多么好听！可是咱呢，不记得有过大志，而是见别人吃糖馅烧饼就馋得慌——到如今也没完全改掉。逃学的事倒不常干。而挨手板与罚跪说起来似乎并不光荣。第三章，即使勉强写出，也不体面。

没有前三章，只好由第四章写了，先不管有这样的书没有。这一章应写青春时期。更难下笔。假如专为泄气，又何必自传；当然得吹腾着点儿。事情就奇怪，想吹都吹不起来。人家牛顿先生看苹果落地就想起那么多典故来，我看见苹果落地——不，不等它落地就摘下来往嘴里送。青春时期如此，现在也没长进多少，不但没作过惊天动地的事，而且没有存过惊天动地的心。偶尔大喊一声，天并不惊；跺地两脚，地也不动。第四章又是糖心的炸弹，没响儿！

以下就不用说了，伤心！

自传呢，下世再说。好在马上为善，或者还不太晚，多积点阴功，下辈子咱也生在贵族之家，专是自传的第一章就能写八万多字。气死无数小布尔乔亚。等着吧，这个事是急不得的。

代语堂先生拟赴美宣传大纲

话说林语堂先生，头戴纱帽盔，上面两个大红丝线结子，遮目的是一对崂山水晶墨镜，完全接近自然，一点不合科学的制法。身上穿着一件宝蓝团龙老纱大衫，铜钮扣，没有领子——因为反对洋服的硬领，所以更进一步的爽性光着脖子。

脚上一双青大缎千层底圆口皂鞋，脚脖儿上豆青的绸带扎住裤口。右手里一把斑竹八根架纸扇，一面画的是淡墨山水，一面自己写的一小段舒白香游山日记——写得非常的好，因为每个字旁都由林先生自己画了双圈。左手提着云南制的水烟袋，托子是珐琅的，非常的古艳。

林先生的身上自然还有别的东西，一一的说来未免有点烦絮；总而言之，他身上没有一件足以惹人怀疑是否国产的物品。这倒不全为提倡国货；每一件东西都是顶古雅精美的，顺手儿也宣传着东方文化。

林先生本打算雇一条带帆的渔船，或西湖上的游艇，在太平洋里一面钓着鱼，一面缓缓前进。这个办法既足以证实他的艺术生活，又足以使两个老渔夫或一对船娘能自食其力的挣口饭吃——后者恐怕是这个计划的主要目的。不过，即使大家都不怕慢，走上三五个月满不在乎，可是小船——虽然是那么有画意——恐怕干不过海洋里的风浪。真要是把老渔夫或船娘都喂了海鱼，未免有悖于人道主义。算了吧，只好坐海船吧。

为减少轮船上的俗气与洋味，林先生带着个十岁的小书童：头上梳着两个抓髻，系着鲜红的头绳。林先生坐在甲板上的藤椅上，书童捧着瑶琴一旁侍立。琴上无弦，省得去弹；只是个“意思”而已。

一“海”无话，林先生吃得胖胖的，就到了美国。船一到码头，新闻记者如蜜蜂一般拥上前来，全是找林先生的。林先生命书童点起檀香，提着景泰蓝香炉在前引路，徐徐的前进。新闻记者围上前来，林先生深感不快，乃曼声曰：“吾乃——‘吾国吾民’之著者是也！没别的可说！”众畏其威，乃退。不过，林先生的相，在他没甚留神的时候，已被他们照了去；在当日的晚报就登印出来。

歇兵三日，林先生拟出宣传大纲：

一、男人应否怕老婆——阳纲不振为西方文化之大毛病。予之来所以使懦夫立也——林先生的文字是文言与白话两掺着的，特别是在草拟大纲的时候。公鸡打鸣，母鸡生蛋，天然有别，不可强易。男女平等，本是男的种田，女的纺线，各尽其职之谓。反之，像英美各国，男儿拼命挣钱，老婆不管洗衣做饭；哪道婚姻，什么平等！妇道不修，于是在恋爱之前已打听好怎样离婚，以便争取生活费，哀哉！中国古圣先贤都说夫为妻纲，已预知此害；西方无此种圣人，故大吃其亏。宜速迎东方活圣人一位，封为国师！

二、男人怎样可以不怕老婆——在今日的中国，怕老婆者穿洋服。与夫人同行，代她拿伞，抱孩子。洋服者，西洋之服，自古已然，怕老婆非一日矣！为今之计，西洋男子应马上改穿中服，以免万劫茫茫。中服威严，虽贾波林穿上亦无局促瘦窘之相。望而生畏，女人不敢大发雌威矣。中服舒服，男人知道求舒服，女人即知责任之所在；反之，自上锁镣，硬领皮鞋，以示甘受苦刑，则女人见景生情，必使跪着顶灯；猛醒吧，西洋男子！中服使人安详自在。气度安详，则威而不猛，增高身份。譬若老婆发了命令，穿大衫之丈夫可漫应之，Yes, dear;而许久不动,直至对方把命令改成央求,乃徐徐起立。穿西服之丈夫鲜能为此:洋服表示干净利落之精神,一闻令下,必须疾驱而前,显出敏捷脆快;Yes,dear,未及说完,早已一道闪光而去,脸上笑容充满宇宙。久之,夫人并发令之劳且厌之,而眉指颐使,丈夫遂成了专看眼神的动物!这还了得,西洋男子必须革命!

三、中西文化及其苍蝇——东方人的闲适,使苍蝇也得到自由;西方人的固执,苍蝇大受压迫。世界大同,虽是个理想,但总有实现之一日。以苍蝇言,在大同主义之下,必有其东方的自由,而受过西方科学的洗礼;"明日"之苍蝇必为消毒的苍蝇,活泼泼的而不负传染恶疾的责任。此事虽小,足以喻大;明乎此,可与言东西文化之交映成辉矣。(此项下还有许多节目,如中西文化及其蜈蚣,中西文化及其青蛙等,即不备录。)

四、东西的艺术及其将来——西方的艺术大体上说来,总免不了表现肉感,裸体画与雕刻是最明显的例子。东方的艺术,反之,却表现着清涤肉感,而给现实生活一些云烟林水之气。由这一点上来看,西方的精神是斑斓猛虎,有它的猛勇,活跃,及直爽;东方的精神是淡远的秋林,有它的安闲,静恬,及含蓄。这样说来,仿佛各有所长,船多并不碍江。可是细那么一想,则东方的精神实在是西方文化的矫正,特别是在都市文化发达到出了毛病的时候——像今日。西方今日之需要静恬,就是没别的更好的办法,至少也须常常看到一种秋江夕照的图画(如林先生扇子上所画的那个),常常听到一种平沙落雁的音乐,而把客厅里悬着的大光眼儿,二光眼儿,一律暂时收起。光屁股艺术有它的直爽与健康,但乐园的亚当与夏娃并非只以一丝不挂为荣,还有林花虫蝶之乐。况且假若他俩多注意些花鸟之趣,而一心无邪,恐怕到如今还住在那里——闲着画儿幅山水儿什么的,给天使们鉴赏,岂不甚好?!

五、吾国与吾民——有书为证,顶好大家手执一册,焚香静读,你们多得些知识,我多收点版税,两有益的事儿。

六、幽默的意义与技巧——专为美国大学生讲;女生暂不招待,以使听完不懂得发笑,大杀风景。

七、中国今日的文艺——专为研究比较文学的讲演,听讲时须各携烟斗或香烟与洋火。讲题:(1)《论语》的创始与发展。(2)《人间世》的生灭。(3)《宇宙风》怎样刮风。

郁达夫 作品

郁达夫(1896~1945)是在中国小说与散文领域均有重大成就的作家。他的小说以写灵肉冲突而闻名,《过去》《沉沦》《春风沉醉的晚上》《迟桂花》是他的代表作。他的散文创作稍晚,但也因此更为圆熟,风格清新秀雅,文笔细腻绵长。最大的特点是以其敏锐、犀利的文笔,写出常人所体验不到或者体验到却说不出来的深曲微妙之处。例如《江南的冬景》,写得细腻妥帖,无论是熟悉还是不熟悉江南冬景的人,读后都能体会到江南冬日清纯萧疏的情调和韵味,撩拨着你心底的深深向往。

郁达夫本不以幽默见长,主要的成就也不在这方面,但就是偶一为之的几篇幽默小品看,却也独具风味,相当成功。其成功的秘诀与他的小说、美文一样,均源自真诚自然,毫不做作和矫饰;再加上他那精细的观察力和感受力以及才子的机智潇洒,文章更因此体现出一种别人所没有的韵味和风度。

给一位文学青年的公开状

今天的风沙实在太大了，中午吃饭之后，我因为还要去教书，所以没有许多工夫，和你谈天。我坐在车上，一路的向北走去，沙石飞进了我的眼睛。一直到午后四点钟止，我的眼睛四周的红圈，还没有褪尽。恐怕同学们见了要笑我，所以于上课堂之先，我从高窗口在日光大风里把一双眼睛曝晒了许多时。我今天上你那公寓里来看了你那一副样子，觉得什么话也说不出来。现在我想趁着这大家已经睡寂了的几点钟工夫，把我要说的话，写一点在纸上。

平素不认识的可怜的朋友，或是写信来，或是亲自上我这里来的，很多很多。我因为想报答两位也是我素不认识而对于我却有十二分的同情过的朋友的厚恩起见，总尽我的力量帮助他们。可是我的力量太薄弱了，可怜的朋友太多了，所以结果近来弄得我自家连一条棉裤也没有。这几天来天气变得很冷，我老想买一件外套，但终于没有买成。尤其是使我羞恼的，因为恰逢此刻，我和同学们所读的书里，正有一篇俄国郭哥儿(果戈里)著的嘲弄像我们一类人的小说《外套》。现在我的经济状态，比从前并没有什么宽裕，从数目上讲起来，反而比从前要少——因为现在我不能向家里去要钱化，每月的教书钱，额面上虽则有五十三加六十四合一百十七块，但实际上拿得到的只有三十三四块——而我的嗜好日深，每月光是烟酒的账，也要开销二十多块。我曾经立过几次对天的深誓，想把这一笔靡费戒省下来，但愈是没有钱的时候，愈想喝酒吸烟。向你讲这一番苦话，并不是因为怕你要问我借钱，先事预防，我不过欲以我的身体来做一个证据，证明目下的中国社会的不合理，以大学校毕业的资格来糊口的你那种见解的错误罢了。

引诱你到北京来的，是一个国立大学毕业的头衔，你告诉我说，你的心里，总想在国立大学弄到毕业，毕业以后至少生计问题总可以解决。现在学校都已考完，你一个国立大学也进不去，接济你的资斧的人，又因他自家的地位摇动，无钱寄你，你去投奔你同县而且带有亲属的大慈善家 H，H 又不纳。穷极无路，只好写封信给一个和你素不相识而你也明明知道是和你一样穷的我。在这时候这样的状态之下，你还要口口声声的说什么“大学教育”,“念书”,我真佩服你的坚忍不拔的雄心。不过佩服虽可佩服,但是你的思想的简单愚直,也却是一样的可惊可异。现在你已经是变成了中性——半去势的文人了,有许多事情,譬如说高尚一点的,去当土匪,卑微一点的,去拉洋车等事情,你已经是干不了的了,难道你还嫌不足,还要想穿几年长袍,做几篇白话诗,短篇小说,达到你的全去势的目的么?大学毕业,以后就可以有饭吃,你这一种定理,是那一本书上翻来的?

像你这样一个白脸长身,一无依靠的文学青年,即使将面包和泪吃,勤勤恳恳的在大学窗下住它五六年,难道你拿毕业文凭的那一天,天上就忽而会下起珍珠白米的雨来的么?

现在不要说中国全国,就是在北京的一区里头,你且去站在十字街头,看见穿长袍黑马褂或哔叽旧洋服的人,你且试对他们行一个礼,问他们一个人要一个名片来看看;我恐怕你用不上半天,就可以积起一大堆的什么学士,什么博士来,你若再行一个礼,问一问他们的职业,我恐怕他们都要红红脸说,“兄弟是在这里找事情的。”他们是什么?他们都是大学毕业生呀,你能和他们一样的有钱读书么?你能和他们一样的有钱买长袍黑马褂哔叽洋服么?即使你也和他们一样的有了读书买衣服的钱,你能保得住你毕业的时候,事情会来找你么?

大学毕业生坐汽车,吸大烟,一攫千金的人原是有的。然而他们都是为新上台的大佬经手减价卖职的人,都是有大刀枪杆在后面援助的人,都是有几个什么长在他们父兄身上的人;再粗一点说,他们至少也都是爬乌龟钻狗洞的人;你要有他们那么的后援,或他们那么的乌龟本领,狗本领,那么你就是大学不毕业,何尝不可以吃饭?

我说了这半天,不过想把你的求学读书,大学毕业的迷梦打破而已。现在为你计,最上的上策,是去找一点事情干干。然而土匪你是当不了的,洋车你也拉不了的;报馆的校对,图书馆的拿书者,家庭教师,看护男,门房,旅馆火车菜馆的伙计,因为没有人可以介绍,你也是当不了的——我当然是没有能力替你介绍——所以最上的上策,于你是不成功的了。其次你就去革命去罢,去制造炸弹去罢!但是革命是不是同割枯草一样,用了你那裁纸的小刀,就可以革得成的呢?炸弹是不是可以用了你头发上的灰垢和半年不换的袜底里的腐泥来调和的呢?这些事情,你去问上帝去罢!我也不知道。

比较上可以做得到，并且也不失为中策的，我看还是弄几个旅费，回到湖南你的故土，去找出四五年你不曾见过的老母和你的小妹妹来，第一天相持对哭一天；第二天因为哭了伤心，可以在床上你的草窠里睡去一天，既可以休养，又可以省几粒米下来熬稀粥；第三天以后，你和你的母亲妹妹，若没有衣服穿，不妨三人紧紧的挤在一处，以体热互助的结果，同冬天雪夜的群羊一样，倒可以使你的老母不至冻伤，若没有米吃，你在日中天暖一点的时候，不妨把年老的母亲交付给你妹妹的身体烘着，你自己可以上村前村后去掘一点草根树根来煮汤吃，草根树根里也有淀粉，我的祖母未死的时候，常把洪杨乱日，她老人家尝过的这滋味说给我听，我所以知道。现在我既没有余钱可以赠你，就把这秘方相传，作个我们两位穷汉，在京华尘土里相遇的纪念罢！若说草根树根，也被你们的督军省长师长议员知事掘完，你无论走往何处再也找不出一块一截来的时候，那么你且咽着自家的口水，同唱戏似的把北京的豪富人家的蔬菜，有色有香的说给你的老母亲小妹妹听听；至少在未死前的一刻半刻钟中间，你们三个昏乱的脑子里，总可以大事铺张的享乐一回。

但是我听你说，你的故乡连年兵燹，房屋田产都已毁尽，老母弱妹，也不知是生是死，五年来音信不通；并且现在回湖南的火车不开，就是有路费也回去不得，何况没有路费呢！

上策不行，次之中策也不行，现在我为你实在是没有什么法子好想了。不得已我就把两个下策来对你讲罢！

第一，现在听说天桥又在招兵，并且听说取得极宽，上自五十岁的老人起，下至十六七岁的少年止，一律都收；你若应募之后，马上开赴前敌，打死在租界以外的中国地界，虽然不能说是为国效忠，也可以算得是为招你的那个同胞效了命，岂不是比饿死冻死在你那公寓的斗室里，好得多么？况且万一不开往前敌，或虽开往前敌而不打死的时候，只教你能保持你现在的这种纯洁的精神，只教你能有如现在想进大学读书一样的精神来宣传你的理想，难保你所属的一师一旅，不为你所感化。这是下策的第一个。

第二，这才是真真的下策了！你现在不是只愁没有地方住没有地方吃饭而又苦于没有勇气自杀么？你的没有能力做土匪，没有能力拉洋车，是我今天早晨在你公寓里第一眼看见你的时候，已经晓得的。但是有一件事情，我想你还能胜任的，要干的时候一定是干得到的。这是什么事情呢？啊啊，我真不愿意说出来——我并不是怕人家对我提起诉讼，说我在嗾使你做贼，啊呀，不愿意说倒说出来了，做贼，做贼，不错，我所说的这件事情，就是叫你去偷窃呀！

无论什么人的无论什么东西，只教你偷得着，尽管偷吧！偷到了，不被发觉，那么就可以把这你偷自他，他抢自第三人的，在现在的社会里称为赃物，在将来进步了的社会里，当然是要分归你有的东西，拿到当铺——我虽然不能为你介绍职业，但是像这样的当铺，却可以为你介绍几家——里去换钱用。万一发觉了呢？也没有什么。第一你坐坐监牢，房钱总可以不付了。第二监狱里的饭，虽然没有今天中午我请你的那家馆子里的那么好，但是饭钱是可以不付的。第三或者什么什么司令，以军法从事，把你枭首示众的时候，那么你的无勇气的自杀，总算是他来代你执行了，也是你的一件快心的事情，因为这样的活在世上，实在是没有什么意思。

我写到这里，觉得没有话再可以和你说了，最后我且来告诉你一种实习的方法罢！

你若要实行上举的第二下策，最好是从亲近的熟人方面做起。譬如你那位同乡的亲戚老 H 家里，你可以先去试一试看。因为他的那些堆积在那里的财富，不过是方法手段不同罢了，实际上也是和你一样的偷来抢来的。你若再慑于他的慈和的笑里的尖刀，不敢去向他先试，那么不妨上我这里来做个破题儿试试。我晚上卧房的门常是不关，进出很便。不过有一件缺点，就是我这里没有什么值钱的物事。但是我有几本旧书，却很可以卖几个钱。你若来时，最好是预先通知我一下，我好多服一剂催眠药，早些睡下，因为近来身体不好，晚上老要失眠，怕与你的行动不便；还有一句话——你若来时，心肠应该要练得硬一点，不要因为是我的书的原因，致使你没有偷成，就放声大哭起来——

婿乡年节

一看到了婿乡的两字，或者大家都要联想到淳于髡的卖身投靠上去。我可没有坐吃老婆饭的福分，不过杭州两字实在用腻了，改作婿乡，庶几可以换一换新鲜；所以先要从杭州旧历年底老婆所做的种种事情说起。

第一，是年底的做粽子与枣饼。我说："这些东西，做它作啥！"老婆说："横竖是没有钱过年了，要用索性用它一个精光，籴两斗糯米来玩玩，比买航空券总好些。"于是乎就有了粽子与枣饼。

第二，是年三十晚上的请客。我说："请什么客呢？到杭州来吃他们几顿，不是应该的么？"老婆说："你以为他们都是你丈母娘——据风雅的先生们说，似乎应该称作泰水的——屋里的人么？礼尚往来，吃人家的吃得那么多，不回请一次，倒好意思？"于是乎就请客。

酒是杭州的来得贱，菜只教自己做做，也不算贵。麻烦的，是客人来之前屋里厨下的那一种兵荒撩乱的样子。

年三十的午后，厨下头刀兵齐举，屋子里火辣烟熏，我一个人坐在客厅上吃闷酒。一位刚从欧洲回来的同乡，从旅舍里来看我，见了我的闷闷的神气，弄得他说话也不敢高声。小孩儿下学回来了，一进门就吵得厉害，我打了他们两个嘴巴。这位刚从文明国里回来的绅士，更看得难受了，临行时便悄悄留下了一封钞票，预备着救一救我当日的急。其实，经济的压迫，倒也并不能够使我发愁，不过近来酒性不好，文章不敢写了以后，喝一点酒，老爱骂人。骂老婆不敢骂，骂佣人不忍骂，骂天地不必骂，所以微醉之后，总只以五岁三岁的两个儿子来出气。

天晚了，客人也到齐了，菜还没有做好，于是乎先来一次五百攒。输了不甘心，赢了不肯息，就再来一次再来一次的攒了下去。肚皮饿得精瘪，膀胱胀得蛮大，还要再来一次。结果弄得头鸡叫了，夜饭才兹吃完。有的说，"到灵隐天竺去烧头香去罢。"有的说，"上城隍山去看热闹去罢！"人数多了，意见自然来得杂。谁也不愿意赞成谁，九九归原，还是再来一次。

天白茫茫的亮起来了，门外头爆竹声也没有，锣鼓声也没有，百姓真如丧了考妣。屋里头，只剩了几盏黄黄的电灯，和一排油满了的倦脸。地上面是瓜子壳，桔子皮，香烟头和散铜板。

人虽则大家都支撑不住了，但因为是元旦，所以连眨着眼睛，连打着呵欠，也还在硬着嘴说要上哪儿去，要上哪儿去。

客散了，太阳出来了，家里的人都去睡觉了；我因为天亮的时候的酒意未消，想骂人又没有了人骂，所以只轻脚轻手地偷出了大门，偷上了城隍山的极顶。一个人立在那里举目看看钱塘江的水，和隔岸的山，以及穿得红红绿绿的许多默默无言的善男信女，大约是忽而想起了王小二过年的那出滑稽悲剧了罢，肚皮一捧，我竟哈哈，哈哈，哈哈的笑了出来，同时也打了几个大声的喷嚏。

回来的时候，到了城隍山脚下的元宝心，我听见走在我前面的一位乡下老太太，在轻轻地对一位同行的中年妇人说："今年真倒霉，大年初一，就在城隍山上遇见了一个疯子。"

杭州人

第一个杭州人，究竟是哪里来的？这杭州人种的起源问题，怕同先有鸡蛋呢还是先有鸡一样，就是叫达尔文从阴司里复活转来，也很不容易解决。好在这些并非是我们的主题，故而假定当杭州这一块陆土出水不久，就有些野蛮的，好渔猎的人来住了，这些蛮人，我们就姑且当他们是杭州人的祖宗。吴越国人，一向是好战，坚忍，刻苦，猜忌，而富于巧智的。自从用了美人计，征服了姑苏以来，兵事上虽则占了胜利，但民俗上却吃了大亏；喜斗，坚忍，刻苦之风，渐渐地消灭了。倒是猜忌，使计诸官能，逐步发达了起来。其后经楚威王，秦始皇，汉高帝等的挞伐，杭州人就永远处入了被征服者的地位，隶属在北方人的胯下。三国纷纷，孙家父子崛起，国号曰吴，杭州人总算又吐了一口气，这一口气，隐忍过隋唐两世，至钱武肃王而吐尽；不久南宋迁都，固有的杭州人的骨里，混入了汴京都的人士的文弱血球，于是现在的杭州人的性格，就此决定了。

意志的薄弱，议论的纷纭；外强中干，喜撑场面；小事机警，大事糊涂；以文雅自夸，以清高自命；只解欢娱，不知振作等等，就是现在的杭州人的特性；这些虽然是中国一般人的通病，但是看来看去，我总觉得以杭州人为尤甚。所以由外乡人说来，每以为杭州人是最狡猾的人，狡猾得比上海滩上的滑头还要厉害。但其实呢，杭州人只晓得占一点眼前的小利小名，暗中在吃大亏，可是不顾到的。等到大亏吃了，杭州人还要自以为是，自命为直，无以名之，名之曰"杭铁头"以自慰自欺。生性本是勤而且俭的杭州人，反以为勤俭是倒霉的事情，是贫困的暴露，是与面子有关的，所以父母教子弟的第一个原则，就是教他们游惰过日，摆大少爷的架子。等空壳大少爷的架子学成，父母年老，财产荡尽的时候，这些大少爷们在白天，还要上西湖去逛逛，弄件把长衫来穿穿，饿着肚皮而高使着牙签；到了晚上上黑暗的地方去跪着讨饭，或者扒点东西，倒满不在乎，因为在黑暗里人家看不见，与面子还是无关，而大少爷的架子却不可不摆。至于做匪做强盗呢，却不会，决不会，杭州人并不是没有这个胆量，但杀头的时候要反绑着手去游街示众，与面子有关；最勇敢的杭州人，亦不过做做小窃而已。

惟其是如此，所以现在的杭州人，就永远是保有着被征服的资格的人；风雅倒很风雅，浅薄的知识也未始没有，小名小利，一着也不肯放松，最厉害的尤其是一张嘴巴。外来的征服者，征服了杭州人后，过不上三代，就也成了杭州人了，于是剃头者人亦剃其头，几十年后，仍复要被新的征服者来征服。照例类推，一年一年的下去。现在残存在杭州的固有杭州老百姓，计算起来，怕已经不上十个指头了。

人家说这是因为杭州的山水太秀丽了的缘故。西湖就像是一位“二八佳人体似酥”的狐狸精，所以杭州决出不出好子弟来。这话哩，当然也含有着几分真理。可是日本的山水，秀丽处远在杭州之上；瑞士我不晓得，意大利的风景画片我们总也时常看见的罢，何以外国人都可以不受着地理的限制，独有杭州人会陷入这一个绝境去的呢？想来想去，我想总还是教育的不好。杭州的家庭教育，社会教育，学校教育，总非要彻底的改革一下不可。

说模仿

据希腊亚利士多德说来，艺术的起源，是在模仿。若推理的倒测，是真的话，那中华民族，倒是一个最艺术的民族，何以呢？因为中国人是最富于模仿性的。虽然是好的意义的模仿呢，还是坏的意义的模仿，我们却也不敢断言。

中国人的善于模仿的秘诀，第一，是在模仿表面，而不讲实际；譬如，大家都知道了西洋文化的好处，中国人也非学他们不可了，于是乎阿猫阿狗，就都着起了西装，穿上了皮靴，捏起了手杖，以为这就是西洋文化的一切。虽然还有一种例外的吃大菜，倒是比较得实际一点，更如一说到了科学的可珍，全国上下也就会有一批歌功颂德的放屁虫出来，空空然的大喊大叫着“科学科学，科学科学”，而实际上什么是科学，怎样的提倡科学，如何的应用科学，却一概可以置之不论。虽然在政治上应用了纵横反复之术，来争取一点地位，和收取几十万节敬炭敬之类，倒是比较得实际的唯物史观与科学方法。

模仿最易成功的第二个秘诀，是在模仿人家的坏处，顶明显的好例，只须听一听受着西洋人的教育的许多中国子弟之吃教者和吃洋行税关饭者的中国话，就马上可以看出来。他们别的事情，倒会置之不学，而独有那一口奇怪的外国人说的中国话，却个个都能够说得同外国人一样。名词动词的颠倒，抑扬顿挫的特异，你若闭上了眼睛，不看见在你面前说话的那一张黄色、斜眼、狮鼻的脸，那你会相信，是一位外国人在向你说教：“耶苏是顶顶好的人！”个人既是如此，同样地，国家也是一样。从前向往着严寒的北国，现在却又有一部分人醉心于炙热的南欧的某一小邦了。

梁实秋 作品

梁实秋(1903—1987)是由写作诗歌走上文坛,却又以文学批评和翻译闻名于世的大作家。他认为文学应表现永久而普遍的人性的观点,体现了不随流俗的理论勇气。他的《莎士比亚全集》译文,显示了他在中外文学修养上的深厚功底。

梁实秋更重要的成就还是在散文小品的创作上。早在 1927 年,他的一本随笔集《骂人的艺术》,就已初露幽默大师的端倪。40 年代初出版的《雅舍小品》,成为战时战后小品文创作的重要实绩,也奠定了他在现代散文史上的独特地位。

梁实秋小品的一个突出主题,就是对人性乖讹之处的洞察与揭示,不过,他揭示人性的弱点,用的不是冰冷犀利的洞察力,而是以调侃加幽默的方法进行处理,所以不仅没有痛感,而且还能够获得浓厚的兴味。

梁实秋的小品,风格高雅和谐,思路宽广敏捷,文笔细致简洁,语言自然纯净,能于娓娓而谈中道尽事理,举重若轻,有古朴潇洒的文人气度。

不亦快哉

金圣叹作“三十三不亦快哉”快人快语，读来亦觉快意。

不过快意之事未必人人尽同，因为观点不同、时势有异。就观察所及，试编列若干则如下：

其一，晨光熹微之际，人牵犬(或犬牵人)，徐步红砖道上，呼吸新鲜空气，纵犬奔驰，任其在电线杆上或新栽树上便溺留念，或是在红砖上排出一摊狗屎以为点缀。《庄子》曰：道在屎溺。大道无所不在，不简秽贱，当然人犬亦应无所差别。人因散步而精神爽，犬因排泄而一身轻，而且可以保持自己家门以内之环境清洁，不亦快哉！

其一，烈日下彳亍道上，口燥舌干，忽见路边有卖甘蔗者，急忙买得两根，一手挥舞，一手持就口边，才咬一口即入佳境，随走随嚼，旁若无人，蔗渣随嚼随吐。人生贵适意，兼可为“你丢我捡”者制造工作机会，潇洒自如，不亦快哉！

其一，早起，穿着有条纹的睡衣裤，趿着凉鞋，抱红泥小火炉置街门外，手持破蒲扇，对着火炉徐徐扇之，俄而浓烟上腾，火星四射，直到天地絪缊，一片模糊。烟火中人，谁能不事炊爨？这是表示国泰民安，有米下锅，不亦快哉！

其一，天近黎明，牌局甫散，匆匆登车回府。车进巷口距家门尚有三五十码之处，任司机狂按喇叭，其声呜呜然，一声比一声近，一声比一声急，门房里有人竖着耳朵等候这听惯了的喇叭声已久，于是在车刚刚开到之际，两扇黑漆大铁门呀然而开，然后又訇的一声关闭。不费吹灰之力就使得街坊四邻矍然惊醒，翻个身再也不能入睡，只好瞪着大眼等待天明。轻而易举的执行了鸡司晨的职务，不亦快哉！

其一，放学回家，精神愉快，一路上和伙伴们打打闹闹，说说笑笑，尚不足以畅叙幽情，忽见左右住宅门前都装有电铃，铃虽设而常不响，岂不形同虚设？于是举臂舒腕，伸出食指，在每个钮上按戳一下。随后，就有人仓皇应门，有人倒屣而出，有人厉声叱问，有人伸颈探问而瞠目结舌。躲在暗处把这些现象尽收眼底，略施小技，无伤大雅，不亦快哉！

其一，隔着墙头看见人家院内有葡萄架，结实累累，虽然不及“草龙珠”那样圆、“马乳”那样长、“水晶”那样白、看着纵不流涎三尺,亦觉手痒。爬上墙头,用竹竿横扫之,狼藉满地,损人而不利己,索性呼朋引类乘昏夜越墙而入,放心大胆,各尽所能,各取所需,饱餐一顿。松鼠偷葡萄,何须问主人,不亦快哉!

其一,通衢大道,十字路口,不许人行。行人必须上天桥,下地道,岂有此理!豪杰之士不理会这一套,直入虎口,左躲右闪,居然波罗蜜多达彼岸,回头一看天桥上黑压压的人群犹在蠕动,路边的警察戟指大骂,暴躁如雷,而无可奈我何。这时节颔首示意,报以微笑,扬长而去,不亦快哉!

其一,宋周紫芝《竹坡诗话》:“……有一人,极廉介,一日有家书至,即令灭官烛,取私烛阅书,阅毕,命秉官烛如初。”做官的人迂腐若是,岂不可嗤!衙门机关皆有公用之信纸信封,任人领用,便中抓起一叠塞入公事包里,带回家去,可供写私信、发请柬、寄谢帖之用,顺手牵羊,取不伤廉,不亦快哉!

其一,逛书肆,看书展,琳琅满目,真是到了嫏嬛福地。趁人潮拥挤看守者穷于肆应之际,纳书入怀,携归细赏,虽蒙贼名,不失为雅,不亦快哉!

其一,电话铃响,错误常居什之二三,且常于高枕而眠之时发生。而其人声势汹汹,了无歉意,可恼可恼。在临睡之前或任何不欲遭受干扰的时间,把电话机翻转过来,打开底部;略做手脚,使铃变得喑哑。如是则电话可以随时打出去,而外面无法随时打进来,主动操之于我,不亦快哉!

其一,生儿育女,成凤成龙,由大学卒业,而漂洋过海,而学业有成,而落户定居,而缔结良缘。从此螽斯衍庆,大事已毕,允宜在报端大刊广告,红色套印,敬告诸亲友,兼令天下人闻知,光耀门楣,不亦快哉!

下棋

有一种人我最不喜欢和他下棋,那便是太有涵养的人。杀死他一大块,或是抽了他一个车,他神色自若,不动火,不生气,好像是无关痛痒,使得你觉得索然寡味。君子无所争,下棋却是要争的。当你给对方一个严重威胁的时候,对方的头上青筋暴露,黄豆般的汗珠一颗颗地在额上陈列出来,或哭丧着脸作惨笑，或咕嘟着嘴作吃屎状，或抓耳挠腮，或大叫一声，或长吁短叹，或自怨自艾口中念念有词，或一串串的噎嗝打个不休，或红头涨脸如关公，种种现象，不一而足，这时节你“行有余力”便可以点起一支烟，或啜一碗茶，静静地欣赏对方的苦闷的象征。我想猎人困逐一只野兔的时候，其愉快大概略相仿佛。因此我悟出一点道理，和人下棋的时候，如果有机会使对方受窘，当然无所不用其极，如果被对方所窘，便努力作出不介意状，因为既然不能积极地给对方以苦痛，只好消极地减少对方的乐趣。

自古博弈并称，全是属于赌的一类，而且只是比“饱食终日无所用心”略胜一筹而已。不过弈虽小术，亦可以观人，相传有慢性人，见对方走当头炮，便左思右想，不知是跳左边的马好，还是跳右边的马好，想了半个钟头而迟迟不决，急得对方拱手认输。是有这样的慢性人，每一着都要考虑，而且是加慢地考虑，我常想这种人如加入龟兔竞赛，也必定可以获胜。也有性急的人，下棋如赛跑，噼噼啪啪，草草了事，这仍旧是饱食终日无所用心的一贯作风。下棋不能无争，争的范围有大有小，有斤斤计较而因小失大者，有不拘小节而眼观全局者，有短兵相接，作生死斗者，有各自为战而旗鼓相当者，有赶尽杀绝一步不让者，有好勇斗狠同归于尽者，有一面下棋一面诮骂者，但最不幸的是争的范围超出了棋盘，而拳足交加。有下象棋者，久而无声响，排闼视之，阒不见人，原来他们是在门后角里扭作一团，一个人骑在另一个的身上，在他的口里挖车呢。被挖者不敢出声，出声则口张，口张则车被挖回，挖回则必悔棋，悔棋则不得胜，这种认真的态度憨得可爱。我曾见过二人手谈，起先是坐着，神情潇洒，望之如神仙中人。俄而棋势吃紧，两人都站起来了，剑拔弩张，如斗鹌鹑，最后到了生死关头，两个人跳到桌子上去了！

笠翁《闲情偶寄》说弈棋不如观棋，因观者无得失心，观棋是有趣的事，如看斗牛、斗鸡、斗蟋蟀一般，但是观棋也有难过处，观棋不语是一种痛苦。喉间硬是痒得出奇，思一吐为快。看见一个人要入陷阱而不作声是几乎不可能的事，如果说得中肯，其中一个人要厌恨你，暗暗地骂一声“多嘴驴！”另一个人也不感激你，心想“难道我还不晓得这样走！”如果说得不中肯，两个人要一齐嗤之以鼻，“无见识奴！”如果根本不说，憋在心里，受病。所以有人于挨了一个耳光之后还要抚着热辣辣的嘴巴大呼：“要抽车，要抽车！”

下棋只是为了消遣，其所以能使这样多人嗜此不疲者，是因为它颇合于人类好斗的本能，这是一种“斗智不斗力”的游戏。所以瓜棚豆架之下，与世无争的村夫野老不免一枰相对，消此永昼；闹市茶寮之中，常有有闲阶级的人士下棋消遣，“不为无益之事，何以遣此有涯之生？”宦海里翻过身最后退隐东山的大人先生们，髀肉复生，而英雄无用武之地，也只好闲来对弈，了此残生，下棋全是“剩余精力”的发泄。人总是要斗的，总是要钩心斗角地和人争逐的。与其和人争权夺利，还不如在棋盘上多占几个官，与其招摇撞骗，还不如在棋盘上抽上一车。宋人笔记曾载有一段故事：“李讷仆射，性子急，酷好弈棋，每下子安详，极于宽缓，往往躁怒作，家人辈则密以弈具陈于前，讷睹，便忻然改容，以取其子布弄，都忘其恚矣。”（《南部新书》）下棋，有没有这样陶冶性情之功，我不敢说，不过有人下起棋来确实是把性命都可置诸度外。我有两个朋友下棋，警报作，不动声色，俄而弹落，棋子被震得在盘上跳荡，屋瓦乱飞，其中一位棋瘾较小者变色而起，被对方一把拉住：“你走！那就算是你输了。”此公深得棋中之趣。

握手

握手之事，古已有之，《后汉书》“马援与公孙述少同里闾相善，以为既至常握手，如平生欢”。但是现下通行的握手，并非古礼，既无明文规定，亦无此种习俗。大概还是剃了小辫以后的事，我们不能说马援和公孙述握过手，便认为是过去有此礼节的明证。

西装革履我们都可以忍受，简便易行而且惠而不费的握手我们当然无需反对。不过有几种人，若和他握手，会感觉痛苦。

第一是做大官或自以为做大官者，那只手不好握。他常常挺着胸膛，伸出一只巨灵之掌，两眼望青天，等你趁上去握的时候，他的手仍是直僵的伸着，他并不握，他等着你来握。你事前不知道他是如此爱惜气力，所以不免要热心的迎上去握，结果是孤掌难鸣，冷涔涔地讨一场没趣。而且你还要及早罢手，赶快撒手，因为这时候他的身体已转向另一个人去，他预备把那巨灵之掌给另一个人去握——不是握，是摸。对付这样的人只有一个办法，便是，你也伸出一只巨灵之掌，你也别握，和他作“打花巴掌”状，看谁先握谁！

另一种人过犹不及。他握着你的四根手指，恶狠狠地一挤，使你痛彻肺腑，如果没有寒暄笑语偕以俱来，你会误以为他是要和你角力。此种人通常有耐久力，你入了他的掌握，休想逃脱出来。如果你和他很有交情，久别重逢，情不自禁，你的关节虽然痛些，我相信你会原谅他的。不过通常握手用力最大者，往往交情最浅。他是要在向你使压力的时候使你发生一种错觉，以为此人待我特善。其实他是握了谁的手都是一样卖力的。如果此人曾在某机关做过干事之类，必能一面握手，一面在你的肩头重重地拍一下子，"哈喽，哈喽，怎样好？"

单就握手时的触觉而论，大概愉快时也就不多。春笋般的纤纤玉指，世上本来少有，更难得一握，我们常握的倒是些冬笋或笋干之类，虽然上面更常有蔻丹的点缀，反倒还不如熊掌。迭更斯的《大卫·高拍菲尔》里的乌利亚，他的手也是令人不能忘的，永远是湿津津的冷冰冰的，握上去像是五条鳝鱼。手脏一点无妨，因为握前无暇检验，唯独带液体的手不好握，因为事后不便即揩，事前更不便先给他揩。

"有一桩事，男人站着做，女人坐着做，狗翘起一条腿儿做。"这桩事是——是握手。和狗行握手礼，我尚无经验，不知狗爪是肥是瘦，亦不知狗爪是松是紧，姑置不论。男女握手之法不同。女人握手无须起身，亦无须脱手套，殊失平等之旨，尚未闻妇女运动者倡议纠正。在外国，女人伸出手来，男人照例只握手尖，约一英寸至二英寸，稍握即罢，这一点在我们中国好像禁忌少些，时间空间的限制都不甚严。

朋友相见，握手言欢，本是很自然的事，有甚于握手者，亦未曾不可，只要双方同意，与人无涉。唯独大庭广众之下，宾客环坐，握手势必普遍举行，面目可憎者，语言无味者，想饱以老拳尚不足以泄忿者，都要一一亲炙，皮肉相接，在这种情形之下握手，我觉得是一种刑罚。

《哈姆雷特》中波娄尼阿斯诫其子曰："不要为了应酬每一个新交而磨粗了你的手掌。"我们是要爱惜我们的手掌。

谦让

谦让仿佛是一种美德，若想在眼前的实际生活里寻一个具体的例证，却不容易。类似谦让的事情近来似很难得发生一次。就我个人的经验说，在一般宴会里，客人入席之际，我们最容易看见类似谦让的事情。

一群客人挤在客厅里，谁也不肯先坐，谁也不肯坐首座，好像“常常登上座，渐渐入祠堂”的道理是人人所不能忘的。于是你推我让，人声鼎沸。辈分小的，官职低的，垂着手远远地立在屋角，听候调遣。自以为有占首座或次座资格的人，无不攘臂而前，拉拉扯扯，不肯放过他们表现谦让的美德的机会。有的说：“我们叙齿，你年长！”有的说：“我常来，你是稀客！”有的说：“今天非你上座不可！”事实固然是为让座，但是当时的声浪和唾沫星子却都表示像在争座。主人腆着一张笑脸，偶然插一两句嘴，作鹭鸶笑。这场纷扰，要直到大家的兴致均已低落，该说的话差不多都已说完，然后急转直下，突然平息，本就该坐上座的便去就了上座，并无苦恼之相，而往往是显着踌躇满志顾盼自雄的样子。

我每次遇到这样谦让的场合，便首先想起《聊斋》上的一个故事：一伙人在热烈地让座，有一位扯着另一位的袖子硬往上拉，被拉的人硬往后躲，双方势均力敌，突然间拉着袖子的手一松，被拉的那只胳臂猛然向后一缩，胳臂肘尖正撞在后面站着的一位驼背朋友的两只特别凸出的大门牙上，咯吱一声，双牙落地！我每忆起这个乐极生悲的故事，为明哲保身起见，在让座时我总躲得远远的。等风波过后，剩下的位置是我的，首座也可以，坐上去并不头晕；末座亦无妨，我也并不因此少吃一嘴。我不谦让。

考让座之风之所以如此盛行，其故有二。第一，让来让去，每人总有一个位置，所以一面谦让，一面稳有把握。假如主人宣布，位置只有十二个，客人却有十四位，那便没有让座之事了。第二，所让者是个虚荣，本来无关宏旨，凡是半径都是一般长，所以坐在任何位置(假如是圆桌)都可以享受同样的利益。假如明文规定，凡坐在首席若干次者，在铨叙上特别有利，我想让座的事情也就少了。我从不曾看见，在长途公共汽车车站售票的地方，如果没有木制的长栅栏，而还能够保留一点谦让之风！因此我发现了一般人处世的一条道理，那便是：可以无须让的时候，则无妨谦让一番，于人无利，于己无损；在该让的时候，则不谦让，以免损己；在应该不让的时候，则必定谦让，于己有利，于人无损。

小时候读到孔融让梨的故事，觉得实在难能可贵，自愧弗如。一只梨的大小，虽然是微不足道，但对于一个四五岁的孩子，其重要或者并不下于一个公务员之心里盘算简、荐、委。有人猜想，孔融那几天也许肚皮不好，怕吃生冷，乐得谦让一番。我不敢这样妄加揣测。不过我们要承认，利之所在，可以使人忘形，谦让不是一件容易的事。孔融让梨的故事，发扬光大起来，确有教育价值，可惜并未发生多少实际的效果，今之孔融，并不多见。

谦让作为一种仪式，并不是坏事，像天主教会选任主教时所举行的仪式就满有趣。就职的主教照例地当众谦逊三回，口说“noloepiscopari”意即“我不要当主教”，然后照例地敦促三回终于勉为其难了。我觉得这样的仪式比宣誓就职之后，再打通电话声明固辞不获要好得多。谦让的仪式行久了之后，也许对于人心有潜移默化之功，使人在争权夺利奋不顾身之际，不知不觉地也举行起谦让的仪式。可惜我们人类的文明史尚短，潜移默化尚未能奏大效。露出原始人的狰狞面目的时候，要比雍雍穆穆地举行谦让仪式的时候多些。我每次从公共汽车售票处杀进杀出，心里就想先王以礼治天下，实在有理。

讲价

韩康采药名山，卖于长安市，三十余年，口不二价。这并不是说三十余年物价没有波动，这是说他三十余年没有耍过一次谎，就凭这一点怪脾气他的大名便入了《后汉书》的《逸民列传》。这并不证明买卖东西无须讲价是我们古已有之的固有道德，这只证明自古以来买卖东西就得要价还价，出了一位韩康，便是人瑞，便可以名垂青史了。韩康不但在历史上留下了佳话，在当时也是颇为著名的。一个女子向他买药，他守价不移，硬是没得少，女子大怒，说：“难道你是韩康，一个钱没得少？”韩康本欲避名，现在小女子都知道他的大名，吓得披发入山。卖东西不讲价，自古以来，是多么难得！我们还不要忘记韩康“家世著姓”，本不是商人，如果是个“逐什一之利”的，有机会能得什二什三时岂不更妙？

从前有些店铺讲究货真价实，“言不二价”“童叟无欺”的金字招牌偶然还可以很骄傲地悬挂起来，不必大减价雇吹鼓手，主顾自然上门。这种事似乎渐渐少了。童叟根本也不见得好欺侮，而且买卖大半是流动的，无所谓主顾，不讲价还是不过瘾，不七折八扣显着买卖不和气，交易一成买者就又会觉得上当。在尔虞我诈的情形之下，讲价便成为交易的必经阶段，反正是“漫天要价，就地还钱”。看看谁有本事谁讨便宜。

我买东西很少的时候能不比别人的贵。世界上有一种人，喜欢到人家里面调查物价，看看你家里有什么东西都要打听一下是用什么价钱买的，除非你在每一事物上都粘上一个纸签标明价格，否则将不胜其啰唣。最扫兴的是，我已经把真的价钱瞒起，自欺欺人地只说了一半的价钱来搪塞他，他有时还会把头摇得像个波浪鼓似的，表示你上了弥天大当！

我承认，有些人是特别地善于讲价，他有政治家的脸皮，外交家的嘴巴，杀人的胆量，钓鱼的耐心，坚如铁石，韧似牛皮，所以他能压倒那待价而沽的商人。我曾虚心请教，大概归纳起来讲价的艺术不外下列诸端：

第一，要不动声色。进得店来，看准了他没有什么你就要什么，使得他显着寒伧，先有几分惭愧。然后无精打采地道出你所真心要买的东西，伙计于气馁之余，自然欢天喜地地捧出他的货色，价钱根本不会太高。如果偶然发现一项心爱的东西，也不可失声大叫，如获异宝，必要行若无事，淡然处之，于打听许多种物价之后，随意问询及之，否则你打草惊蛇，他便奇货可居了。

第二，要无情地批评。甘瓜苦蒂，天下物无全美。你把货物捧在手里，不忙鉴赏，先求其纰缪之所在，不厌其详地批评一番，尽量地道出它的缺点。有些物事，本是无懈可击的，但是“嗜好不能争辩”，你这东西是红的，我偏喜欢白的，你这东西是大的，我偏喜欢小的。总之，是要把东西褒贬得一文不值缺点百出，这时候伙计的脸上也许要一块红一块白的不大好看，但是他的心里软了，价钱上自然有了商量的余地，我在委曲迁就的情形之下来买东西，你在价钱上还能不让步么？

第三，要狠心还价。先假设，自从韩康入山之后每个商人都是说谎的。不管价钱多高，拦腰一砍。这需要一点胆量，狠得下心，说得出口，要准备看一副嘴脸。人的脸是最容易变的，用不了加多少钱，那副愁云惨雾的苦脸立刻开霁,露出一缕春风。但这是最紧要的时候,这是耐心的比赛,谁性急谁失败,他一文一文地减,你就一文一文地加。

第四,要有反顾的勇气。交易实在不成,只好掉头而去,也许走不了多远,他会请你回来,如果他不请你回来,你自己要有回来的勇气,不能负气,不能讲究“义不反顾,计不旋踵”。讲价到了这个地步,也就山穷水尽了。

这一套讲价的秘诀,知易行难,所以我始终未能运用。我怕费功夫,我怕伤和气,如果我粗脖子红脸,我身体受伤,如果他粗脖子红脸,我精神上难过,我聊以解嘲的方法是记起郑板桥爱写的那四个大字:难得糊涂。

《淮南子》明明地记载着:“东方有君子之国。”但是我在地图上却找不到。《山海经》里也记载着:“君子国衣冠带剑,其人好让不争。”但只有《镜花缘》给君子国透露了一点消息。买物的人说:“老兄如此高货,却讨恁般贱价,教小弟买去,如何能安?务求将价加增,方好遵教。若再过谦,那是有意不肯赏光交易了。”卖物的人说:“既承照顾,敢不仰体?但适才妄讨大价,已觉厚颜,不意老兄反说货高价贱,岂不更教小弟惭愧?况敝货并非‘言无二价’,其中颇有虚头。”照这样讲来,君子国交易并非言无二价,也还是要讲价的,也并非不争,也还是要费口舌唾液的。什么样的国家,才能买东西不讲价呢?我想与其讲价而为对方争利,不如讲价而为自己争利,比较地合于人类本能。

有人传授给我在街头雇车的秘诀:街头孤零零的一辆车,车夫红光满面鼓腹而游的样子,切莫睬他;如果三五成群鸠形鹄面,你一声吆喝便会蜂涌而来,竞相延揽,车价会特别低廉。在这里我们发现人性的一面——残忍。

理发

理发不是一件愉快事。让牙医拔过牙的人,望见理发的那张椅子就会怵怵不安,两种椅子很有点相像。我们并不希望理发店的椅子都是檀木螺钿,或是路易十四式,但至少不应该那样地丑,方不方圆不圆的,死橛橛硬邦邦的,使你感觉到坐上去就要受人割宰的样子。门口担挑的剃头挑儿,更吓人,竖着的一根小小的旗杆,那原是为挂人头的。

但是理发是一种必不可免的麻烦。“君子整其衣冠，尊其瞻视，何必蓬头垢面，然后为贤？”理发亦是观瞻所系。印度锡克族，向来是不剪发不剃须的，那是“受诸父母，不敢毁伤”的意思，所以一个个的都是满头满脸毛毵毵的，滔滔皆是，不以为怪。在我们社会里就不行了，如果你蓬松着头发，就会有人疑心你是在丁忧，或是才从监狱里出来。髭须是更讨厌的东西，如果蓄留起来，七根朝上八根朝下都没有关系，嘴上有毛受人尊敬，如果刮得光光的露出一块青皮，也行，也受人尊敬，惟独不长不短的三两分长的髭须，如鬃鬣，如刺猬，如刈后的稻秆，看起来令人不敢亲近。鲁智深“腮边新剃，暴长短须，戗戗的好惨濑人”，所以人先有五分怕他。钟馗须髯如戟，是一副啖鬼之相。我们既不想吓人，又不欲啖鬼，而且不敢不以君子自勉，如何能不常到理发店去？

理发匠并没有令人应该不敬重的地方，和刽子手屠户同样地是一种为人群服务的职业，而且理发匠特别显得高尚，那一身西装便可以说是高等华人的标识。如果你交一个刽子手朋友，他一见到你就会相度你的脖颈，何处下刀相宜，这是他的职业使然。理发匠俟你坐定之后，便伸胳膊挽袖相度你那一脑袋的毛发，对于毛发所依附的人并无兴趣。一块白绸布往你身上一罩，不见得是新洗的，往往是斑斑点点的如虎皮宣。随后是一根布条在咽喉处一勒。当然不会致命，不过箍得也就够紧，如果是自己的颈子大概舍不得用那样大的力。头发是以剪为原则，但是附带着生薅硬拔的却也不免，最适当的抗议是对着那面镜子狞眉皱眼地做个鬼脸，而且希望他能看见。人的头生在颈上，本来是可以相当的旋转自如的，但是也有几个角度是不大方便的，理发匠似乎不大顾虑到这一点，他总觉得你的脑袋的姿势不对，把你的头扳过来扭过去，以求适合他的刀剪。我疑心理发匠许都是孔武有力的，不然腕臂间怎有那样大的力气？

椅子前面竖起的一面大镜子是颇有道理的，倒不是为了可以显影自怜，其妙在可以知道理发匠是在怎样收拾你的脑袋，人对于自己的脑袋没有不关心的。戴眼镜的朋友摘下眼镜，一片模糊，所见亦属有限。尤其是在刀剪晃动之际，呆坐如僵尸，轻易不敢动弹，对于左右坐着的邻客无从瞻仰，是一憾事。左边客人在挺着身子刮脸，声如割草，你以为必是一个大汉，其实未必然，也许是个女客；右边客人在喷香水擦雪花，你以为必是佳丽，其实亦未必然，也许是个男子。所以不看也罢，看了怪不舒服。最好是废然枯坐。

其中比较最愉快的一段经验是洗头。浓厚的肥皂汁滴在头上，如醍醐灌顶，用十指在头上搔抓，虽然不是麻姑，却也手似鸟爪。令人着急的是头皮已然搔得清痛,而东南角上一块最痒的地方始终不曾搔到。用水冲洗的时候,难免不泛滥入耳,但念平夙盥洗大概是以脸上本部为限,边远陬隅辄弗能届,如今痛加涤荡,亦是难得的盛举。电器吹风,却不好受,时而凉风习习,时而夹上一股热流,热不可当,好像是一种刑罚。

最令人难堪的是刮脸。一把大刀锋利无比,在你的喉头上、眼皮上、耳边上滑来滑去,你只能瞑目屏息,捏一把汗。Robert Lynd 写过一篇《关于刮脸的讲道》,他说:

“当剃刀触到我的脸上,我不免有这样的念头:‘假使理发匠忽然疯狂了呢?’很幸运地,理发匠从未发疯狂过,但我遭遇过别种差不多的危险。例如,有一个矮小的法国理发匠在雷雨中给我刮脸,电光一闪,他就跳得老高。还有一个喝醉了的理发匠,拿着剃刀找我的脸,像个醉汉的样子伸手去一摸却扑了个空。最后把剃刀落在我的脸上了,他却靠在那里镇定一下,靠得太重了些,居然把我的下颊右方刮下了一块胡须,刀还在我的皮上,我连抗议一声都不敢。就是小声说一句,我觉得,都会使他丧胆而失去平衡,我的颈静脉也许要在他不知不觉间被他割断。后来剃刀暂时离开我的脸了,大概就是法国人所谓 Reculer pour mieux sauter(退回去以便再向前扑),我趁势立刻用梦魇的声音叫起来,‘别刮了,别刮了,够了,谢谢你’……”

这样的怕人的经验并不多有。不过任何人都要心悸,如果在刮脸时想起相声里的那段笑话,据说理发匠学徒的时候是用一个带茸毛的冬瓜来做试验的,有事走开的时候便把刀向瓜上一剁,后来出师服务,常常错认人头仍是那个冬瓜。刮脸的危险还在其次,最可恶的是他在刮后用手毫无忌惮地在你脸上摸,摸完之后你还得给他钱!

女人

有人说女人喜欢说谎;假如女人所捏撰的故事都能抽取版税,便很容易致富。这问题在什么叫说谎。若是运用小小的机智,打破眼前小小的窘僵,获取精神上小小的胜利,因而牺牲一点点真理,这也可以算是说谎,那么,女人确是比较地富于说谎的天才。有具体的例证。你没有陪过女人买东西吗?尤其是买衣料,她从不干干脆脆地说要做什么衣,要买什么料,准备出多少钱。她必定要东挑西拣,翻天覆地,同时口中念念有词,不是嫌这匹料子太薄,就是怪那匹料子花样太旧,这个不禁洗,那个不禁晒,这个缩头大,那个门面窄,批评得人家一文不值。其实,满不是这么一回事,她只是嫌价码太贵而已!如果价钱便宜,其他的缺点全都不成问题,而且本来不要买的也要购储起来。一个女人若是因为炭贵而不生炭盆,她必定对人解释说:“冬天生炭盆最不卫生,到春天容易喉咙痛!”屋顶渗漏,塌下盆大的灰泥,在未修补之前,女人便会向人这样解释:“我预备在这地方安装电灯。”自己上街买菜的女人,常常只承认散步和呼吸新鲜空气是她上市的唯一理由。艳羡汽车的女人常常表示她最厌恶汽油的臭味。坐在中排看戏的女人常常说前排的头等座位最不舒适。一个女人馈赠别人,必说:“实在买不到什么好的……”其实这东西根本不是她买的,是别人送给她的。一个女人表示愿意陪你去上街走走,其实是她顺便要买东西。总之,女人总喜欢拐弯抹角的放一个小小的烟幕,无伤大雅,颇占体面。这也是艺术,王尔德不是说过“艺术即是说谎”么?这些例证还只是一些并无版权的谎话而已。

女人善变,多少总有些哈姆雷特式,拿不定主意;问题大者如离婚结婚,问题小者如换衣换鞋,都往往在心中经过一议二议三议,决议之后再复议,复议之后再否决,女人决定一件事之后,还能随时做一百八十度的大转弯,做出那与决定完全相反的事,使人无法追随。因为变得急速,所以容易给人以“脆弱”的印象,莎士比亚有一名句:“‘脆弱’呀,你的名字叫做‘女人’!”但这脆弱,并不永远使女人吃亏。越是柔韧的东西越不易摧折。女人不仅在决断上善变,即便是一个小小的别针位置也常变,午前在领扣上,午后就许移到了头发上。三张沙发,能摆出若干阵势;几根头发,能梳出无数花头。讲到服装,其变化之多,常达到荒谬的程度。外国女人的帽子,可以是一根鸡毛,可以是半只铁锅,或是一个畚箕。中国女人的袍子,变化也就够多,领子高的时候可以使她像一只长颈鹿,袖短的时候恨不得使两腋生风,至于纽扣盘花,滚边镶绣,则更加是变幻莫测。“上帝给她一张脸,她能另造一张出来。”“女人是水做的”,是活水,不是止水。

女人善哭。从一方面看,哭常是女人的武器,很少人能抵抗她这泪的洗礼。俗语说:“一哭二闹三上吊”,这一哭确实其势难当。但从另一方面看,哭也常是女人内心的“安全瓣”。女人的忍耐的力量是伟大的，她为了男人，为了小孩，能忍受难堪的委屈。女人对于自己的享受方面，总是属于“斯多亚派”的居多。男人不在家时，她能立刻变成为素食主义者，火炉里能爬出老鼠，开电灯怕费电，再关上又怕费开关。平素既已极端刻苦，一旦精神上再受刺激，便忍无可忍，一腔悲怨天然地化做一把把的鼻涕眼泪，从“安全瓣”中汩汩而出，腾出空虚的心房，再来接受更多的委屈。女人很少破口骂人(骂街便成泼妇，其实甚少)，很少揎袖挥拳，但泪腺就比较发达。善哭的也就常常善笑，迷迷地笑，吃吃的笑，格格的笑，哈哈的笑，笑是常驻在女人脸上的，这笑脸常常成为最有效的护照。女人最像小孩，她能为了一个滑稽的姿态而笑得前仰后合，肚皮痛，淌眼泪，以至于翻筋斗！哀与乐都像是常年有备，一触即发。

女人的嘴，大概是用在说话方面的时候多，女孩子从小就往往口齿伶俐，就是学外国语也容易琅琅上口，不像嘴里含着一个大舌头。等到长大之后，三五成群，说长道短，声音脆，嗓门高，如蝉噪，如蛙鸣，真当得好几部鼓吹！等到年事再长，万一堕入“长舌”型，则东家长，西家短，飞短流长，搬弄多少是非，惹出无数口舌；万一堕入“喷壶嘴”型，则琐碎繁杂，絮聒唠叨，一件事要说多少回，一句话要说多少遍，如喷壶下注，万流齐发，当者披靡，不可向迩！一个人给他的妻子买一件皮大衣，朋友问他：“你是为使她舒适吗？”那人回答说：“不是，为使她少说些话！”

女人胆小，看见一只老鼠而当场昏厥，在外国不算是奇闻。中国女人胆小不至如此，但是一声霹雷使得她拉紧两个老妈子的手而仍战栗不止，倒是确有其事。这并不是做作，并不是故意在男人面前作态，使他有机会挺起胸脯说：“不要怕，有我在！”她是真怕。在黑暗中或荒僻处，没有人，她怕；万一有人，她更怕！屠牛宰羊，固然不是女人的事，杀鸡宰鱼，也不是不费手脚，胆小的缘故，大概主要的是体力不济。女人的体温似乎较低一些，有许多女人怕发胖而食无求饱，营养不足，再加上怕臃肿而衣裳单薄，到冬天瑟瑟打战，袜薄如蝉翼，把小腿冻得作“江米藕”色，两只脚放在被里一夜也暖不过来，双手捧热水袋，从八月捧起，捧到明年五月，还不忍释手。抵抗饥寒之不暇，焉能望其胆大。

女人的聪明，有许多不可及处，一根棉线，一下子就能穿入针孔，然后一下子就能在线的尽头处打上一个结子，然后扯直了线在牙齿上砰砰两声，针尖在头发上擦抹两下，便能开始解决许多在人生中并不算小的苦恼，例如缝上衬衣的扣子，补上袜子的破洞之类。至于几根篾棍，一上一下地编出多少样物事，更是令人叫绝。有学问的女人，创辟“沙龙”，对任何问题能继续谈论至半小时以上，不但不令人入睡，而且令人疑心她是内行。

男人

男人令人首先感到的印象是脏！当然，男人当中亦不乏刷洗干净洁身自好的，甚至还有油头粉面衣裳楚楚的，但大体讲来，男人消耗肥皂和水的数量要比较少些。某一男校，对于学生洗澡是强迫的，入浴签名，每周计核，对于不曾入浴的初步惩罚是宣布姓名，最后的断然处置是定期强迫入浴，并派员监视，然而日久玩生，签名簿中尚不无浮冒情事。有些男人，西装裤尽管挺直，他的耳后脖根，土壤肥沃，常常宜于种麦！袜子手绢不知随时洗涤，常常日积月累，到处塞藏，等到无可使用时，再从那一堆污垢存货当中拣选比较干净的去应急。有些男人的手绢，拿出来硬像是土灰面制的百果糕，黑糊糊黏成一团，而且内容丰富。

男人的一双脚，多半好像是天然的具有泡菜霉干菜再加糖蒜的味道，所谓“濯足万里流”是有道理的，小小的一盆水确是无济于事，然而多少男人却连这一盆水都吝而不用，怕伤元气。两脚既然如此之脏，偏偏有些“逐臭之夫”喜于脚上藏垢纳污之处往复挖掘，然后嗅其手指，引以为乐！多少男人洗脸都是专洗本部，边疆一概不理，洗脸完毕，手背可以不湿，有的男人是在结婚后才开始刷牙。“扪虱而谈”的是男人。还有更甚于此者，曾有人当众搔背，结果是从袖口里面摔出一只老鼠！除了不可挽救的脏相之外，男人的脏大概是由于懒。

对了！男人懒。他可以懒洋洋坐在旋椅上，五官四肢，连同他的脑筋(假如有)，一概停止活动，像呆鸟一般；“不闻夫博弈者乎……”那段话是专对男人说的。他若是上街买东西，很少时候能令他的妻子满意，他总是不肯多问几家，怕跑腿，怕费话，怕讲价钱。什么事他都嫌麻烦，除了指使别人替他做的事之外，他像残废人一样，对于什么事都愿坐享其成，而名之曰“室家之乐”。他提前养老,至少提前三二十年。

紧毗连着“懒”的是“馋”。男人大概有好胃口的居多。他的嘴,用在吃的方面的时候多,他吃饭时总要在菜碟里发现至少一英寸见方半英寸厚的肉,才能算是没有吃素。几天不见肉,他就喊“嘴里要淡出鸟儿来”,若真个三月不知肉味,怕不要淡出毒蛇猛兽来!有一个人半年没有吃鸡,看见了鸡毛帚就流涎三尺。一餐盛馔之后,他的人生观都能改变,对于什么都乐观起来。一个男人在吃一顿好饭的时候,他脸上的表情硬是在感谢上天待人不薄;他饭后衔着一根牙签,红光满面,硬是觉得可以骄人。主中馈的是女人,修食谱的是男人。

男人多半自私。他的人生观中有一基本认识,即宇宙一切均是为了他的舒适而安排下来的。除了在做事赚钱的时候不得不忍气吞声地向人奴颜婢膝外,他总是要做出一副老爷相。他的家便是他的国度,他在家里称王。他除了为赚钱而吃苦努力外,他是一个“伊比鸠派”,他要享受。他高兴的时候,孩子可以骑在他的颈上,他引颈受骑,他可以像狗似的满地爬;他不高兴时,他看着谁都不顺眼,在外面受了闷气,回到家里来加倍地发作。他不知道女人的苦处。女人对于他的殷勤委曲,在他看来,就如同犬守户、鸡司晨一样稀松平常,都是自然现象。他说他爱女人,其实他不是爱,他是享受女人。他不问他给了别人多少,但是他要在别人身上尽量榨取。他觉得他对女人最大的恩惠,便是把赚来的钱全部或部分拿回家来,但是当他把一卷卷的钞票从衣袋里掏出来的时候,他的脸上的表情是骄傲的成分多,亲爱的成分少,好像是在说:“看我!你行么?我这样待你,你多幸运!”他若是感觉到这里不复是他的乐园,他便有多样的借口不回到家里来。他到处云游,他另辟乐园。他有聚餐会,他有酒会,他有桥会,他有书会画会棋会,他有夜会,最不济的还有个茶馆。他的享乐的方法太多。假如轮回之说不假,下世侥幸依然投胎为人,很少男人情愿下世做女人的。他总觉得这一世生为男身,而享受未足,下一世要继续努力。

“群居终日,言不及义”,原是人的通病,但是言谈的内容,却男女有别。女人谈的往往是“我们家的小妹又病了”“你们家每月开销多少”之类。男人的是另一套,普通的方式,男人的谈话,最后不谈到女人身上便不会散场。男人对这一个题目最有兴味。如果有一个桃色案他们唯恐其和解得太快。他们好议论人家的阴私,好批评别人的妻子的性格相貌。“长舌男”是到处有的,不知为什么这名词尚不甚流行。

请客

常听人说:“若要一天不得安,请客;若要一年不得安,盖房;若要一辈子不得安,娶姨太太。”请客只有一天不得安,为害不算太大,所以人人都觉得不妨偶一为之。

所谓请客,是指在自己家里邀集朋友便餐小酌,至于在酒楼饭店“铺宴席,陈尊俎”,呼朋引类,飞觞醉月,享用的是金樽清酒,玉盘珍馐,最后一哄而散,由经手人员造账报销,那种宴会只能算是一种病狂或是罪孽,不提也罢。

妇主中馈,所以要请客必须先归而谋诸妇。这一谋,有分教,非十天半月不能获致结论,因为问题牵涉太广,不能一言而决。

首先要考虑的是请什么人。主客当然早已内定,陪客的甄选大费酌量。眼睛生在眉毛上边的宦场中人,吃不饱饿不死的教书匠,一身铜臭的大腹贾,小头锐面的浮华少年……若是聚在一个桌上吃饭,便有些像是鸡兔同笼,非常勉强。把素未谋面的人拘在一起,要他们有说有笑,同时食物都能顺利地从咽门下去,也未免强人所难。主人从中调处,殷勤了这一位,怠慢了那一位,想找一些大家都有兴趣的话题亦非易事。所以客人需要分类,不能鱼龙混杂。客的数目视设备而定,若是能把所有该请的客人一网打尽,自然是经济算盘,但是算盘亦不可打得太精。再大的圆桌面也不过能坐十三四个体态中型的人。说来奇怪,客人单身者少,大概都有宝眷,一请就是一对,一桌只好当半桌用。有人请客发宽笺帖,心想总有几位心领谢谢,万想不到人人惠然肯来,而且还有一位特别要好的带来一个七八岁的小宝宝!主人慌忙添座,客人谦让“孩子坐我腿上!”大家挤挤攘攘,其中还不乏中年发福之士,把圆桌围得密不透风,上菜须飞越人头,斟酒要从耳边下注,前排客满,主人在二排敬陪。

拟菜单也不简单。任何家庭都有它的招牌菜,可惜很少人肯用其所长,大概是以平素见过的饭馆酒席的局面作为蓝图。家里有厨师、厨娘,自然一声吩咐,不再劳心,否则主妇势必亲自下厨操动刀俎。主人多半是擅长理论,真让他切葱剥蒜都未必能够胜任。所以拟定菜单,需要自知之明,临时“钻锅”翻看食谱未必有济于事。四冷荤,四热炒,四压桌,外加两道点心,似乎是无可再减，大鱼大肉，水陆杂陈，若不能使客人连串的打饱嗝，不能算是尽兴。菜单拟定的原则是把客人一个个地填得嘴角冒油。而客人所希冀的也往往是一场牙祭。有人以水饺宴客，馅子是猪肉菠菜，客人咬了一口，大叫："哟，里面怎么净是青菜！"一般人还是欣赏肥肉厚酒，管它是不是烂肠之食！

宴客的吉日近了，主妇忙着上菜市，挑挑拣拣，拣拣挑挑，又要物美又要价廉，装满两个篮子，半途休息好几次才能气喘汗流地回到家。泡的，洗的，剥的，切的，闹哄一两天，然后丑媳妇怕见公婆也不行，吉日到了。客人早已折简相邀，难道还会不肯枉驾？不，守时不是我们的传统。准时到达，岂不像是"头如穹庐咽细如针"的饿鬼？要让主人干着急，等他一催请再催请，然后徐徐命驾，姗姗来迟，这才像是大家风范。当然朋友也有特别性急而提早莅临的，那也使得主人措手不及慌成一团。客人的性格不一样，有人进门就选一个比较最好的座位，两脚高架案上，真是宾至如归；也有人寒暄两句就一头扎进厨房，声称要给主妇帮忙，系着围裙伸着两手的主妇连忙谦谢不迭。等到客人到齐，无不饥肠辘辘。

落座之前还少不了你推我让的一幕。主人指定坐位，时常无效，除非事先摆好名牌，而且写上官衔，分层排列，秩序井然。敬酒按说是主人的责任，但是也时常有热心人士代为执壶，而且见杯即斟，每斟必满。不知是什么时候什么人兴出来的陋习，几乎每个客人都会双手举杯齐眉，对着在座的每一位客人敬酒，一瞬间敬完一圈，但见杯起杯落，如"兔爷儿捣碓"。不喝酒的也要把汽水杯子高高举起，虚应故事，喝酒的也多半是狞眉皱眼地抿那么一小口。一大盘热糊糊的东西端上来了，像翅羹，又像浆糊，一人一勺子，盘底花纹隐约可见，上面撒着的一层芫荽不知被哪一位像芟除毒草似的拨到了盘下，又不知被哪一位从盘下夹到嘴里吃了。还有人坚持海味非蘸醋不可，高呼要醋，等到一碟"忌讳"送上台面，海味早已不见了。菜是一道道地上，上一道客人喊一次"太丰富，太丰富"，然后埋头大嚼，不敢后人。主人照例谦称："不成敬意，家常便饭。"心直口快的客人就许提出疑问："这样的家常便饭，怕不要吃穷了？"主人也只好扑哧一笑而罢。将近尾声的时候，大概总有一位要先走一步，因为还有好几处应酬。这时主妇踱了进来，红头涨脸，额角上还有几颗没揩干净的汗珠，客人举起空杯向她表示慰劳之意，她坐下胡乱吃一些残羹剩炙。

席终，香茗水果伺候，客人靠在椅子上剔牙，这时节，应该是客去主人安了。但是不，大家雅兴不浅，谈锋尚健，饭后磕牙，海阔天空，谁也不愿首先言辞，致败人意。最后大概是主人打了一个哈欠而忘了掩口，这才有人提议散会。天下无不散之宴席，奈何奈何？不要以为席终人散，立即功德圆满，地上有无数的瓜子皮，纸烟灰，桌上杯盘狼藉，厨房里有堆成山的盘杯锅勺，等着你办理善后！

旅行

我们中国人是最怕旅行的一个民族。闹饥荒的时候都不肯轻易逃荒，宁愿在家乡吃青草啃树皮吞观音土，生怕离乡背井之后，在旅行中流为饿莩，失掉最后的权益——寿终正寝。至于席丰履厚的人更不愿轻举妄动，墙上挂一张图画，看看就可以当"卧游"，所谓"一动不如一静"。说穿了"太阳下没有新鲜事物"。号称山川形胜，还不是几堆石头一汪子水？我记得做小学生的时候，郊外踏青，是一桩心跳的事，多早就筹备，起个大早，排成队伍，擎着校旗，鼓乐前导，事后下星期还得作一篇《远足记》，才算功德圆满。旅行一次是如此地庄严！我的外祖母，一生住在杭州城内，八十多岁，没有逛过一次西湖，最后总算去了一次，但是自己不能行走，抬到了西湖，就没有再回来——葬在湖边山上。

古人云，"一生能着几两屐？"这是劝人及时行乐，莫怕多费几双鞋。但是旅行果然是一桩乐事吗？其中是否含着多少苦恼的成分呢？

出门要带行李，那一个几十斤重的五花大绑的铺盖卷儿便是旅行者的第一道难关。要捆得紧，要捆得俏，要四四方方，要见棱见角，与稀松露馅的大包袱要迥异其趣，这已经就不是一个手无缚鸡之力的人所能胜任的了。关卡上偏有好奇人要打开看看，看完之后便很难得再复原。"乘兴而来，兴尽而返。"很多人在打完铺盖卷儿之后就觉得游兴已尽了。在某些国度里，旅行是不需要携带铺盖的，好像凡是有床的地方就有被褥，有被褥的地方就有随时洗换的被单，——旅客可以无牵无挂，不必像蜗牛似的顶着安身的家伙走路。携带铺盖究竟还容易办得到，但是没听说过带着床旅行的，天下的床很少没有臭虫设备的。我很怀疑一个人于整夜输血之后，第二天还有多少精神游山逛水。我有一个朋友发明了一种服装，按着他的头躯四肢的尺寸做了一件天衣无缝的睡衣,人钻在睡衣里面,只留眼前两个窟窿,和外界完全隔绝,——只是那样子有些像是KKK,夜晚出来曾经几乎吓死一个人!

原始的交通工具,并不足为旅客之苦。我觉得"滑竿""架子车"都比飞机有趣。"御风而行,泠然善也,"那是神仙生涯。在尘世旅行,还是以脚能着地为原则。我们要看朵朵的白云,但并不想在云隙里钻出钻进;我们要"横看成岭侧成峰,远近高低各不同,"但并不想把世界缩成假山石一般玩物似的来欣赏。我惋惜弥尔顿所称述的中土有"挂帆之车"尚不曾坐过。交通工具之原始不是病,病在于舟车之不易得,车夫舟子之不易缠,"衣帽自看"固不待言,还要提防青纱帐起。刘伶"死便埋我",也不是准备横死。

旅行虽然夹杂着苦恼,究竟有很大的乐趣在。旅行是一种逃避,——逃避人间的丑恶。

"大隐藏人海",我们不是大隐,在人海里藏不住。岂但人海里安不得身?在家园也不容易遁迹。成年地圈在四合房里,不必仰屋就要兴叹;成年地看着家里的那一张脸,不必牛衣也要对泣。家里面所能看见的那一块青天,只有那么一大块。取之不尽用之不竭的清风明月,在家里都不能充分享用,要放风筝需要举着竹竿爬上房脊,要看日升月落需要左右邻居没有遮拦。走在街上,熙熙攘攘,磕头碰脑的不是人面兽,就是可怜虫。在这种情形之下,我们虽无勇气披发入山,至少为什么不带着一把牙刷捆起铺盖出去旅行几天呢?在旅行中,少不了风吹雨打,然后倦飞知还,觉得"在家千日好,出门一时难",这样便可以把那不可容忍的家变成为暂时可以容忍的了。下次忍耐不住的时候,再出去旅行一次。如此地折腾几回,这一生也就差不多了。

旅行中没有不感觉枯寂的,枯寂也是一种趣味。哈兹利特(Hazlitt)主张在旅行时不要伴侣,因为:"如果你说路那边的一片豆田有股香味,你的伴侣也许闻不见。如果你指着远处的一件东西,你的伴侣也许是近视的,还得戴上眼镜看。"一个不合意的伴侣,当然是累赘。但是人是个奇怪的动物,人太多了嫌闹,没人陪着嫌闷。耳边嘈杂怕吵,整天咕嘟着嘴又怕口臭。旅行是享受清福的时候,但是也还想拉上个伴。只有神仙和野兽才受得住孤独。

在社会里我们觉得面目可憎语言无味的人居多,避之唯恐或晚,在大自然里又觉得人与人之间是亲切的。到美国落基山上旅行过的人告诉我,在山上若是遇见另一个旅客,不分男女老幼,一律脱帽招呼,寒暄一两句。这是很有意味的一个习惯。大概只有在旷野里我们才容易感觉到人与人是属于一门一类的动物,平常我们太注意人与人的差别了。

真正理想的伴侣是不易得的,客厅里的好朋友不见得即是旅行的好伴侣,理想的伴侣须具备许多条件,不能太脏,如嵇叔夜“头面常一月十五日不洗,不太闷痒不能沐”,也不能有洁癖,什么东西都要用火酒揩;不能如泥塑木雕,如死鱼之不张嘴,也不能终日喋喋不休,整夜鼾声不已;不能油头滑脑,也不能蠢头呆脑,要有说有笑,有动有静,静时能一声不响地陪着你看行云,听夜雨,动时能在草地上打滚像一条活鱼!这样的伴侣哪里去找?

骂人的艺术

古今中外没有一个不骂人的人。骂人就是有道德观念的意思。因为在骂人的时候,至少在骂人者自己总觉得那人有该骂的地方。何者该骂,何者不该骂,这个抉择的标准,是极道德的。所以根本不骂人,大可不必。骂人是一种发泄感情的方法,尤其是那一种怨怒的感情。想骂人的时候而不骂,时常在身体上弄出毛病,所以想骂人时,骂骂何妨。

但是,骂人是一种高深的学问,不是人人都可以随便试的。有因为骂人挨嘴巴的,有因为骂人吃官司的,有因为骂人反被人骂的,这都是不会骂人的缘故。今以研究所得,公诸同好,或可为骂人时之一助乎?

(一)知己知彼

骂人是和动手打架一样的,你如其敢打人一拳,你先要自己忖度下,你吃得起别人的一拳否。这叫做知己知彼。骂人也是一样。譬如你骂他是“屈死”,你先要反省,自己和“屈死”有无分别。你骂别人荒唐,你自己想想曾否吃喝嫖赌。否则别人回敬你一二句,你就受不了。所以别人有着某种短处,而足下也正有同病,那么你在骂他的时候只得割爱。

(二)无骂不如己者

要骂人须要挑比你大一点的人物，比你漂亮一点的，或者比你坏得万倍而比你得势的人物，总之，你要骂人，那人无论在好的一方面或坏的一方面都要能胜过你，你才不吃亏的。你骂大人物，就怕他不理你，他一回骂，你就算骂着了。因为身份相同的人才肯对骂。在坏的一方面胜过你的，你骂他就如教训一般，他即便回骂，一般人仍不会理会他的。假如你骂一个无关痛痒的人，你越骂他他越得意，时常可以把一个无名小卒骂出名了，你看冤与不冤?

(三)适可而止

骂大人物骂到他回骂的时候，便不可再骂；再骂则一般人对你必无同情，以为你是无理取闹。骂小人物骂到他不能回骂的时候，便不可再骂；再骂下去则一般人对你也必无同情，以为你是欺负弱者。

(四)旁敲侧击

他偷东西，你骂他是贼；他抢东西，你骂他是盗，这是笨伯。骂人必须先明虚实掩映之法，须要烘托旁衬，旁敲侧击，于要紧处只一语便得，所谓杀人于咽喉处着刀。越要骂他你越要原谅他，即便说些恭维话亦不为过，这样的骂法才能显得你所骂的句句真实确凿，让旁人看起来也可见得你的度量。

(五)态度镇定

骂人最忌浮躁。一语不合，面红筋跳，暴躁如雷，此灌夫骂座，泼妇骂街之术，不足以骂人。善骂者必须态度镇静，行若无事。普通一般骂人，谁的声音高便算谁占理，谁来得势猛便算谁骂赢，惟真善骂人者，乃能避其锋而击其懈。你等他骂得疲倦的时候，你只消轻轻地回敬他一句，让他再狂吼一阵。在他暴躁不堪的时候，你不妨对他冷笑几声，包管你不费力气，把他气得死去活来，骂得他针针见血。

(六)出言典雅

骂人要骂得微妙含蓄,你骂他一句要使他不甚觉得是骂,等到想过一遍才慢慢觉悟这句话不是好话,让他笑着的面孔由白而红,由红而紫,由紫而灰,这才是骂人的上乘。欲达到此种目的,深刻之用词固不可少,而典雅之言词尤为重要。言词典雅则可使听者不致刺耳。如要骂人骂得典雅,则首先要在骂时万万别提起女人身上的某一部分,万万不要涉及生理学范围。骂人一骂到生理学范围以内,底下再有什么话都不好说了。譬如你骂某甲,千万别提起他的令堂令妹。因为那样一来,便无是非可言,并且你自己也不免有令堂令妹,他若回敬起来,岂非势均力敌,半斤八两?再者骂人的时候,最好不要加人以种种难堪的名词,称呼起来总要客气,即使他是极卑鄙的小人,你也不妨称他先生,越客气,越骂得有力量。骂的时节最好引用他自己的词句,这不但可以使他难堪,还可以减轻他对你骂的力量。俗话少用,因为俗话一览无遗,不若典雅古文曲折含蓄。

(七)以退为进

两人对骂,而自己亦有理屈之处,则处于开骂伊始,特宜注意,最好是毅然将自己理屈之处完全承认下来,即使道歉认错均不妨事。先把自己理屈之处轻轻遮掩过去,然后你再重整旗鼓,咄咄逼人,方可无后顾之忧。即使自己没有理屈的地方,也绝不可自行夸张,务必要谦逊不遑,把自己的位置降到一个不可再降的位置,然后骂起人来,自有一种公正光明的态度。否则你骂他一两句,他便以你个人的事反唇相讥,一场对骂,会变成两人私下口角,是非曲直,无从判断。所以骂人者自己要低声下气,此所谓以退为进。

(八)预设埋伏

你把这句话骂过去,你便要想想看,他将用什么话骂回来。有眼光的骂人者,便处处留神,或是先将他要骂你的话替他说出来,或是预先安设埋伏,令他骂回来的话失去效力。他骂你的话，你替他说出来，这便等于缴了他的械一般。预设埋伏，便是在他要攻击你的地方，你先轻轻地安下话根，然后他骂过来就等于枪弹打在沙包上，不能中伤。

（九）小题大做

如对方有该骂之处，而题目甚小，不值一骂，或你所知不多，不足一骂，那时节你便可用小题大做的方法，来扩大题目。先用诚恳而怀疑的态度引申对方的意思，由不紧要之点引到大题目上去，处处用严谨的逻辑逼他说出不逻辑的话来，或是逼他说出合于逻辑但不合乎理的话来，然后你再大举骂他，骂到体无完肤为止，而原来惹动你骂的小题目，轻轻一提便了。

（十）远交近攻

一个时候，只能骂一个人，或一种人，或一派人。决不宜多树敌。所以骂人的时候，万勿连累旁人，即使必须牵涉多人，你也要表示好意，否则回骂之声纷至沓来，使你无从应付。

骂人的艺术，一时所能想起的有上面十条，信手拈来，并无条理。我做此文的用意，是助人骂人。同时也是想把骂人的技术揭破一点，供爱骂人者参考。挨骂的人看看，骂人的心理原来是这样的，也算是揭破一张黑幕给你瞧瞧！

圆桌与筷子

我听人说起一个笑话。一个中国人向外国人夸说中国的伟大，圆餐桌的直径可以大到几乎一丈开外。外国人说：“那么你们的筷子有多长呢？”“六七尺长。”“那样长的筷子，如何能夹起菜来送到自己嘴里呢？”“我们最重礼让，是用筷子夹菜给坐在对面的人吃。”

大圆桌我是看见过的，不是加盖上去的圆桌面，是订制的大型圆餐桌，周遭至少可以坐二十四个人，宽宽绰绰的一点也不挤，绝无“菜碗常需头上过，酒壶频向耳旁洒”的现象。桌面上有个大转盘(英语名为“懒苏珊”)，转盘有自动旋转的装置，主人按钮就会不急不徐地转。转盘上每菜两大盘，客人不需等待旋转一周即可伸手取食。这样大的圆桌有一个缺点，除了左右邻座之外，彼此相隔甚远，不便攀谈，但是这缺点也许正是优点，不必没话找话，大可埋头猛吃，作食不语状。

我们的传统餐桌本是方的，所谓八仙桌，往日喜庆宴会都是用方桌，通常一席六个座位，有时下手添个长凳打横，只有在特殊情形下才加上一个圆桌面。炕上餐桌也是方的。方桌折角打开变成圆桌(英语所谓“信封桌”)，好像是比较晚近的事了。

许多人团聚在一起吃饭，尤其是讲究吃的东西要烫嘴热，当然以圆桌为宜，把食物放在桌中央，由中央到圆周的半经是一样长，各人伸箸取食，有如辐辏于毂。因为圆桌可能嫌大，现在几乎凡是圆桌必有转盘，可恼的是直眉瞪眼的餐厅侍者多半是把菜盘往转盘中央一丢，并不放在转盘的边缘上，然后掉头而去，转盘等于虚设。

西方也不是没有圆桌。亚瑟王的圆桌骑士是赫赫有名的，那圆桌据说当初可以容一百五十名骑士就座，真不懂那样大的圆桌能放在什么地方，也许是里三层外三层围绕着吧？近代外交坛坫上常有所谓圆桌会议，也许是微带椭圆之形，其用意在于宾主座位不分上下。这都不能和我们中国的圆桌相提并论，我们的圆桌是普遍应用的，家庭聚餐时，祖孙三代团团坐，有说有笑，融融泄泄；友朋宴饮时，敬酒、划拳、打通关都方便。吃火锅，更非圆桌不可。

筷子是我们的一大发明。原始人吃东西用手抓，比不会用手抓的禽兽已经进步很多，而两根筷子则等于是手指的伸展，比猿猴使用树枝弄东西又进一步。筷子运用起来可以灵活无比，能夹、能戳、能撮、能挑、能扒、能掰、能剥，凡是手指能做的动作，筷子都能。没人知道筷子是何时何人发明的。如果《史记》所载不虚，“纣为象箸而箕子唏”，纣王使用象牙筷子而箕子忍泣吞声地叹气，象牙筷子的历史可说是很久远了。箸原是筴，竹子做的筷子；又作梜，木头做的筷子。象牙筷子并没有什么好，怕烫，容易变色。假象牙筷子颜色不对，没有纹理，更容易变色，而且在吃香酥鸭的时候，拉扯用力稍猛就会咔嚓一声断为两截。倒是竹筷子最好，湘妃竹固然好，普通竹也不错，髹油漆固然好，本色尤佳。作祖父母的往往喜欢使用银箸,通常是短短细细的,怕分量过重,这只为了表示其地位之尊崇。金箸我尚未见过,恐怕未必中用。箸之长短不等,湖南的筷子特长,盘子也特大,但是没有长到烤肉的筷子那样。

西方人学习用筷子那副笨相可笑,可是我们幼时开始用筷子的时候,又何尝不是像狗熊耍扁担?稍长,我们使筷子的伎俩都精了——都太精了。相传少林绝技之一是举箸能夹住迎面飞来的弹丸,据说是先从用筷子捕捉苍蝇练成的一种功夫。一般人当然没有这种本领,可是在餐桌之上我们也常有机会看到某些人使用筷子的一些招数。一般菜上桌,有人挥动筷子如舞长矛,如野火烧天横扫全境,有人胆大心细彻底翻腾如拨草寻蛇,更有人在汤菜碗里捡起一块肉,掂掂之后又放下了,再捡一块再掂掂再放下,最后才选得比较中意的一块,夹起来送进血盆大口之后,还要把筷子横在嘴里吮一下,于是有人在心里嘀咕:这样做岂不是把你的口水都污染了食物,岂不是让大家都于无意中吃了你的口水?

其实口水未必脏。我们自己吃东西都是拌着口水吃下去的,不吃东西的时候也常咽口水的。不过那是自己的口水,不嫌脏。别人的口水也未必脏。我不相信谁在热恋中没有大口大口咽过难分彼此的一些口水。怕的是口水中带有病菌,传染给别人和被人传染给自己都不大好。毛病不是出在筷子上,是出在我们吃的方式上。

六十多年前,我的学校里来了一位教英语的老师,我只记得他姓钟,外号人称“钟善人”,他在学校及附近乡村里狂热地提倡两件事,一是植树,一是进餐时每人用两副筷子,一副用于取食,一副用于夹食入口。植树容易,一年只有一度,两副筷子则窒碍难行。谁有那样的耐心,每餐两副筷子此起彼落地交换使用?此今许多人家,以及若干餐馆,筷子仍是人各一双,但是菜盘汤碗各附一个公用的大匙,这个办法比较简便,解决了互吃口水的问题。东洋御料理老早就使用木质的短小的筷子,用毕即丢弃。人家能,为什么我们不能?我愿象牙筷子、乌木筷子以及种种珍奇贵重的筷子都保存起来,将来作为古董赏玩。

林语堂 作品

林语堂(1895~1976)是中国现代著名的散文家和小说家。早在20年代,他就以叛徒与斗士的面孔闻名于世。但在30年代创办并主编《论语》半月刊后,思想发生很大转变:以前热衷于讽刺、批评这类杂文的笔法,这时则专意于玩味这类小品文的格调与境界了。

林语堂的幽默小品粗狂豪放,豁达乐观,声气淋漓,意随笔至,挥洒自如。他是首先提倡写幽默小品的,其作品中有很多可圈可点的精彩之语,读来引人入胜,但美中不足之处是他缺少结构匀称、通体和谐的作品。他的作品往往因为过分显示自己的豁达豪放,过分追求用语的随意泼辣,从而影响了幽默的纯净天然与小品的简洁凝练。

不过,瑕不掩瑜,林语堂幽默小品仍有其独特的魅力,至少他那过人的机智和洒脱的气度,是令每个读者都无法忽略和忘怀的。

论握手

东西文化不同之处甚多,而握手居其一。西人见面互相握手,华人见面握自己手。我想西人最可笑的习惯,就莫如握手这一端。西方文明,我能了解,西方习俗,我也很多赞成。外国哲学美术都还不错,甚至外国的香水丝袜以及战舰,我都承认比中国货强。只有西人何以今日尚保存这握手的野蛮习惯,我至此不能了解。我知道西方社会也有人反对这种习惯,如同有人反对戴帽戴领一样。但是这只局限于一部分人,于普通社会无甚影响;大部分的人总以为这种小事,听之罢了,何必小题大做?我就是喜欢注意这种士君子所不屑谈的小问题的一人。西人行之,尚有则可,东施效颦,真可不必,但事已至此,积重难返。已有万难挽回之势了。所以实际上。虽明知这习惯之野蛮不合理,也惟有吾从众,只不过每握手时心里委实难过,在此地说说罢了。

稍有研究西方风俗史的人,都知道免冠握手是发源于中世纪野蛮时代。其时绿林豪杰及封建勇士,天天比马赛剑,头戴的是铜盔,腰佩的是利剑,手戴的是铁套。铜盔之前有活动的面部,叫做 Vizor,仇敌来面部便放下,朋友来便掀起,或者全盔免去,以示并无敌意。免冠之源始于此。再仇敌来便按剑,朋友来便脱去铁手套,与之握手,同样的表示我右手并不在按剑想杀你,握手之源始于此。现代人既不戴盔,又不佩剑,兼无铁手套,见面还是大家表示并不准备相杀,实在太无谓了。社会礼俗本来就是守旧性的,以故沿袭至今,不思之甚也。

我所以反对握手大约可分卫生上、美感上及社交上的三种理由。你想两人相遇,出手为质,或者男女授受,这其中有多少不同的疾徐、轻重、久暂的变化。假使有人要取美国博士学位,尽可写一篇《握手种类之不同以及时间状态之比较的研究》为博士论文,可就时间之久暂,用力之重轻,干湿之程度,心理之反应,肉感之强弱,作种种分析比较,再研讨两方性别及高度之不同的配合(分“第一类甲种之三 C”,“第二类丙种之五 E”等)皮肤之粗细与其人职业上之关系,干湿之程度与情感之敏钝等等。假如某君记得多算几个百分之几,多画几张高度表,博士固囊中物也,只要他肯写得十分艰涩无味。

先说我反对握手之卫生上的理由。你看西人坐上海电车，看见铜板，避之若浼；《字林西报》上通信栏我就看见有人说这臭铜板简直就是病菌之巢穴，致病之媒介。然而西人何以见了阿猫阿狗便不妨与之拉手？难道他敢相信阿猫阿狗没有摸过这臭铜板吗？甚焉者，有时看见痨病鬼咳嗽时很卫生将手掩口，咳完即伸手和你握别。所以吾中华各人自握其手实较合于科学原理。拱手之源，我虽然未考，但是由医学上卫生上讲比拉手文明，这是谁也不能否认的。

其次，谈谈美感上及社交上的理由。手者人身上最灵活最敏感之一器官也。故握手之变化极多。你把一只手交给对方，对方要握多少时，要使多少劲，都不得由你自主，一概在对方之掌握中了。最重要的莫如青年会干事之握手式。他左手拍你肩膀，右手狠狠握你一把，握了之后，第二步便是所谓"顿"。顿得你全身动摇，筋酸骨散。假如他会打棒球(青年会干事很有这可能)，那手把便更可怕，只要轻轻一顿，叫你啼笑皆非，顿了之后，第三步，他得意的向你微笑，呼你老林老陈，其意若曰："现在你打算怎么了？你逃得了么？还是好好买一张什么入场券吧，入查经班吧，不然我这手定然不放。"在这种情形之下，你如是识时务之俊杰，荷包自然就掏出来了。

由青年会式以至于闺媛式，其间等差级类，变化多端，无庸细别，有的不轻不重不疾不迟，只是奉行故事而已，全无意义了。有的手未伸而先缩，未握住而先逃，若甚不自然，有的闺媛坐在沙发上，头也不转，只轻轻举起两只指末，毫无待握之意。只是叫你看她的蔻丹指甲罢了。总而言之，此中光景时新，世态毕露，有示威者，有嗫嚅者，有意志坚强者，有依违两可者，有避之若浼者，有留之不放者，有急、有缓、有干、有湿、有久、有暂、有刚、有柔、有率直，有圆滑，有诚挚，有虚伪，有爱情，有冷淡，有电流，有汗秽，有人情冷暖，有世态炎凉，有几年相思，尽在一掬缠绵之内，有万般缱绻，全寄欲放还留之中，微乎其微，感不胜感，何故于日常应酬，露此百般形态？

握手如此纠纷，免冠更属麻烦。此中可看出人类之不合理性，及社会习俗之顽旧性。比如西洋女子茶话即在户内，亦不免冠，在做礼拜，亦复如此，其宽径尺余者，与人许多不便。实则做礼拜时女人不许免冠，源出于小亚细亚二千年前旧俗，其时尊男贱女，故保罗谓夏娃犯罪，妇人在上帝前不可不以帕蒙首。今日西人已无此不平等观念，而仍守保罗遗训。合理云乎哉！至于男人更有无谓之习惯。"文明"男子在电梯上，见有女子同梯即须免冠。夫电梯者何，走廊之变相而已。在走廊既不必免冠，在电梯何以独须如此？谁在同一楼中，戴帽由三楼乘电梯达五楼往返上下，便觉此俗之乖谬不通。扶梯原无免冠之礼，电梯何独不然？若因其类厢房而动，则男女同坐汽车，原无必免冠之礼，汽车何尝不动，又何尝不类厢房？故乘车可戴帽，乘梯必脱帽，此西洋礼吾百思不得其解。

实则人类习俗相沿，类多不可以理喻。况乖谬不通之事，大如外交政治，小如学校教育，比比皆是，不仅限于应酬小节。人类之聪明，原有限的很。现代文明之智足以发明飞机无线电，而不足以避战争，必至互相吞食而后止。所以在这种小节之愚笨乖张，何足介意，还是笑笑完事听之而已。

论西装

许多朋友问我为何不穿西装。这问题虽小，却已经可以看出一人的贤愚与雅俗了。倘是一人不是俗人，又能用点天赋的聪明，兼又不染季常癖，总没有肯穿西服的。我想，在一般青年，穿西装是可以原谅的，尤其是在追逐异性之时期，因为穿西装虽有种种不便，却能处处受女子之青睐，风俗所趋，佳人所好，才子也未能免俗。至于已成婚而子女成群的人，尚穿西装，那必定是他仍旧屈服于异性的徽记了。人非昏愦，又非惧内，决不肯整日价挂那条狗领而自豪。在要人中，惧内者好穿西装，这是很鲜明彰著的事实。也不是女子尽喜欢作弄男子，令其受苦。不过多半的女子似乎觉得西装的确为摩登一等。况且即使有点不便，为伊受苦，也是爱之表记。古代英雄豪杰，为着女子赴汤蹈火，杀妖斩蛇，历尽苦辛以表示心迹者正复不少。这种女子的心理的遗留，多少还是存在于今日，所以也不必见怪。西装只可当为男子变相的献殷勤罢了。不过平心而论，西装之所以成为一时风气而为摩登士女所乐从者，惟一的理由是，一般人士震于西洋文物之名而好为效颦；在伦理上，美感上，卫生上是决无立足根据的。

不知怎样，中装中服，暗中是与中国人之性格相合的，有时也从此可以看出一人中文之进步。满口英语，中文说得不通的人必然穿西装，或是外国骗得洋博士，羽毛未丰，念了三两本文学批评，到处横冲直撞，谈文学，盯女人者，亦必西装。然一人的年事渐长,素养渐深,事理渐达,心气渐平,也必断然弃其洋装,还我初服无疑。或是社会上已经取得相当身分,事业上已经有相当成就的人,不必再服洋装以掩饰其不通英语及其童骏之气时,也必断然卸了他的一身洋服。所有例外,除有季常癖者,也就容易数得出来。洋行职员,青年会服务员及西崽为一类,这本不足深责,因为他们不但中文不会好,并且名字就是取了约翰,保罗,彼得,Jimmy 等,让西洋大班叫起来方便。再一类便是月薪百元的书记,未得差事的留学生,不得志之小政客等。华侨子弟,党部青年,寓公子侄,暴富商贾及剃头师父等又为一类,其穿西装心理虽各有不同,总不外趋俗两字而已,如乡下妇女好镶金齿一般见识,但决说不上什么理由。在这一种俗人中,我们可以举溥仪为最明显的例子。我猜疑着,像溥仪或其妻妾一辈人必有镶过金齿,虽然在照片上看不出来。你看那一对蓝(黑)眼镜、厚嘴唇及他的英文名字"亨利",也就可想而知了。所以溥仪在日本天皇羽翼之下,尽可称皇称帝。到了中国关内想要复辟,就有点困难。单那一套洋服及那英文名字就叫人灰心,你想"亨利亨利",还像个中国天子之称吗?

大约中西服装哲学上之不同,在于西装意在表现人身形体,而中装意在遮盖身体。然而人身到底像猴孙,脱得精光,大半是不甚美感,所以与其表扬,毋宁遮盖。像甘地及印度罗汉之半露体,大半是不能引人生起什么美感的。只有没有美感的社会,才可以容得住西装。谁不相信这话,可以到纽约 Coney-Island 的海岸,看看那些海浴的男妇老少的身体是怎样一回事。裸体美多半是画家挑出几位身材得中的美女画出来的,然而,在中国之画家,已经深深觉得身段匀美的模特儿之不易得了。所以二十至三十五岁以内的女子穿西装,我还赞成,因为西装确实可以表扬其身体美,身材轻盈,肥瘦停匀的女子服西装,的确占了便宜,然而我们不能不为大多数的人着想,像纽约终日无所事事髀肉复生的四十余岁贵妇,穿起衣服,露其胸背,才叫人触目惊心。这种妇人穿起中服便可以藏拙,占了不少便宜,因为中国服装是比较一视同仁,自由平等,美者固然不能尽量表扬其身体美于大庭广众之前,而丑者也较便于藏拙,不至于太露形迹了,所以中服很合于德谟克拉西的精神。

以上是关于美感方面。至于卫生方面,更无足为西装置辩之余地。狗不喜欢带狗领,人也不喜欢带上那西装的领子,凡是稍微明理的人都承认这中古时代 Sir Walter Raleigh,Cardinal Richetieu 等传下来的遗物的变相是不合卫生的。西方就常有人立会宣言,要取消这条狗领。西洋女装在三十年来的确已经解放不少,但是男子服装还是率由旧章,未能改进,男子的颈子,社会总还认为不美观不道德,非用领子扣带起来不可。带这领子,冬天妨碍御寒,夏天妨碍通气,而四季都是妨碍思想,令人自由不得。文士居家为文,总是先把这条领子脱下,居家而尚不敢脱领,那便是惧内之徒,另有苦衷了。

自领以下,西装更是毫无是处。西人能发明无线电、飞机,却不能了悟他们身体只有头面一部尚算自由。穿西装者,必穿紧封皮肉的卫生里衣,叫人身皮肤之毛孔作用失其效能。中国衣服之好处,正在不但能通毛孔呼吸,并且无论冬夏皆宽适如意,四通八达,何部痒处,皆搔得着。西人则在冬天尤非穿刺身之羊毛里衣不可。卫生里衣之衣裤不能无褶,以致每堆积于腹部,起了反抗,由是不能不改为上下通身一片之 union suit。内衣之外,必加以衬衫,衬衫之外,必束以紧硬的皮带,使之就范,然就范不就范就常成了问题。穿礼服硬衬衫之人就知道其中之苦处。衬衫之外,又必加以背心。这背心最无道理,宽又不是,紧又不是,须由背后活动钩带求得适宜之中点,否则不是宽时空悬肚下,便是紧时妨及呼吸。凡稍微用脑的人,都明白人身除非立正之时。胸部与背后之直线总有不同,俯前则胸屈而背伸,仰后则胸伸而背屈。然而西洋背心偏偏是假定胸背长短相称,不容人俯仰于其际。惟人即不能整日挺直,结果非于俯前时,背心不得自由而摺成数段,压迫呼吸,便是于仰后时,背心尽处露出,不能与裤带相衔接,其在体材胖重的人,腹部高起之曲线既无从隐藏,背心之底下尽处遂成为那弧形之最向外点,由此点,才由裤腰收敛下去,长此暴露于人世,而裤带也时时刻刻岌岌可危了。人身这样的束缚法。难怪西人为卫生起见,要提倡裸体运动,屏弃一切束缚了。

但是如果人类还是爬行动物,那裤带也不至于成为岌岌可危之势。只消像马鞍的腹带,绑上便不成问题,决不上下于其间。但人类虽然已经演化到竖行地步,西洋裤带却仍就假定我们是爬行动物。妇人堕胎常就是吃这竖行之亏,因为人类的行走虽然已取立势,而吾人腹部的肌肉还未演化改造过来,而致本为爬行载重于横脊骨上之极稳重设置,遂发生时有堕胎之危险。现在立势既成,妇人腹部肌肉却仍是横纹,不是载重于肩膀。而男人之裤带也一样的有时时不得把握之势而受地心吸力所影响。惟一补救的办法,就是将裤带拼命扣紧,致使妨碍一切脏腑之循环运动,而间接影响于呼吸之自由。

单这一层,我们就可以看出将一切重量载于肩上令衣服自然下垂的中服是惟一的合理的人类服装。至于冬夏四时之变易,中服得以随时增减,西装却很少有商量之余地,至少非一层里衣一层衬衫一层外衣不可。天炎既不可减,天凉也无从加。这种非人的衣服,非欲讨好女子的人是决不肯穿来受罪的。

中西服装之利弊如此显然,不过时俗所趋,大家未曾着想,所以我想人之智愚贤不肖,大概可以从此窥出吧?

忆狗肉将军

据今晨报载:"狗肉将军"张宗昌死了。我为他而惋惜,我为他的母亲惋惜,我为他死后留下的十六房姨太太和生前离去的四倍于十六的小妾而惋惜。我打算专门研究为这混乱年代里的混账将军们写传记,我在此先给这位狗肉将军立传。

我们的狗肉将军哀哉尚飨!何等惊天动地的大事!这对于我,对于中国和我们这些不披坚执锐的平民百姓,多么富有神秘莫测的意义!这样的大事不可能天天发生,倘若天天发生,整个中国就会悲痛绝尽。遇上这样的不测,你可以撤销五院,撕毁孙逸仙博士的遗嘱,辞退一百多名国民党执行委员,关闭全国的大中小学,你也不必为共产主义、法西斯主义、民主、普选和妇女解放而头痛了,我们平民就能够过上和平、富足的生活。

封建的中国又走了一位最富传奇色彩的人物。然而我感到,狗肉将军的死更有着特别的意义,因为我要说,当代中国不乏封建的、无耻的、富有传奇色彩的统治者,他则是其中最封建、最诚实、最无耻、最富传奇色彩的一个。

他天生就是一位统治者,很适合当代中国的需要。他身长六尺,人高马大,两眼歪斜而视,双手硕大无朋。他刚愎自用,率直豪爽,有权力,偶尔也有能力,且天赋有适度的智慧。他是符合自己标准的爱国者,他反对共产党,这并不妨碍他也反对国民党。他的所有观察家都认为,他反对国民党不是基于信念,而是出于偶然。他本不愿打国民党,而是国民党要打他,要侵占他的土地,他是个诚实的人,宁可战死,决不逃生。如果国民党给他机会,并且归还他的山东,他会加入国民党,因为他说三民主义没有害处。他不能反对国民党,因为他不能反对他所不懂的东西。

他纵酒,尤爱吃“狗肉”,他发誓他不管上司下属,他要想干什么就干什么。他不佯充君子,也不像别的人装模作样地发些美妙动听的通电。他诚实得有点冷酷,正是由于他的诚实才使他赢得了同僚们的爱戴。如果他爱女人,他就直言不讳,他会见外国领事时,经常怀里抱着俄国姑娘。如果他要宴乐狂欢,他不想瞒着他的朋友和仇敌。他要占有部下的老婆,他会公开说明,而不像大卫王那样写什么忏悔诗。他经常搓麻将。如果他已经得到了部下的老婆,他就提升她的丈夫为济南警察局长。他非常关心别人的道德风化。他在济南禁止女生入公园,以防她们被躲在角落里的色鬼吞噬了去。他虔奉宗教,并有一个信回教的小妾。他主张一夫多妻,也赞成一妻多夫。如果他一时不需要小老婆,他公然允许她们跟别的男人做爱。他尊敬孔子,他热爱祖国,据说他在日本北海道的旅舍发现了一只臭虫会欣喜若狂,不厌其烦地向人们宣告中国文明的这一当然成果。他很赏识他的刽子手,他对母亲尽忠尽孝。

有许多传说讲狗肉将军冷酷无情的事实。他爱上了一个俄国妓女,他的俄国妓女爱上了一只小狗,他命令全团士兵列队走过那狗跟前,以示他对那个爱狗的妓女的爱情。有一天,他任命某人为山东某县长,又一天他任命另一人也为该县县长,两人到任同一职位,发生争吵。双方都说自己是狗肉将军亲自任命的。因此他们同意去狗肉将军那里解决这个疑难。他们赶到时已是傍晚,他宴乐狂欢中正偷闲躺在床上。“进来。”他说道,语气仍是那样的豪爽。两个县长接着报告说,他们俩人被指派在同一个县。“浑蛋!”他说,“这么点小事你们自己不能解决,还跑来麻烦我?”

他率直诚实,就像是《水浒》中的英雄,也很像中国的盗寇。他不忘恩负义,他顽固地忠诚于那些帮助过他的人。他的裤腰口袋里总是塞满了钱,有人向他求助,他便拿出一卷钞票,抽出一大把给求助者。他出手大方,用百元钞票布施就如洛克菲勒用几分零钱布施一样。因为他诚实慷慨,他的同伙不会憎恨他。今天上午我上班时,把这个重大新闻告诉了我的同事。他们都微微而笑,这表明大家对他都很友好。没有人恨他,没有人能够恨他。中国仍然被他那一类的人统治着,但那些人缺乏他的直率、慷慨和忠诚。

他天生就是一个统治者,很适合当代中国的需要。他是所有统治者中的佼佼者。

假定我是土匪

这个题目太好了，越想越有趣，假定教师肯出这种题目，必定触起学生的灵机，不怕没有清俊的文章可读。也许很多人未曾想到这种题目。但于我，一想起，却是爱不忍舍。若加以唯物史观的辩证法而分析之，我想也可客观的发现此文之“社会意识”。现代的社会，谋生是这样的不易，失业是这样的普遍，而做土匪的将来又是这样伟大，怎禁得人不涉及这种遐想？假定一人生当今日，有过人的聪明机智，又能带点屠狗户骨气，若刘邦、樊哙之流，而肯屈身去做土匪，我可担保他飞黄腾达，荣宗显祖，到了晚年，还可以维持风化，提倡文言，收藏善本，翻印佛经，介绍花柳医生。时运不济，尚可退居大连，享尽朱门华贵，嫔婢环列之艳福，命途亨通，还可以媲美曹锟、李彦青，身居宫殿，生时博得列名《中国名人传》之荣耀，死后博得一张皇皇赫赫的讣闻。

自然，我有自知之明，自觉不配做土匪的。不但不曾杀过一条人命，而且根本就缺乏做匪首的资格。做个匪首，并不容易，第一便须轻财仗义，豪侠好交，能结纳天下英雄，江湖豪杰，这是我断断做不来的。做土匪的领袖，与做公司或社会的领袖一样，须有领袖之身分、手段、能干、灵敏、阴险、泼辣、无赖、圆通、是非不要辨得太明、主义不要守得太板……这是据我的观察，一切的领袖所共有而我所决无的美德。但是假定上天赋与我这样一个性格，我可以指出一条成功的途径，包管博得一个社会模范人物的美名，骗得那里公园的一块石像，将见时谣曰“生子当如×××(即匪首之爷)”，为众人所羡慕不置。

第一件，便是习书法。我想要自一个土匪做到显祖荣宗的模范人物，有两个必要的条件：学得一手好书法，而又能拟得体动人的通电。后者总有办法，可以六十元一月雇一位举人代拟，题签联对则不好意思叫人代题。至少我个人是不好意思这样的。书法是半世的事业，学习要早。所以在我做乡村土匪时期，就得练习书法。到了我夺了几个城，掠了一州府，自然有许多人来请我题匾额写对联了。这时就要见出你的高下，而见出你是一个暴虎凭河的莽汉，或是一个读过圣贤书的雅人。你有一手好字，便可以结交当地士绅，而不愧为一位右文的山皇帝。

有了一手好书法及雇一位善拟通电的书记（最好是骈四俪六一派的），我就要去攻一小商埠，如厦门、烟台之类。这大概需五百名精兵。其时只消一百五十名精兵，余三百五十名，什么流氓、丘八、鸦片烟鬼都可以。我是有所据而云然，因为我曾亲见××与厦门海军争夺厦门的一幕喜剧。也许三十名敢死队半夜发作就可以把厦门、烟台据为已有。（满兵三十万取得大中华，日本二师兵取得沈阳，依此比例，这个算法是不错的。）“剧战”一概二小时，伤了三条狗，两只鸡，也就完了。所以一面开战，一面通电、告示就得于前晚拟好，一拍既出。通电所以对外，告示所以安民。告示中的话，不外“我爱老百姓，我爱老百姓，我最爱老百姓”。但是对于废除苛捐杂税一层，却可暂缓不提。同时可加一句：“我恨外国人，我恨帝国主义，我反对经济侵略。”然后请一位大学二年级的学生，善操“Good morning-good afternoon-thank you excuse me”一派的英语者，同他坐个汽车遍访外国领事，表示对于保全外人生命财产绝对负责。在通电中，这一类“保护外侨生命财产”的话，又必重叠申明。但是对于保护国人生命财产一层，可以暂缓不提。外国领事必定握手亲自送至门口，回头想着，我就是袁世凯第二。我已认清，我的政治前途，要建设在忍辱负重国际亲善的基础之上。

从乡匪时期达到省匪时期，我估算大约须三年。这三年中是我养精蓄锐时期，书法愈雄健，外宾愈和洽，声誉日隆，匪僚日畏，大家说我有“大志”。因为我既然是匪，不得不为物质环境及阶级意识所决定，为自卫计，军队总嫌不足，器械总嫌不精，养兵无钱不行也。我必须以建设为名，改造全城、修桥、造路、筑码头、换门牌，立了种种名目。这样我三年内便可发三百万的财，如果励精图治，再加喜轿捐，棺材捐，猪子捐，也许以二年为期便可达到目的。大约筑一段路，每丈有六十元的好处，所以路越长越好。如果小商埠没有几里路的公路好筑，那么筑得坏一点，每年又有一笔重修公路费的收入。“重修”二字甚雅，古人称来是一种功德，今人说来是一种建设。这样无形中我已成了一模范土匪，有口皆碑，西洋记者参观，莫不交口赞叹，称我“开通”、“进步”，兼且囊中已有三百万家私，在公在私，都说得过去，对得住国民，对得住祖上，实为德便。

这三百万元到手，天下事何不可为？只消代付了三个月欠饷，中国任何海军，我收买得来，成本虽略大，利益亦不薄。这时人又更加精明，宦途更加练达，什么东西可以骗过老爷眼里（这时自然是老爷）。用明察秋毫的眼光，我可有一批开源节流的新发现。譬如猪槽、马缰、尿壶、粪桶，不都可以捐起来吗？这时总不免有一两位极精宦途的幕僚来依附我，坐下开口便是感慨地说：“你看这××一县的猪槽，最少也有一万五千个，十县就是十五万猪槽，……数目很可观啊！数目很可观啊！”这种感慨一多，不要二年飞机也到手了。这时我便是模范省区之模范军人。这时料想书法更加到家，我就要提倡文言，维持圣教，禁止放胸，捉捕剪发姑娘，……而关心风化。姨太太大约也有三四房，所以女子游公园之事，非常碍目，而加以禁止。谈吐中也自风雅一点，什么“勉为其难”、“锋芒太露”、“宁缺毋滥”、“民膏民脂”、“治标治本”等成语，也已说得流利娴熟。案上常置一部《辞源》。

大概此时，中国必有内战。于是我交红运了。一跃可由偏安的省匪而变为国人所常注意报章所常登载的国匪了。大约三四次倒戈，还不太过，过多即为盛名之累。依现在行价，一次倒戈（现在倒戈叫做“输诚”）总有一百到一百五十万收入。只消三四次输诚离叛，在经济上，已是汇丰银行存款五百万之阔户，在地位上，也是国中第三四流的名阀。鼻子一哼，就可以叫人三魂荡荡，七魄悠悠。这样下去，到六七十岁，前途曷可限量。

那时我颇具有爱国爱世之心，阅世既久，心气自较和平。那里演讲，总是劝人种善根，劝人修福德，发见涵养、和平、退让为东方精神之美德，而宣扬国光。闲时还可以来几种雅好，在我必以收藏宋版书为第一快事。那时我可请一位书记（就是那位代拟通电的举人，这时他也有子女盈门，并有三五万家私了）替我作一部《中庸集注》，或一本《庄子正义》，用我的名出版。这样下去，若不得法国政府，颁给勋章，或是莫梭里尼旌赏我宣扬东方文化之精神，老爷不姓林。

脸与法治

中国人的脸不但可以洗、可以刮，并且可以丢、可以赏、可以争、可以留，有时好像争脸是人生的第一要义，甚至倾家荡产而为之，也不为过。在好的方面讲，这就是中国人之平等主义，无论何人总须替对方留一点脸面，莫为已甚。这虽然有几分知道天道好还，带点聪明的用意，到底是一种和平忠厚的精神。在不好的方面，就是脸太不平等，或有或无，有脸者固然快乐荣耀，可以超脱法律，特蒙优待。而无脸者则未免要处处感觉政府之威信与法律之尊严。所以据我们观察，中国若要真正平等法治，不如大家丢脸。脸一丢，法治自会实现，中国自会富强。譬如坐汽车，按照市章，常人只许开到每三十五英里速度，部长贵人便须开到每五十六十英里，才算有脸。万一轧死人，巡警走上来，贵人腰包掏出一张名片，优游而去，这时的脸便更涨大。倘若巡警不识好歹，硬不放走，贵人开口一骂，“不识你的老子！”喝叫车夫开行，于是脸更涨大。若有真傻的巡警，动手把车夫扣留，贵人愤愤回去，电话一打给警察局长，半小时内车夫即刻放回，巡警即刻免职，局长亲来诣府道歉，这时贵人的脸，真大得不可形容了。

不过我有时觉得与有脸的人同车同舟同飞艇，颇有危险，不如与无脸的人同车同舟方便。比如前年就有位丘八的脸太大，不听船中买办吩咐，一定要享受在满载硫磺之厢房抽烟之荣耀。买办怕丘八问他，识得不识得“你的老子”，便就屈服，将脸赏给丘八。结果，这只长江轮船付之一炬。丘八固然保全其脸面，却不能保全其焦烂之尸身。又如某年上海市长坐飞机，也是脸面太大，硬要载运磅量过重之行李。机师“碍”于市长之“脸面”，也赏给他。于是飞机开行，不大肯平稳而上，市长又要给送行的人看看他的大脸，叫飞机在空中旋转几周，再行进京。不幸飞机一歪一斜，一颠一簸，碰着船桅而跌下。听说结果市长保全一副脸，却失了一条腿。我想凡我国以为脸面足为乘飞机行李过重的抵保的同胞，都应该断腿失足而认为上天特别赏脸的侥幸。

其实与有脸的贵人回国，也一样如与他们同车同舟的危险，时觉有倾覆或沉没之虞。我国人得脸的方法很多。在不许吐痰之车上吐痰，在“勿走草地”之草地走走，用海军军舰运鸦片，被禁烟局长请大烟，都有相当的荣耀。但是这种到底不是有益社会的东西，简直可以不要。我国平民本来就没有什么脸可讲，还是请贵人自动丢丢罢，以促法治之实现，而跻国家于太平。

冬至之晨杀人记

孔子曰：上士杀人用笔端，中士杀人用语言，下士杀人用石盘。可见杀人的方法很多。我刚会一位客，因为他谈锋太健了，就用两句半话把他杀死。虽然死不死由他，但杀不杀却由我，总尽我中士之义务了。

事情是这样的：我虽不信耶稣，却守圣诞，即俗所谓外国冬至。几日来因为圣诞节到，加倍闹忙，多买不应买的什物，多与小孩打滚，而且在这节期中似乎觉得更应特别躲懒，所以《中国评论报·小评论》的稿始终未写。取稿的人却于二十分钟内要来了。本来我办事很有系统，此时却想给他不系统一下。我想一人终年规规矩矩做事，到这节期撤一烂污，也没什么。就使《中国评论报》不能按期出版，中国也不致就此灭亡罢？所以我正坐在一洋铁炉边，梦想有壁炉观火的快乐，暂把胸中挂虑，一齐付之梦中炉火，化归乌有，飞上青天。只因素来安分成性，所以虽然坐着做梦，却是时向那架打字机丢眼色。结果，我明晓大义，躲懒之心被克服了，我下决心正在准备工作。

正在这赶稿之时，知道有文章要写，却不知如何下笔，忽然门外铃响。看了片子，是个陌生客。这倒叫我为难，因为如果是熟客，我可以恭祝他圣诞一下，再请他滚蛋。不过来客情形又似十分重要。所以我叫听差先告诉来人，我此刻甚忙，不过如有要事，不妨进来坐谈几分钟。他说事情非常紧要。由是进来了。

这位先生，穿的很整齐，举止也很风雅。其实看他聚珍版仿宋的名片，也就知道他是个学界中人。他的颡额很高，很像一位文人学者，但是嘴巴尖小，而且眼睛渺细，看来不甚叫人喜欢。他手里拿着一个纸包。我已经对他不怀好意了。

于是我们开始寒暄。某君是久仰我的“大名”，而且也曾拜读过我的“大作”。

“浅薄得很，先生不要见笑。”我照例恭恭敬敬地回答。但是这句话刚出口，我登时就觉不妙，我得了一种感觉，我们还得互相回敬十五分钟，大绕大弯，才有言归正传的希望。到底不知他有什么公干。

老实说话，我会客的经验十分丰富。大概来客越知书识礼，互相回敬的寒暄语及大绕大弯的话头越多。谁也知道，见生客是不好冒冒昧昧，像洋鬼子“此来为某事”直截了当开题，因为这样开题，便不风雅了。凡读书人初次相会，必有读书人的身分，把做八股的工夫，或者是桐城起承转伏的义法拿出来。这样谈话起来，叫做话里有文章。文章不但应有风格，而且应有结构，大概可分为四段。不过谈话并不像文章的做法，下笔便破题而承题；入题的话是留在最后。这四段是这样的：(一)谈寒暄，评气候；(二)叙往事，追旧谊；(三)谈时事，发感慨；(四)所要奉托之“小事”。凡读书人，绝不肯从第四段讲起，必须运用章法,有伏,有承,气势既壮,然后陡然收笔,于实为德便之下,兀然而止。这四段若用图画分类法,亦可分为(一)气象学,(二)史学,(三)政治,(四)经济。第一段之作用在于“坐稳”,符于来则安之之义。“尊姓’,“大名’,“久仰”“夙慕”及“今天天气哈哈哈”属于此段。位安而后情定。所谓定情,非定情之夕之谓,不过联络感情而已。所以第二段便是叙旧,也许有你的令侄与某君同过学,也许你住过南小街,而他住过无量大人胡同,由是感情便融洽了。如果大家都是北大中人,认识志摩、适之,甚至辜鸿铭、林琴南……那便更加亲挚而话长了。感情既洽,声势斯壮,故接着便是谈时事,发感慨。这第三段范围甚广,包括有:中国不亡是无天理,救国策,对于古月三王草将马二弓长诸政治领袖之品评,等等。连带的还有追随孙总理几年到几年之统计。比如你光绪三十年听见过一次孙总理演讲,而今年是民国二十九年,合计应得三十二年,这便叫做追随总理三十二年。及感情既洽,声势又壮,陡然下笔之机已到,于是客饮茶起立,拿起帽子。突兀而来,转入第四段:现在有一小事奉烦,先生不是认识X大学校长吗?可否写一封介绍信。总结全文。

这冬至之晨,我神经聪敏,知道又要恭聆四段法的文章了。因为某先生谈吐十分风雅,举止十分雍容,所以我有点准备。心坎里却在猜想他纸包里不知有何宝贝,或是他要介绍我什么差事。话虽如此,我们仍旧从气象学谈起。

十二宫星宿已经算过,某先生偶然轻快的提起傅君来。傅君是北大的高材生。我明白,他在叙旧,已经在第二段。是的,这位先生确是雄才,胸中有光芒万丈,笔锋甚健。我完全同意,但是我的眼光总是回复射在打字机上及他的纸包。然而不知怎样,我们的感情,果然融洽起来了。这位先生谈的句句有理,句句中肯。

自第二段至第三段之转入,是非常自然。

傅君,蜀人也。你瞧,四川不是正在有叔侄大义灭亲地厮杀一场吗,某先生说四川很不幸。他说看见我编辑的《论语》半月刊(我听人家说看见《论语》半月刊,总是快活),知道四川民国以来共有四百七十六次的内战。我自然无异辞,不过心里想:“中国人的时间实在太充裕了”,《评论报》的佣人就要来取稿了。所以也不大再愿听他的议论,领略他的章法,而很愿意帮他结束第三段。我们已谈了半个多钟头,这叫我觉得叫一切四川军阀都上吊,转入正题,也不敢出岔。

“先生今日来访,不知有何要事。”

"不过一点小小的事，"他说，打开纸包。"听说先生与某杂志主编胡先生是亲属，可否奉烦先生将此稿转交胡先生。"

"我与胡先生并非亲属，而且某杂志之名，也没听说过，"我口不由心狂妄的回答，言下觉得颇有中士杀人之慨。这时剧情非常紧张。因为这样猛然一来，不但出了我自己意料之外，连这位先生也愕然，我们俩觉得啼笑皆非，因为我们深深惋惜，这样用半个钟点工夫做起承转伏正要入题的好文章，因为我狂妄，弄的好无收场，我的罪过真不在魏延踢倒七星灯之下了。此时我们俩都觉得人生若梦！因为我知道是我已白白地糟蹋了我最宝贵的冬至之晨，而他也感觉白白地糟蹋他气象天文史学政治的学识。

来台后二十四快事

金圣叹批《西厢》，拷红一折，有三十三个"不亦快哉"。这是他与朋友斫山赌说人生快意之事，二十年后想起这事，写成这段妙文。此三十三"不亦快哉"我曾译成英文，列入《生活的艺术》书中，引起多少西方人士的来信，特别嘉许。也有一位老太婆写出她三十三个人生快事，寄给我看。金圣叹的才气文章，在今日看来，是抒情派、浪漫派。目所见，耳所闻，心所思，才气横溢，尽可入文。我想他所做的《西厢记》序文"恸哭古人"及"留赠后人"，诙谐中有至理，又含有人生之隐痛，可与庄生《齐物论》媲美。兹举一二例，以概其余。

其一，朝眠初觉，似闻家人叹息之声，言某人夜来已死。急呼而讯之，正是城中第一绝有心计人。不亦快哉！

其一，久欲为比丘，苦不得公然吃肉。若许为比丘，又得公然吃肉，则夏日以热汤快刀，净割头发，不亦快哉！

其一，夏日早起，看人于松棚下锯大竹作筒用。不亦快哉！

仿此，我也来写来台以后的快事二十四条：

一、华氏表九十五度，赤膊赤脚，关起门来，学顾千里裸体读经。不亦快哉！

二、初回祖国，赁居山上，听见隔壁妇人以不干不净的闽南语骂小孩，北方人不懂，我却懂。不亦快哉！

三、到电影院坐下，听见隔座女郎说起乡音，如回故乡。不亦快哉！

四、无意中伤及思凡的尼姑。看见一群和尚起来替尼姑打抱不平，声泪俱下。不亦快哉！

五、黄昏时候，工作完，饭罢，既吃西瓜，一人坐在阳台上独自乘凉，口衔烟斗，若吃烟，若不吃烟。看前山慢慢沉入夜色的朦胧里，下面天母灯光闪烁，清风徐来，若有所思，若无所思。不亦快哉！

六、赴酒席，座上都是贵要，冷气机不灵，大家热昏昏受罪，却都彬彬有礼，不敢随便。忽闻主人呼宽衣。我问领带呢？主人说不必拘礼，如蒙大赦。不亦快哉！

七、看电视儿童合唱。见一小孩特别起劲，张口大唱，又伸手挖鼻子，逍遥自在。不亦快哉！

八、听男人歌唱，声音摄气发自腹膜，喉咙放松，自然嘹亮。不亦快哉！

九、某明星打武侠，眉宇嘴角，自有一番英雄气象，与众不同。不亦快哉！

十、看小孩吃西瓜，或水蜜桃，瓜汁桃汁入喉咙兀兀作响，口水直流胸前，想人生至乐，莫过于此。不亦快哉！

十一、什么青果合作社办事人送金碗、金杯以为二十年纪念。目无法纪，黑幕重重。忽然间跑出来一批青年，未经世事，却是学过法律，依法搜查证据，提出检举，把这些城狐社鼠捉将官里去，依法惩办。不亦快哉！

十二、冒充和尚，不守清规，奸杀女子，闻已处死。不亦快哉！

十三、看人家想攻击白话文学，又不懂白话文学；想提倡文言，又不懂文言。不亦快哉！

十四、读书为考试，考试为升学，升学为留美。教育当事人，也像煞有介事办联考，阵容严整，浩浩荡荡而来，并以分数派定科系，以为这是办教育。总统文告，提醒教育目标不在升学考试，而在启发儿童的心智及思想力。不亦快哉！

十五、报载中华棒球队，三战三捷，取得世界儿童棒球王座，使我跳了又叫，叫了又跳。不亦快哉！

十六、我们的纪政创造世界运动百米纪录。不亦快哉！

十七、八十老翁何应钦上将提倡已经通用的俗字，使未老先衰的前清遗少面有愧色。不亦快哉！

十八、时代进步，见人出殡用留声唱片代和尚诵经。不亦快哉！

十九、大姑娘穿短裤，小闺女跳高栏，使老学究掩面遮眼，口里乎“啧啧！者者！”不亦快哉！

二十、能作文的人，少可与谈。可与谈的人，做起文章又是一副道学面孔，排八字脚说话。倘遇可与谈者，写起文章，也如与密友相逢，促膝谈心，如行云流水道来。不亦快哉！

二十一、早餐一面喝咖啡，一面看“中副”文寿的方块文字，或翻开《新生报》，见转载“艾子后语”，好像咖啡杯多放一块糖。不亦快哉！

二十二、台北新开往北投超速公路，履险如夷，自圆环至北投十八分钟可以到达。不亦快哉！

二十三、家中闲时不能不看电视，看电视，不得不听广告。倘能看电视而不听广告。不亦快哉！

二十四、宅中有园，园中有屋，屋中有院，院中有树，树上见天，天中有月。不亦快哉！

个人的梦

《东方》杂志编辑，出了一个极好题目，请各位作家叙述他对于未来中国的梦，及个人生活的梦。各种答案，已经写在该杂志的新年增刊号发表了。我个人的梦，因投稿时匆促，未经写上。我想个人的梦，时时不同。孔子所谓君子三戒，实指少年打架，壮年想女人，老年想衰头，便是显见的个人的梦变得更长的历程。在这埋头编辑应接不暇之际，个人忽得一感觉，虽然来得兀突，也可以算是目前个人的梦罢。我愿意找到一位替代编辑的人，使我得一个月的顽闲，度一个月顽闲的生活。我登时可以放下笔来，睡四十八小时的大觉。袁世凯、蒋介石来也不见。醒来之后，世界电话断绝，邮局封闭，司机罢工；我个人门外贴一张“某人外出”纸条，自己换上便服，带一根鱼竿，携一本《醒世姻缘》，一本《七侠五义》，一本《海上花》，此外行杖一枝，雪茄五盒，到一世外桃源，暂做葛天遗民，“领现在可行之乐，补生平未读之书”。我知道道学先生必说我反革命。而孔二先生却将点头微笑曰：“吾于语也。”

丰子恺 作品

丰子恺(1898~1975)是中国现代一位多才多艺的文学艺术大师。他精通音乐、绘画,尤以漫画见长,他的散文小品,则如清水芙蓉,清新质朴,满溢着人间的世俗情趣与生活意韵。

就幽默小品来说,丰子恺创作的数目并不多,但却具有一种独特的风格。也许这与他是一位漫画大师有关,他的幽默小品大多也是用幽默的方式写出来的,即用夸张的手法将乖讹可笑的东西一一亮相,让它自己暴露出自己的弱点。

丰子恺的小品完全是随兴而至,任意而谈,直率地写自己的所思所感,全不作精心的构思和人为的雕琢,这一方面使他的小品清新质朴,但另一方面又常常不免有冗长、拖沓之嫌,影响了散文小品的纯净和简洁。不过随着他创作实践的不断加深,到40年代时,已然渐入佳境。

渐

使人生圆滑进行的微妙的要素，莫如“渐”；造物主骗人的手段，也莫如“渐”。在不知不觉之中，天真烂漫的孩子“渐渐”变成野心勃勃的青年；慷慨豪侠的青年“渐渐”变成冷酷的成人；血气旺盛的成人“渐渐”变成顽固的老头子。因为其变更是渐进地，一年一年地，一月一月地、一日一日地、一时一时地、一分一分地、一秒一秒地渐进，犹如从斜度极缓的长远的山坡上走下来，使人不察其递降的痕迹，不见其各阶段的境界，而似乎觉得常在同样的地位，恒久不变，又无时不有生的意趣与价值，于是人生就被确实肯定，而圆滑进行了。假使人生的进行不像山坡而像风琴的键板，由 do 忽然移到 re，即如昨夜的孩子今朝忽然变成青年；或者像旋律的“接离进行”地由 do 忽然跳到 mi，即如朝为青年而夕暮忽成老人，人一定要惊讶、感慨、悲伤，或痛感人生的无常，而不乐为人了。故可知人生是由“渐”维持的。这在女人恐怕尤为必要：歌剧中，舞台上的如花的少女，就是将来火炉旁边的老婆子，这句话，骤听使人不能相信，少女也不肯承认，实则现在的老婆子都是由如花的少女“渐渐”变成的。

人之能堪受境遇的变衰，也全靠这“渐”的助力。巨富的纨袴子弟因屡次破产而“渐渐”荡尽其家产，变为贫者；贫者只得做佣工，佣工往往变为奴隶，奴隶容易变为无赖，无赖与乞丐相去甚近，乞丐不妨做偷儿……这样的例，在小说中，在实际上，均多得很。因为其变衰是延长为十年二十年而一步一步地“渐渐”地达到的，在本人不感到什么强烈的刺激。故虽到了饥寒病苦刑笞交迫的地步，仍是熙熙然贪恋着目前的生的欢喜。假如一位千金之子忽然变了乞丐或偷儿，这人一定愤不欲生了。

这真是大自然的神秘的原则，造物主的微妙的功夫！阴阳潜移，春秋代序，以及物类的衰荣生杀，无不暗合于这法则。由萌芽的春“渐渐”变成绿阴的夏；由凋零的秋“渐渐”变成枯寂的冬。我们虽已经历数十寒暑，但在围炉拥衾的冬夜仍是难于想象饮冰挥扇的夏日的心情；反之亦然。然而由冬一天一天地、一时一时地、一分一分地、一秒一秒地移向夏，由夏一天一天地、一时一时地、一分一分地、一秒一秒地移向冬，其间实在没有显著的痕迹可寻。昼夜也是如此：傍晚坐在窗下看书，书页上"渐渐"地黑起来，倘不断地看下去(目力能因了光的渐弱而渐渐加强)，几乎永远可以认识书页上的字迹，即不觉昼之已变为夜。黎明凭窗，不瞬目地注视东天，也不辨自夜向昼的推移的痕迹。儿女渐渐长大起来，在朝夕相见的父母全不觉得，难得见面的远亲就相见不相识了。往年除夕，我们曾在红蜡烛底下守候水仙花的开放，真是痴态！倘水仙花果真当面开放给我们看，便是大自然的原则的破坏，宇宙的根本的摇动，世界人类的末日临到了！

"渐"的作用，就是用每步相差极微极缓的方法来隐蔽时间的过去与事物的变迁的痕迹，使人误认其为恒久不变。这真是造物主骗人的一大诡计！这有一件比喻的故事：某农夫每天朝晨抱了犊而跳过一沟，到田里去工作，夕暮又抱了它跳过沟回家。每日如此，未尝间断。过了一年，犊已渐大，渐重，差不多变成大牛，但农夫全不觉得，仍是抱了它跳沟。有一天他因事停止工作，次日再就不能抱了这牛而跳沟了。造物的骗人，使人留连于其每日每时的生的欢喜而不觉其变迁与辛苦，就是用这个方法的。人们每日在抱了日重一日的牛而跳沟，不准停止。自己误以为是不变的，其实每日在增加其苦劳！

我觉得时辰钟是人生的最好的象征了。时辰钟的针，平常一看总觉得是"不动"的；其实人造物中最常动的无过于时辰钟的针了。日常生活中的人生也如此，刻刻觉得我是我，似乎这"我"永远不变，实则与时辰钟的针一样地无常！一息尚存，总觉得我仍是我，我没有变，还是留连着我的生，可怜受尽"渐"的欺骗！

"渐"的本质是"时间"。时间我觉得比空间更为不可思议，犹之时间艺术的音乐比空间艺术的绘画更为神秘。因为空间姑且不追究它如何广大或无限，我们总可以把握其一端，认定其一点。时间则全然无从把握，不可挽留，只有过去与未来在渺茫之中不绝地相追逐而已。性质上既已渺茫不可思议，分量上在人生也似乎太多。因为一般人对于时间的悟性，似乎只够支配搭船乘车的短时间；对于百年的长期间的寿命，他们不能胜任，往往迷于局部而不能顾及全体。试看乘火车的旅客中，常有明达的人，有的宁牺牲暂时的安乐而让其座位于老弱者，以求心的太平(或博暂时的美誉)；有的见众人争先下车，而退在后面，或高呼"勿要轧，总有得下去的！""大家都要下去的！"然而在乘"社会”或“世界”的大火车的“人生”的长期的旅客中，就少有这样的明达之人。所以我觉得百年的寿命，定得太长。像现在的世界上的人，倘定他们搭船乘车的期间的寿命，也许在人类社会上可减少许多凶险残惨的争斗，而与火车中一样地谦让，和平，也未可知。

然人类中也有几个能胜任百年的或千古的寿命的人。那是“大人格”，“大人生”。他们能不为“渐”所迷，不为造物所欺，而收缩无限的时间并空间于方寸的心中。故佛家能纳须弥于芥子。中国古诗人(白居易)说：“蜗牛角上争何事？石火光中寄此身。”英国诗人布莱克也说：“一粒沙里见世界，一朵花里见天国；手掌里盛住无限，一刹那便是永劫。”

作父亲

楼窗下的弄里远地传来一片声音：“咿哟，咿哟……”渐近渐响起来。

一个孩子从算草簿中抬起头来，张大眼睛倾听一会，“小鸡！小鸡！”叫了起来。四个孩子同时放弃手中的笔，飞奔下楼，好像路上的一群麻雀听见了行人的脚步声而飞去一般。

我刚才扶起他们所带倒的凳子，拾起桌子上滚下去的铅笔，听见大门口一片呐喊：“买小鸡！买小鸡！”其中又混着哭声。连忙下楼一看，原来元草因为落伍而狂奔，在庭中跌了一跤，跌痛了膝盖骨不能再跑，恐怕小鸡被哥哥、姐姐们买完了轮不着他，所以激烈地哭着。我扶了他走出大门口，看见一群孩子正向一个挑着一担“咿哟，咿哟”的人招呼，欢迎他走近来。元草立刻离开我，上前去加入团体，且跳且喊：“买小鸡！买小鸡！”泪珠跟了他的一跳一跳而从脸上滴到地上。

孩子们见我出来，大家回转身来包围了我。“买小鸡！买小鸡！”的喊声由命令的语气变成了请愿的语气，喊得比前更响了。他们仿佛想把这些音蓄入我的身体中，希望它们由我的口上开出来。独有元草直接拉住了担子的绳而狂喊。

我全无养小鸡的兴趣；而且想起了以后的种种麻烦，觉得可怕。但乡居寂寥,绝对屏除外来的诱惑而强迫一群孩子在看惯的几间屋子里隐居这一个星期日,似也有些残忍。且让这个“咿哟、咿哟”来打破门庭的岑寂,当作长闲的春昼的一种点缀吧。我就招呼挑担的,叫他把小鸡给我们看看。

他停下担子,揭开前面的一笼。“咿哟,咿哟”的声音忽然放大。但见一个细网的下面,蠕动着无数可爱的小鸡,好像许多活的雪球。五六个孩子蹲集在笼子的四周,一齐倾情地叫着“好来!好来!”一瞬间我的心也屏绝了思虑而没入在这些小动物的姿态的美中,体会了孩子们对于小鸡的热爱的心情。许多小手伸入笼中,竞指一只纯白的小鸡,有的几乎要隔网捉住它。挑担的忙把盖子无情地冒上,许多“咿哟,咿哟”的雪球和一群“好来,好来”的孩子就变成了咫尺天涯。孩子们怅望笼子的盖,依附在我的身边,有的伸手摸我的袋。我就向挑担的人说话:

“小鸡卖几钱一只?”

“一块洋钱四只。”

“这样小的,要卖二角半钱一只?可以便宜些否?”

“便宜勿得,二角半钱最少了。”

他说过,挑起担子就走,大的孩子脉脉含情地目送他,小的孩子拉住了我的衣襟而连叫“要买!要买!”挑担的越走得快,他们喊得越响,我摇手止住孩子们的喊声,再向挑担的问:

“一角半钱一只卖不卖?给你六角钱买四只吧!”

“没有还价!”

他并不停步,但略微旋转头来说了这一句话,就赶紧向前面跑。

“咿哟,咿哟”的声音渐渐地远起来了。

元草的喊声就变成哭声。大的孩子锁着眉头不绝地探望挑担者的背影,又注视我的脸色。我用手掩住了元草的口,再向挑担人远远地招呼:

“二角大洋一只,卖了吧!”

“没有还价!”

他说过便昂然地向前进行,悠长地叫出一声“卖——小——鸡——!”其背影便在弄口的转角上消失了。我这里只留着一个嚎啕大哭的孩子。

对门的大嫂子曾经从矮门上探头出来看过小鸡,这时候就拿着针线走出来,倚在门上,笑着劝慰哭的孩子,她说:

“不要哭!等一会儿还有担子挑来,我来叫你呢!”她又笑着向我说:

"这个卖小鸡的想做好生意。他看见小孩子哭着要买,越是不肯让价了。昨天坍墙圈里买的一角洋钱一只,比刚才的还大一半呢!"我同她略谈了几句,硬拉了哭着的孩子回进门来。别的孩子也懒洋洋地跟了进来。我原想为长闲的春昼找些点缀而走出门口来的,不料讨个没趣,扶了一个哭着的孩子而回进来。庭中柳树正在骀荡的春光中摇曳柔条,堂前的燕子正在安稳的新巢上低徊软语。我们这个刁巧的挑担者和痛哭的孩子,在这一片和平美丽的春景中很不调和啊!

关上大门,我一面为元草揩拭眼泪,一面对孩子们说:

"你们大家说'好来,好来','要买,要买',那人就不肯让价了!"

小的孩子听不懂我的话,继续抽噎着;大的孩子听了我的话若有所思。我继续抚慰他们:

"我们等一会再来买吧,隔壁大妈会喊我们的。但你们下次……"

我不说下去了。因为下面的话是"看见好的嘴上不可说好,想要的嘴上不可说要。"倘再进一步,就变成"看见好的嘴上应该说不好,想要的嘴上应该说不要"了。在这一片天真烂漫光明正大的春景中,向哪里容藏这样教导孩子的一个父亲呢?

吃瓜子

从前听人说:中国人人人具有三种博士的资格:拿筷子博士、吹煤头纸博士、吃瓜子博士。

拿筷子,吹煤头纸,吃瓜子,的确是中国人独得的技术。其纯熟深造,想起了可以使人吃惊。这里精通拿筷子法的人,有了一双筷,可抵刀锯叉瓢一切器具之用,爬罗剔抉,无所不精。这两根毛竹仿佛是身体上的一部分,手指的延长,或者一对取食的触手,用时好像变戏法者的一种演技,熟能生巧,巧极通神。不必说西洋了,就是我们自己看了,也可惊叹。至于精通吹煤头纸法的人,首推几位一天到晚捧水烟筒的老先生和老太太。他们的"要有火"比上帝还容易,只消向煤头纸上轻轻一吹,火便来了。他们不必出数元乃至数十元的代价去买打火机，只要有一张纸，便可临时在膝上卷起煤头纸来，向铜火炉盖的小孔内一插，拔出来一吹，火便来了。我小时候看见我们染坊店里的管账先生，有种种吹煤头纸的特技。我把煤头纸高举在他的额旁边了，他会把下唇伸出来，使风向上吹；我把煤头纸放在他的胸前了，他会把上唇伸出来，使风向下吹；我把煤头纸放在他的耳旁了，他会把嘴歪转来，使风向左右吹；我用手按住了他的嘴，他会用鼻孔吹，都是吹一两下就着火的。中国人对于吹煤头纸技术造诣之深，于此可以窥见。所可惜者，自从卷烟和火柴输入中国而盛行之后，水烟这种"国烟"竟被冷落，吹煤头纸这种"国技"也很不发达了。生长在都会里的小孩子，有的竟不会吹，或者连煤头纸这东西也不曾见过。在努力保存国粹的人看来，这也是一种可虑的现象。近来国内有不少人努力于国粹保存。国医、国药、国术、国乐，都有人在那里提倡。也许水烟和煤头纸这种国粹，将来也有人起来提倡，使之复兴。

但我以为这三种技术中最进步最发达的，要算吃瓜子。近来瓜子大王的畅销，便是其老大的证据。据关心此事的人说，瓜子大王一类的装纸袋的瓜子，最近市上流行的有许多牌子。最初是某大药房"用科学方法"创制的，后来有什么"好吃来公司"、"顶好吃公司"……等种种出品陆续产出。到现在差不多无论哪个穷乡僻处的糖食摊上，都有纸袋装的瓜子陈列而倾销着了。现代中国人的精通吃瓜子术，由此盖可想见。我对于此道，一向非常短拙，说出来有伤于中国人的体面，但对自家人不妨谈谈。我从来不曾自动地找求或买瓜子来吃。但到人家作客，受人劝诱时；或者在酒席上、杭州的茶楼上，看见桌上现成放着瓜子盆时，也便拿起来咬。我必须注意选择，选那较大、较厚、而形状平整的瓜子，放进口里，用臼齿"格"地一咬，再吐出来，用手指去剥。幸而咬得恰好，两瓣瓜子壳各向两旁扩张而破裂，瓜仁没有咬碎，剥起来就较为省力。若用力不得其法，两瓣瓜子壳和瓜仁叠在一起而折断了，吐出来的时候我就担忧。那瓜子已纵断为两半，两半瓣的瓜仁紧紧地装塞在两半瓣的瓜子壳中，好像日本版的洋装书，套在很紧的厚纸函中，不容易取它出来。这种洋装书的取出法，现在都已从日本人那里学得，不要把指头塞进厚纸函中去力挖，只要使函口向下，两手扶着函，上下振动数次，洋装书自会脱壳而出。然而半瓣瓜子的形状太小了，不能应用这个方法，我只得用指爪细细地剥取。有时因为练习弹琴，两手的指爪都剪平，和尚头一般的手指对它简直毫无办法。我只得乘人不见把它抛弃了。在痛感困难的时候，我本拟不再吃瓜子了。但抛弃了之后，觉得口中有一种非甜非咸的香味，会引逗我再吃。我便不由地伸起手来，另选一粒，再送交臼齿去咬。不幸而这瓜子太燥，我的用力又太猛，“格”地一响，玉石不分，咬成了无数的碎块，事体就更糟了。我只得把粘着唾液的碎块尽行吐出在手心里，用心挑选，剔去壳的碎块，然后用舌尖舐食瓜仁的碎块。然而这挑选颇不容易，因为壳的碎块的一面也是白色的，与瓜仁无异，我误认为全是瓜仁而舐进口中去嚼，其味虽非嚼蜡，却等于嚼砂。壳的碎片紧紧地嵌进牙齿缝里，找不到牙签就无法取出。碰到这种钉子的时候，我就下个决心，从此戒绝瓜子。戒绝之法，大抵是喝一口茶来漱一漱口，点起一支香烟，或者把瓜子盆推开些，把身体换个方向坐了，以示不再对它发生关系。然而过了几分钟，与别人谈了几句话，不知不觉之间，会跟了别人而伸手向盆中摸瓜子来咬。等到自己觉察破戒的时候，往往是已经咬过好几粒了。这样，吃了非戒不可，戒了非吃不可；吃而复戒，戒而复吃，我为它受尽苦痛。这使我现在想起了瓜子觉得害怕。

但我看别人，精通此技的很多。我以为中国人的三种博士才能中，咬瓜子的才能最可叹佩。常见闲散的少爷们，一只手指间夹着一支香烟，一只手握着一把瓜子，且吸且咬，且咬且吃，且吃且谈，且谈且笑。从容自由，真是“交关写意！”他们不须拣选瓜子，也不须用手指去剥。一粒瓜子塞进了口里，只消“格”地一咬，“呸”地一吐，早已把所有的壳吐出，而在那里嚼食瓜子的肉了。那嘴巴真像一具精巧灵敏的机器，不绝地塞进瓜子去，不绝地“格”，“呸”，“格”，“呸”，……全不费力，可以永无罢休。女人们、小姐们的咬瓜子，态度尤加来得美妙；她们用兰花似的手指摘住瓜子的圆端，把瓜子垂直地塞在门牙中间，而用门牙去咬它的尖端。“的，的”两响，两瓣壳的尖头便向左右绽裂。然后那手敏捷地转个方向，同时头也帮着了微微地一侧，使瓜子水平地放在门牙口，用上下两门牙把两瓣壳分别拨开，咬住了瓜子肉的尖端而抽它出来吃。这吃法不但“的，的”的声音清脆可听，那手和头的转侧的姿势窈窕得很有些妩媚动人，连丢去的瓜子壳也模样姣好，有如朵朵兰花。由此看来，咬瓜子是中国少爷们的专长，而尤其是中国小姐、太太们的拿手戏。

在酒席上、茶楼上，我看见过无数咬瓜子的圣手。近来瓜子大王畅销，我国的小孩子们也都学会了咬瓜子的绝技。我的技术，在国内不如小孩子们远甚，只能在外国人面前占胜。记得从前我在赴横滨的轮船中，与一个日本人同舱。偶检行箧，发见亲友所赠的一罐瓜子。旅途寂寥，我就打开来和日本人共吃。这是他平生没有吃过的东西，他觉得非常珍奇。在这时候，我便老实不客气地装出内行的模样，把吃法教导他，并且示范地吃给他看。托祖国的福，这示范没有失败。但看那日本人的练习，真是可怜得很！他如法将瓜子塞进口中，“格”地一咬，然而咬时不得其法，将唾液把瓜子的外壳全部浸湿，拿在手里剥的时候，滑来滑去，无从下手，终于滑落在地上，无处寻找了。他空咽一口唾液，再选一粒来咬。这回他剥时非常小心，把咬碎了的瓜子陈列在舱中的食桌上，俯伏了头，细细地剥，好像修理钟表的样子，约莫一二分钟之后，好容易剥得了些瓜仁的碎片，郑重地塞进口里去吃。我问他滋味如何，他点点头连称umai，umai！（好吃，好吃！）我不禁笑了出来。我看他那阔大的嘴里放进一些瓜仁的碎屑犹如沧海中投以一粟，亏他辨出umai的滋味来。但我的笑不仅为这点滑稽，半由于骄矜自夸的心理。我想，这毕竟是中国人独得的技术，像我这样对于此道最拙劣的人，也能在外国人面前占胜，何况国内无数精通此道的少爷、小姐们呢？

发明吃瓜子的人，真是一个了不起的天才！这是一种最有效的“消闲”法。要“消磨岁月”，除了抽鸦片以外，没有比吃瓜子更好的方法了。其所以最有效者，为了它具备三个条件：一、吃不厌；二、吃不饱；三、要剥壳。

俗语形容瓜子吃不厌，叫做“勿完勿歇”。为了它有一种非甜非咸的香味，能引逗人不断地要吃。想再吃一粒不吃了，但是嚼完吞下之后，口中余香不绝，不由你不再伸手向盆中或纸包里去摸。我们吃东西，凡一味甜的，或一味咸的，往往易于吃厌。只有非甜非咸的，可以久吃不厌。瓜子的百吃不厌，便是为此。有一位老于应酬的朋友告诉我一段吃瓜子的趣话：说他已养成了见瓜子就吃的习惯。有一次同了朋友到戏馆里看戏，坐定之后，看见茶壶的旁边放着一包打开的瓜子，便随手向包里掏取几粒，一面咬着，一面看戏。咬完了再取，取了再咬。如是数次，发见邻席的不相识的观剧者也来掏取，方才想起了这包瓜子的所有权。低声问他的朋友：“这包瓜子是你买来的么？”那朋友说：“不，”他才知道刚才是擅吃了人家的东西，便向邻座的人道歉。邻座的人很漂亮，付之一笑，索性正式地把瓜子请客了。由此可知瓜子这样东西，对中国人有非常的吸引力，不管三七二十一，见了瓜子就吃。

俗语形容瓜子吃不饱，叫做“吃三日三夜，长个屎尖头”。因为这东西分量微小，无论如何也吃不饱，连吃三日三夜，也不过多排泄一粒屎尖头。为消闲计，这是很重要的一个条件。倘分量大了，一吃就饱，时间就无法消磨。这与赈饥的粮食目的完全相反。赈饥的粮食求其吃得饱，消闲的粮食求其吃不饱。最好只尝滋味而不吞物质。最好越吃越饿，像罗马亡国之前所流行的“吐剂”一样，则开筵大嚼，醉饱之后，咬一下瓜子可以再来开筵大嚼。一直把时间消磨下去。

要剥壳也是消闲食品的一个必要条件。倘没有壳，吃起来太便当，容易饱，时间就不能多多消磨了。一定要剥，而且剥的技术要有声有色，使它不像一种苦工，而像一种游戏，方才适合于有闲阶级的生活，可让他们愉快地把时间消磨下去。

具足以上三个利于消磨时间的条件的，在世间一切食物之中，想来想去，只有瓜子。所以我说发明吃瓜子的人是了不起的天才。而能尽量地享用瓜子的中国人，在消闲一道上，真是了不起的积极的实行家！试看糖食店、南货店里的瓜子的畅销，试看茶楼、酒店、家庭中满地的瓜子壳，便可想见中国人在“格，呸”、“的，的”的声音中消磨去的时间，每年统计起来为数一定可惊。将来此道发展起来，恐怕是全中国也可消灭在“格，呸”、“的，的”的声音中呢。

我本来见瓜子害怕，写到这里，觉得更加害怕了。

两场闹

一日我因某事独自至某地。当日赶不上归家的火车，傍晚走进其地的某旅馆投宿了。事体已经赶毕；当地并无亲友可访，无须出门；夜饭已备有六只大香蕉在提篋内，不必外求。但天色未暗，吃香蕉嫌早，我觉旅况孤寂，这一刻工夫有些难消遣了。室中陈列着崭新的铁床，华丽的镜台，清静的桌椅。但它们都板着脸孔不理睬我，好像待车室里的旅客似地各管各坐着，只有我携来的那只小提篋亲近我，似乎在对我说：“我是属于你的！”

打开提篋，一册袖珍本的《绝妙好词》躺在那里等我。我把它取出，再把被头叠置枕上，当作沙发椅子靠了，且从这古式的收音器中倾听古人的播音。

忽闻窗外的街道上起了一片噪闹之声。我不由地抛却我的书，离开我的沙发，倒屣往窗前探看。对门是一个菜馆，我凭在窗上望下去，正看见菜馆的门口，四辆人力车作带模样停在门口的路旁，四个人力车夫的汗湿的背脊，花形地环列在门口的阶沿石下，和站在阶沿石上的四个人的四顶草帽相对峙。中央的一个背脊伸出着一只手，努力要把手中的一点钱交还一顶草帽，反复地在那里叫："这一点钱怎么行？拉了这许多路！"

草帽下也伸出一只手来，跟了说话的语气而指挥："讲到廿板一部，四部车子，给你二角三十板，还有啥话头？"

他的话没有说完，对方四个背脊激动起来，参参差差地嚷着："兜大圈子到这里，我们多两里路啦；这一点钱哪里行！"

另一顶草帽下面伸出一只手来，点着人力车夫的头，谆谆地开导："不是我们要你多跑路！修街路你应该知道，你吃什么饭的？"

"这不来，这不来！"

人力车夫口中讲不出理，心中着急，嚷着把盛钱的手向四顶草帽底下乱送，想在他们身上找一处突出的地方交卸了这一点不足的车钱。但四顶草帽反背着手，渐渐向门内退却，使他无法措置。我在上面代替人力车夫着急，心想草帽的边上不是颇可置物的地方么，可惜人力车夫的手腕没有这样高。

正难下场的时候，另一个汗湿的背脊上伸出一个长头颈来，换了一种语调，帮他的同伴说话："先生！一角钱一部总要给我们的！这铜板换了两角钱吧！先生，几个铜板不在乎的！"

同时他从同伴的手中取出铜板来擎起在一顶草帽前面，恳求他交换。这时三顶草帽已经不见，被包围的一顶草帽伸手在袋中摸索，冷笑着说："讨厌得来！喏，喏，每人加两板！"

他摸出铜板，四个背脊同时退开，大家不肯接受，又同声地嚷起来。那草帽乘机跨进门槛，把八个铜板放在柜角上，指着了厉声说："喏，要末来拿去，勿要末歇，勿识相的！"

一件雪白的长衫飞上楼梯，不见了。门外四个背脊咕噜咕噜了一会，其中一个没精打采地去取了柜角上的铜板，大家懒洋洋地离开店门。咕噜咕噜的声音还是继续着。

我看完了这一场闹，离开窗栏，始觉窗内的电灯已放光了。我把我的沙发移在近电灯的一头，取出提篋里的香蕉，用《绝妙好词》佐膳而享用我的晚餐。窗子没有关，对面菜馆的楼上也有人在那里用晚餐，常有笑声和杯盘声送入我的耳中。我们隔着一条街路而各用各的晚餐。

约一小时之后，窗外又起一片吵闹之声。我心想又来什么花头了，又立刻抛却我的书，离开我的沙发，倒屣往窗前探看。这回在楼上闹。离开我一二丈之处，菜馆楼上一个精小的餐室内，闪亮的电灯底下摆着一桌杯盘狼藉的残菜。桌旁有四个男子，背向着我，正在一个青衣人面前纠纷。我从声音中认知他们就是一小时前在下面和人力车夫闹过一场的四个角色。但见一个瘦长子正在摆开步位，用一手擒住一个矮胖子的肩，一手拦阻一个穿背心的人的胸，用下颚指点门口，向青衣人连叫着："你去，你去！"被擒的矮胖子一手摸在袋里竭力挣扎而扑向青衣人的方面去，口中发出一片杀猪似的声音，只听见"不行，不行。"穿背心的人竭力地伸长了的手臂，想把手中的两张钞票递给青衣人，口中连叫着"这里，这里。"好像火车到时车站栅门外拿着招待券接客的旅馆招待员。

在这三人的后方，最近我处，还有一个生仁丹须的人，把右手摸在衣袋中，冷静地在那里叫喊"我给他，我给他！"青衣人面向着我，他手中托着几块银洋，用笑脸看看这个，看看那个，立着不动。

穿背心的终于摆脱了瘦长子的手，上前去把钞票塞在青衣人的手中，而取回银洋交还瘦长子。瘦长子一退避，放走了矮胖子。这时候青衣人已将走出门去，矮胖子厉声喝止："喂喂，堂官，他是客人！"便用自己袋里摸出来的钞票向他交换。穿背心的顾东失西，急忙将瘦长子按倒在椅子里，回身转来阻止矮胖子的行动。三个人扭做一堆，作出嘈杂的声音。忽然听见青衣人带笑喊声"票子撕破了！"大家方才住手。瘦长子从椅子里立起身。楼板上丁丁当当地响起来。原来穿背心的暗把银洋塞在他的椅子角上，他起身时用衣角把它们如数撒翻在楼板上了。于是有的捡拾银洋，有的察看破钞票。场中忽然换了一个调子。一会儿严肃的静默，一会儿造作的笑声。不久大家围着一桌残菜就坐，青衣人早已悄悄地出门去了。我最初不知道他拿去是谁的钱，但不久就在他们的声音笑貌中看出，这晚餐是矮胖子的东道。

背后有人叫唤。我旋转身来，看见茶房在问我："先生，夜饭怎样？"我仓惶地答道："我，我吃过了。"他看看床前椅子上的一堆香蕉皮，出去了。我不待对面的剧的团圆，便关窗，就寝了。

卧后清宵，回想今晚所见的两场闹，第一场是争进八个铜板，第二场是争出几块银洋。人力车夫的咕噜咕噜的声音，和菜馆楼上的杀猪似的声音，在我的回想中对比地响着，直到我睡去。

热天写稿

从夏至到现在,半个多月以来,天好像生了大病。人们相见时第一句总是"你看今天有得好些吗?"回答的大概是"不见得!比昨天更热了!"或者是"连风都没有了。"至多是"稍微好些。"寒暑表上的水银好像一个勤勉学生的争分数,只想弄到 Full mark,或竟超出其上。

吾乡有俗语说:"陈抟老祖活了八百,勿曾见过黄梅水勿发。"可见陈抟老祖的寿命太短,眼界未广。假如他能活到今年,就说不出这句话。今年的黄梅时节,看来不是迟到,而是请假了。现在快到初伏,还是天天青天白日,浇上水去也不会落下雨来似的。河里、池里、田里,都已见底。草木禾秧快要枯死。正是"黄梅时节家家旱,枯草池塘处处泥"。

在这大热大旱的时候,我所感到困苦的,第一是笔头的易干。那枝羊毛笔必须一刻不停地工作;停了片刻,笔头上就干结,非润笔不可。只管要润笔也讨厌。于是我右手握笔,左手拿了储水的铜笔套等候着。等到停笔的时候,立刻把笔套进铜笔套管里,要写时再拔出来,然而这方法也不完全有效。到后来铜笔套管里储蓄着的水蘸干了,套了一会拔出来,笔头还是干结,写不出字。总之,在这样热的天气之下写稿,终非时时润笔不可。

润笔的地方,不外砚子和水盂。这两处的水,看似比我的笔端多得多,但也不能时时润我的笔,砚子里望去好似汪洋一片黑海,其实只有表面薄薄的一层水,底下便硬如石田了。在这样热的天气之下。这薄薄的一层墨水也很容易干燥;若是新砚子,这薄薄的一层墨水给它自己吸收还不够,哪里还有余沥来润我的笔?逢到这种时光,我只得拿笔向水盂去蘸。水盂中固然可以装很多的水,然而我的笔也不能每次蘸到。因为它的消费也很多:第一,每天被白日蒸发掉的水不少。第二,那只小猫阿花每天要来饮水一二次。这几天天气特别热,它又穿上那件翻转皮外套,热得厉害,口也渴得厉害,每天要来饮水三四次。虽然不是牛饮,但水盂的容量毕竟有限,禁不起猫饮三四次的。所以我把干结的笔放到砚子上,或者伸进水盂里,往往不得润湿,非另外设法求水不可。有时感觉麻烦不过,投笔而起,往有风的地方去乘凉了。早年没得清茶喝,喝几口南风,或者西风,也觉爽快。

在这样大旱大热的天气之下,我希望换一种无须润的笔来写稿。换用外国式的钢笔、自来水笔么?不行!外国人用的钢笔,需要润笔尤多!在平时,写了几个字,就非伸进墨水瓶里去蘸水不可;到了这样炎热的时光,其蘸水尤勤。任凭你用最新式的波罗笔头,写了一行字笔头也就干结。而且墨水瓶中水也特别容易蒸发,蒸发完了,非出几毛大洋去另买一瓶墨水不可。用自来水笔呢,凭着笔管里暗中储蓄的效力,似觉墨水源源而来,笔头不怕不润。然而橡皮管子里储蓄容易用完,用完之后,要求吸水更多。浅浅的墨水瓶还够不上给它吸,它非沉浸在满满的墨水瓶中吸一个饱不可。况且橡皮管里储蓄着的墨水,在这几天的炎暑期中,也不能顺利供给到你的笔头上来。往往在笔头上干结而阻滞墨水的来路,教你写不出字。故在这几天写稿,中国的毛笔和西洋的钢笔、自来水笔,都时时刻刻地要润笔,都是不适用的。

我想,无须润笔的,只有铅笔或木炭。铅笔用钝了要削,仍不免麻烦。只有木炭可以爽爽快快地一直用到底,没有什么润笔、吸水等讨厌的事。我们不要那种经过许多人工或装着许多机关的笔,我们可拿农人种在堤旁的柳枝,或者木匠劈下来的木条来,教它受火的洗礼,造成一种极真率、自然,而便利的笔。用这种笔,欢喜写的时候便写,应该写的时候便写,没有笔头干结的阻碍,也没有润笔的需要,写稿真是何等爽快的事!但稿纸上这种细碎的格子必须放大或除去。否则用这种笔写字仍受约束;不受拘束时好像一种越轨行动。

粥饭与药石

原来是个健全的身体:五官灵敏,四肢坚强,百体调和。每日所进的是营养丰富、滋味鲜美的粥饭。

一种可恶的病菌侵入了这个身体,使他生起大病来,头晕目眩,手足挛痉,血脉不和。为欲使他祛病复健,就给他吃杀菌的剧药,以毒攻毒,为他施行针灸,刀圭,以暴除暴。

但这是暂时的。等到大病已除，身体复健的时候，他必须屏除剧药，针灸和刀圭，而仍吃粥饭等补品，使身体回复健全。

我们中华民族因暴寇的侵略而遭困难，就好比一个健全的身体受病菌的侵害而患大病。一切救亡工作就好比是剧药、针灸和刀圭，文艺当然也如此。我们要以笔代舌。而呐喊"抗敌救国"！我们要以笔当刀，而在文艺阵地上冲锋杀敌。

但这也是暂时的。等到暴敌已灭，魔鬼已除的时候，我们也必须停止了杀伐而回复于礼乐，为世界人类树立永固的和平与幸福。

病时须得用药石；但复健后不能仍用药石而不吃粥饭。即在病中，除药石外最好也能进些粥饭。人体如此，文艺界也如此。

喜剧

同学孔君从浙江走浙赣路来汉口，一下车，就被警察错认为日本间谍，拉去拘禁在公安局。因为孔君脸色焦黄，眉浓目小，两颊多须，剃成青色，而且西发光泽，洋服楚楚，外形真像日本人。警察的错认是难怪的。

他向警察声辩，说是自家人，不是敌人。警察问："你是中国哪地方人？"孔君答："我是浙江萧山人，刚才从萧山来。"警察问："你是萧山人，应该会讲萧山话。你讲几句看！孔君就讲了一套道地的萧山话。警察冷笑着说："你们日本人真有小聪明，萧山话学得很像！"这使孔君无法置辩，只得任其拘禁。一面设法打电话通知汉口的朋友，托他们来保。结果被拘禁五六小时，方始恢复自由。演了一出喜剧。

晚上我同孔君共饮，就用这件逸事下酒。我安慰孔君说："你虽失却了五六小时的自由，但总是可喜的。我们侦察日本间谍，惟恐其不严。过严是可以体谅的。你们孔家人往往吃这种眼前亏：昔夫子貌似阳货，几乎送了性命；今足下貌似敌人，失却五六小时的自由，是便宜的。"

口中剿匪记

口中剿匪，就是把牙齿拔光。为什么要这样说法呢？因为我口中所剩十七颗牙齿，不但毫无用处，而且常常作祟，使我受苦不浅，现在索性把它们拔光，犹如把盘踞要害的群匪剿尽，肃清，从此可以天下太平，安居乐业。这比喻非常确切，所以我要这样说。

把我的十七颗牙齿，比方一群匪，再像没有了。不过这匪不是普通所谓"匪"，而是官匪，即贪官污吏。何以言之？因为普通所谓"匪"，是当局明令通缉的。或地方合力严防的，直称为"匪"。而我的牙齿则不然：它们虽然向我作祟，而我非但不通缉它们，严防它们，反而袒护它们。我天天洗刷它们；我留心保养它们；吃食物的时候我让它们先尝；说话的时候我委屈地迁就它们。我决心不敢冒犯它们。我如此爱护它们，所以我口中这群匪，不是普通所谓"匪"。

怎见得像官匪，即贪官污吏呢？官是政府任命的，人民推戴的。但他们竟不尽责任，而贪赃枉法，作恶为非，以危害国家，蹂躏人民。我的十七颗牙齿，正同这批人物一样。它们原是我亲生的，从小在我口中长大起来的。它们是我身体的一部分，与我痛痒相关的。它们是我吸取营养的第一道关口。它们替我研磨食物，送到我的胃里去营养我全身。它们站在我的言论机关的要路上，帮助我发表意见。它们真是我的忠仆，我的护卫。讵料它们居心不良，渐渐变坏。起初，有时还替我服务，为我造福，而有时对我虐害，使我苦痛。到后来它们作恶太多，个个变坏，歪斜偏侧，吊儿郎当，根本没有替我服务、为我造福的能力，而一味对我贼害，使我奇痒，使我大痛，使我不能吸烟，使我不得喝酒，使我不能作画，使我不能作文，使我不得说话，使我不得安眠。这种苦头是谁给我吃的？便是我亲生的，本当替我服务、为我造福的牙齿！因此，我忍气吞声，敢怒而不敢言。在这班贪官污吏的苛政之下，我茹苦含辛，已经隐忍了近十年了！不但隐忍，还要不断地买黑人牙膏、消治龙牙膏来孝敬它们呢！

我以前反对拔牙，一则怕痛，二则我认为此事违背天命，不近人情。现在回想，我那时真有文王之至德，宁可让商纣方命虐民，而不肯加以诛戮。直到最近，我受了易昭雪牙医师的一次劝告，文王忽然变了武王，毅然决然地兴兵伐纣,代天行道了。而且这一次革命,顺利进行,迅速成功。武王伐纣要"血流漂杵",而我的口中剿匪,不见血光,不觉苦痛,比武王高明得多呢。

饮水思源,我得感谢许钦文先生。秋初有一天,他来看我,他满口金牙,欣然地对我说:"我认识一位牙医生,就是易昭雪。我劝你也去请教一下。"那时我还有文王之德,不忍诛暴,便反问他:"装了究竟有什么好处呢?"他说:"夫妻从此不讨相骂了。"我不胜赞叹。并非羡慕夫妻不相骂,却是佩服许先生说话的幽默。幽默的功用真伟大,后来有一天,我居然自动地走进易医师的诊所里去,躺在他的椅子上了。经过他的检查和忠告之后,我恍然大悟,原来我口中的国土内,养了一大批官匪,若不把这批人物杀光,国家永远不得太平,民生永远不得幸福。我就下决心,马上任命易医师为口中剿匪总司令,次日立即向口中进攻。攻了十一天,连根拔起,满门抄斩,全部贪官,从此肃清。我方不伤一兵一卒,全无苦痛,顺利成功。于是我再托易医师另行物色一批人才来。要个个方正,个个干练,个个为国效劳,为民服务。我口中的国土,从此可以天下太平了。

手指

已故日本艺术论者上田敏的艺术论中,曾经说过这样的话:"五根手指中,无名指最美。初听这话不易相信,手指头有什么美丑呢?但仔细观察一下,就可看见无名指在五指中,形状最为秀美……"大意如此,原文已不记得了。我从前读到他这一段话时,觉得很有兴趣。这位艺术论者的感觉真锐敏,趣味真丰富!五根手指也要细细观察而加以美术的批评。但也只对他的感觉与趣味发生兴味,却未能同情于他的无名指最美说。当时我也为此伸出自己的手来仔细看了一会儿。不知是我的视觉生得不好,还是我的手指生得不好之故,始终看不出无名指的美处。注视了长久,反而觉得恶心起来:那些手指都好像某种蛇虫,而无名指尤其蜿蜒可怕。假如我的视觉与手指没有毛病,上田氏所谓最美,大概就是指这一点吧?

这会儿我偶然看看自己的手,想起了上田氏的话。我知道了,上田氏的所谓“美”，是唯美的美。借他们的国语说，是 onnarashii（女相的）的美，不是 otokorashii（男相的）的美。在绘画上说，这是“拉费尔前派”（Pre—Raphaelists）一流的优美，不是赛尚痕（Cezanne）以后的健美。在美术潮流上说，这是世纪末的颓废的美，不是新时代感觉的力强的美。

但我仍是佩服上田先生的感觉的锐敏与趣味的丰富。因为他这句话指示了我对于手指的鉴赏。我们除残废者外，大家随时随地随身带着十根手指，永不离身，也可谓相亲相近了；然而难得有人鉴赏它们，批评它们。这也不能不说是一种疏忽！仔细鉴赏起来，一只手上的五根手指，实在各有不同的姿态，各具不同的性格。现在我想为它们逐一写照：

大指在五指中，是形状最难看的一人。他自惭形秽，常常退居下方，不与其他四者同列。他的身体矮而胖，他的头大而肥，他的构造简单，人家都有两个关节，他只有一个。因此他的姿态丑陋，粗俗，愚蠢，而野蛮；有时看了可怕。记得我小时候，我乡有一个捉狗屎的疯子，名叫顾德金的，看见了我们小孩子，便举起手来，捏一个拳，把大指矗立在上面，而向我们弯动大指的关节。这好像一支手枪正要向我们射发，又好像一件怪物正在向我们点头，我们见了最害怕，立刻逃回家中，依在母亲身旁。屡屡如此，后来母亲就利用“顾德金来了”一句话来作为阻止我们恶戏的法宝了。为有这一段故事，我现在看了大指的姿态愈觉可怕。但不论姿态，想想他的生活看，实在不可怕而可敬。他在五指中是工作最吃苦的工人。凡是享乐的生活，都由别人去做，轮不着他。例如吃香烟，总由中指食指持烟，他只得伏在里面摸摸香烟屁股；又如拉胡琴，总由其他四指按弦，却叫他相帮扶住琴身；又如弹风琴弹洋琴，在十八世纪以前也只用其他四指；后来德国音乐家罢哈（Sebastian Bach）总算提拔他，请他也来弹琴；然而按键的机会，他总比别人少。又凡是讨好的生活，也都由别人去做，轮不着他。例如招呼人，都由其他四人上前点头，他只得呆呆地站在一旁；又如搔痒，也由其他四人上前卖力，他只得退在后面。反之，凡是遇着吃力的工作，其他四人就都退避，让他上前去应付。例如水要喷出来，叫他死力抵住；血要流出来，叫他拼命捺住；重东西要翻倒去，叫他用劲扳住；要吃果物了，叫他细细剥皮；要读书了，叫他翻书页；要进门了，叫他揿电铃；天黑了，叫他开电灯；医生打针的时候还要叫他用力把药水注射到血管里去。种种苦工，都归他做，他决不辞劳。其他四人除了享乐的讨好的事用他不着外，稍微吃力一点的就都要他帮忙。他的地位恰好站在他们的对面，对无论哪个都肯帮忙。他人没有了他的助力，事业都不成功。在这点上看来，他又是五指中最重要，最力强的分子。位列第一，而名之曰“大”，曰“巨”，曰“拇”，诚属无愧。日本人称此指曰“亲指”(coyayubi)，又用为“丈夫”的记号；英国人称“受人节制”曰 under one's thumb。其重要与力强于此盖可想见。用人群作比，我想把大拇指比方农人。

难看，吃苦，重要，力强，都比大拇指稍差，而最常与大拇指合作的，是食指。这根手指在形式上虽与中指无名指小指这三个有闲阶级同列，地位看似比劳苦阶级的大拇指高得多，其实他的生活介乎两阶级之间，比大拇指舒服得有限，比其他三指吃力得多！这在他的姿态上就可看出。除了大拇指以外，他最苍老：头团团的，皮肤硬硬的，指爪厚厚的。周身的姿态远不及其他三指的窈窕，都是直直落落的强硬的曲线。有的食指两旁简直成了直线，而且从头至尾一样粗细，犹似一段香肠。因为他实在是个劳动者。他的工作虽不比大拇指的吃力，却比大拇指的复杂。拿笔的时候，全靠他推动笔杆，拇指扶着，中指衬着，写出种种复杂的字来。取物的时候，他出力最多，拇指来助，中指等难得来衬。遇到龌龊的，危险的事，都要他独个人上前去试探或冒险。秽物，毒物，烈物，他接触的机会最多；刀伤，烫伤，轧伤，咬伤，他消受的机会最多。难怪他的形骸要苍老了。他的气力虽不及大拇指那么强，然而他具有大拇指所没有的“机敏”。故各种重要工作都少他不得。指挥方向必须请他，打自动电话必须请他，扳枪机也必须请他。此外打算盘，捻螺旋，解钮扣等，虽有大拇指相助，终是要他主干的。总之，手的动作，差不多少他不来，凡事必须请他上前作主。故英人称此指为 fore finger，又称之为 index。我想把食指比方工人。

五指中地位最优，相貌最堂皇的，无如中指。他住在中央，左右都有屏藩。他的身体最高，在形式上是众指中的首领人物。他的两个贴身左右，无名指与食指，大小长短均仿佛，好像关公左右的关平与周仓，一文一武，片刻不离地护卫着。他的身体夹在这两人中间，永远不受外物冲撞，故皮肤秀嫩，颜色红润，曲线优美，处处显示着养尊处优的幸福。名义又最好听：大家称他为“中”，日本人更敬重他，又尊称之为“高高指”(takatakayubi)。但讲到能力，他其实是徒有其形，徒美其名，徒尸其位，而很少用处的人。每逢做事，名义上他总是参加的，实际上他总不出力。譬如攫取一物，他因为身体最长，往往最先碰到物，好像取得这物是他一人的功劳。其实，他一碰到之后就退在一旁，让大拇指和食指这两个人去出力搬运，他只在旁略为扶衬而已。又如推却一物，他因为身体最长,往往与物最先接触,好像推却这物是他一人的功劳。其实,他一接触之后就退在一旁,让大拇指和食指这两个人去出力推开,他只在旁略为助势而已。左传:“阖闾伤将指”句下注云:“将指,足大指也。言其将领诸指。足之用大指居多。手之取物中指为长。故足以大指为将,手以中指为将。”可见中指在众手指中,好比兵士中的一个将官,令兵士们上前杀战,而自己退在后面。名义上他也参加战争,实际他不必出力。我想把中指比方官吏。

无名指和小指,真的两个宝贝!姿态的优美无过于他们。前者的优美是女性的,后者的优美是儿童的。他们的皮肤都很白嫩,体态都很秀丽。样子都很可爱。然而,能力的薄弱也无过于他们了。无名指本身的用处,只有研脂粉,蘸药末,戴指戒。日本人称他为“红差指”(benisashiyubi)是说研磨胭脂用的指头。又称他为“药指”(kusufiyubi),就是说有时靠他研研药末,或者蘸些药末来敷在患处。英国人称他为 ring finger,就是为他爱戴指戒的原故。至于小指的本身的用处,更加藐小,只是挖挖耳朵,扒扒鼻涕而已。他们也有被重用的时候:在丝竹管弦上,他们的能力不让于别人。当一个戴金刚钻指戒的女人要在交际社会中显示她的美丽与富有的时候,常用“兰花手指”撮了香烟或酒杯来敬呈她所爱慕的人,这两根手指正是这朵“兰花”中最优美的两瓣。除了这等享乐的光荣的事以外,遇到工作,他们只是其他三指的无力的附庸。我想把无名指比方纨绔儿,把小指比方弱者。

故我不能同情于上田氏的无名指最美说,认为他的所谓美是唯美,是优美,是颓废的美。同时我也无心别唱一说,在五指中另定一根最美的手指。我只觉五指的姿态与性格,有如上之差异,却并无爱憎于其间。我觉得手指的全体,同人群的全体一样。五根手指倘能一致团结,成为一个拳头以抵抗外侮,那就根根有效,根根有力量,不复有善恶强弱之分了。

朱自清 作品

朱自清(1898—1948)是中国现代散文大师和著名学者。他以新诗步入文坛,却在散文领域结出丰硕的成果。他的散文,精于叙事写景,笔法细致缜密,朴实稳健,格调于自然平淡之中透出一点绚烂,极似工笔淡彩画卷。

朱自清的幽默小品主要包含在他后期所作的小品文中。这些幽默小品,如同他的其他文章一样,也都是用极平淡沉稳的语气写出来的。他的幽默小品始终是那么淡淡的，它不会使你捧腹大笑,也不会给你久旱逢甘霖似的痛快淋漓,但细细读来，又能觉得有一股兴味潜藏在字里行间。

他的作品在平静从容之中透出一种浓浓的情思,使你在玩味之余,还能受到深深的感动。

谈抽烟

有人说，“抽烟有什么好处？还不如吃点口香糖，甜甜的，倒不错。”不用说，你知道这准是外行。口香糖也许不错，可是喜欢的怕是女人孩子居多；男人很少赏识这种玩意儿的；除非在美国，那儿怕有些个例外。一块口香糖得咀嚼老半天，还是嚼不完，凭你怎么斯文，那朵颐的样子，总遮掩不住，总有点儿不雅相。这其实不像抽烟，倒像衔橄榄。你见过衔着橄榄的人？腮帮子上凸出一块，嘴里不时地嗞儿嗞儿的。抽烟可用不着这么费劲；烟卷儿尤其省事，随便一叼上，悠然的就吸起来，谁也不来注意你。抽烟说不上是什么味道；勉强说，也许有点儿苦吧。但抽烟的不稀罕那“苦”而稀罕那“有点儿”。他的嘴太闷了，或者太闲了，就要这么点儿来凑个热闹，让他觉得嘴还是他的。嚼一块口香糖可就太多，甜甜的，够多腻味；而且有了糖也许便忘记了“我”。

抽烟其实是个玩意儿。就说抽卷烟吧，你打开匣子或罐子，抽出烟来，在桌上顿几下，衔上，擦洋火，点上。这其间每一个动作都带股劲儿，像做戏一般。自己也许不觉得，但到没有烟抽的时候，便觉得了。那时候你必然闲得无聊；特别是两只手，简直没放处。再说那吐出的烟，袅袅地缭绕着，也够你一回两回地捉摸；它可以领你走到顶远的地方去。——即便在百忙当中，也可以让你轻松一忽儿。所以老于抽烟的人，一叼上烟，真能悠然遐想。他霎时间是个自由自在的身子，无论他是靠在沙发上的绅士，还是蹲在台阶上的瓦匠。有时候他还能够叼着烟和人说闲话；自然有些含含糊糊的，但是可喜的是那满不在乎的神气。这些大概也算是游戏三昧吧。

好些人抽烟，为的有个伴儿。譬如说一个人单身住在北平，和朋友在一块儿，倒是有说有笑的，回家来，空屋子像水一样。这时候他可以摸出一支烟抽起来，借点儿暖气。黄昏来了，屋子里的东西只剩些轮廓，暂时懒得开灯，也可以点上一支烟，看烟头上的火一闪一闪的，像亲密的低语，只有自己听得出。要是生气，也不妨迁怒一下，使劲儿吸他十来口。客来了，若你倦了说不得话，或者找不出可说的，干坐着岂不着急？这时候最好拈起一支烟将嘴堵上等你对面的人。若是他也这么办,便尽时间在烟子里爬过去。各人抓着一个新伴儿,大可以盘桓一会的。

从前抽水烟旱烟,不过一种不伤大雅的嗜好,现在抽烟却成了派头。抽烟卷儿指头黄了,由它去。用烟嘴不独麻烦,也小气,又跟烟隔得那么老远的。今儿大褂上一个窟窿,明儿坎肩上一个,由他去。一支烟里的尼古丁可以毒死一个小麻雀,也由它去。总之,蹩蹩扭扭的,其实也还是个"满不在乎"罢了。烟有好有坏,味有浓有淡,能够辨味的是内行,不择烟而抽的是大方之家。

说 梦

伪《列子》里有一段梦话,说得甚好:"周之尹氏大治产,其下趣役者,侵晨昏而不息。有老役夫筋力竭矣,而使之弥勤。昼则呻呼而即事,夜则昏惫而熟寐。精神荒散,昔昔梦为国君:居人民之上,总一国之事;游燕宫观,恣意所欲,其乐无比。觉则复役人。……尹氏心营世事,虑钟家业,心形俱疲,夜亦昏惫而寐。昔昔梦为人仆:趋走作役,无不为也;数骂杖挞,无不至也。眠中啽呓呻呼,彻旦息焉。……"

此文原意是要说出"苦逸之复,数之常也;若欲觉梦兼之,岂可得邪?"这其间大有玄味,我是领略不着的;我只是断章取义地赏识这件故事的自身,所以才老远地引了来。我只觉得梦不是一件坏东西。即真如这件故事所说,也还是很有意思的。因为人生有限,我们若能夜夜有这样清楚的梦,则过了一日,足抵两日,过了五十岁,足抵一百岁;如此便宜的事,真是落得的。至于梦中的"苦乐",则照我素人的见解,毕竟是"梦中的"苦乐,不必斤斤计较的。若必欲斤斤计较,我要大胆地说一句:他和那些在墙上贴红纸条儿,写着"夜梦不祥,书破大吉"的,同样地不懂得梦!

但庄子说道:"至人无梦。"伪《列子》里也说道:"古之真人,其觉自忘,其寝不梦。"——张湛注曰:"真人无往不忘,乃当不眠,何梦之有?"可知我们这几位先哲不甚以做梦为然,至少也总以为梦是不大高明的东西。但孔子就与他们不同,他深以"不复梦见周公"为憾;他自然是爱做梦的,至少也是不反对做梦的。——殆所谓时乎做梦则做梦者欤？我觉得“至人”，“真人”，毕竟没有我们的份儿，我们大可不必妄想；只看“乃当不眠”一个条件，你我能做到么？唉，你若主张或实行“八小时睡眠”，就别想做“至人”“真人”了！但是，也不用担心，还有为我们捎木梢的：我们知道，愚人也无梦！他们是一枕黑甜，哼呵到晓，一些儿梦的影子也找不着的！我们侥幸还会做几个梦，虽因此失了“至人”“真人”的资格，却也因此而得免于愚人，未尝不是运气。至于“至人”“真人”之无梦和愚人之无梦，究竟有何分别？却是一个难题。我想偷懒，还是摭拾上文说过的话来答吧：“真人……乃当不眠……”而愚人是“一枕黑甜，哼呵到晓”的！再加一句，此即孔子所谓“上智与下愚不移”也。说到孔子，孔子不反对做梦，难道也做不了“至人”“真人”？我说，“唯唯，否否！”孔子是“圣人”，自有他的特殊的地位，用不着再来争“至人”“真人”的名号了。但得知道，做梦而能梦周公，才能成其所以为圣人；我们也还是够不上格儿的。

我们终于只能做第二流人物。但这中间也还有个高低。高的如我的朋友P君：他梦见花，梦见诗，梦见绮丽的衣裳……真可算得有梦皆甜了。低的如我：我在江南时，本忝在愚人之列，照例是漆黑一团地睡到天光；不过得声明，哼呵是没有的。北来以后，不知怎样，陡然聪明起来，夜夜有梦，而且不一其梦。但我究竟是新升格的，梦尽管做，却做不着一个清清楚楚的梦！成夜地乱梦颠倒，醒来不知所云，恍然若失。最难堪的是每早将醒未醒之际，残梦依人，腻腻不去；忽然双眼一睁，如坠深谷，万象寂然——只有一角日光在墙上痴痴地等着！我此时决不起来，必凝神细想，欲追回梦中滋味于万一；但照例是想不出，只惘惘然茫茫然似乎怀念着些什么而已。虽然如此，有一点是知道的：梦中的天地是自由的，任你徜徉，任你翱翔；一睁眼却就给密密的麻绳绑上了，就大大地不同了！我现在确乎有些精神恍惚，这里所写的就够教你知道。但我不因此诅咒梦；我只怪我做梦的艺术不佳，做不着清楚的梦。若做着清楚的梦，若夜夜做着清楚的梦，我想精神恍惚也无妨的。照现在这样一大串儿糊里糊涂的梦，直是要将这个“我”化成漆黑一团，却有些儿不便。是的，我得学些本事，今夜做他几个好好的梦。我是彻头彻尾赞美梦的，因为我是素人，而且将永远是素人。

沉默

沉默是一种处世哲学,用得好时,又是一种艺术。

谁都知道口是用来吃饭的,有人却说是用来接吻的。我说满没有错儿;但是若统计起来,口的最多的(也许不是最大的)用处,还应该是说话,我相信。按照时下流行的议论,说话大约也算是一种“宣传”,自我的宣传。所以说话彻头彻尾是为自己的事。若有人一口咬定是为别人,凭了种种神圣的名字,我却也愿意让步。请许我这样说:说话有时的确只是间接地为自己,而直接的算是为别人!

自己以外有别人,所以要说话;别人也有别人的自己,所以又要少说话或不说话。于是乎我们要懂得沉默。你若念过鲁迅先生的《祝福》,一定会立刻明白我的意思。

一般人见生人时,大抵会沉默的,但也有不少例外。常在火车轮船里,看见有些人迫不及待似的到处向人问讯,攀谈,无论那是搭客或茶房。我只有羡慕这些人的健康,因为在中国这样旅行中,竟会不感觉一点儿疲倦!见生人的沉默,大约由于原始的恐惧,但是似乎也还有别的。假如这个生人的名字,你全然不熟悉,你所能做的工作,自然只是有意或无意的防御——像防御一个敌人。沉默便是最安全的防御战略。你不一定要他知道你,更不想让他发现你的可笑的地方——一个人总有些可笑的地方不是?——你只让他尽量说他所要说的,若他是个爱说的人。末了你恭恭敬敬和他分别。假如这个生人,你愿意和他做朋友,你也还是得沉默。但是得留心听他的话,选出几处,加以简短的,相当的赞词;至少也得表示相当的同意。这就是知己的开场,或说起码的知己也可。假如这个人是你所敬仰的或未必敬仰的“大人物”,你记住,更不可不沉默!大人物的言语,乃至脸色眼光,都有异样的地方;你最好远远地坐着,让那些勇敢的同伴上前线去。——自然,我说的只是你偶然地遇着或随众访问大人物的时候。若你愿意专诚拜谒,你得另想办法;在我,那却是一件可怕的事。——你看看大人物与非大人物或大人物与大人物间谈话的情形,准可以满足,而不用从牙缝里迸出一个字。说话是一件费神的事,能少说或不说以及应少说或不说的时候，沉默实在是长寿之道。至于自我宣传，诚哉重要——谁能不承认这是重要呢？——但对于生人，这是白费的；他不会领略你宣传的旨趣，只暗笑你的宣传热；他会忘记得干干净净，在和你一鞠躬或一握手以后。

朋友和生人不同，就在他们能听也肯听你的说话——宣传。这不用说是交换的，但是就是交换的也好。他们在不同的程度下了解你，谅解你；他们对于你有了相当的趣味和礼貌。你的话满足他们的好奇心，他们就趣味地听着；你的话严重或悲哀，他们因为礼貌的缘故，也能暂时跟着你严重或悲哀。在后一种情形里，满足的是你；他们所真感到的怕倒是矜持的气氛。他们知道“应该”怎样做；这其实是一种牺牲，“应该”也“值得”感谢的。但是即使在知己的朋友面前，你的话也还不应该说得太多；同样的故事，情感和警句，隽语，也不宜重复地说。《祝福》就是一个好榜样。你应该相当的节制自己，不可妄想你的话占领朋友们整个的心——你自己的心，也不会让别人完全占领呀。你更应该知道怎样藏匿你自己。

只有不可知，不可得的，才有人去追求；你若将所有的尽给了别人，你对于别人，对于世界，将没有丝毫意义，正和医学生实习解剖时用过的尸体一样。那时是不可思议的孤独，你将不能支持自己，而倾仆到无底的黑暗里去。一个情人常喜欢说：“我愿意将所有的都献给你！”谁真知道他或她所有的是些什么呢？第一个说这句话的人，只是表示自己的慷慨，至多也只是表示一种理想；以后跟着说的，更只是“口头禅”而已。所以朋友间，甚至恋人间，沉默还是不可少的。你的话应该像黑夜的星星，不应该像除夕的爆竹——谁稀罕那彻宵的爆竹呢？而沉默有时更有诗意。譬如在下午，在黄昏，在深夜，在大而静的屋子里，短时的沉默，也许远胜于连续不断的倦怠了的谈话。有人称这种境界为“无言之美”，你瞧，多漂亮的名字！——至于所谓“拈花微笑”，那更了不起了！

可是沉默也有不行的时候。人多时你容易沉默下去，一主一客时，就不准行。你的过分沉默，也许把你的生客惹恼了，赶跑了！倘使你愿意赶他，当然很好；倘使你不愿意呢，你就得不时的让他喝茶，抽烟，看画片，读报，听话匣子，偶然也和他谈谈天气，时局——只是复述报纸的记载，加上几个不能解决的疑问——总以引他说话为度。于是你点点头，哼哼鼻子，时而叹叹气，听着。他说完了，你再给起个头，照样的听着。但是我的朋友遇见过一个生客，他是一位准大人物，因某种礼貌关系去看我的朋友。他坐下时，将两手拢起，搁在桌上。说了几句话，就止住了，两眼炯炯地直看着我的朋友。我的朋友窘极，好容易陆陆续续地找出一句半句话来敷衍。这自然也是沉默的一种用法，是上司对属僚保持威严用的。用在一般交际里，未免太露骨了；而在上述的情形中，不为主人留一些余地，更属无礼。大人物以及准大人物之可怕，正在此等处。至于应付的方法，其实倒也有，那还是沉默；只消照样笼了手，和他对看起来，他大约也就无可奈何了吧？

汪曾祺 作品

汪曾祺(1920~1997)现当代著名作家。汪曾祺先生多才多艺，不仅以小说和散文名震于世，而且精擅古典诗词、书画艺术和烹饪艺术。著有小说集《邂逅集》《羊舍的夜晚》《汪曾祺短篇小说选》《晚饭花集》《寂寞与温暖》《茱萸集》，散文集《蒲桥集》《塔上随笔》和文学评论集《晚翠文谈》以及《汪曾祺自选集》等，另有一些京剧剧本。短篇《受戒》和《大淖记事》是他的获奖小说。作品被译成多种文字介绍到国外。

他以散文笔调写小说，写出了家乡五行八作的见闻和风物人情、习俗民风，富于地方特色。作品在疏放中透出凝重，于平淡中显现奇崛，情韵灵动淡远，风致清逸秀异。其在语言艺术上的特点是：口语色彩浓厚；古汉语的点缀使文章多了书卷气，增添了典雅之美；善于运用语言“造型”。

汪曾祺作品中语言的幽默意趣是清淡自然的，品读起来没有刻意雕琢之感，更为可贵的是在他的作品中处处体现出对人生深刻的领悟。其清新流畅的文笔，使得读者体会他笔下的人生成为一种享受。他的作品看起来短小随意，但篇篇都是精致之作，以小见大之中看到了作者的人生，也能从中体味到自己的人生。

对口

那年我还小，记不清是几岁了。我母亲故去后，父亲晚上带着我睡。我觉得脖子后面不舒服。父亲拿灯照照，肿了，有一个小红点。半夜又照照，有一个小桃子大了。天亮再照照，有一个莲子盅大了。父亲说：坏了，是对口！

“对口”是长在第三节颈椎处的恶疮，因为正对着嘴，故名“对口”，又叫“砍头疮”。过去刑人，下刀处正在这个地方。——杀头不是乱砍的，用刀在第三颈节处使巧劲一推，脑袋就下来了，“身首异处”。“对口”很厉害，弄不好会把脖子烂通。——那成什么样子！

父亲拉着我去看张冶青。张冶青是我父亲的朋友，是西医外科医生，但是他平常极少为人治病，在家闲居。他叫我趴在茶几上，看了看，哆里哆嗦地找出一包手术刀，挑了一把，在酒精灯上烧了烧。这位张先生，连麻药都没有！我父亲在我嘴里塞了一颗蜜枣，我还没有一点准备，只听得“呼”的一声，张先生已经把我的对口豁开了。他怎么挤脓挤血，我都没看见，因为我趴着。他拿出一卷绷带，搓成条，蘸上药，——好像主要就是凡士林，用一个镊子一截一截塞进我的刀口，好长一段！这是我看见的。我没有觉得疼，因为这个对口已经熟透了，只觉得往里塞绷带时怪痒痒。都塞进去了，发胀。

我的蜜枣已经吃完了，父亲又塞给我一颗，回家！

张先生嘱咐第二天去换药。把绷带条抽出来，再用新的蘸了药的绷带条塞进去。换了三四次。我注意塞进去的绷带条越来越短了。不几天，就收口了。

张先生对我父亲说：“令郎真行，哼都不哼一声！”干吗要哼呢？我没觉得怎么疼。

以后，我这一辈在遇到生理上或心理上的病痛时，我很少哼哼。难免要哼，但不是死去活来，弄得别人手足无措，惶惶不安。

现在我的后颈至今还落下了个疤拉。

衔了一颗蜜枣，就接受手术，这样的人大概也不多。

疟疾

我每年要发一次疟疾，从小学到高中，一年不落，而且有准季节。每年桃子一上市的时候，就快来了，等着吧。

有青年作家问爱伦堡：头疼是什么感觉？他想在小说里写一个人头疼。爱伦堡说：这么说你从来没有头疼过，那你真是幸福！头疼的感觉是没法说的。中国（尤其是北方）很多人是没有得过疟疾的。如果有一位青年作家叫我介绍一下疟疾的感觉，我也没有办法。起先是发冷，来了！大老爷升堂了！——我们那里把疟疾开始发作，叫做“大老爷升堂”，不知是何道理。赶紧钻被窝。冷！盖了两床厚棉被还是冷，冷得牙齿得得地响。冷过了，发热，浑身发烫。而且，剧烈地头疼。有一首散曲咏疟疾：“冷时节似冰凌上坐，热时节似蒸笼里卧，疼时节疼得天灵破，天呀天，似这等寒来暑往人难过！”反正，这滋味不大好受。好了！出汗了！大汗淋漓，内衣湿透，遍体轻松，疟疾过去了，“大老爷退堂”。擦擦额头的汗，饿了！坐起来，粥已经煮好了，就一碟甜酱小黄瓜，喝粥。香啊！

杜牧诗云：“忍过事则喜。”对于疟疾也只有忍之一法。挺挺，就过来了，也吃几剂汤药（加减小柴胡汤之类），不管事。发了三次之后，都还是吃“蓝印金鸡纳霜”（即奎宁片）解决问题。我父亲说我是阴虚，有一年让我吃了好些海参。每天吃海参，真不错！不过还是没有断根。一直到一九三九年，生了一场恶性疟疾，我身体内部的“古老又古老的疟原虫”才跟我彻底告别。

恶性疟疾是在越南得的。我从上海坐船经香港到河内，乘滇越铁路火车到昆明去考大学。到昆明寄住在同济中学的学生宿舍里，通过一个间接的旧日同学的关系。住了没有几天，病倒了。同济中学的那个学生把我弄到他们的校医室，验了血，校医说我血里有好几种病菌，包括伤寒病菌什么的，叫赶快送医院。

到医院，护士给我量了量体温，体温超过四十度。护士二话不说，先给我打了一针强心针。我问：“要不要写遗书？”

护士嫣然一笑：“怕你烧得太厉害，人受不住！”

抽血，化验。

医生看了化验结果，说有多种病菌潜伏，但是主要问题是恶性疟疾。开了注射药针。过了一会，护士拿了注射针剂来。我问：是什么针？

“606。”

我赶紧声明，我生的不是梅毒，我从来没有……

“这是治疗恶性疟疾的特效药。奎宁、阿脱平，对你已经不起作用。”

606，疟原虫、伤寒菌，还有别的不知什么菌，在我的血管里混战一场。最后是606胜利了。病退了，但是人很“吃亏”，医生规定只能吃藕粉。藕粉这东西怎么能算是“饭”呢？我对医院里的藕粉印象极不佳，并从此在家里也不吃藕粉。后来可以喝蛋花汤。蛋花汤也不能算饭呀！

我要求出院，医生不准。我急了，说，我到昆明是来考大学的，明天就是考期，不让我出院，那怎么行！

医生同意了。

喝了一肚子蛋花汤，晕晕忽忽地进了考场。天可怜见，居然考取了！

自打生了一场恶性疟疾，我的疟疾就除了根，半个多世纪以来，没有复发过。也怪。

牙疼

我从大学时期，牙就不好。一来是营养不良，饥一顿，饱一顿；二来是不讲口腔卫生。有时买不起牙膏，常用食盐、烟灰胡乱地刷牙。又抽烟，又喝酒。于是牙齿龋蛀，时常发炎，——牙疼。牙疼不很好受，但不至于像契诃夫小说《马姓》里的老爷一样疼得吱哇乱叫。“牙疼不是病，疼起来要人命”，不见得。我对牙疼泰然处之，而且有点幸灾乐祸地想：我倒看你疼出一朵什么花来！我不会疼得“五心烦躁”，该咋着还咋着。照样活动。腮帮子肿得老高，还能谈笑风生，语惊一座。牙疼于我何有哉！

不过老疼，也不是个事。有一只槽牙，已经活动，每次牙疼，它是祸始。我于是决心拔掉它。昆明有一个修女，又是牙医，据说治牙很好，又收费甚低，我于是攒借了一点钱，想去找这位修女。她在一个小教堂的侧门之内“悬壶”。不想到了那里，侧门紧闭，门上贴了一个字条：修女因事离开昆明，休诊半个月。

我当时这个高兴呀！王子猷雪夜访戴，乘兴而去，兴尽而归，何必见戴！我拿了这笔钱，到了小西门马家牛肉馆，要了一盘冷拼，四两酒，美美地吃了一顿。

昆明七年，我没有治过一次牙。

在上海教书的时候，我听从一个老同学母亲的劝告，到她熟识的私人开业的牙医处让他看看我的牙。这位牙科医生，听他的姓就知道是广东人，姓麦。他拔掉我的早已糟朽不堪的槽牙。他的“手艺”(我一直认为治牙镶牙是一门手艺)如何，我不知道，但是我对他很有好感，因为他的候诊室里有一本A.纪德的《地粮》。牙科医生而读纪德，此人不俗！

到了北京，参加剧团，我的牙越发地不行，有几颗跟我陆续辞行了。有人劝我去装一副假牙，否则尚可效力的牙齿会向空缺的地方发展。通过一位名琴师的介绍，我去找了一位牙医。此人是京剧票友，唱大花脸。他曾为马连良做过一枚内外纯金的金牙。他拔掉我的两颗一提溜就下来的病牙，给我做了一副假牙。说：“你这样就可以吃饭了，可以说话了。”我还是应该感谢这位票友牙医，这副假牙让我能吃爆肚，虽然我觉得他颇有江湖气，不像上海的麦医生那样有书卷气。

“文化大革命”中，我正要出剧团的大门，大门“哐”的一声被踢开，正摔在我的脸上。我当时觉得嘴里乱七八糟！吐出来一看，我的上下四颗门牙都被震下来了，假牙也断成了两截。踢门的是一个翻跟头的武戏演员，没有文化。就是他，有一天到剧团来大声嚷嚷：“同志们！告诉你们一个好消息，往后吃油饼便宜了！”——“怎么啦？”——“大庆油田出油了！”这人一向是个冒失鬼。剧团的大门是可以里外两面开的玻璃门，玻璃上糊了一层报纸，他看不见里面有人出来。这小子不推门，一脚踹开了。他直道歉：“对不起！对不起！”我说：“没事儿！没事儿！你走吧！”对这么个人，我能说什么呢？他又不是有心。掉了四颗门牙，竟没有流一滴血，可见这四颗牙已经衰老到什么程度，掉了就掉了吧。假牙左边半截已经没有用处，右边的还能凑合一阵。我就把这半截假牙单摆浮搁地安在牙床上，既没有钩子，也没有套子，嗨，还真能嚼东西。当然也有不方便处：一、不能吃脆萝卜(我最爱吃萝卜)；二、不能吹笛子了(我的笛子原来是吹得不错的)。

这样对付了好几年。直到一九八六年我随中国作家代表团访问香港前，我才下决心另装一副假牙。有人跟我说：“瞧你那嘴牙，七零八落，简直有伤国体！”

我找到一个小医院，建筑工人医院。医院的一个牙医师小宋是我的读者，可以不用挂号、排队，进门就看。小宋给我检查了一下，又请主任医师来看看。这位主任用镊子依次掰了一下我的牙，说“都得拔了。全部‘二度动摇’。做一副满口。这么凑合，不行。做一副，过两天，又掉了，又得重做，多麻烦！”我说：“行！不过再有一个月，我就要到香港去，拔牙、安牙，来得及吗？”——“来得及。”主任去准备麻药，小宋悄悄跟我说：“我们主任，是在日本学的。她的劲儿特别大，出名的手狠。”我的硕果仅存的十一颗牙，一个星期，分三次，全部拔光。我于拔牙，可谓曾经沧海，不在乎。不过拔牙后还得修理牙床骨，——因为牙掉的先后不同，早掉的牙床骨已经长了突起的骨质小骨朵，得削平了。这位主任真是大刀阔斧，不多一会，就把我的牙骨铲平了。小宋带我到隔壁找做牙的技师小马，当时就咬了牙印。

一般拔牙后要经一个月，等伤口长好才能装假牙，但有急需，也可以马上就做，这有个专用名词，叫做“即刻”。

“即刻”，本是权宜之计，小马让我从香港回来再去做一副。我从香港回来，找了小马，小马把我的假牙看了看，问我：“有什么不舒服吗？”——“没有。”——“那就不用再做了，你这副很好。”

我从拔牙到装上假牙，一共才用了两个星期，而且一次成功，少有。这副假牙我一直用到现在。

常见很多人安假牙老不合适，不断修理，一再重做，最后甚至就不再戴。我想，也许是因为假牙做得不好，但是也由于本人不能适应，稍不舒服，即觉得别扭。要能适应。假牙嘛，哪能一下就合适，开头总会格格不入的。慢慢地，等牙床和假牙已经严丝合缝，浑然一体，就好了。

凡事都是这样，要能适应、习惯、凑合。

记梦

一

三只兔子住在兔圈里，他们说：“咱们写小说吧？”

两只兔子把一只兔子托起来扔起来，像体操技巧表演“扔人”那样扔起来，这只兔子向兔圈外面看了一眼，在空中翻了一个跟头，落地了。

他们轮流扔。三只兔子都向兔圈外面看了。

他们就写小说。

小说写成了,出版了。

二

在昆明,连日给人写字。

做了一个梦。写了一副对联,隶书的。一转脸,看见一个人,趴在地上,用毛笔把我写的字的飞白地方都填实了,把“蚕头”、“燕尾”都描得整整齐齐的,字变得很黑。

醒来告诉燕祥,燕祥说:此人是一个编辑。

我们同行者之中,有几位是当编辑的。

三

梦中到了一个地方,这地方叫隹集集,有一张木刻的旧地图上有这三个字。地图纸色发黄。当地人念成“符集集”。梦里想:“隹”字怎么能读成“符”呢?且想:名从主人,随他们吧。

这地方有一条河,河上有一座灰色的桥。河水颇大。

醒来,想:怎么会做了这样一个梦呢?又想:这可以用在一篇小说里,作为一个古镇的地点。

把这个梦记在一张旧画上,寄与德熙。

四

马路对面卖西瓜的棚子里有一条狗,夜里常叫,叫起来没完,每一次时间很长,声音很难听,鬼哭狼嚎,不像狗叫。我夜里常被它叫醒。今天夜里,叫的次数特多,醒来后,很久睡不着。真难听。睡着了,净做怪梦。

梦见毕加索。毕加索画了很多画。起初画得很美,也好懂。后来画的,却像狗叫。

晨醒,想:恨不与此人同时——同地。

苏雪林 作品

苏雪林(1899~1999)是中国现代文学中一位著名的女作家、女学者。早在20年代末,她便以长篇小说《棘心》和散文《绿天》享誉文坛,被人称为与冰心齐名的“闺秀派”代表作家。

在她的作品中,苏雪林并未有意识地去创作幽默小品,而只是在笑谈人生的时候体现了一种轻松乐观诙谐的心境和态度,使人能够在不如人意的现实中享受到人生的和谐与乐趣。她曾经说过:“做人要懂得一点幽默,生活才不至于枯燥”。因为“幽默可以刷清我们沉滞的头脑,振奋我们疲乏的灵魂,而给予我们以新的做人的趣味。”(《老年》)。

苏雪林小品的语言极富魅力,有人指出她的文章兼有平淡与豪放两种风格;“豪放处才大笔快,气势雄浑,如江河滔滔奔流,令人目动神摇;平淡处朴实无华,含蕴深厚,若潭水湖光,在柔风中泛起锦似的涟漪,叫人玩味不已”(沈晖《苏雪林简论》)。

她小品的语言十分纯净凝练而又自然流畅,雅俗共赏。她在语言上的成就,几可与梁实秋相媲美。

中年

如其说人的一生，果然像年之四季，那么除了婴儿期的头，斩去了死亡期的尾，人生应该分为四个阶级，即青年、壮年、中年、老年是也。自成童至25岁为青年期，由此至35岁为壮年期，由此至45岁为中年期，以后为老年期。但照中国一般习惯，往往将壮年期并入中年，而40以后，便算入了老年，于是西洋人以40岁为生命之开始，中国人则以40为衰老之开始。请一位中国中年，谈谈他身心两方面的经验，也许会涉及老年的范围，这是我们这未老先衰民族的宿命，言之是颇为可悲的。若其身体强健，可以活到八九十或百岁的话，则上述四期，可以各延长五年十年，反之则缩短几年。总之这四个阶段的短长，随人体质和心灵的情况分之，不必过于呆板。

中年和青年差别的地方，在形体方面也可以显明地看出。初入中年时，因体内脂肪积蓄过多，而变成肥胖，这就是普通之所谓“发福”。男子“发福”之后，身材更觉魁伟，配上一张红褐色的脸，两撇八字胡，倒也相当的威严。在女人，那就成了一个恐慌问题。如名之为“发福”，不如名之为“发祸”。过丰的肌肉，蚕食她原来的娇美，使她变成一个粗蠢臃肿的“硕人”。许多爱美的妇女，为想瘦，往往厉行减食绝食，或操劳，但长期饥饿辛苦之后，一复食和一休息，反而更肥胖起来。我就看见很多的中年女友，为了胖之一字，烦恼哭泣，认为那是莫可禳解的灾殃。不过平心而论，这可恶的胖，虽然夺去了你那婀娜的腰身，秀媚的脸庞和莹滑的玉臂，也偿还你一部分青春之美。等到你肌肉退潮，脸起皱纹时，你想胖还不可得呢。

四十以后，血气渐衰，腰酸背痛，各种病痛乘机而起。一叶落而知天下秋，一星白发，也就是衰老的预告。古人最先发现自己头上白发，便不免要再三嗟叹，形之吟咏，谁说这不是发于自然的情感。眼睛逐渐昏花，牙齿也开始动摇，肠胃则有如淤塞的河道，愈来愈窄。食欲不旺，食量自然减少。少年凡是可吃的东西，都吃得很有味，中年则必须比较精美的方能入口，而少年据案时那种狼吞虎咽的豪情壮概，则完全消失了。

对气候的抗拒力极差。冬天怕冷,夏天又怕热。以我个人而论,就在乐山这样不大寒冷的冬天,棉小袄再加皮袍,出门时更要压上一件厚大衣,晚间两层棉被,而汤婆子还是少不得。夏天热到八九十度,便觉胸口闭窒,喘不过气来。略为大意,就有触暑发痧之患。假如自己原有点不舒服,再受这蒸郁气候压迫时,便有徘徊于死亡边沿的感觉。古人曰夏为"死季",大约是专为我们这种孱弱的中年人或老年人而说的吧。

再看那些青年人,大雪天竟有仅穿一件夹袍或一件薄棉袍而挺过的。夏季赤日西窗,挥汗如雨,一样可以伏案用功。比赛过一场激烈的篮球或足球后,浑身热汗如浆,又可以立刻跳入冷水池游泳。使我们处这场合,非疯瘫则必罹重感冒了。所以青年在我们眼里不但怀有辟尘珠而已,他们还有辟寒辟暑珠呢。啊,青年真是活神仙!

记得从前有位长辈,见我常以体弱为忧,便安慰我说,青年人身体里各种组织都很脆弱,而且空虚,到了中年,骨髓长满,脏腑的营养功能也完成了,体气自然充强。这话你们或者要认为缺少生理学的根据,而我却是经验之谈,你将来是可以体会到的。听了这番话后,我对于将来的健康,果然抱了一种希望。忽忽 20 余年,这话竟无兑现之期,才明白那长辈的经验只是他个人的经验而已。不过青年体质虽健旺而神经则似乎比较脆弱。所以青年有许多属于神经方面的疾病。我少年时,下午喝杯浓茶或咖啡,或偶尔构思,或精神受了小小刺激,则非通宵失眠不可。用脑筋不能连续二小时以上,又不能天天按时刻用功。于今这些现象大都不复存在,可见我的神经组织确比以前坚固了。不过这也许是麻木,中年人的喜怒哀乐,都不如青年之易于激动,正是麻木的证据。

有人说所谓中年的转变,如其说它是属于生理方面,毋宁说它是属于心理方面。人生到了 40 左右,心理每会发生绝大变化,在恋爱上更特别显明。是以有人定 40 岁为人生危险年龄云云。这话我从前也信以为真,而且曾祈祷它赶快实现。因为我久已厌倦于自己这不死不生的精神状况,若有个改换,哪管它是哪里来的,我都一样欣喜地加以接受。然而没有影响,一点也没有。也许时候还没有到,我愿意耐心等待。可是我预料它的结局,也将同我那对生理方面的希望一般。要是真来了呢,我当然不愿再行接受邱比特的金箭,我只希望文艺之神再一度拨醒我心灵创作之火,使我文思怒放,笔底生花,而将十余年预定的著作计划,一一实现。听说 40 左右是人生的成熟期,西洋作家有价值的作品,大都产于此时。谁说我这过奢的期望,不能实现几分之几?但回顾自己的身体状况，又不免灰心，唉，这未老先衰民族的宿命！

中年人所最恼恨自己的，是学习的困难。学习的成绩，要一个仓库去保存它，那仓库就是记忆力，但人到中年，这份宝贵的天赋，照例要被造物主收回。无论什么书，你读过一遍后，可以很清晰的记得其中情节，几天以后，痕迹便淡了一层，一两个月后，只留得一点影子，以后连那点影子也模糊了。以起码的文字而论，幼小时候学会的结构当然不易遗忘，但有些俗体破体先入为主——这都是从油印讲义，教员黑板，影印的古书来的——后来想矫正也觉非常之难。我们当国文教师的人，看见学生在作文簿上写了俗破体的字，有义务替他校正。校过二三回之后，他还再犯，便不免要生气怪他太不小心，甚至心里还要骂他几声低能。然而说也可怜，有些不大应用的字，自己想写时，还得查查字典呢。

我有亲戚某君，中学卒业后，为生活关系，当了猢狲王。常自恨少时英文没有学好，40岁以上，居然下了读通这门文字的决心。他平日功课太忙，只能利用暑假，取古人三冬文史之意。这样用了三四个假期的功，英文果大有进步，可以不假字典而读普通文学书，写信作文，不但通而且可说好。但后来他还是把这“劳什子”丢开手了。他告诉我们说，中年人想学习一种新才艺，不惟事倍功半，竟可以说不可能，原因就为了记忆力退化得太厉害。以学习生字来讲，幼时学十多个字要费一天半天功夫，于今半小时可以记得四五十个。有时窃窃自喜，以为自己的头脑比幼时还强。是的，从理解力而论，现在果大胜于幼年时代，这种强记的本领，大半是靠理解力帮忙的。但强记只能收短时期的功效。那些生字好比一群小精灵，非常狡猾，它们被你抓住时，便服服帖帖地服从你指挥，等你一转背，便一个一个溜之大吉。有人说读外国文记生字有秘诀，天天温习一次，就可以永为己有了。这法子我也曾试过，效果不能说没有，但生字积上几百时，每天温习一次，至少要费上几小时的时间，所学愈多，担负愈重，不是经济办法，何况搁置一久，仍然遗忘了呢。翻开生字簿个个字认得，在别处遇见时，则有时像有些面善，但仓猝间总喊不出它的名字，有时认得它的头，忘了它的尾；有时甲的意义会缠到乙上去。你们看见我英文写读的能力，以为学到这样的程度，抛荒可惜。不知那点成绩是我在拼命用功之下产生出来的，是努力到炉火纯青时，生命锤砧间，敲打出来的几块钢铁。将书本子搁开三五个月，我还是从前的我。一个人非永远保有追求时情热，就维持不住太太的心，那么她便是天上神仙，也只有不要。我的生活环境既不许我天天捧着英文念，则我放弃这每天从坠下原处再转巨石上山的希腊神话里，受罪英雄的苦工，你们该不至批评我无恒吧。

不仅某君如此，大多数中年用功的人都有这经验。中年人用功往往是“竹篮打水一场空”，照法国俗话，又像是“檀内德的桶”，这头塞进，那头立刻脱出。听说托尔斯泰以 80 高龄还能从头学习希腊文，而哈理孙女士 70 多岁时也开始学习一种新文字。那是天才的头脑，非普通人所能企及的。不过中年人也不必因此而灰了做学问的雄心，记忆力仍然强的，当然一样可以学习。

所以，青年人禀很高的天资，又处优良的环境，而悠悠忽忽不肯用心读书，或者将难得光阴，虚耗在儿戏的恋爱和无聊的征逐上，真是莫大的罪过，非常的可惜。

学问既积蓄在记忆的仓库里，而中年人的记忆力又如此之坏，那么你们究竟有些什么呢？嘘，朋友，我告诉你一个秘密，轻轻地，莫让别人听见。我们是空洞的。打开我们的脑壳一看，虽非四壁萧然，一无所有，却也寒伧得可以。我们的学问在哪里，在书卷里，在笔记簿里，在卡片里，在社会里，在大自然里，幸而有一条绳索，一头连结我们的脑筋，一头连结在这些上，只须一牵动，那些埋伏着的兵，便听了暗号似的，从四面八方蜂拥出来，排成队伍，听我自由调遣。这条绳索，叫做“思想的系统”，是我们中年人修炼多年而成功的法宝。我们可以向青年骄傲的，也许仅仅是这件东西吧。设若不幸，来了一把火，将我们精神的壁垒烧个精光，那我们就立刻窘态毕露了。但是，亏得那件法宝水火都侵害它不得，重挣一份家当还不难，所以中年人虽甚空虚，自己又觉得很富裕。

上文说中年喜怒哀乐都不易激动，不过这是神经麻木而不是感情麻木。中年的感情实比青年深沉，而波澜则更为阔大。他不容易动情，真动时连自己也怕。所谓“中年伤于哀乐”，所谓“中年不乐”，正指此而言。青年遇小小伤心事，便会号咷涕泣，中年的眼泪则比金子还贵，然而青年死了父母和爱人，当时虽痛不欲生，过了几时，也就慢慢忘记了。中年于骨肉之生离死别，表面虽似无所感动，而那深刻的悲哀，会啮蚀你的心灵，镌削你的肌肉，使你暗中消磨下去。精神的创口，只有时间那一味药可以治疗，然而中年人的心伤也许到死还不能结合。

中年人是颓废的。到了这样年龄，什么都经历过了，什么味都尝过了，什么都看穿看透了。现实呢，满足了。希望呢，大半渺茫了。人生的真义，虽不容易了解，中年人却偏要认为已经了解，不完全至少也了解它大半。世界是苦海，人是生来受罪的，黄连树下弹琴，毒蛇猛兽窥伺着的井边，啜取岩蜜，珍惜人生，享受人生，所谓人生真义不过是这么一回事。老年人不容易改变他的习惯，细微如抽烟喝茶，明知其有害身体，也克制不了。勉强改了，不久又犯，也许不是不能改，是懒得改，它是一种享乐呀！女人到了30以上，自知韶华已谢，红颜不再，更加着意装饰。为什么青年女郎服装多取素雅，而中年女人反而欢喜浓妆艳抹呢？文人学士则有文人学士的享乐，“天上一轮好月，一杯得火候好茶，其实珍惜之不尽也”。张宗岱《陶庵梦忆》，就充满了这种“中年情调”。无怪在这火辣辣战争时代里，有人要骂他为“有闲”。

人生至乐是朋友，然而中年人却不易交到真正的朋友，由于世故的深沉，人情的历炼，相对之际，谁也不能披肝沥胆，掏出性灵深处那片真纯。少年好友相处，互相尔汝，形影双忘，吵架时好像其仇不共戴天，转眼又破涕为欢，言归于好了。中年人若在友谊上发生意见，那痕迹便终身拂拭不去，所以中年人对朋友总客客气气的有许多礼貌。有人将上流社会的社交，比做箭猪的团聚：箭猪在冬夜离开太远苦寒，挤得太紧又刺痛，所以它们总设法永远保持相当的距离。上流人社交的客气礼貌，便是这距离的代表。这比喻何等有趣，又何等透澈，有了中年交友经验的人，想来是不会否认的。不过中年人有时候也可以交到极知心的朋友，这时候将嬉笑浪谑的无聊，化作有益学问的切磋，酒肉征逐的浪费，变成严肃事业的互助。一位学问见识都比你高的人，不但能促进你学业上的进步，更能给你以人格上莫大的潜移默化。开头时，你俩的意见，一个站在南极的冰峰，一个据于北极的雪岭，后来慢慢接近了，慢慢同化了。你们辩论时也许还免不了几场激烈的争执，然而到后来，还不是九九归元，折衷于同一的论点。每当久别相逢之际，夜雨西窗，烹茶剪烛，举凡读书的乐趣，艺术的欣赏，变幻无端的世途经历，生命旅程的甘酸苦辣，都化作娓娓清谈，互相勘查，互相印证，结果往往是相视而笑，莫逆于心。其趣味之隽永深厚，决不是少年时代那些浮薄的友谊可比的。

除了独身主义者，人到中年，谁不有个家庭的组织。不过这时候夫妇间的轻怜密爱，调情打趣都完了，小小离别，万语千言的情书也完了，鼻涕眼泪也完了，闺闼之中，现在已变得非常平静，听不见吵闹之声，也听不见天真孩气的嬉笑。新婚时的热恋，好比那春江汹涌的怒潮，于今只是一潭微澜不生，莹晶照眼的秋水。夫妇成了名义上的，只合力维持着一个家庭罢了。男子将感情意志，都集中于学问和事业上，假如他命运亨通，一帆风顺的话，做官定已做到部长次长，教书，则出洋镀金以后，也可以做到大学教授；假如他是个作家，则灾梨祸枣的文章，至少已印行过三册五册；在商界非银行总理，则必大店的老板。地位若次了一等或二等呢，那他必定设法向上爬。在山脚望着山顶，也许有懒得上去的时候，既然到半山或离山顶不远之处，谁也不肯放弃这份“登峰造极”的光荣和陶醉不是？听说男子到了中年，青年时代强盛的爱欲就变为权势欲和领袖欲，总想大权独揽，出人头地，所以倾轧、排挤、嫉妒、水火、种种手段，在中年社会里玩得特别多。啊，男子天生个个都是政客！

男子权势欲领袖欲之发达，即在家庭也有所表现。在家庭，他是丈夫，是父亲，是一家之主。许多男子都以家室之累为苦，听说从前还有人将家庭画成一部满装老小和家具的大车，而将自己画作一个汗流气喘拼命向前拉曳的苦力。这当然不错，当家的人谁不是活受罪，但是，你应该知道做家主也有做家主的威严。奴仆服从你，儿女尊敬你，太太即说是如何的摩登女性，既靠你养活，也不得不委曲自己一点而将就你。若是个旧式太太，那更会将你当作神明供奉。你在外边受了什么刺激，或在办公所受了上司的指斥，憋着一肚皮气回家，不妨向太太发泄发泄，她除了委曲得哭泣一场之外，是决不敢向你提出离婚的。假如生了一点小病痛，更可以向太太撒撒娇，你可以安然躺在床上，要她替你按摩，要她奉茶奉水，你平日不常吃到的好菜，也不由她不亲下厨房替你烧。撒娇也是人生快乐之一，一个人若无处撒娇，那才是人生大不幸哪！

女人结婚之后，一心对着丈夫，若有了孩子，她的恋爱就立刻换了方向。尼采说：“女人种种都是谜，说来说去，只有一个解答，叫做生小孩。”其实这不是女人的谜，是造物主的谜，假如世间没有母爱，嘻，你这位疯狂哲学家，也能在这里摇唇弄笔发表你轻视女性的理论么？女人对孩子，不但是爱，竟是崇拜，孩子是她的神。不但在养育，也竟在玩弄，孩子是她的消遣品。她爱抚他，引逗他，摇撼他，吻抱他，一缕芳心，时刻萦绕在孩子身上。就在这样迷醉甜蜜的心情中，才能将孩子一个个从摇篮尿布之中养大。养孩子就是女人一生的事业，就这样将芳年玉貌，消磨净尽，而忽忽到了她认为可厌的中年。

青年生活于将来，老年生活于过去，中年则生活于现在。所以中年又大都是实际主义者。人在青年，谁没有一片雄心壮志，谁没有一番宏济苍生的抱负，谁没有种种荒唐瑰丽的梦想。青年谈恋爱，就要歌哭缠绵，誓生盟死，男以维特为豪，女以绿蒂自命；谈探险，就恨不得乘火箭飞入月宫，或到其他星球里去寻觅殖民地；话革命又想赴汤蹈火与恶势力拼命，披荆斩棘，从赤土上建起他们理想的王国。中年人可不像这么罗曼谛克，也没有这股子傻劲。在他看来，美的梦想，不如享受一顿精馔之实在；理想的王国，不如一座安适家园之合乎他的要求；整顿乾坤，安民济世，自有周公孔圣人在那里忙，用不着我去插手。带领着妻儿，安稳住在自己手创的小天地里，或从事名山胜业，以博身后之虚声，或丝竹陶情，以为中年之怀抱，或着意安排一个向平事了，五岳毕游以后的娱老之场。管它世外风云变幻，潮流撞击，我在我的小天地里还一样优哉游哉，聊以卒岁。你笑我太颓唐，骂我太庸俗，批评我太自私，我都承认，算了，你不必再寻着我缠了。

不过我以上所说的话，并不认为每个中年人都如此，仅说我所见一部分中年人呈有这种表象而已。希望中年人读了拙文，不致于对我提起诉讼，以为我在毁坏普天下中年人的名誉。其实中年才是人生的成熟期，谈学问则已有相当成就，谈经验则也已相当丰富，叫他去办一项事业，自然能够措置有力，精神贯注，把它办得井井有条。少年是学习时期，壮年是练习时期，中年才是实地应用时期，所以我们求人必求之于中年。

少年读古人书，于书中所说的一切，不是盲目的信从，就是武断的抹煞。中年人读书比较广博，自然叁伍折衷，求出一个比较适当的标准。他不轻信古人，也不瞎诋古人。他决不把婴儿和浴盆的残水都泼出。他对于旧殿堂的庄严宏丽，能给予适当的赞美和欣赏，若事实上这座殿堂非除去不可时，他宁可一砖一石，一栋一梁，慢慢地拆，材料若有可用的，就保存起来。留作将来新建筑之用，决不卤卤莽莽地放一把火烧得寸草不留，后来又有无材可用之叹。少年时读古人书，总感觉时代已过，与现代不发生交涉，所以恨不得将所有线装书一齐抛入毛厕；甚至西洋文艺宗哲之书，也要替它定出主义时代的所属，如其不属他们所信仰的主义和他们所视为神圣的时代，虽莎士比亚、拉辛、贝多芬、罗丹等伟大天才心血的结晶，也恨不得以“过时”“无用”两句话轻轻抹煞。中年人则知道这种幼稚狂暴的举动未免太无意识，对于文化遗产的接受也是太不经济，况且古人书里说的话就是古人的人生经验，少年人还没有到获得那种经验的年龄，所以读古人的书总感觉隔膜，到了中年了解世事渐多，回头来读古人书又是一番境界，他对于圣贤的教训，前哲的遗谟，天才血汗的成绩，不像少年人那么狂妄地鄙弃，反而能够很虚心地加以承认。

青年最富于感染性，容易接受新的思想。到了中年，则脑筋里自然筑起一千丈铜墙铁壁,所以中年多不能跟着时代潮流跑。但据此就判定中年“顽固”的罪名,他也不甘伏的。

中年涉世较深,人生经验丰富,判断力自然比较强。对于一种新学说新主义,总要以批评的态度,将其中利弊,实施以后影响的好坏仔细研究一番。真个合乎需要,他采用它也许比青年更来得坚决。他又明白一个制度的改良,一个理想的实现,不一定需要破坏和流血,难道没有比较温和的途径可以遵循?假如青年多读历史,认识历来那些不合理性革命之恐怖,那些无谓牺牲之悲惨,那些毫无补偿的损失之重大,也许他们的态度要稳健些了。何况时髦的东西,不见得真个是美,真个合用,年轻女郎穿了短袖衫,看见别人的长袖,几乎要视为大逆不道,可是二三年后又流行长袖,她们又要视短袖为异端了。幸而世界是青年与中老年共有的,幸而青年也不久会变成中老年,否则世界三天就要变换一个新花样,能叫人活得下去么,还是谢谢吧。

踏进秋天园林,只见枝头累累,都是鲜红,深紫,或黄金色的果实,在秋阳里闪着异样的光。丰硕,圆满,清芬扑鼻,蜜汁欲流,让你尽情去采撷。但你说想欣赏那荣华绚烂的花时,哎,那就可惜你来晚了一步,那只是春天的事啊!

老年

老人也有老人独享的清福。朋友,想你也有过趁早凉出门的经验。早起出门,雾深露重,身上穿得很多,走一程,热一程,衣服便一件一件沿途脱卸。我们走人生路程的也一程程脱卸身上的负担,最先脱卸的是儿童的天真和无知,接着是青年的各种嗜好和欲望;接着是中年以后的齿、发、血、肉、脂肪、胃口;最后又脱卸了官能和活动力,只留给他一具枯瘠如腊的皮囊,一团明如水晶的世故,一片淡泊宁静的岁月。那百花怒放,蜂蝶争喧的日子过去了。那万绿沉沉,骄阳如火;或黑云里电鞭闪闪,雷声赶着一阵阵暴雨和狂风那种日子过去了。那黄云万里,镰刀如雪,银河在天,夜凉似水的日子也过去了。现在的景象是:木叶脱,山骨露,湖月沉沉如死,天宇也沉沉如死,偶有零落的雁声叫破长空的寥廓。晚上,拥着宽厚的寝衣躺在软椅里,对着垂垂欲烬的炉火,听窗外萧萧冷雨的细下，或凄凄雪霰的迸落，屋里除了墙上的答的答的钟摆声，一根针掉下地也听得见。静，静极了，好像自有宇宙以来只有一个我，好像自有我以来才有这个宇宙。想着过去的那些跳跃、欢唱、涕泪、悲愁、迷醉的恋爱、热烈的追求、发狂的喜欢、刻骨的怨毒、切齿的诅咒、勇敢的冒险、慷慨的牺牲、学问事业的雄图大念。凡那些足以形成生命的烂漫和欣喜，生命的狂暴和汹涌，生命的充实和完成的，都太空浮云似的，散了，不留痕迹了。有时以现在的我回看从前的我，宛如台下看台上人演剧，竟不知当时表演的力量是从哪里来的，为什么悲欢离合演得如此逼真呢。现在身体从声色货利的场所解放出来，心灵从痴嗔爱欲的桎梏解放出来，将自己安置在一个萧闲自在的境界里。方寸间清虚日来，秽滓日去，不必斋戒沐浴，就可以对越上帝。想到从前种种不自由，倒觉得可怜了。

不但国家社会的事于今用不着我管，家务也早交给儿曹了。现在像一个解甲归田的老将，收拾起骏马宝刀的生活，优游林下，享受应得的一份清闲。高兴时也不妨约几个人到山里打打猎，目的物不过兔子野雉，谁耐烦再去搏狮子射老虎。现在像一个退院的闲僧，一间小小屋子里，药炉经卷，断送有限的年光，虽说前院法鼓金铙，佛号梵呗，一样喧闹盈耳，但都与我无干，再也扰不了我安恬的好梦了。

啊，这淡泊，这宁静，能说不是努力的酬庸，人生的冠冕，天公特为老年人安排的佳境。

不过你们为过多的嗜好和炽盛的欲望所苦恼着的青年人，也不必羡我。你要知道欲望是生命的真髓，创造力的根源。你们应当了解节制的意义，铲除则不必也不可能。韩愈氏究竟是个聪明人，他做序送一个会写字的和尚，曾调侃他说艺术进步的推动力在“情炎于中，利欲斗进”，出家人讲究窒情绝欲，他的书法的造诣恐怕不易达到高深之境云云。假如不明说这话的人是唐朝文士，我们是否要疑心他是弗洛伊德的信徒？

再者老年人欲念的淡泊，其实是生理关系的反映。开花不是老树的事，一株老树若不自揣度，抖擞精力，开出一身繁盛的花，则其枯槁可以立待。.设想以中年的明智，老年的淡泊，来支配青年的精力，恐怕是不合自然的理想。假如道家“夺舍法”果有灵验，叫中年老年的灵魂，钻入孩子的躯壳，那孩子定然长不大。试想深沉的思索，是否娇嫩脑筋所能胜任？哀乐的荡激，哪是脆弱的心灵所能经受？神童每多病而善夭亡，正为了他们智慧发展过早。所以孩子的糊涂是孩子幸运的庇托，青年的嗜欲是青年创造的策动，老年的淡泊也是老年生命的维持，颠倒了，就违反自然的程序，而发生意外的灾殃。思虑短浅的人们，对于造物主的计划，是不能妄肆推测的。

家

像我们这类知识分子，每日都需要新的精神食粮，至少一份当天报纸非入目不可。所以家的所在地点离开文化中心不可太远，但又不必定在城市之中，若能半城半郊，以城市而兼山林之乐，那就最好没有了。为配合那时经济情形起见，屋子建筑工料，愈省愈好。墙壁不用砖而用土，屋顶用茅草也可以。但在地板上不可不多花几文，因为它既防潮湿又可保持室中温度，对卫生关系极为重大。地板离地高须二尺，装置要坚固，不平或动摇，最为讨厌。一个人整天在捏杌不安的环境里度日，精神是最感痛苦的。屋子尽可以不油漆，而地板必抹以桐油。我们全部生命几乎都消耗于书斋之中，所以这间屋是必须加意经营的。朝南要有一面镶玻璃大窗，冬受暖日，夏天打开，又可以招纳凉风。东壁开一二小窗，西北两壁的地位则留给书架。后面一间套房，作为我的寝室，只须容得下一榻二橱之地。套房和书斋的隔断处，要用活动的雕花门扇，糊以白纸，或浅蓝色鹅黄色的纸。雕花是中国建筑的精华，图样多而美观，我们故乡平民家的窗棂门户，多有用之者，工价并不贵。它有种种好处：光线柔和可爱，空气流通，一间房里有了炭火，另一间房可以分得暖气。这种艺术我以为应当予以恢复。造屋子少不了一段游廊，风雨时可以给你少许回旋之地，夏夜陈列藤椅竹榻，可与朋友煮茗清谈；或与家人谈狐说鬼，讲讲井市琐闻，或有趣味的小故事，豆棚瓜架的味儿，是最值得人怀念的。

屋旁要有二亩空旷之地，一半莳花，一半种菜，养几只鸡生蛋，一只可爱的小猫，晚上赶老鼠，白昼给我做伴。书，从前梦想的是万卷琳琅，抗战以后，物力维艰，合用的书有一二千卷也够了。要参考不妨多跑几趟图书馆，所以图书馆距离要近，顶好就在隔壁。外文书也要一些。去旧书铺访求，当然比买新的便宜，又可替国家节省外汇，岂非一举两得。图书馆或旧书铺弄不到的书，可以向藏书最多的朋友去借。我别的品行不敢自信,借书信用之好,在朋友间是一向闻名的,想朋友们决不至于拿“借书一瓻”的话来推托吧。书有了,于是花前灯下,一卷陶然,或于纸窗竹榻之间,抒纸伸笔,写我心里一些想说的话。写完之后抛向字篓可以,送给报纸杂志发表也可以。有时用真姓名与读者相见,有时捏造个笔名用也可以。再重复一句,我写的文字无论如何不好,总是我真正心里想说的话。我决不为追逐时代潮流,迎合世人口味,而歪曲了我创作的良心。我有我的主见,我有我的骄傲。

只有做皇帝的人才能说富有四海,臣属万民的话。但我们若肯用点脑筋,将自然给予我们的恩惠,仔细想想,每个人都有这一项资格的。飞走之物的家,建筑时只有两口儿的劳力,所以大都因陋就简。据说喜鹊的窝做得最精巧,所以常惹斑鸠眼红,但你若将鹊巢研究一下,咳,可怜,大门是向天开的,育儿时遇见风雨,母鸟只好拱起背脊硬抵,请问人类的母亲受得这苦不?就说那硬尾巴,毛光如漆的小建筑师吧,它能采木,能运石,可算最伶俐了,但我敢同你打赌,请你进它屋子去住,你一定不肯。人呢,就不然了。譬如我现在客中所住的一间书斋,虽然说不上精致,但建筑时先有人制图,而后有木匠泥水匠构造。木材是从雅安一带森林砍下,该锯成板的锯成板,该削成条子的削成条子,扎成木排,顺青衣江而下淌,达到嘉定城外,一堆堆,一堆堆积着。要用时,由江边一些专靠运木为生的贫民扛来,再由木匠搭配来用。木匠的斧子,锯子,刨子,钉子,原料是由本城附近某矿山出产的,又用某矿山的煤来锻炼的,开矿的,挖煤的,运铁煤的,烧炉的,打铁的,你计算计算看,该有多少人?全房的油漆,壁上糊的纸,窗上的玻璃和帘幕,制造的和贩卖的,又该有多少人?我桌上有一架德国制造的小闹钟,一管美国制造的派克自来水笔,一瓶喀莱尔墨水,几本巴黎某书店出版的小说,一把俄国来的裁纸刀。在抗战前,除那管笔花了我20元代价之外,其余都不值什么。但你也别看轻这几件小东西,它们度过鲸波万重的印度洋和太平洋,穿过数千里雪地冰天的西伯利亚,一路上不知换了多少轮船,火车,木船,薄笨车;不知经过多少人的手,方能聚首于我的书斋,变成与我朝夕盘桓的雅侣。

飞走之物无冬无夏,只是一身羽毛。孔雀锦鸡文采最绚烂,但这一套美丽衣服若穿烦腻了,想同白鹭或乌鸦换一身素雅的穿,换换口味,竟不可能。我们则夏纱,秋夹,冬棉皮,还有羊毛织的外套。要什么样式就什么样式,要什么颜色就什么颜色。谈及吃的,则虎豹之类吃了肉便不能吃草,牛马之类吃了草又不能吃肉。蚊子除叮人无别法生活，被人一巴掌拍杀，也决无埋怨。苍蝇口福比较好，什么吃的东西都要爬爬嘬嘬，但苍蝇也最受憎恶，人类就曾想出许多法子消灭它。人则对于动植物，甚至矿物都吃，而有钱人则天天可以吃荤。有些好奇的有钱人从人参，白木耳，猩猩的唇，黑熊的掌，骆驼的峰，麋鹿的尾，猴子的脑，燕儿的窝，吃到兼属动植二界的冬虫夏草。人是从平地上的吃到山中的，水底的；从甜的吃到苦的，香的吃到臭的。猥琐如虫豸总可饶了吧，也不饶，许多虫类被人指定了当做食料，连毒蛇都弄下了锅作为美味。这才真的是“玉食万方”哩。

可见上帝虽将亚当夏娃赶出地上乐园，待遇他们的子孙，其实不坏。我们还要动不动怨天咒地，其实不该。譬如做父母的辛辛苦苦，养育儿女，什么东西都弄来给他享受，还嫌好道歹，岂不教父母寒心，回头他老人家真恼了，你可要当心才好。有人说人不但是上帝的爱子，同时是万物的灵长，自然界的主人，我想无论是谁，对于这话是不能否认的。

你虽则是丝毫没有做统治者的思想，但是在家里，你的统治意识却非常明显。这小小区域便是你的封邑，你的国家。你可以自由支配，自由管理。你有你的百官，你有你的人民，你有你的府库。你添造一间屋，好似建立一个藩邦；开辟一畦草莱，好似展拓几千里的疆土；筑一道墙，又算增加一重城堡；种一棵将来足为荫庇的树，等于造就无数人才；栽一株色香俱美的花，等于提倡文学艺术。家里几桌床榻的位置，日久不变，每易使人厌倦，你可以同你的谋臣——你的先生或太太——商议，重新布置一番。布置妥贴之后，在室中负手徐行，踌躇满志，也有政治上除旧布新的快感。或把笔床茗碗的地位略为移动，瓦瓶里插上一枝鲜花，墙壁间新挂一幅小画，等于改革行政，调动人员，也可以叫人耳目一新，精神焕发。怪不得古人有“山中南面”之说，人在家里就不啻九五之尊啊。

够了，再说下去，人家一定要疑心我得了什么帝王迷，想关起门来做皇帝。其实因为有一天和朋友袁兰子女士谈起家的问题，她说英国有一句俗语：“英国人的家，就是他的城堡”，具有绝对的主权，绝对的尊严性。觉得很有意思，就惹起我上面那一大堆废话罢了。

实际上，家的好处还是生活的随便和自由。你在社会上与人周旋，必须衣冠整齐，举止彬彬有礼，否则人家就要笑你是名士派。在家你口衔烟卷，悠然躺在廊下；或趿着一只拖鞋，手拿一柄大芭蕉扇，园中来去；或短衣赤脚，披襟当风,都随你的高兴。听说西洋男人在家里想抽支烟也要得太太的许可;上餐桌又须换衣服,打领结,否则太太就要批评他缺少礼貌,甚或有提出离婚的可能。啊,这种丈夫未免太难做了吧。幸而我不是西洋男人,否则受太太这样拘束,我宁可独身一世。

没有家的人租别人的房子住,时常会受房东的气。房租说加多少就多少,你没法抗议。他一下逐客之令,无论在什么困难情形之下,你也不得不拖儿带女一窝儿搬开。若和房东同住,共客厅,共厨房,共大门进出,你不是在住家,竟是住旅馆。住旅馆,不过几天,住家却要论年论月,这种喧闹杂乱的痛苦,最忍耐的心灵也要失去他的伸缩性。虽说人生如逆旅,但在短短数十年生命里,不能有一日的自由,做人也未免太可怜,太不值得了。

人到中年,体气渐衰,食量渐减,只要力之所及,不免要讲究一点口腹之奉。对于食谱烹饪单一类的书,比少年时代的爱情小说还会惹起注意。我有积蓄,可以御冬:腌菜,酸齑,腐乳,芝麻酱,果子酱,无论哪个穷措大的家庭,也要准备一些。于是大坛小罐也成为构成家庭乐趣的成份,对之自然发生亲切之感,这类坛罐之属,旅馆是没地方让你安置的,不是固定的家也无意于购备,于是家就在累累坛罐之中,显出它的意味。人把感情注到坛罐上去,其庸俗宁复可耐,但"治生哪免俗",老杜不早替我们解嘲了吗。

但一个人没有家的时候就想家,有了家的时候,又感到家的累赘。我们现在不妨谈谈家的历史。原始时代家庭设备很简单,半开化时代又嫌其太复杂。孟子虽曾提倡分工合作之说,但中国人日常生活的需要几乎件件取诸家中。一个家庭就等于一个社会。乡间富人家里有了牛棚,豕牢,鸡埘,鹅栅不算,米豆黍麦的仓库不算,还有磨房,舂间,酒浆坊,纺车,织布机,染坊,只要有田地有人,关起门来度日,一世不愁饿肚子,也不愁没衣穿。现在摩登化的小家庭,虽删除了这些琐碎节目,但一日三餐也够叫人麻烦,人类进化已有了几千年,吃饭也有了几千年,而这一套刻板文章总不想改动一下,不知是何缘故。假如有人将全地球所有家庭主妇每日所费于吃饭问题的时间,心思,劳力,做一个统计,定叫你大吃一惊。每天清早从床上滚下地,便到厨房引燃炉火,烧洗脸水,煮牛奶,烤面包,或者煮粥,将早餐送下全家肚皮之后,提篮上街买菜,买了菜回家差不多十点钟了,赶紧削萝卜,剥大蒜,切肉,洗菜,淘米煮饭,一面注意听饭甑里蒸气的升腾,以便釜底抽薪,一面望着锅里热油的滚沸,以便倒下菜去炒。晚餐演奏的还是这样一套序目。烹饪之余,更须收拾房子,洗浆衣服,缝纫,补缀,编织毛织物。夜静更深,还要强撑倦眼在昏灯下记录一天用度的账目。有了孩子,则女人的生活更加上两三倍的忙碌,这里我不必详细描写,反正有孩子的主妇听了就会点头会意的。有钱人家的主妇,虽不必井臼躬操,而家庭大,人口多,支配每天生活也够淘神。你说放马虎些,则家中盐米,不食自尽,不但经济发生问题,丈夫也要常发内助无人之叹,假如男人因此生了外心,那可不是玩的。我以为生活本应该夫妇合力维持的,可是男人每每很巧妙的逃避了,只留下女人去抵挡。虽说男人赚钱养家,不容易,也很辛苦,但他究竟不肯和生活直接争斗,他总在第二线。只有女人才是生活勇敢的战士,她们是日日不断面对面同生活搏斗的。每晨一条围裙向腰身一束,就是披好甲胄,踏上战场的开始。不要以为柴米油盐酱醋茶,微末不足道,它就碎割了我们女人全部生命,吞蚀尽了我们女人的青春,美貌和快乐。女人为什么比男人易于衰老,其缘故在此。女人为什么比男人琐碎,凡俗,比男人显得更爱斤斤较量,比男人显得更实际主义,其缘故亦在此。

王了一 作品

王了一(1900~1986)是中国现代著名的语言学家。他的《中国音韵学》《中国语法纲要》《汉语史稿》以及《古代汉语》等,已成为中国语言学的经典著作,是国内最通行的古汉语教科书。

尽管王了一声明自己“不曾以什么文学家自居,也永远不懂得什么是幽默”(《生活导报和我》),但他的小品给人的一个突出而普遍的印象却还是“幽默”。只是这幽默不是有意为之,而是在叙述和议论中自然表现出来的。王了一所作大多是讽喻性的小品。他的讽喻小品,不是采用直言刺世的杂文笔法,而是使用“隐讽”的手法含蓄地予以讽刺。

作为语言学家的王了一其小品语言极其精炼、纯熟、妥帖,描物叙事,工整密丽,显示了作者驾驭语言的非凡技艺;加上他那广博的历史知识和蔼然的学者风度,更使他的小品增添了一股浓浓的书香。

姓名

姓名是专名的一种。既然是专名,就应该是一个人所独有的了;然而世界上不少同姓或同名的人,甚至名字都相同。

西洋人同名的多,同姓的少;中国人却是同姓的多,同名的少。西洋人普通说出一个姓来,大家就知道是谁;中国人说出姓来还不够,往往需要姓名并举。越南人同姓的更多,最常见的只有阮、黎、李、陈、范、吴几姓,名的第一个字也往往相同,所以他们习惯上称名不称姓,例如阮文桂只称桂先生,不称阮先生。

西洋的姓和名本是同源的。许多教会里给予的"洗礼名"后来都变了姓。但是大多数的姓的来源却不是由于洗礼。

只有名往往是"代父"或"代母"题的,这些名差不多全是采用日历上的圣名或上古伟人的名字,所以能有无数的约翰,约瑟,杰克,阿朵尔夫,亨利,海伦,玛丽等。一般姓的来源,说来很有趣味。有些是由于原籍或出生地的名称,所以有些人姓山(译意,下同),因为来自山上,姓河,因为来自河边,还有姓谷,姓桥,姓桦树坪之类。有些是由于职业,所以有人姓商,姓匠,姓面包商,姓车匠,姓金匠,姓铁匠,姓鞍鞯匠,姓绳索商,姓木屐匠,姓磨坊主人,姓泥水匠,和姓裁缝之类。更有趣的是由绰号或小名变为姓:有人姓胖,姓大,姓小,姓年轻,姓弯腰,姓竖发,姓棕发,姓蓬头,姓赭,姓白,姓黑,姓短大腿,姓独眼龙,姓驼背,姓细毛,姓小约翰,姓大约翰,姓胖约翰,甚至姓坏蛋拖油瓶;又有人姓鱼,姓猴子,姓母羊,姓梨树,姓苹果树,姓葡萄苗,姓李子,姓玫瑰。由绰号小名变为姓的原因,据说是在从前同姓同名的人太多了。譬如一村只有五六姓,每一姓就有许多约翰,许多亨利,混乱得很,于是人们不喜欢叫名字,只叫绰号,后来渐渐地绰号替代了真姓名。姓年轻的人活了八九十岁,人家仍叫他年轻先生;姓胖的儿子虽然很瘦,人家仍旧叫他胖先生;面包商的孙子做了大官,仍旧姓的是面包商。名流之中不乏其例:美国诗人郎斐罗,直译该是长脚或高个子;去年才退位的法国总统勒白伦,直译该是棕发先生。

以形为名,中国上古似乎是有的。春秋时代,郑国有公孙黑,孔子的弟子狄黑,晋国有蔡黯。最有趣的是卫国有公子黑背;楚国有黑要(腰),又有公子黑肱;晋成公的名是黑臀。他们说不定就是因为背腰肱臀等处生着黑痣,所以得到这种名字。至于以名记事,就更多了。郑庄公是他母亲睡着的时候生的,她醒来吃了一惊,就命名为寤生。楚令君子文是吃过老虎奶的,楚人叫奶做“谷”,叫老虎做“于菟”,而子文姓斗所以他的姓名是斗谷于菟。直到现代咱们还有一些以名记事的习惯,例如生于上海就以申为名,生于广西就以桂为名。抗战以后,外省人在昆明生的儿女,不少以昆为名的。依我猜想,重庆的三岁以下的小孩以庆或渝为名的,也该不在少数吧。

中国人命名爱用吉利语,也是自古而然的。无忌,无咎,无亏,无骇,弃疾,去病,千秋之类,汉以前就有了。“福”“禄”一类的字是较后起的。关于寿,大家喜欢用寿彭,鹤龄,嵩年之类;龟年本来也是美名,但是“龟”字变了骂人的术语之后,大家就避免不用了。近似于吉利语的,则有仰慕古人的字眼:泛指的有希圣、希贤、希哲等;专指的,如姓张,往往是学良、效良或希骞;如果姓李,则往往是希纲、希泌、希白等。

自从女子读书之后,妇女也有名字了。不知为什么,多数人喜欢用些和男子不同的名字。虽不至像越南女子一律在姓下名上加一个“氏”字(如黎氏贵),但如淑贞,淑芳,兰英,静婉之类,总像是带着女性的标记。有些书香人家喜欢在诗经里找名字,如舜华、舜英等,这似乎不是很好的办法,因为诗经中用这种字眼形容女子是不怀好意的,至少向来的解释是如此。近来风气似乎是变了,许多女学生的名字都和男学生一样了。

因为中国人命名喜欢用吉利或顺眼的字眼,所以姓名很容易雷同,男的不知道有多少世昌和其昌,女的不知道有多少淑贞和淑芳!即使加上姓的分别,同姓的世昌和淑贞还是不在少数。姓名雷同所引起的误会,小而至于被冒领信件,大而至于替人坐监牢,那不是好玩的。听说某先生曾接到某部长的一个电报,叫他到重庆去,他实在莫名其妙,于是覆电请问可否从缓启程,那位部长又来一个电报催促,这位先生急得没法了,再打一个电报说明自己的籍贯,那位部长才知道是误会了。这件事虽不至于坐监牢,总算是小小的麻烦,而且耽误了部长的要事,更可说姓名雷同的缺点。

幸亏近代以来,各家族有所谓字辈。字辈和末一字连起来不一定有意义,所以不容易和别人的雷同。只可惜字辈之中仍有许多极常见的字,如“世”

"其""昌""永""福"之类，和末一字凑起来，仍旧难免和别人的名字相重。新近又有一种采用外国名字的倾向，如约翰、珍妮等，这自然是很新的玩意儿。但是竞尚欧化的今日，我们可以断定将来这一类的名字比世昌、淑贞还更普遍。除非不用普通的译名而自创新的译名，如洪煨莲先生；否则将来此风一盛，不难有千百个马约翰！西洋人用洗礼名是可以的，因为他们同姓的人少；咱们中国人用洗礼名是极容易雷同的，因为咱们同姓的人多。假使将来大多数的中国人都用洗礼名，恐怕只好"全盘西化"，改用"面包商""铁匠"一类的姓氏了。

为了避免雷同，有些雅人采用偏僻的名字。我本人就是其中的一个。在十五六岁时，我嫌父亲所给的名和老师所给的字都太俗，太普遍，于是自己改名为"力"，改字为"了一"。但是所谓僻名也是没有标准的。我改名不到几个月，就看见《小说月报》上有个饶了一。后来又知道《西儒耳目资》的刊行者王征别字了一道人。了一道人姓王，这有多么巧！名字古怪了，虽然不容易雷同，却有另外一种麻烦。人们看不顺眼，就会念错：曾经有一个邮差在我的门口高喊"王力先收信"（把"先生"的"先"连上念）；另一次又有一个在院子里喊"王了的电报"。前者是添足，还有可说；后者竟是刖刑！

我的名字虽是僻名，却非僻字。若索性用了僻字，大约是不会和别人相重了。但是，天哪，我的名字还有人误念为王刀！试想僻字还有人念得出声音来吗？王世杰先生之被念成王世术，夏丏尊先生之被念成夏丐尊，该怨一般人认识的字太少呢，还是该怪自己用字太深？

中国人于姓名之外，还有一个"字"，这也是由来已久的。

"字"不一定要有两个字，例如蔡公孙霍字盱，齐高龅字龄，项籍字羽，刘邦字季。就是加"子"字和"孟""仲""叔""季"之类，也可当作一个字看待。"孟""仲""叔""季""伯""子""父"（甫）等字的来源较古；"堂""廷""斋""幼"等字是后起的。表字根据经典，似乎春秋时代就有了的。

陈公子佗字五父，王引之以为是根据诗经"素丝五纶"之句，绾佗通。后代相习成风，于是名风者字鸣岐，名琼者字子瑶之类，差不多看见了字就猜得着名。其中也有割裂得极不通的，如聚五，立三，绳祖等。这种风俗，最近一二十年来似乎渐趋消灭了。青年们往往只有姓名，没有表字。因此，他们也就多数不懂称呼上的规矩。有一个高中的学生写信给我，封面写的是王了一，信内却称王力先生。但是，有一位朋友在机关当秘书，同事们却又劝他取一个表字，以便称呼。青年总是和社会打成两橛的，区区称呼一事也不在例外。

溜达

在街上随便走走,北平话叫做“溜达”。溜达和散步不同;散步常常是拣人少的地方走去,溜达却常常是拣人多的地方走去。溜达又和乡下人逛街不同;乡下人逛街是一只耳朵当先,一只耳朵殿后,两只眼睛带着千般神秘,下死劲地盯着商店的玻璃橱;城里人溜达只是悠游自得地信步而行,乘兴而往,兴尽则返。溜达虽然用脚,实际上为的是眼睛的享受。江浙人叫做“看野眼”,一个“野”字就够表示眼睛的自由,和意念上毫无粘着的样子。

溜达的第一个目的是看人。非但看熟人,而且看陌生的人;非但看异性,而且看同性。有一位太太对我说:“休说你们男子在街上喜欢看那些太太小姐们,我们女子比你们更甚!”真的,世上没有一样东西,比一件心爱的服装,一双时款的皮鞋,或一头新兴的发鬏,更能在街上引起一个女子的注意了。甚至曼妙的身段,如塑的圆腓,也没有一样不是现代女郎欣赏的对象。中国旧小说里,以评头品足为市井无赖的邪僻行为,其实在阿波罗和藐子(即缪斯)所启示的纯洁美感之下,头不妨评,足不妨品,只要品评出于不语之语,或交换于知己朋友之间,我们看不出什么越轨的地方来,小的时候听见某先生发一个妙论,他说太阳该是阴性,因为她射出强烈的光来,令人不敢平视;月亮该是阳性,因为他任人注视,毫无掩饰。现在想起来,月亮仍该是阴性。因为美人正该如晴天明月,万目同瞻;不该像空谷幽兰,孤芳自赏。

溜达的第二个目的是看物。任凭你怎样富有,终有买不尽的东西。对着自己所喜欢的东西瞻仰一番,也就可饱眼福。古人说:“过屠门而大嚼,虽不得肉,聊且快意”;现在我们说:“入商场而凝视,虽不得货,聊且过瘾。”关于这个,似乎是先生们的瘾浅,太太小姐们的瘾深。北平东安市场里,常有大家闺秀的足迹。然而非但宝贵的东西不必多买,连便宜的东西也不必常买;有些东西只值得玩赏一会儿,如果整车的搬回家去,倒反腻了。话虽如此说,你得留神多带几个钱,提防一个“突击”。我们不能说每一次溜达都只是溜达而已;偶然某一件衣料给你太太付一股灵感,或者某一件古玩给你本人送一个秋波,你就不能不让你衣袋里的钞票搬家,并且在你的家庭账簿上,登记一笔意外的帐目。

就我个人而论,溜达还有第三个目的,就是认路。我有一种很奇怪的脾气,每到一个城市,恨不得在三天内就把全市的街道都走遍,而且把街名及地点都记住了。不幸得很,我的记性太坏了,走过了三遍的街道也未必记得住。但是我喜欢闲逛,就借这闲逛的时间来认路。我喜欢从一条熟的道路出去溜达,然后从一条生的道路兜个圈子回家。因此我常常走错了路。然而我觉得走错了不要紧;每走错了一处,就多认识一个地方。我在某一个城市住了三个月之后,对于那城市的街道相当熟悉;住了三年之后,几乎够得上充当一个向导员。巴黎的五载居留,居然能使巴黎人承认我是一个"巴黎通"。天哪!他们那里知道这是我五年努力溜达(按理,"努力""溜达"这两个词儿是不该发生关系的)的结果呢?

溜达是一件乐事;最好是有另一件乐事和它相连,令人乐上加乐,更为完满,这另一件乐事就是坐咖啡馆或茶楼。经过了一二个钟头的"无事忙"之后,应该有三五十分钟的小憩。在外国,街上溜达了一会儿,走进了一家咖啡馆,坐在 Terrasse 上,喝一杯咖啡,吃两个"新月"面包,听一曲爵士音乐,其乐胜于羽化而登仙。 Terrasse 是咖啡馆前面的临街雅座,我们小憩的时候仍旧可以"看野眼",一举两得。中国许多地方没有这种咖啡馆,不过坐坐小菜馆也未尝不"开心"。这样消遣了一两个小时之后,包管你晚上睡得心安梦稳。

溜达自然是有闲阶级的玩意儿,然而像我们这些"无闲的人",有时候也不妨忙里偷闲溜达溜达。因为我们不能让我们的精神终日紧张得像一面鼓!

公共汽车

最近因为迁居乡下,每星期须坐几次公共汽车。我们没有理由说公共汽车的票价定得太高,因为往返的车资虽占了我每日收入的一半,但若依物价万倍计算,车资只等于战前的一角多钱,也不算贵了。最令我头痛而又印象最深者,乃是等车,买票,和坐车。

等车所需要的耐心,比"人约黄昏"的耐心还要大。目断天涯,但瞻吉普;望穿秋水,未见高轩。候车近日,有如张劭之灵;抱柱移时,竟效尾生之信。回忆在上海等待公共汽车,五分钟不来,已经像热锅上的蚂蚁了;但是现在抗战八年,抗得心都硬了,早学会了守株待兔的本领。半点钟不来,等一点;一点钟不来,等两点;两点钟不来,等三点。如果最后一班车突然宣布回厂,也只好等到明天。从前的公共汽车是为了旅客的便利,现在的旅客是为了公共汽车的便利。

有时候大雨倾盆,旅客们变了一群落汤鸡,仍然冒着雨,等着,等着,竟像公共汽车是开往某地去淘金,非坐不可,非等不可。

好容易车到了,开始卖票了。车到后才卖票始终是一件难于索解的事情:大约是让大家挤着买票热闹些,好看些。人越挤,手越乱,越费时间。偶然有人因抢着买票而和售票人争执,售票人就先和他吵闹一番,暂停售票。买票的人越急,卖票的人越从容,本来按部就班五分钟就卖得完的票,一刻钟也卖不完。抢和乱是中国全社会的情形,公共汽车的卖票只是全社会的一个缩影。如果你因此责备汽车公司,就请你先改造了全社会再说。但是,弱者终于成了牺牲者。有一次我自知无能,派了一个青年代表去买票,谁知他也谦让未遑,虽没有做大树将军,却也甘心做殿后的孟之反。他到站最早,买票最迟;在三十六位抢票天罡当中,他做不到第一名及时雨宋公明,也做不到第二名玉麒麟卢俊义,倒也罢了,偏要退到第三十六位,做了一个浪子燕青!只听得售票人把票窗一关,他只好望窗兴叹。唉!这种人切莫买票,更莫做官!

如果你买到了票,就该挤车了。售票人大约没有计算车子能容多少人,所以车子总是挤得满满的。其实计算也没有什么用处,因为有些特种人往往不先买票,就从车窗爬了进去。原来先买票的还是傻瓜,只有先抢上车的是英雄。车到了,客人还没有下车,没有能力爬窗子的人们就从汽车门口蜂拥而上,弄得乘客们没有法子下车。人满了,另有些人就改坐“头等”,所谓头等就是车顶。美国人给他们拍照,带回 美国去又是一件珍闻。普通形容拥挤,喜欢拿罐头沙丁鱼来做譬喻;其实沙丁鱼的堆叠是整齐的,而公共汽车乘客的堆叠是杂乱的,比沙丁鱼更逊一筹。古人所谓摩顶接踵,公共汽车能够如此就算是天堂。你的头只能靠着一个高个子的脖子,或者一个矮人的头发;你的脚千万莫提起来搔痒,当心再放下去已经失掉地盘了!如果你侥幸是坐着的,你只好仰天长叹,否则另一个人的胸将没有一个安顿处。如果你前面站着一个女子,而你又不够洋化,不肯让座的话,你就只好学个柳下惠,让她坐怀而不乱。真的,有一位中年摩登妇人站不住了,只好老老实实坐在一位陌生的少年军官的膝上。这也不能说什么:嫂溺则援之以手,礼也;现在女疲则援之以膝,即使孟老夫子复生,也应该是点头默许的。

本来,公共汽车应该是平民化的东西。在这年头儿,农民贩夫富于公务员,更有搭坐公共汽车的权利。如果都是些干干净净的长沮、桀溺、梁鸿、孟光，倒也罢了；不幸偶然来了几个自从出世以后没有洗过第二次澡，或自从结婚以后没有洗过第三次澡的巢父、许由，在这苍蝇钻不进的人群当中，那非兰非麝的气味儿也就够你消受的。还有他们的全副行李，也未必受人欢迎。有一天，一个老头儿带了一罐不封口的菜油，车子一颠簸，弄得附近的五六个乘客的裤子都油油然利益均沾。总之，你如果有漂亮衣裳，应该留着进电影院或舞厅，千万莫在公共汽车上摆阔。

说了一大篇，我还得声明我并不是公共汽车的憎恶者；因为还有一辆容纳四万万五千万人的公共汽车比上述的情形更糟。抗战胜利了，但愿抢和乱的情形跟着战祸烟消云散。不然，外国人拍起照来，那才不好意思呢！

诅咒

波特莱尔在《恶之花》里，把“恨”认为“恶”之一种，然而他并不反对“恨”；相反地，他赞成人们尽量把怨恨宣泄出来，事实上，报仇雪耻是人类的本性，谁愿意把一场闷气郁在肚子里？不过，有时候在能力上做不到“白刀子进去，红刀子出来”的地步，不得已而思其次，就变出许多花样来了。

第一个办法是诅咒。此事由来已久。《左传》里说：“郑伯使卒出猳，行出犬鸡，以诅射颍考叔者。”可见诅咒在当时是一种颇隆重的大典。《旧约》圣经里也不少关于诅咒的记载，可见古今中外都相信这一套法宝。咱们也不能说这种事完全是一种弱者的行为；在当时，大家的确相信这是一套有效的法宝，这是无形的刀剑，和有形的刀剑同功。以诅咒杀人，和《封神榜》里所说的哼哈二将用口鼻嘘气杀人，并没有强弱勇怯的分别。到了现代便不同了，诅咒的人故意要让被诅咒的人听见，这样，一则显得诅咒的人看见自己并不相信这是一种有效的法宝，二则显得诅咒的人实在是个弱者，没有法子宣泄他的怨恨，只能利用那于人无损的诅咒。试看现代喜欢诅咒的人多数是女人，而且往往不敢指名诅咒，就可明白这个道理。

第二个办法是匿名骂人，这里头包括着墙壁上写字和匿名信，墙壁上写字最足以表示阿Q的心理，而这种阿Q以学生为最多。厕所里是最常见，也是最难避免脏话的地方。其余如教室里的黑板,膳堂里的墙壁,甚至于写到马路上去,要看校风如何而定。中国旧小说里一向鼓励“明人不做暗事”,大约正因为社会上做暗事的人太多了,像武松十三妹之流的人物没有几个,所以才值得大大的提倡。匿名信在手段上更进一层:墙上写字,被骂者未必有机会看见;匿名信则被骂者非见不可。在内容上,墙上写字和匿名信也颇有不同。墙上写字往往只骂人,不恐吓人;匿名信却多数带着恐吓的性质。墙上写字往往因为时间匆促,不能畅所欲言,厕所里虽合于欧阳永叔“三上”的原则,适宜于运用文思,毕竟谁也不愿意久待在里面;至于匿名信却不同了,他可以花一整夜的工夫,尽量运用他那“骂人的艺术”,去进行他的“神经战”。依我们的想象,匿名信应该特别容易写得好,因为要说什么就说什么,毫无顾忌,也不像写信谏劝尊长那样需要委婉,也不像替报纸上写文章那样处处预防“被抽”。这样,匿名信骂起人来,应该能使陈琳点头,骆宾王逊色,才是道理。

但是不幸得很,大约因为做这种暗事的都是些“暗人”罢,暗得像个牛皮灯笼,也就不会有什么太漂亮的话了。记得数年前,桂林某大学校长上任不久,接到一封匿名信,信内怪他招生考过了两个星期还不放榜——天晓得是否借题发挥——结果骂他是汉奸。逻辑是这样的:凡在抗战期间不充分利用时间来努力为国家服务者都是汉奸,某校长放榜不速,太懒惰了,所以是汉奸。某校长看了,笑了一笑,撕了,说:“这种不通的学生,榜上不会有名的。”只要你是一位新任的某某长,不拘政界、学界,都得准备在贺电纷陈之中接受几封匿名信。如果你大惊小怪,嚷着要彻底清查,那你的气量并不比那写信人的气量大些。倒不如索性见怪不怪,其怪自败。本来嘛,写匿名信的人根本就是一个弱者。连自己的名字都不敢说出来,可见他所说的怎样怎样对付你也只等于掩着耳朵放鞭炮。古人说:“明枪易躲,暗箭难防。”写匿名信的人非但没有胆量用明枪,而且还没有胆量放暗箭。试看旧小说里放暗箭的,有先自嚷出来的吗?不敢做的人才嚷呢!

第三个办法是当面恐吓,这里头包括着磨拳擦掌和拿出手枪来。磨拳擦掌也是一种外强中干的行为。我们不相信,多磨一磨拳,多擦一擦掌,就可以增加一分气力或勇气。相反地,拳越磨,心越怯;掌越擦,胆越小。磨拳的唯一作用是使对方害怕,如果对方不睬,也就黔驴无技了。二十年前,我在上海读二高的时候,看见两位同学吵架。一位骂得最凶,磨拳擦掌半天之久,另一位不太说话,更说不上擦掌磨拳。突然间,二人中有一人被打倒在地了,大家一看,却是磨拳擦掌的那人。也许他是磨擦得一阵头昏,才吃了亏的。至于拿出手枪来,自然是恐吓的最高峰。但是,在某一些情形之下,它也可以说是和磨拳擦掌差不多。固然,譬如你黑夜在家里遇见强盗,他拿出手枪来禁你声张,你要不依他,他很可能就开枪。这一则因为事在危急,二则因为他打死人之后很难追究出来谁是凶手。但是,世上有许多人为了芝麻大的事情也拿出手枪来吓人,那就不过吓吓而已。在吓的人觉得:吓得有效力最好,即使没有,也不会有什么损失。我们并不劝人看见了手枪要发怒,要去抢他的手枪;但是如果某君该欠你十万元,你大可不必因为看见了手枪而改口说成九万九千九百九十九。那手枪也许是坏了的,也许是没有装上子弹的。即使装上了子弹,他未必开枪,也未必瞄准。即使他瞄准,如果你一心镇静,说不定那子弹到了半路还退回到枪膛里去呢!

“诅咒”和“恐吓”乃是可怜虫的制造者。最有趣的是:谁是可怜虫,并不全由诅咒和恐吓这两种行为来决定,还要看对方的反应如何。被诅咒或恐吓的人如果心里害怕,坐卧不安,那么他就是可怜虫了。但是如果他以逸待劳,以静制动,使那诅咒的人或恐吓的人枉费心机,白忙了一阵,那么,可怜虫却在彼而不在此。

请客

中国人是最喜欢请客的一个民族。从抢付车费,抢会钞,以至于大宴客,没有一件事不足以表示中国是一个礼让之邦。我的钱就是你的钱,你的钱也就是我的钱,大家不分彼此;你可以吃我的,用我的,因为咱们是一家人。这种情形,西洋人觉得很奇怪。恕我浅陋,我没有见过西洋人抢付过车费,或抢会过钞。我们在欧洲做学生的时代,因为穷,大家也主张“西化”,饭馆里吃饭,各自付各自的钱,相约不抢着会钞。西洋人宴客是有的,但是极不轻易有一次,最普通的只是来一个茶会,并不像中国人这样常常请朋友吃饭。这些事情,都显得中国人比西洋人更慷慨更会应酬。

其实,中国人这种应酬是利用人们喜欢占便宜的心理。不花钱可以白坐车，白吃饭，白看戏，等等，受惠的人应该是高兴的。一高兴，再高兴，三高兴，高兴的次数越多，被请的人对于请客的人就越有好印象。如果被请的人比我的地位高，他可以“有求必应”助我升官发财；如果被请的人比我的地位低，他也可以到处吹嘘，逢人说项，增加我的声誉，间接地于人有益。中国人向来主张“受人钱财，与人消灾”的，不花钱而可以白坐车，白吃饭，白看戏，也就等于受人钱财，若不与人消灾，就该为人造福。由此看来，请客乃是一种“小往大来”的政策，请客的钱不是白花的。知道了这一个道理，我们就明白为什么对于亲弟兄计较锱铢，甚至对于结发夫妻不肯“共产”的人，为请客而挥霍千金，毫无吝色；又明白为什么家无儋石，对泣牛衣的人偏有请客的闲钱。原来大多数人的请客不是目的，而是手段；不是慷慨，而是权谋！

青蚨在荷包里飞出去是令人心痛的，而“小往大来”的远景却是诱惑人的，在这极端矛盾的心情之下，可就苦了那些一毛不拔的悭吝者。当在抢付车费，抢会钞，或抢买戏票的时候，为了面子关系，不好意思不“抢”，为了荷包关系，却又不敢坚持“抢”，结果是得收手时且收手，面子顾全了，荷包仍旧不空。最糟糕的是遇着了同道的人，你一抢他就放松，结果虽是“求仁得仁”，却变了哑子吃黄连，心里有说不出的苦。不过，悭吝的人也未尝不请客；有时候，他们请客的次数要比普通人更多，因为吝者必贫，贫者毕竟抵不住那“小往大来”的远景的诱惑。于是他们想拿最低的代价去博取最大的利益：每次请客吃饭，东西拣最便宜的吃，分量越少越好，最好是使客人容易饱，容易腻，而主人所费又不多。甚至连请几天，昨晚剩的菜今天还可以吃，虽然让客人吃别人的余唾颇为不恭，然而请客毕竟是请客，余唾吃了之后，仍旧不怕他不说一声“谢谢”。这是手段之中有手段，权谋之外有权谋！

话又说回来了，请客真的是一种好风气吗？真的能联络感情吗？我曾经亲耳听见抢会了钞的人背面骂那让步不坚持要抢的人，说他小气，说他卑鄙。我又曾经亲耳听见吃了人家的酒饭的人一出大门就批评主人：五溜鱼只有半边，清炖鸡只有半只，烟臭如莸，酒淡如水，厨子烹调无术，主人招待不周！可见中国既有了抢付钱的习俗，不抢付钱竟像是私德有亏于友谊有损；又有了滥请客的风尚，不请客的固然被认为不善交际，请客如果请得不痛快，那钱也只等于白花。勿谓郇厨既扰，即尽衔恩；须防金碗虽倾，终难饱德。老饕未餍，微禄半销！“小往大来”的请客哲学真是害人不浅！

被请的人有时候也很苦：明知受人钱财就得与人消灾，但是又没有拒绝的勇气，于是计划"还席"或"回客"。受了人家的好处，再奉还若干好处给人家，这样就算两相抵销，不再负报答的责任。其实这样设想是自寻烦恼。最干脆的办法是既不请人，也不怕被人请。如果有人抢着代我付车费或会钞，我就一声不响地，让我的青蚨"回龙"。如果有人请我吃大菜我就两肩承一口，去吃了就走，不耐烦道一声谢，更不理会什么是一饭之恩。假使人人如此，中国可以归真返璞，社会上可以少了许多虚伪的行为，而政府也不再需要提倡俭约和禁止宴会了。

骂人和挨骂

骂有文骂和武骂两种：唇枪舌剑，钩心斗角，这是文骂；声色俱厉，吐沫横飞，这是武骂。文章里的骂，应该都是文骂了；然而不然，笔下有臭骂，毒骂，骂人家的一生以至祖宗三代，依我看都应该归入武骂的一类。

骂人，快事也；做文章骂人，更是快中之快。骂人，人家可以即刻还嘴，甚至于飨以老拳；做文章骂人，至少可以痛快地骂，尽量地骂，当我"笔骂"的时候，被骂的人决不会来抢我的笔。文章发表之后，也许人家会回骂，那是他的事，因为他已经被我先骂，我已经占了上风了。

正像人们喜欢看打架一样，大家都喜欢看骂人的文章。无论是明骂，暗骂，骂团体，骂个人，只要骂得俏皮，骂得淋漓尽致，读者就会像大热天吃冰淇淋，有一种形容不出的快感。骂人的文章也特别容易显得好：假使你本来才高八斗，你写起骂人的文章来，就可以达到一石；即使你本来一窍不通，你如果常常练习你的"笔骂"，大约也能渐渐变成了心有七窍的比干。

老实说，这社会，这世界，有哪一件事不该骂的？可惜的是报章杂志尽多私人恩怨的骂，打落水狗的骂，而甚少大义凛然的骂，撩虎头捋虎须的骂。——这两句话有失龙虫并雕斋的风格了，让我赶快拐弯儿，来谈谈挨骂。

据说挨骂的人是应该自豪的，因为谁也不愿意费心血，绞脑汁，写文章来骂一个无名小卒，或一个比自己地位低的人。

因此，有人主张不必回骂：回骂就形成了双方的地位相等，使竖子成名，是中了他人之计。我虽也主张不回骂，却不赞成这种阿Q的解释。我只觉得在报章杂志上对骂太对不起读者，使读者感觉这社会里只有爪牙，没有扶持和抚慰。再者，与其和人家对骂，倒不如写一篇令人引起美感的文章，于己于人，皆为有益。因此，我这十年来是极力避免和人家打笔墨官司的。

有人说能挨骂是表示有度量。就历史上看来，这话似乎也有几分道理。但是，愿意挨骂的人往往免不了受些冤枉气；世上糊涂的人毕竟是比聪明的人多，你若纵容他们骂，他们就无缘无故地骂你一场。于此有人说，无缘无故地骂人的人终将为众人所不齿，而肚里好撑船的宰相将更为众人所尊崇！这两句话又有失龙虫并雕斋的风格，让我就此打住罢。

骑马

西洋的汉学家以为中国人本来是不会骑马的，骑马的艺术系从蒙古族学得。这话的重要证据自然是赵武灵王胡服骑射。真的，咱们在诗经里所看见的“四牡有骄”，“两骖如舞”一类的字句都只描写的是拉车的马，而不是人骑的马。

但是，咱们不必讳言骑马是从胡人学来的，正像现在不必讳言飞机大炮是从西洋学来的一般，只要咱们有跟人学样的本领就好。像春秋战国时代的中国武士那样神勇，学骑马是绰有余裕的。依《左传》里说，当时中国的武士会跳上战车，甚至可以在马跑的时候跳上敌人的车辆去刺杀敌人。拿这种本领去学骑马，不是易如反掌吗？

大家都知道，古代的英雄是怎样爱他们所骑的马。楚霸王的乌骓和虞姬并重，或者可说比虞姬更为重要，因为等到“骓不逝”的时候，虞姬只能陪着他徒唤“奈何”。名将有了良马，然后相得益彰。故曰：“人中有吕布，马中有赤兔。”直到现代，我还觉得一位军长骑上一匹马就格外显得威风凛凛。那种“逸势凌蛟虬”的神气决不是任何机械所能代替。假使将来战术发展到总司令须坐某种“堡垒”上阵，我在赞赏战术高明之余，仍旧要惋惜武士不复能感受乌骓赤兔的烟土披里纯。

说起骑马，会联想到西洋古代的“骑士”。只有那种行侠仗义扶弱锄强的人，才不辱没了名马。依照传说，中古时代只有“骑士”能有骑马的权利，而“骑士”又都是忠勇的人。不管它是不是事实，只这忠勇和马的搭配就够有趣的。咱们可以说，马就是忠勇的象征。

文人的骑马，一般说起来，却是最可鄙的。“春风得意马蹄疾，一日看尽长安花”，这是何等浅的器量！“宣劝不辞金碗侧，醉归争看玉鞭长”，这是多么令人作呕的神情！我们读到这一类的诗句的时候，眼睛里活现出戏台上状元游街的景象：一个弱不禁风的瘦书生拿着鞭子像挥扇般地摇了又摇。这和骏马的神态形成一种极端的矛盾。马者，怒也，武也(据《说文》)。多数书生非但不能武，连怒也不过五分钟，如果他们要骑马的话，最好择一些“驽骀”给他们骑。

不过，这也不可一概而论。像陆放翁的骑马也就不凡。“桃花骏马青丝”，“射雉西郊常命中”，这种畋猎的英姿，并不亚于冲锋陷阵。也许因为他是帅府的参议，所以能有“上马杀敌，下马作露布”的豪情。必须是他这种人，才够得上说：“中原北望气如山”，才够得上说；“老子犹堪绝大漠，诸君何至泣新亭？”才够得上说：“剖心莫写孤臣愤，抉眼终看此虏平！”

女子骑马自然别有风韵；然而骅骝毕竟是配英雄的，不是配美人的。除非是美人而兼英雄！昭君出塞虽也骑马，但是我想只是按辔徐行。冼夫人，平阳公主，梁红玉，秦良玉和沈云英，她们是否善于骑马，有没有良马，可惜咱们不知道。香妃的戎装画像确能动人，而且我们相信她会骑马，因为她是回部的女子。我喜欢看见西洋女子 enamazone，非但衣服近似男装，而且当她们纵马加鞭的时候，也饶有丈夫气。我又在北平看见摩登小姐们骑马游春，情景却不一样；看她们那种战战兢兢的样儿，实在令人不好受。但是，抗战以后，女同胞当中却产生了不少的阿马孙英雄，她们非但有马革裹尸的志气，而且有跃马檀溪的胆量。她们和白云观外的嬉春女士相差得实在太远了。

我喜欢骑马，却不喜欢骑驴。驴子那种冒冒然的意态，只能增加人们的萎靡不振。《封神榜》里的神仙有骑狮子的，有骑虎的，有骑鹿的，有骑仙鹤的，依我猜想，都不如骑马的英雄气概。当我骑马的时候，非但不喜欢按辔徐行，而且不爱它那种赛跑式的步伐。我喜欢它飞：我爱它如天马行空；我爱它如风驰电掣。我们的土话把马的小跑叫做“小滚”，马的大跑叫做“大滚”。“小滚”只觉得颠簸不堪；在这种情形之下，骑马和骑驴并没有什么大分别。至于“大滚”的时候，就大大不同了。马似流星人似箭，你只觉得身轻如叶，飘飘欲仙，并不像一匹马载着你在走路，只像一只神鹰载着你在凌空！只有这样，你才尝得到骑马的乐趣。“小滚”的结果，会使你头昏脑涨；“大滚”的结果，会使你忘却疲劳——纵然疲劳了，也包管你夜里睡得安稳。会骑马的人不喜欢“小滚”而喜欢“大滚”，正像喝酒的人不喜欢淡酒而喜欢白兰地。不看见那些能喝一瓶白兰地的人只喝四两“时酒”就叫头疼吗？

昆明骡马之多，可以比得上北平。乡下女子也会横坐在载货的鞍子上，让马蹄得得的声音伴着她们的歌声，这一点却是北平女子所不能及的。只可惜昆明的马不够魁梧，又给过量的货物压坏了身体。至于那些专赁给人家骑坐的马，自然比较地体面些，但是我骑过了一次之后，觉得大大失望。因为它非但不会“大滚”，而且连“小滚”也不会。一个赶马的小孩跟着它款款而行，比人走得还慢呢。

我十四岁就学骑马。虽然栽了不少的筋斗，但是那种飞行的乐趣，至今犹萦梦寐。这二十年来，总没有痛痛快快地骑它一次，不免有髀肉复生之感。我自信盛年虽逝，豪气未销。等到黄龙既捣，白堕能赊的时节，定当甘冒燕市之尘，一试春郊之马！

劝菜

中国有一件事最足以表示合作精神的，就是吃饭。十个或十二个人共一盘菜，共一碗汤。酒席上讲究同时起筷子，同时把菜夹到嘴里去，只差不曾嚼出同一的节奏来。相传有一个笑话。一个外国人问一个中国人说：“听说你们中国有二十四个人共吃一桌酒席的事，是真的吗？”那中国人说：“是真的。”那外国人说：“菜太远了，筷子怎么夹得着呢？”那中国人说：“我们有一种三尺来长的筷子。”那外国人说：“用那三尺来长的筷子，夹得着是不成问题了，怎么弯得转来把菜送到嘴里去呢？”那中国人说：“我们是互相帮忙，你夹给我吃，我夹给你吃的啊！”

中国人的吃饭，除了表示合作的精神之外，还合于经济的原则。西洋每人一盘菜,吃剩下来就是暴殄天物;咱们中国人,十人一盘菜,你不爱吃的却正是我所喜欢的,互相调剂,各得其所。因此,中国人的酒席,往往没有剩菜;即使有剩,它的总量也不像西餐剩菜那样多,假使中西酒席的菜本来相等的话。

有了这两个优点,中国人应该踌躇满志,觉得圣人制礼作乐,关于吃这一层总算是想得尽善尽美的了。然而咱们的先哲犹嫌未足,以为食而不让,则近于禽兽,于是提倡食中有让。其初是消极的让,就是让人先夹菜,让人多吃好东西;后来又加上积极的让,就是把好东西夹到了别人的碟子里,饭碗里,甚至于嘴里。其实积极的让也是由消极的让生出来的:遇着一样好东西,我不吃或少吃,为的是让你多吃;同时,我以君子之心度君子之腹,知道你一定也不肯多吃,为的是要让我。在这僵局相持之下,为了使我的让德战胜你的让德起见,我就非和你争不可?于是劝菜这件事也就成为“乡饮酒礼”中的一个重要项目了。

劝菜的风俗处处皆有,但是素来著名的礼让之乡如江浙一带尤为盛行。男人劝得马虎些,夹了菜放在你的碟子里就算了;妇女界最为殷勤,非把菜送到你的饭碗里去不可。照例是主人劝客人;但是,主人劝开了头之后,凡自认为主人的至亲好友,都可以代主人来劝客。有时候,一块“好菜”被十双筷子传观,周游列国之后,却又物归原主!假使你是一位新姑爷,情形又不同了。你始终成为众矢之的,全桌的人都把“好菜”堆到你的饭碗里来,堆得满满的,使你鼻子碰着鲍鱼,眼睛碰着鸡丁,嘴唇上全糊着肉汁,简直吃不着一口白饭。我常常这样想,为什么不开始就设计这样一碗“什锦饭”,专为上宾贵客预备的,倒反要大家临时大忙一阵呢?

劝菜固然是美德,但是其中还有一个嗜好是否相同的问题。孟子说:“口之于味,有同嗜也。”我觉得他老人家这句话多少有语病,至少还应该加上一段“但书”。我还是比较地喜欢法国的一谚语:“唯味与色无可争。”意思是说,食物的味道和衣服的颜色都是随人喜欢,没有一定的美恶标准的。这样说来,主人所喜欢的“好菜”,未必是客人所认为好吃的菜。肴馔的原料和烹饪的方法,在各人的见解上(尤其是籍贯不相同的人),很容易生出大不相同的估价。有时候,把客人所不爱吃的东西硬塞给他吃,与其说是有礼貌,不如说是令人难堪。十年前,我曾经有一次做客,饭碗被鱼虾鸡鸭堆满了之后,我突然把筷子一放,宣布吃饱了。直等到主人劝了又劝,我才说:“那么请你们给我换一碗白饭来!"现在回想,觉得当时未免少年气盛;然而直到如今,假使我再遇同样的情形,一时急起来,也难保不用同样方法来对付呢!

中国人之所以和气一团,也许是津液交流的关系。尽管有人主张分食,同时也有人故意使它和到不能再和。譬如新上来的一碗汤,主人喜欢用自己的调羹去把里面的东西先搅一搅;新上来的一盘菜,主人也喜欢用自己的筷子去拌一拌。至于劝菜,就更顾不了许多,一件山珍海错,周游列国之后,上面就有了五七个人的津液。将来科学更加昌明,也许有一种显微镜,让咱们看见酒席上病菌由津液传播的详细状况。现在只就我的肉眼所能看见的情形来说。我未坐席就留心观察,主人是一个津液丰富的人。他说话除了喷出若干吐沫之外,上齿和下齿之间常有津液像蜘蛛网般弥缝着。入席以后,主人的一双筷子就在这蜘蛛网里冲进冲出,后来他劝我吃菜,也就拿他那一双曾在这蜘蛛网里冲进冲出的筷子,夹了菜,恭恭敬敬地送到我的碟子里。我几乎不信任我的舌头!同是一盘炒山鸡片,为什么刚才我自己夹了来是好吃的,现在主人恭恭敬敬地夹了来劝我却是不好吃的呢?我辜负了主人的盛意了。我承认我这种脾气根本就不适宜在中国社会里交际。然而我并不因此就否定劝菜是一种美德。"有杀身以成仁",牺牲一点儿卫生戒条来成全一种美德,还不是应该的吗?

说话

说话是最容易的事,也是最难的事。最容易,因为三岁孩子也会说话;最难,因为擅长辞令的外交家也有说错话的时候。

会说话的人不止一种:言之有物,实为心声,一謦一欬,俱带感情,这是第一种;长江大河,源远莫寻,牛溲马勃,悉成黄金,这是第二种;科学逻辑,字字推敲,无懈可击,井井有条,这是第三种;嘻笑怒骂,旁若无人,庄谐杂出,四座皆春,这是第四种;默然端坐,以逸待劳,片言偶发,快如霜刀,这是第五种;期期艾艾,隐蕴词锋,似讷实辩,以守为攻,这是第六种。这些人的派别虽不相同,实有异曲同工之妙。普通喜欢用"口若悬河"四个字来形容会说话的人,其实这是很不恰当的形容语。泼妇骂街往往口若悬河,走江湖卖膏药的人,更能口若悬河,然而我们并不承认他们会说话,因为我们把这"会"字的标准定的和一般人所定的不同的缘故。

应酬的话另有一套,有人专门擅长此术。捧人捧得有分寸,骂人骂得有含蓄,自夸夸得很像自谦,这些技巧都是可以意会,而不可以言传的。尽管有人讨厌"油嘴"的人,但是实际上有几个人能不上油嘴的当?和油嘴相反的是说话不知进退,不识眉眼高低。想要自抬身份,不知不觉地把别人的身份压低;想要恭维别人,不知不觉地使用了些得罪人的语句。这种人的毛病在于冒充会说话,终于吃了说话的亏。我有一次听见某先生恭维一位新娘子说:"人家都说新娘子长得难看,我觉得并不难看。"这种人应该研究十年心理学,再来开口恭维人!

有些人太不爱说话了,大约因为怕说错了话,有时候又因为专拣有用的话来说。其实这种人虽是慎言,也未必得计。越不说话,就越不会说,于是在寥寥几句话当中,错误的地方未必比别人高谈阔论里的错误少些。至于专拣有用的话来说,这也是错误的见解。会说话的人,其妙处正在于化无用为有用,利用一些闲话去达到他的企图。会着棋的人没有闲着,会说话的人也没有闲话。

有些人却又太爱说话了,非但自己要多说,而且不许别人多说。这样,就变成了抢说。喜欢抢说的人常常叫人家让他说完,其实看他那滔滔不绝的样子,若等他说完真是待河之清!这种人似乎把说话看做一种很大的权利,硬要垄断一切,不肯让人家利益均沾。偶然遇着对话的人也喜欢抢说,就弄成了僵局。结果是谁也不让谁,大家都只管说,不肯听,于是说话的意义完全丧失了。

打岔和兜圈子都是说话的艺术。打岔子往往是变相的不理或拒绝。"王顾左右而言他",梁惠王就这样地给孟子碰过一回钉子。兜圈子往往是使言语变为委婉,但有时候也可以兜圈子骂人。兜圈子骂人就是"挖苦"人;说挖苦话的人自以为绝顶聪明,事后还喜欢和别人说起,表示自己的说话艺术。但是,喜欢"挖苦"的人毕竟近于小人,因为既不大方,又不痛快。

说话的另一艺术是捉把柄。人家说过了什么话,就跟着他那话来做自己的论据。这叫做"以子之矛,刺子之盾",往往能使对方闭口不言。不过,如果断章取义,或故意曲解,也就变为无聊了。

上面所说的打岔,兜圈子和捉把柄,相骂的时候都用得着。打岔是躲避,兜圈子是摆阵,捉把柄是还击。可惜的是:相骂的人大多数是怒气冲冲,不甘心打岔,不耐烦兜圈子,忘了捉把柄。由此看来,骂人决胜的条件是保持冷静的头脑。泼妇和人相骂往往得胜,并不一定因为她特别会说话,只因她把相骂当做一种娱乐,故能“好整以暇”,不至于被怒气减低了她平日说话的技能。

说话比写文章容易,因为不必查字典,不必担心写白字:同时,说话又比写文章难,因为没有精细考虑和推敲的余暇。基于这后一个理由,像我这么一个极端不会说话的人,居然也写起一篇“说话”来了。

领薪水

“薪水”本来是一种客气的话,意思是说,你所得的俸给或报酬太菲薄了,只够你买薪买水。其实战前的公务员和教育界人员,小的薪水可以养活全家,大的薪水可以积起来买小汽车和大洋房,岂只买薪买水而已?但是,在抗战了七年的今日,“薪水”二字真是名符其实了——如果说名实不符的话,那就是反了过来,名为薪水,实则不够买薪买水。三百元的正俸,不够每天买两担水;三千元的各种津贴,不够每天烧十斤炭或二十斤柴!开门七件事,还有六件没有着落!长此以往,我将提议把“薪水”改称为“茶水”,因为茶叶可多可少,我们现在的俸钱还买得起。等到连茶叶都买不起的时候,我又将提议改称为“风水”,因为除了喝开水之外,只好喝喝西北风!

我们嫌薪水太少吗?人家将告诉我们,没有薪水可领的人比我们更苦。比上不足,比下有余,我们应该乐天安命,待河之清。古人说:“望梅止渴,画饼充饥”,这也不失为一种精神上的安慰。每月都有许多要人指给我们看那远山的酸梅,每周都有许多报纸画给我们看那粉墙的大饼;那梅就是要人们的口惠,那饼就是报纸上的所谓改善公教人员待遇的新闻。我们也不能说“口惠而实不至”,实际上薪水一加就是几百元。我们说薪水赶不上物价,人家说赶不上总比赶过了好些;因为公教人员在全国人民里头只占少数,吃不饱饿不死,也就不至于害人;如果薪水赶过了物价,社会的游资增加,更足以刺激物价了。我们又说国家的邮票已涨了四十倍,我们的薪水何以只涨十倍?人家又将告诉我们:邮票不懂得牺牲,所以要涨二百倍;公教人员懂得牺牲,不该把自己的身份比一张邮票。我们被人家责以大义之后,只好甘心于我们那不够买薪买水的薪水了。

但是,我们每月拿到那不够买薪买水的薪水之后,是怎样过日子的呢?家无升斗,欲吃卵而未能;邻亦箪瓢,叹呼庚之何益!典尽春衣,非关独酌;瘦松腰带,不是相思!食肉敢云可鄙,其如尘甑愁人;乞墦岂曰堪羞,争奈儒冠误我!大约领得薪水的头十天,生活还可以将就过得去,其余二十天的苦况,连自己也不知怎样"挨"了过去的。"安得中山廿日酒,醉眠直到发薪时!"

薪水用完之后,天天盼望发薪的日期到来;"度日如年",在今日的公教人员,并非过度的形容语。从前是差人去代领薪水,现在非但自己去,而且靠近月底就天天到出纳组去打听着。忽然噩耗传来,本月的薪水将不能准于月终发出,于是凄惶终日,咄咄书空。幸而机关主管人知道事关全体同人的性命,终于借了一笔款子来,大家吐了一口气,残喘仍能苟延。从前叶公超把发薪叫做"关饷",当时只是一句笑话;现在只有公教人员和士兵同病相怜,"关饷"二字是确当不易的了。

好容易把薪水领到手了,马上开家庭会议,讨论支配的方法。太太在三年前就想做一件冬天的大衣,那时衣价占月薪的一半,当然做不成;这三年来,大衣的价格百一变至于千,千一变至于万,等于月薪的双倍,当然更做不成。大小姐提议去看一次电影《忠勇之家》,她的妈妈反对,理由是饥寒之家没有看《忠勇之家》的资格。经过了一场剧烈的辩论,结果依照老办法,本月的薪水,除了付房租之外,全都拿去买柴米油盐酱醋茶,先度过十天再说。二少爷憋着一肚子气,暗暗发誓不再用功念书,因为像爸爸那样读书破万卷终成何用!小弟弟的脑筋比较简单,只恨不生于街头小贩之家。

是的,也难怪他恨不生于街头小贩之家。这七年来,多少原来领薪水的人转入了别的地方去分红利。又有多少人利用他们的职权,获得比薪水高出千万倍的"油水",只有一部分的公教人员,在贞节牌坊的奖励之下,规规矩矩地按月去领那一份不够买薪买水的薪水!

夫妇之间

五伦之中，夫妇最早。若不先有夫妇，就不会有所谓父子兄弟。至于君臣，更是后起的事。也许有人说，应该是朋友最早，因为应该先是男女恋爱，然后结为夫妇。这话也有相当的理由。不过，依《旧约》里说，亚当和夏娃是上帝所预定的夫妇，他们并没有经过恋爱的阶段。由此看来，仍该说是夫妇最早。至少，西洋人不会反对我这一种说法。

上帝对夏娃说："你必恋慕你丈夫，你丈夫必管辖你。"这是夏娃听信了蛇的话之后，上帝对女人的处分。这两句话就是万世夫妇的祸根，一切夫妇之间的妒忌和争吵，都是由此而起。近来有人说结婚是爱情的坟墓，这话应该是对的，不信试看中国旧小说里，才子和佳人经过了许多悲欢离合，著书的人无不津津乐道，一到了金榜题名，洞房花烛。那小说也就戛然而止，岂不是著者觉得再说下去也就味同嚼蜡了吗？

为什么结婚是爱情的坟墓呢？因为结婚之后爱情像启封泄气的酒，由醉人的浓味渐渐变为淡水的味儿；又因油盐酱醋把两人的心腌得五味俱全，并不像恋爱时代那样全是甜味了。成了家，妻子便把丈夫当做马牛：磨房主人对于他的马，农夫对于他的牛，未尝不知道爱护，然而这种爱护比之热恋的时候却是另一种心情！成了家，丈夫便把妻子当做狗，既要她看家，又要她摇尾献媚！对不住许多配偶，我这话一说，简直把极庄严正经的"人伦"描写得一钱不值。但是，莫忘了我所说的是"爱情的坟墓"；那些因结了婚而更升到了"爱情的天堂"的人，是犯不着为看了这一段话而生气的。

古人说："妻不如妾，妾不如妓，妓不如偷。"这话已经不合时代了。现在该说"婚不如姘"。某某高等民族最聪明，正经配偶之外往往另有外遇。正经配偶为的是油盐酱醋，所以女人非有二十万以上的财产就不容易嫁出去，男人若有巨万的家财，白发红颜也不妨相安，外遇为的是醇酒，就非十分倾心的人不轻易以身相许了。据说感情好的夫妻也不妨有外遇，因为富于热情的人，他的热情必须有所寄托，然而热情和感情是可以并行不悖的，凡为了夫或妻有外遇而反目的人简直是观念太旧，脑筋不清楚。天啊！若依这种说法，我想有许多“痴心女子”，在结婚之前唯恐她的心上人不热情，结婚以后，却又唯恐他太热情了。

随你说观念太旧也好，脑筋不清楚也好，夫妇之间往往免不了吃醋。占有欲是爱情的最高峰吗？有人说不，一千个不。但是，我知道有人不许太太让男理发匠理发，怕他的手亲近她的红颜和青丝；又有人不许太太出门，若偶一出门，回来他就用香烟烙她的脸，要摧毁她的颜色，让别人不再爱她，以便永远独占。

夫妇反目，也是难免的事情。但是，老爷撅嘴三秒钟，太太揉一会儿眼睛，实在值不得记入起居注。甚至老爷把太太打得遍体鳞伤，太太把老爷拧得周身青紫，有时候却是增进感情的要素，而劝解的人未必不是傻瓜。莫里哀在《无可奈何的医生》里，叙述斯加拿尔打了他的妻子，有一个街坊来劝解，那妻子就对那劝解者说：“我高兴给他打，你管不着！”真的，打老婆，逼投河，催上吊的男子未必为妻所弃，也未必弃妻；揪丈夫的头发，咬丈夫的手腕的女人也未必预备琵琶别抱。倒反是有些相敬如宾的摩登夫妇，度了蜜月不久，突然设宴话别，揽臂去找律师，登离婚广告，同时还相约常常通信，永不相忘。

从前常听街坊劝被丈夫打了的妻子说：“丈夫丈夫，你该让他一丈。”这格言并没有很多的效力。在老爷的字典里是“妇者伏也”，在太太的字典里却是“妻者齐也”。甚至于太太把自己看得比老爷高些。从前有一个笑话说，老爷提出“天地”，“乾坤”等等字眼，表示天比地高，乾比坤高；太太也提出“阴阳”，“雌雄”等等字眼，表示阴在阳上，雌在雄上。至于现代夫妇之间，更是太太们有一种优越感。其实，若要造成家庭幸福，最好是保持夫妇间的均势，不要让东风压倒西风，也不要让西风压倒东风。否则我退一尺，他进十寸，高的越高，高到三十三重天堂，为玉皇大帝盖瓦，低的越低，低到一十八层地狱，替阎罗老子挖煤，夫妇之间就永远没有和平了。

聂绀弩 作品

聂绀弩(1903~1986)是中国现代著名的杂文家、美文家和小说家。他的杂文成就很高,被公认为鲁迅之后的“第一小提琴手”。他的杂文集《历史的奥秘》杂论社会现象,知识广博,爱憎分明,笔墨隽永,读来引人入胜,并能给人许多启示。

聂绀弩的幽默小品都收在他的几部杂文集中,数目不多,却显示了独特的风格。他的幽默小品,主观上并不是作为幽默小品来写的,而只是他的杂文中的一类,是他以比较轻松的笔调、调侃的语气写出的不太尖锐、带点普遍性意义的杂文。

从这一点上来讲,他颇有些像鲁迅;但就风格上说,却又有所不同。鲁迅幽默的风格比较明快犀利,往往在揶揄之中又闪烁着傲世的、反抗的精神,而聂绀弩的幽默则沉着凝重,他更多的往往是对不幸的小人物的同情。

兔先生的发言

“现在请兔先生给我们讲几句话。”

在全体来宾一阵掌声安抚了一个讲演者之后，狮先生站起来，和容悦色地请兔先生发言。于是来宾又鼓起掌来；多数来宾还“哦哦”地叫：有的扭头，有的侧身，有的把望远镜拿起来，所有的眼光都集中在兔先生身上。那些眼光，也有惊讶的，好像说：“还请他说话？”也有鄙夷的，意思是：“你也配讲话么？”也有幸灾乐祸的：“看你讲出什么来？”也有替古人担忧的：“这席话可难讲啊！”更有等机会在东道面前讨好的，心里想：“一句话不对，老子就首先动手，要这小兔崽子的命！”

这是森林中间的大宴会，东道是狮先生、来宾有象先生、熊先生、虎先生、豹先生、狼先生、狐先生、鹿先生、野猪先生、野猫先生……所有森林里的大亨乃至小百姓都一齐请到了，更是一齐都出席了，谁敢不出席呢？用新闻语说，就是“济济一堂，极一时之盛”。而叨陪末座的是我们的兔先生。

兔先生是在座诸公中体格最小的一个，恐怕也是最弱的一个吧！它很少机会参加这样盛大的宴会，它常常是很幸福地被忘记了。它虽然身体小，在来宾中却极其显眼，因为他的服装的颜色是显眼的，像雪一样。在我们人类，只有新娘子到结婚的礼坛去的时候，才穿这种颜色的服装。有人说：结婚的礼坛就是女人祭坛，像太牢少牢们被宰了送上去的那神前的祭坛；女人被送上祭坛去的时候，服装的颜色和兔先生的经常的颜色是一样的。有的地方的人，遭逢着人生最大的不幸，比如说：儿子死了父母，妻子死了丈夫，这才穿这样颜色的服装，但兔先生却把这样颜色的服装经常地穿着。兔先生不光服装的颜色特别，眼睛的颜色也很特别，像哭得太多了似的红。兔先生也哭过吧，哭过的时候，眼睛是红的；但不哭的时候究竟多，就是不哭的时候，眼睛也是红的。生来如此，与哭不哭无关。但有人说：生来如此，恐怕是遗传；兔先生知道，爸爸和妈妈的眼睛，的确也是红的，说不定祖先的眼睛也这样；那么，祖先们也许哭得太多了。

森林里有一条好法律：无论怎样的小家伙，在家庭里都可以放肆。年轻的时候，骂骂爸爸，打打妈妈，谁也不会干涉；讨了老婆或嫁了丈夫，欺压一下老婆或丈夫，也决不会出什么乱子；年纪大了，有了儿女，儿女当然是出气筒。可是一离开家庭，情形就两样了。大亨们是那样多，几乎每走一步都会碰见；这并不要紧，要紧的是大亨们都难以侍奉。有一种法律叫做“吃掉法”，是专为小动物侍奉大亨们而设的，那上面自然写着许许多多的字，例如第五百八十四条，第七千六百三十二条，第三万八千六百二十一条，第五十四万一千九百八十一条，第九百九十二万二千八百八十六条，第八百六十二万条等等，但每条的收尾两个字都是一样：“吃掉！”比如说，一个小动物像兔先生似的，偶然在森林里散步，不幸而碰见了虎先生：照小动物的习惯是，站在路旁，恭恭敬敬请一个安，说声：“虎先生，您好哇！”这时候，虎先生如果高兴，那就是说它老人家肚子饱饱的，不想吃什么，把兔先生的话当做耳边风，昂头阔步地走过去，或者鼻子里“唔”一声，头也不点就走过去的时候，在几千年几万年的长时间中，有这么一回半回也料不到的。可是虎先生或者别的大亨，却常常是不高兴的，或者说常常是胃口很好的：“怎么，你问我好么？我有什么不好，你敢讽刺我么？”下文不必说，就是“阿门”一口，把兔先生吃掉了。因为吃掉法上明明写着：“凡对大亨说‘您好’者，吃掉！”谁吃掉谁呢？当然是大亨吃掉小动物。如果碰见的是豹夫人，说的话是：“豹夫人，今天天气嘿嘿嘿！”结果也一样，吃掉法上也有：“凡对大亨夫人说‘今天天气嘿嘿嘿’者，吃掉！”不说什么也不行，吃掉；装做没有看见也不行，吃掉；看见了回头跑，吃掉！逃到别的森林里去，别的森林里自然还是有大亨，且不必说。但被本森林里的大亨抓回来了，仍然是吃掉！所有这些吃掉，吃掉法上都有明文规定，是之谓“吃掉法”。这吃掉法，兔先生并未看见，更不知道里面究竟写着一些什么；因为它被保存在大亨们那里，是大亨们写的，也并未征求任何小动物的同意。但也一样，反正兔先生之流，一不识字，二无法律知识，三家里房屋窄小，没有地方摆那些高文典册。再说：识字，有法律知识，把那些高文典册摆在家里又有什么用呢？反正条文太多，记不清楚，谁能被吃掉了之后再回家翻书呢？就是记得清楚又有什么用呢？反正不能对大亨说：“你这回吃掉我，没有法律根据呀！”吃掉法上难道不能载着一条：“凡说大亨的行为没有法律根据者，吃掉”？在兔先生的家族或者亲眷中间，谁也不知道什么叫做死，也从来没有谁死过，它们的结局只有一种：“给吃掉”。“宝宝不要跑远路了，小心给吃掉！”“爸爸天黑还没有回来，一定是给吃掉了！”这就是它们中间流行的语言。从荒古以来，那些列祖列宗都是给吃掉了的。兔先生之流，都是一些对于家属亲朋的感情极为浓厚的，一知道谁给吃掉了，少不得大家都嚎啕痛哭起来。从荒古以来的列祖列宗们起，就是如此。从此，人就可以明白：为什么兔先生的眼睛生来就是像哭过的。

这样一位兔先生，坐在几乎全体是大亨的宴会上，心情是颇有些尴尬的。常言道得好：“宴无好宴，会无好会”。这回大概是九死一生了。“兔生一世，草生一秋”，“兔活百年也是给吃掉”之类的成语，兔先生记得烂熟；然而“蝼蚁尚且贪生”，比之于蝼蚁总算是庞然大物的兔先生，又怎能因此而旷达？何况太太昨晚没有回家，一定是给在座的哪位大亨吃掉了。“兔非木石，孰能无情？”兔先生就因此更加伤感。不过这都是内心的事，表面上还是像在专心致志地敬听大亨们的讲演；在每位大亨讲完之后，也没有忘掉鼓掌欢呼，只是讲演的内容，却一句也没有听进去。兔类虽然没有仇敌这名词，正像也没有恩人这名词一样；虽然报仇雪耻，从来不曾放在考虑之列；但“非我族类，其心必异”的道理，兔先生却是明白的；无论说什么，总不会给自己有什么好处；就是有，也不过说说而已，谁也不会当真，听不听都一样。自己的文化程度本来不算太高，大亨们的讲演中，有许多美丽的词藻，特别的名词术语，常常是自己所未听过，或者听过，那含义又刚刚相反的；就是用心听，也不一定就完全懂得，鼓掌欢呼，这就够了，还用得着什么呢？

然而东道说：“请兔先生给我们讲几句话！”这时候，菜上到第五道，摆在兔先生面前的是一盘热腾腾的烤兔腿，兔先生正望着它发愣。皮剥了，又经过烤制，颜色也不同，但是，是兔腿却很明显。为了太太没有回家，兔先生心里正在难过，谁知在这里要自己吃自己的太太的腿了！就算这一只不恰巧就是太太的，也定是戚族中的谁的，而太太的几只腿，更定是分放在别的来宾们面前。这样想，兔先生便觉得大亨们把太太烤了来吃，实在比当场“阿门”一口，生吞活剥的吃掉，要残酷得多；而要自己来吃自己的太太，又比把太太和自己一齐烤得让大亨们吃，要残酷得多。这样残酷的事，简直把兔先生吓昏了，几乎以为自己是在梦中，要不是大亨们的掌声噼噼啪啪地响着。一听见掌声，虽然不知道是谁说过话还是谁讲话，跟着鼓掌总不会错，于是自己也噼噼啪啪鼓掌了。

“兔先生知道自己的讲演一定精彩，所以先就替自己鼓掌了。”

狡猾的狐先生找着一个开玩笑的机会，话一说出，引得许多来宾都笑了。

兔先生这才意识到东道所请讲话的就是自己！这真是没有想到的事呀，竟会像自己这样的小动物，也配在这样盛大的宴会上，对这样多的大亨们讲话么？兔先生平日也未尝不是个饶舌家，但那总是和自己差不多的小动物们在一块儿的时候；在大亨面前，除了等候吃掉以外，从来不曾有过发言的经验。今天的心情特别不好，大亨们讲的话一句也没有听进去，连东道宣布的宴会的理由也是如此。大家正在笑自己替自己鼓掌的滑稽，再一把它们意见弄错或者说的和它们说的话刚刚相反，它们一定笑得更厉害。笑笑倒是小事，生命的危险也许就藏在这些笑脸中间。想到这里，兔先生觉得身上一阵寒冷，腿上的肉不住地颤动，现在正在什么地方，有谁正请自己讲话的事，倒通通忘了。这大概真是一个梦，一个可怕的梦。凡是梦，终久是要醒的，无论怎样可怕的梦，一醒也就好了；这个梦要特别醒得快才好，可是怎么还不醒呢？

“兔先生，”坐在旁边的鹿先生推了兔先生一把，低声地说：“请你讲话咧！”

“哦哦！”兔先生真有点像从梦里醒来似地站起来：“兄弟，兄兄弟，”可是马上又想到自称兄弟，本来习惯上是谦虚，但在这儿用，却是绝对僭妄，连忙改口：“本席，本席。”本席似乎更不客气，想改口称“小的”，一想到现在是宴会，和跪在法庭上不相同，怕大亨们疑心故意讽刺，那就爽兴称“我”吧。“我我没没有话话说，我不不会说说话。”这样一声明，满以为可以应付过去了，于是又坐下。

“就这样一句么？”狐先生不满足地问，虽然并没冲着兔先生的脸。

“这未免太简单了吧？”熊先生也说。

“这不像话！”不知哪几位先生同声说。

“不必客气，兔先生，随便给我们一点教训，机会难得，大家都在等着听咧。”

东道说这话的时候，脸上是冷冷的，兔先生望了望别个！别个脸上也冷冷的，都一齐望着自己，似乎都在说：“不识抬举的东西！”

看样子，不说点什么，是不能收场的。但是说什么呢？

兔先生年轻的时候也曾有过各种各样的幻想，比如说，什么时候在大亨面前开诚布公，倾心吐胆地谈一回话，就是其中之一。年轻的兔类们，虽然不知道什么叫做仇恨，但眼睁睁地望着骨肉亲朋给大亨们吃掉，总不能心里一无感触，这就是说不能不牵动一下脑筋。脑筋这东西只要一动，就随便什么危险的思想都会产生出来。要兔类没有谁给吃掉或者少给吃掉,非要森林里的大亨们减少或者绝迹不可。有什么方法能使它们的数目减少乃至绝迹呢?一想到这样的问题,马上就发生了许多不同的意见。一种是祈祷派,主张祈祷天老爷把这些大亨们趁早收回去;一种是计划派,主张估计大亨们每年需要吃掉多少只兔,由兔类组织一个委员会来计划地征集进献,却请大亨们再不在路上随意吃掉额外的兔类。据说,这样就既可由各家平均分摊,又可把一些败类进献上去,比较合理,所以也称合理派。还有一种饥饿派,主张绝食,饿死也不给大亨们吃;至少也节食让自己身体永远养不胖,大亨看见瘦骨嶙峋,就引不起食欲,不想吃掉;就是吃掉,味口和滋养都不行,于大亨们的好处就很少。最危险的一种是服毒派,主张每次出门,口里都含一包毒药,一碰见大享要吃掉自己,就先把毒药吃下去,让那毒药到大亨肚里去发挥药性。各派的主张,兔先生都不满意;祈祷派空言无补,"不问苍生问鬼神",也是世道兔心的隐忧。计划派虽较切实际,但谁也不能担保大亨们吃掉额定进献之后,一定没有额外需索。"江山易改,本性难移"。大亨们有时候连自己也克制不住自己的。饥饿派违背兔情和万物的生存原则,难以实践,又无法证明大亨们一定不吃瘦的。服毒派忽视了毒药是禁物,来源极少,毒死大亨,自己也不能活,也不是聪明办法。祈祷派和服毒派的目的都在使大亨死掉,更不算一种纯正思想。我们所需要的并不在它们的死,而在于它们不吃掉我们。假如它们肯不吃掉我们,它们的活着于我们有什么妨害呢?我们要求不给吃掉,是天公地道的,因为万物都应该生存。可是大亨们的生存也天公地道,我们应该尊重。大亨们之所以看见我们就要吃掉,完全是被一种偏见所蒙蔽,被一种不合理的生活习惯所陷溺了的缘故,其实兽类并不要吃别的兽类的肉才能生活;野草野花野菜野果的甘美,远在动物的尸体的滋味之上。有一次自己曾碰见一只死老鼠,偶然动了想尝尝的欲念,可是一尝,天哪,那是什么味道啊!腐臭腥骚,简直不能下喉。真不知大亨们为什么喜欢这种滋味,难道它们从来不曾尝过植物的味道?我们虽然是小动物,但是也是生命,也有求生的欲望,也有父母夫妻的感情和家庭的乐趣,而且又是我们所贪恋的。大亨们不曾和我们一块儿生活过,完全不了解我们的情形,不知道它们一时口腹之欲,给我们的灾祸是如何巨大。假如明白了这一切,纵然送给它们吃,它们也不会忍心吃的。要它们明白植物的滋味,了解我们的生活,理解万物都应生存和别的动物的生存也该尊重的这些道理,都极其容易,只要一席话就够了;问题是难得有这样的机会。那些头等大亨被二等大亨们包围得水泄不通，二等大亨又被三等大亨包围得水泄不通；谁也见不着它们。而见着的时候，它们忙于吃掉，别个忙于被吃掉，简直没有说话的余裕。只要有一天能够见得着了又不发生什么不幸事件，从从容容详详细细地谈一回，不必有什么激烈行动，也不必存什么不纯正的念头，一定可以化干戈为玉帛。这就是兔先生年轻的时候所常常发挥的主张，别个也相信这位舌辩家要是真有这么一天，它一定能达到目的的。

这已经是年深月久的事情了。从最初一次激昂慷慨地发表那样的意见到现在，中间经过爸爸的给吃掉，妈妈的给吃掉，哥哥嫂嫂以及最近太太的给吃掉，兔先生饱经伤难，精神渐渐颓伤，对于自己的主张也不像从前那样自信了，在被邀请来参加这宴会的最初的一瞬间，虽然也正为了太太的被吃掉而心灰意懒，这应该说是早已忘记的昔年的主张的影子也未尝不在心里动了一动，这机会终究来了。但一到这宴会上来，看见那些雄赳赳气昂昂的大亨们，觉得不但狮先生象先生熊先生虎先生这些头等角色，摆着顺我者生、逆我者死的狰狞面目，就是端菜筛酒的狗们都威风凛凛杀气腾腾，叫别个一见之下，不寒而栗。它们都不像能接受谁的意见的角色，无论怎样入情入理的话，除了顺着它们的旨意的，说出来后，收到的效果，恐怕只是触怒。“明哲保身”，古有明训，从种种伤难中格外觉得生之可乐、死之可悲的兔先生，决定得装傻处且装傻，得缩头处且缩头，无论什么话也不说，无论什么态度也不表示，只盼望宴会赶快终结，自己能平平安安地跑回家去，从此闭门隐居，不再出来，或者可以多活些时日。

然而主席一再敦请讲话，来宾们也都帮着催促。固执不讲，反而会得罪它们，使它们有所借口来加害自己，无法可想，就讲几句应酬话罢，于是它站起来，忍着身上的哆嗦。

“伟伟大的狮狮先生！”向主席鞠一个躬，“各各位尊尊贵的来来宾！”向全体来宾点点头。

“今天——我我参加这这个盛盛会，我我觉得非非常荣荣幸，我我非非常感激，非非常感动！”

“它的牙齿在打架咧！”不知是谁说。

“先先生！”他向那说话的鞠躬，它是机警的，马上用话去掩饰自己的颤栗：“是是的，我说得太、太结结里结结巴，因因为我太太兴奋了……”

“瞧，它还流泪，”另一位谁说，“我看见一滴泪珠，滴到菜上，为什么？”

“是的。先先生！”它又鞠躬：“我流泪了。”他趁此揩了一下眼睛，“为为什么呢？这这不是很很明白么？因为，因为太太感动了。”停了一下，他又说：“我我觉得我我们的狮狮先生太、太伟大，太、太仁慈，太尊重森林里大大小小的动物，太尊重各、各种动物的意见。比、比如像我、我这种小小动物，也、也没有忘记邀请赴宴，没、没有忘记邀请发言，就、就是一个铁证……”

“哦，哦！”来宾们叫，同时是一片掌声。

“狮先生是我们森林里的救主！”他说，他的话一得到赞赏它就不再口吃了，“尤其是我们小动物的救主。要是没有狮先生和狮先生领导下的在座的各位先生，这森林一定会被别的凶恶的野兽所占领。它一定会把我们小动物吃光，把森林里的一草一木都吃光。我们活不成，就是活得成也没有东西可吃。幸而有狮先生，有狮先生领导下的各位先生……”

“哦哦！”来宾又叫，又是一片掌声。

“我们小动物，生来就是不幸的，生得太小，就是个证据。

因为自己常常碰着不幸，又不懂得不幸是分所当然。请让我说老实话吧，有些少数荒谬分子，便以为是谁加给我们的。一来因为它们天生荒谬，二来恐怕还有谁从中挑拨是非，这是不应该饶恕的，但它们都不明白狮先生和在座的各位先生是如何地仁慈宽大，绝没有丝毫加害于我们的心思。这是一种可怕的隔膜，我们要打破这种隔膜！从今天起，我要向我的同类宣扬狮先生和在座的各位先生的这种德意，要它们尽量地接近先生们。要它们明白，在我们的森林里，已经比别的森林所发生的不幸要少得多，因为给伟大的救主狮先生吃掉或者给救主的使徒们像熊先生虎先生吃掉，比之于给别的森林里的野兽吃掉，简直是一种光荣的结局！”

“哦哦哦哦！”又是欢呼鼓掌。

“今天，我真是酒醉菜饱，随便乱说。筵席丰盛极了，口味好极了，从来没有吃过这样丰盛美好的筵席，十二万分感谢狮先生赐给我们的筵席的恩典；也十二万分感谢狮先生命我讲话、各位先生容许我讲话的恩典！完了！”它又向狮先生和来宾鞠躬。

“哦哦哦哦！”怒潮一样欢呼和鼓掌。

“讲得真好。”豹先生没口地称赞。

“了不得，简直是天才演说家。”鹿先生伸着大拇指。

“乖乖！”虎先生跑到跟前一把抓住它说，“你怎么有这样好的口才？”那爪子几乎刺进肉里头去了，兔先生感到像火烧一样疼痛，可是不敢叫唤。“我真爱你，我恨不得把你一口！”

“阿门”，虎先生张开大口，露出了上下两排白牙，做了一个要吃掉的样子。兔先生以为它真要吃，早吓得魂都不在身上了。

幸而这宴会不久也散了，它们也未注意它吃过那盘兔腿没有。兔先生如遇皇恩大赦，这才觑了一个大家正在高谈阔论的机会，辞也不敢叫，装作小解，偷出大门，射出的箭一样地跑回家去了。听说以后还生了好些日子的病，几乎开了兔类的先例，死在自己的床上了。

废话

(滑稽戏)

时：在永恒的时间里。

地：广场——刑场。

人：刽子手，

死囚。

群众观众。

幕开，死囚赤膊被绑，背插斩条，跪刑场上。刽子手着制服，右手执大鬼头刀，刀锋雪亮，刀柄拖大红绸，色如鲜花。远处城郭楼台，隐约可辨，表示此滑稽戏发生在人间，离闹市且不远也。

刽：“(左手抽斩条扔掉，拍死囚背)朋友，值价点，包你只一刀就了。”

囚：“先生，请让我说句话，只一句……”

刽：“值价点，反正完了，还噜苏什么呢？”

囚：“只一句，真正一句，最后一句。”

刽：“脖子伸直！明年今天，你家里会替你烧周年纸；再过二十年，你又是一条英雄好汉。”

囚：“这句话让我说了，死了也念及您。”

刽：“你真蘑菇，我手里做掉的人不少了，没有像你这样不值价的。你大概晓得我的心是糯米做的，很容易答应人家的要求。好吧，说吧，快点，什么话？”

囚：“您贵姓？”

剑：“什么，就是这样一句话么？”

囚：“不是，不是，不过我问您贵姓。”

剑：“这你用不着，你说你的话吧！”

囚：“您真是个英雄豪杰，威风凛凛，杀气腾腾，我一看就知道。”

剑：“你的话完了吧？”

囚：“您比英雄还要英雄，比豪杰还要豪杰。”

剑：“算了算了，莫灌洋米汤了。如果没有正经话，我可没有工夫等你了。”

囚：“无论什么英雄豪杰，只要一犯案，一就擒，一被判决死刑，就都死在您的手里。”

剑：“胡说，没有这回事。我干这行业，还不到五年，和我同行的还多得很。”

囚：“比如关云长。”

剑：“什么关云长？”

囚：“关云长不是个大英雄大豪杰么？他就死在您手里。”

剑：“哪里哪里？关云长，哦，关云长是不是关公，关夫子？”

囚：“还能是谁？”

剑：“他是三国时候的人。”

囚：“那有什么关系呢？”

剑：“我却是现在的人哪！”

囚：“要是您生在三国时候，或者关云长生在现在。”

剑：“什么话？我并没有生在三国时候……”

囚：“一样的。还有岳武穆。”

剑：“谁？”

囚：“岳武穆，岳飞。”

剑：“也是个古人吧？哦哦，《说岳》上的？”

囚：“对了。还有文天祥。”

剑：“这可连影子都没有。”

囚：“都是宋朝人，都是英雄豪杰，都是忠臣烈士，而且都死在您手里。”

剑：“哪里哪里？他们都是古人。他们死的时候我的曾祖还没有生出来。我的曾祖的曾祖恐怕也还没有生出来。”

囚:“我知道。可是也是死在像您这样人的手里的。”

剑:“与我什么相干?”

囚:“与您的职业相干呀,您的职业是一种英雄的职业,英雄的,英雄的。”

剑:“你究竟有话说没有?”

囚:“有,有,我还没有说咧。”

剑:“怎么?还没有说?那么,赶快说。赶快!我真等不得了。”

囚:“您是一个大英雄。”

剑:“还是这么一套,你就甭说了。”

囚:“凡是大英雄,一定路见不平,拔刀相助,有救苦救难大慈大悲的菩萨心肠。”

剑:“可不,我就瞅你活着麻烦,受苦,拔出刀来,‘助’你一下子。”

囚:“您瞧,我家有八十三岁的祖母,我爷爷早就过世了。”

剑:“哦,你家有八十三岁的祖母,爷爷早死去了?我家也有八十几岁的祖母,爷爷早死了。”

囚:“还有六十来岁的妈,爸爸也过世了。”

剑:“我也有六十几岁的妈,爸爸也死掉了。”

囚:“还有老婆,孩子。”

剑:“我也有老婆,孩子,三个孩子。”

囚:“她们都靠我养活。”

剑:“全和我一样,我也没有哥哥弟弟,一家大小,全靠我养活。”

囚:“我死了,她们怎么过日子呢?”

剑:“对了,怎么过日子呢?”

囚:“她们该多么伤心哪!”

剑:“那还用说,正像我家里没有我了一样。”

囚:“先生,您可不可以……”

剑:“什么?”

囚:“为了我的年老的祖母,妈,年轻的媳妇、年幼的孩子们……”

剑:“什么?”

囚:“把我放了!”

剑:“我把你放了?你发昏!可怜死把你吓昏了!”

囚:“看在我一家老老小小份上。”

剑:“看在你一家老老小小的份上?”

囚:“是的。”

剑:“那么我的一家老老小小怎么办呢?”

囚:“那有什么关系呢?”

剑:“没有关系才怪;我把你放了,你逃了,你的一家老老小小都有靠了。可是,我逃不了,他们会杀掉,至少也把我关起来,我的一家老小交给谁呢?”

囚:“为什么?”

剑:“瞧,还问为什么咧!自然是为我把你放了哇!“

囚:“他们杀不了您。”

剑:“为什么?”

囚:“他们靠您杀人,如果要杀您,岂不是要您自己杀自己么?您肯自己杀自己么?”

剑:“他们不会叫别人杀我?”

囚:“别人不是干你这一行的呀。”

剑:“只要有钱,哪一行都有人干。”

囚:“您叫人也把您放了。”

剑:“谁肯做这样傻事?”

囚:“如果您把我放了,我一定去学您这一项行业;到那时候他们要杀您,我不待您说,就把您放了。”

剑:“那时候,他们又要杀你。”

囚:“我碰到的又是您。”

剑:“胡说,他们会把你我一齐杀掉。”

囚:“那么,咱们现在就一块儿逃走,您有刀,谁也拦不住您,我拼命,也难得把我拦住。您在前,我在后,杀开一条血路。”

剑:“笑话,我为什么要这样呢?我逃出去了又有什么好处呢?我一个人逃出去了,我一家子人又怎么办呢?”

囚:“有我呀!我伺候您一辈子,养您一辈子。伺候您一家人,养您一家人!”

剑:“你养我?你家里一大家子人,还养不活,你养得活我?养得活我一大家子人?”

囚:“那么,咱们一同做工。”

剑:“还是要我做工,我可不愿意做工,我没有力气。”

囚:“做生意。”

剑:“我没有本钱。”

囚:“当兵。”

剑:“当兵要打仗,我怕死。当兵也养不活家。”

囚:“那么那么,当土匪。”

剑:“别提当土匪了,你不是当土匪,怎落得今天这下场?”

囚:“可是我并没有真当土匪呀,完全是冤枉。”

剑:“没有人冤枉我!”

囚:“您没有得罪赵太爷呀。”

剑:“赵太爷是谁?”

囚:“是我们那儿的大绅士,大财主,大好佬。”

剑:“准是你抢了他的家。”

囚:“没有。”

剑:“那么偷了?”

囚:“也没有。”

剑:“打他过?”

囚:“我不敢。”

剑:“骂过?”

囚:“不曾当他面。”

剑:“总得为点什么。”

囚:“为他的姨太太看了我一眼。”

剑:“你吊他的姨太太的膀子?”

囚:“不是,是她看我。”

剑:“你不看她,怎晓得她看你呢?”

囚:“我本没有看见,赵太爷来碰见了,对他的姨太太说,你怎么直瞅他!一吆喝,我才晓得。”

剑:“这样,他就把你……”

囚:“不,他回去打他的姨太太,他的姨太太不知怎么一下子就吊死了。”

剑:“这与你什么相干呢?”

囚:“这事是为我起的呀,他就恨我。”

剑:“也不能把你问成死罪呀。”

囚:“他不说这事呀,他买活土匪,把我扳出来,说我是土匪头子。”

剑:“你可以说你不是呀。”

囚:“我怎么不说呢?可是问官也受了他的买活,用许多刑罚逼我。”

剑:“那么,你就招了。”

囚:“我有什么法子呢?刑又受不住,话又说不赢,钱又没有……”

剑:“实在没法。不过,你的话说完了吧?”

囚:“(大惊)什么?”

剑:“我想时候到了。”

囚:“您不搭救我?”

剑:“谁答应过搭救你?”

囚:“您看我多冤枉!”

剑:“我管不着。”

囚:“我一家老小多可怜!”

剑:“伸好你的脖子!”

囚:“您是大英雄。”

剑:“这家伙不值价!”

囚:“我求您……”

剑:“看刀!”

剑子手手起刀落,死囚头滚,血冒,身倒。

群众:“哦哦!”(拍手)

(不闭幕,紧接第二场)

阔人礼赞

有这样一种人,自以为天生下来就是统治这世界的,享受别人的辛勤的成果的,自以为自己坐着比别人站着都高出一个头。他看他左右的人如人之看狗,看一般人如站在阿尔卑斯山看地上的蚂蚁群。他看不惯别人直着腰站在他面前,听不惯别人说一句没有阿谀意味的话。他没有一个朋友,更没有父兄或师长之类,如果有那些人,也必须如刘邦的爸爸拥着笤帚跪在门口接刘邦一样地对待他。他自然不屑看一个人,也不屑跟一个人讲话。假如什么时候,你以为他在垂青你,那一定是他在望站在你前面的什么人;而真跟你讲话的时候,你反而以为他跟站在后面的谁讲话。而且他似乎真不会讲话,倒只会用鼻子哼哼的。"这样办好不好呢?""哼哼!""那件事应该怎样办呢?""哼哼!"他没有意见,如其有,那就是:"你是什么东西?"即那哼哼所表示的。万一他讲起话来,那就世界上只能有他一个人的声音。极低声的微语,也能压倒一切的喧哗,别人如果也可以发声,恐怕只是"是是"和鼓掌而已。

假如有人在和他们做朋友,那是一件不幸的事。人们以为你总会在巴结他,他决不会巴结你,总会以为你甘愿做他的走狗什么的,决不会以为他会做你的。你偶然有几个钱用或是找到了一碗饭吃,别人会马上想到是你的阔朋友的赏赐和提拔;他无论怎样挥霍,无论升到怎样高的官,决不会有人误会是出于你的力量。纵然也有时会给你几个钱,而你又肯要,那算什么呢?在他不是九牛一毛,太仓一粟么?别人看见了,一定说,他真慷慨啊,真疏财仗义啊,真肯接济朋友啊!连他,甚至连你自己,都以为你应该含着眼泪感激他,以后还要粉身碎骨,结草衔环来报答他。至于你,无论对他尽过什么力,用了多少心计,绞过多少脑汁,别人,他,你自己,都以为这是应该,都不会以为你的心血是什么尊贵的东西。他可以拍你的肩,亲昵地说:"朋友啊!"你就有感觉得飘飘然的义务;你却无论什么时候,不能在他身上任何地方动一下,甚至于是替他拂掉背后的灰尘。他可以说:某人,替我到某处去做一件什么事;可是即使顺便,你也不能请他替你丢一封信到邮筒里。在人面前,你和他站在一块儿或者一同赶路,纵然你有衣敝缊袍与衣狐貉者立,毫不自惭形秽的素养;可是你怎能担保他呢?他也许正在嫌你这位叫化子似的家伙损了他的尊严。

他的圆圆的面孔上有一层红润的宝光,那宝光使他显得高贵而且漂亮。那是营养好,生活舒适,不大操心人的标志,也是阔人的标志。有人说:"劳心者治人,劳力者治于人。"那是不确的。治人者或者多半有那种宝光,但劳心者却没有。只有不劳心自然也不劳力的治人者,才那么容光焕发。一天天地发胖,一天天地体量增加,使他自以为是越过越强健了。有时候,露出滚圆的膀子给清客们看:"我的体格怎样?"必然全听到别人重复一道"夫健全之精神,必寓于健全之身体；非常之事业，恒赖于非常之体魄”之类的高论。

他走路的时候，一定是挺起胸，抬起头，扬起眼睛，膀子向两边分得很开，大摇大摆，气焰万丈。即使是他独自一人，没有人在前面替他鸣锣开道，他的面前无论有多少人，无论那些人正在做什么，即使没有一个人知道他是何许人也，也自自然然会闪出一条巷子让他走过去。像长坂坡的曹兵看见怀里绷着阿斗太子，一手持枪，一手仗剑，骑在马上，犹如生龙活虎的常山赵子龙来了一样。他不会用两只脚走路，而是用许多脚：“某人来了！”听到这话的时候，如果你不看，你会以为他是一条蜈蚣，因为至少有几十双皮鞋同时在响。如果你看，又会以为他是笤帚星，因为他拖着几丈长的越远越大的尾巴——他的跟班们。而精神上他也决不止是一个人：比如说，坐席自然独霸一方；坐火车，极落魄的时候也要翘起腿来占住两三个人的位子，如果不是一整个车厢，两头还用人把住门，使得查票员不敢打那里经过；看戏，就得一个包厢，甚至一个院子，假如不是一条街；办公，更不用说，谁也不能估计究竟该有多少机关才能使他尽量发挥他的天才。顺理成章：他的公馆足足可以驻扎一个集团军，纵然那里面没有一个吃空额的军官；他每顿可以吞下够一万个人吃而有余的大菜；他的太太或者说王后王妃，谁也不容易知道确数，而随便“来往”一下的“夫人”“小姐”当然不在其内；死了更要造一座比房子更大的坟和足以开几个银行的殉葬品，遗憾的是不能把地球装进棺材里去。

越接近死的人，越想在地球上站牢——总在为自己霸住这地球打算；越是作恶多端的人越是关心自己的名誉——总在为自己生前身后的名誉打算。他们把自己的相片印出许许多多，借着某种力量，散布到全国乃至全世界。他们雇用会写字的穷人替他们在新建筑物上，名胜古迹的地方，乃至商店的招牌上，写上许多字，却落他们的款。那些字常常是刻在石头上的，可以流传到很久，以便多少年之后，真实情形日渐湮没，后人会惊服那时代的伟大人物同时还是出类拔萃的书法家。此外还请许多文人替他们著书立说，印成许多《×××言论集》，《×××著作集》，《×××全集》，里面包括对于文化，历史，科学，哲学，艺术，社会，政治，军事各种各样的可贵的意见。使人一见就会叹服他是天生的圣哲。至于那些替他写字著书的人呢？纵然当时能多少得到一点什么好处，时间一过，他们的姓字就与草木同腐了。

几乎每一个阔人家里都有万民伞，上面写着“爱民如子”之类的词句。到处都有官老爷们的德政碑，有的甚至有他的生祠。只要翻翻他们的家谱、墓志，他们每个人都是天下第一，古今无双的民之父母。可是这样好的民之父母，却在故乡乃至官地置下了阡陌连绵的田庄，建起了雕梁画柱的府第，娶进了许多千娇百媚如花似玉的如夫人，生出了一支支军队一样浩荡的公子和小姐。好像这些真是天相善人，特别从天上掉下给他们的，与他们的子民毫无关系。他们的公子们叨他们的光，分据着朝内外的要津。小姐们也都无端嫁得金龟婿，间接与闻着朝政，这时候有不知趣的人出来说：“某公某公并非真是那么好的呵！”他们的公子们会饶你么？那些小姐会让她们的乘龙快婿饶你么？俗语说：“君子之泽，五世而斩。”五代以后，谁都对于一两百年前的事模模糊糊，门生故旧们修的国史，记的野乘，以及国史野乘所取给的资材，万民伞，德政碑，祠堂记，墓志铭之类一齐都变成信史。

这世界就是这种阔人的世界；过去是他们的列祖列宗的，将来自然是他的龙子龙孙的。这是几千年封建制度的成果，世界上一天有这种阔人，就一天没有民主。

乡下人的风趣

抗战前一年，我同一个朋友到S省的某处去，碰到一个非常有趣的乡下人，谈过一些非常奇怪的话，要不是亲耳听见，决不会相信有那样的人，谈那样的话的。我们是在离大路不远的一个池塘边碰见他的，他正在一个人车水。起初，我们是向他问路，看见他谈话的样子有趣，就爽兴在那儿歇脚，和他攀谈起来。他起初也不大多讲话，后来看见我们不想走，或者也觉得很有趣，也就随便谈起来了。

“客人，”他问：“你们从什么地方来的？”

“南京。”我答。

“从南京？”他发出像被蛇咬了一口似的声音：“你们从南京来？你们是官呗？”

“不是！”我看他似乎不喜欢官，连忙补充：“我们是做小生意的。”

我们本不是官，但也不是做生意的；怕他不懂得什么叫做写文章，只好撒一个并无恶意的谎。

“怎么？南京也有做小生意的？人家讲那里尽是官啊？”

我们给他解释，说南京有做生意的、做手艺的、赶零工的……但他似乎不大理睬。

“你们看见过官？”

“当然看见过。”

“很大很大的官都看见过？”他用两手向两边张开，像围一棵合抱不交的大树似地比拟，仿佛说：这么大！这么大！“那一定是很好看的呗。听说官都胖得很，重得很，越大的就越胖，胖得走都走不动，要人抬，顶大的官要上百的人抬！怎会不胖呢？他们吃得好呵！听说王爷侯爷们的金銮宝殿上，左边是炸油条的，右边是炕烧饼的，他们一下子到这边吃根油条，一下子又到那边吃个烧饼，滚烫的，一个铜子也用不着花！”

“哈哈！”我和朋友都不等他说完，就忍不住大笑起来。想不到的趣话呀！但我不知道他是真那样相信呢，还是故意装疯卖傻，逗我们好玩？乡下人也有乡下人的风趣，逗起城里人来，也不下城里人之逗乡下人的。

“他们天天杀人呗？”他看见他的话引得我们乐了，分外得意，自己也含着傻笑另外起头说。

“不！”朋友说：“杀人是有季候的，总是秋天。”朋友大概也要逗他了，故意把过去了的“秋后处决”的话拿出来说。这句话却引起了他的更离奇的趣话：

“他们讨小也要等到秋天？”

“杀人跟讨小有什么关系呢？”我不懂，朋友也不懂。

“噫！”他诧异：“住在南京还不晓得？不是把人杀了，把人的老婆娶过去做小么？咱们就为这，死也不敢到那里去！”

“完全谣言！”我说。朋友也附和。

“谣言？咱们问你，他们是不是都有小？”

“也有没有的。”

“有的有多少呢？”

“一个两个。还能有多少呢？”

“别哄咱们，咱们什么都知道，几百上千的都有，如果不是杀人，占人家的老婆，那么多的小从哪里来呢？”

“不对！”我说：“杀人是杀人，讨小是讨小。讨小是用合法的手续从别处娶来的,并非占的被杀掉了的犯人的老婆。”

“谁会相信呢?天生一个男的,就配上一个女的。要不杀掉一些男的,怎有那么多女的不肯嫁给人家做老婆,倒肯嫁给人家做三大小,四大小,百大小,千大小呢?”

就是这样的一些怪话,几乎把我们的肚子都笑破了。

无论怎样给他解说,他都一点也不相信;后来把他的话重复给别人听,别人也不相信这回事是真的;除了以为他是开玩笑。但在当时,虽然有时也笑笑,他的样子确是一本正经的,莫非我们真地倒被他骗过了?他的样子有五十来岁,总不会傻到说那样的孩子话吧?

无论他是真那样相信,还是故意那么说;无论他说的话隔事实有多么远;后来我想,他对于官的看法,倒是非常本质的。对于官,比起一个乡下人来,我们实在看得太多,知道得太多,大概就因为太多吧,反而被一些现象所迷惑住了。如果仔细想想,不但只像他说的那样,即使有人更夸张,说官(大官)是以人血为酒,人肉为肴,靠吃人过日子的,我也愿意替他作证:他的话没有错!

施蛰存 作品

施蛰存(1905~2003)是中国现代著名的小说家、散文家和古典文学研究者。

施蛰存的小品常能做出一些奇思异想,发人之所未发。乍一看,似乎有点荒谬,但读下去,便会觉得确有奥妙,这就有了幽默。所以,他的幽默大多是由机智而来。

施蛰存纯粹的、完整的幽默小品数目不多,但能够体现他的幽默感的文章却不少。他的小品,可以说大都是以一种轻松诙谐的笔调和诚恳率真的语气来品评人生。有人说他的小品"满蕴着温柔,微带着忧愁,然而字里行间又夹带着机智、幽默"(应国靖语),是非常确切的。读他的小品,虽然也能给人以笑,但更多的还是引发你去思考,去对人生作新的开掘和发现。

手帕

无论到什么地方去，若是忘带了一方手帕，就会感觉到种种不便的人，恐怕不只是我一个吧。

在幼小时候，当鼻涕拖出在唇边而不以为羞，或者至多用袖子去抹拭掉的那年纪，是决不会有手帕这东西的需要的。自从知道凡鼻涕之类的秽物需要有一方手帕给随时抹拭掉之后，手帕遂成为我每日服御品之一了。然而在今天以前，我对于手帕的功用，始终没有在抹拭涕洟之外，有过什么别的认识。而今天，因为出门时忘带了一方手帕，使我对于一方尺的纱布引起了许多回忆，竟由此发现了它对于我的生活——或说对于人生——的丰富的意义了。

现在我觉得，抹拭涕洟并不是手帕的唯一的功用，甚且也不是它的主要功用。手帕对于它的主人的唯一帮助，还是在于它能使主人随时得到一个适合的姿势。我们姑且把那些穿洋服的青年绅士们妥帖地插在左襟袋中而露出了一角的美丽的手帕除外，单说那些被藏在裤袋中或袖筒里的手帕。它的主人虽则意识地把它当作是抹拭涕洟用的东西，但实际上，在并没有涕洟可抹的时候，它却时常被驱使的。

你或者会想到，不错，手帕可以被用来遮掩口鼻，防阻秽气；或是掸拂座上的灰尘；或是包裹零碎的物件，例如在赴宴时，可以用来包一些水果回去给小孩子；此外，在你与亲友离别的时候，也可以挥飏着它作为离情别绪的表示，或是在结伴登山的时候，可以挥动着它，向远距离的人表示种种意义，像童子军用的旗一样。这些固然是抹拭涕洟以外的功用，但我的意思还不在乎此，因为这些用处都还是人人所意识得到的。

我想，当你忽然邂逅了一个客人，不论是路上立谈，或是在车中坐谈，若是偶然有什么话应答不上来的时候，你一定会得不自觉地抽出手帕来擦一下脸颊。或是在演说的时候，若是有一段意思忽然接不上来，你也会不期然地抽出手帕来在额角上抹一下。或是在大庭广众之间，偶然你觉得自己好像在被一部分人所注视着，那时你也会不由自主地抽出手帕来掩一掩项颈或擦一擦耳朵根。诸如此类，你当时决不会自己意识着要这样做的，你说你是在擦汗吗？分明是没有汗。你说你是在揩尘垢吗？分明是干净得很。手帕的这种应用法，完全是在帮助你补足你的自然的姿势，你何以一向竟藐视了它呢？

但是，手帕的功用还不止此。当你去看跑马，看足球赛，看恐怖电影，或其他一切竞技的时候，每逢在最紧张的场面，常常感觉到两只手空虚得没有办法。若是眼前有栅栏或椅臂的话，我们一定会得紧握着这木棍，若是没有这种抓握物的时候，口袋里的一串钥匙，或一柄洋刀，固然可以代用，但如果有一方手帕的话，无疑地你会得紧握着它，一直到它被你掌心的汗所湿透了。为了这个方便，我觉得我们平时不妨在左右两个裤袋里各放一方手帕，可以免得两只手的享用不均的争执。

还有，当你在公园里或海滨游玩的时候，若是高兴去躺在那翠绿的草坪上或松软的沙滩上，这时候，遮隔那直射在你脸上的强烈的阳光的最好的东西，就是你的一方手帕。一柄遮阳伞或一顶呢帽，哪里能及得上它的舒服？

现在，再让我们看看手帕对于妇女们的意义。我想，一方手帕之在妇女身上，与其说是一件实用品，毋宁说是一件像臂钏指环一样的装饰品。你没看见多数妇女都把手帕拴在右腋下的纽扣间，或是把它折叠成为方胜的样子约束在臂钏中吗？除了作为一种装饰物以外，这难道还有什么别的意味？

手帕被妇女们应用的时候，一定很少是抹拭涕洟用的。她们一颦一笑，要用到手帕，她们说一句话，要用到手帕，她们看一个熟人，要用到手帕，她们看一个素不相识者，尤其要用到手帕。总之，我们可以说她们善于在每一个动作中利用手帕，而她们的手帕也永远能够不辱使命，帮助她们增添许多妩媚。至于在关于恋爱的种种感情及动作上，妇女们尤其非乞灵于手帕不可。你没留神李凤姐手里的那方丝帕吗？她把它扭着，她把它甩着，她把它咬着，她不说一句话，你懂得了她一切的热情。若是没有这一方手帕的话，我真要怀疑这本戏该当怎么做法。

据说法王亨利第三世在克莱维郡主与龚岱亲王订婚的那一天，偶然拿克莱维郡主刚才从胸前取出来的手帕揩了汗，就对她害了终身的相思病。接着亨利第四世有一次在跳舞会里，从一个女郎珈索列儿手里接过了一方手帕来抹了一下额角，也就热恋起她来了。从这无独有偶的史实中，我们更可以了解到妇女们的手帕，对于男子们有何等样的魅力，她岂特是一种用以抹拭涕洟的东西而已哉？

此外，手帕当然还有别的功用，正如小说中所记载的，它在一个猎户手中，可以用来猎获猛虎；在一个壮年囚犯手中，可以用来做成淫具；但这都是匪夷所思的用法，我们不必去研究它。只就我们日常生活中考察起来，在决不用到手帕的时候，它竟能显出最大的功用来，手帕之所以可贵就在乎此。

从今以后，你倘若出门去，请不要忘了带一方手帕在袋子里。万一忘了的话，在街上买一方新的固然最好，不然，即使离家已远，回去拿也还是最聪明的办法。

赞病

小时候，我也正如一般的学童一样，常常喜欢托病逃学。最普通而容易假装的大概总不外乎头痛、腹痛这些病。一生了病，除了可以得到一天堂皇的逃学外，还可以得到许多额外的小食。云片糕，半梅，摩尔登糖，这些东西都曾经是我小时候病榻上的恩物。不过，这种托病逃学也有一个不利之处，那就是得吃药。母亲常常会从床下的药箱里取出一块神曲或午时茶，或到厨房去切了几片干姜，煎着浓浓的汤来强迫我灌下去，倘若我所装的是腹痛病的话，她有时还得着女仆到药铺里去买些皮硝来，给我压在肚子上。在这方面，我倒有些畏惮的。所以有好多次，我虽然曾经因为想逃学，想多得一些小食而托病，可是却又因为害怕着那些苦汁和冷湿的消食药而取消了我自己的动机。

在童年时候是生病时少，托病时多；在弱冠时候，是以为生病尚且可耻，遑论托病，到了现在，屏除丝竹入中年，又不幸而撄了淹缠的胃病；一年三百六十日，倒是生病的日子多而健康的日子少了。于是，在这样的情形中，我确初次地经验到了生病的几点值得礼赞的地方。

现在不像小时候那样了——也许这是因为我的病就在胃的缘故罢？——我现在生病的时候倒不大想吃，我以为卧病在床，第一的愉快是可以妄想。自从踏进社会，为生活之故而小心翼翼地捧住着职业以后，人是变得那么地机械，那么地单调，连一点妄想的闲空也没有了。然而我的妄想癖是从小就深中着的。惟有在发病的日子,上自父母,下至妻子,外及同事都承认我可以抛弃一天的工作,而躺在床上纳福,于是这一天就是我的法定的妄想期了。我倚着垫高的枕,抽着烟——我不懂医生为什么不禁止我抽烟呢,我想,烟对于我的病一定会有坏处的,然而倘若他真的禁止起我抽烟来,我恐怕未必会像依从他别的劝告那样地遵守罢。你如果知道一个耽于妄想的人对于烟的关系如何密切,就能够明白了。所以,我现在抽着较好的烟,譬如那"They are mild"的"吉士牌"之类的东西,至少也是一种消极的治疗法。我看着烟云在空中袅袅地升腾着。我很慨叹于我不能像张天翼先生那样地把烟喷成一个个的圆圈儿,让它们在空中滚着。于是我的没端倪的思想就会跟着那些烟云曼衍着,消隐着,又显现着。我有许多文章都是从这种病榻上的妄想中产生出来的,譬如我的小说《魔道》,就几乎是这种妄想的最好的成绩。

生病又能够使我感到人类的很精微的同情心。本来,在小时候托病的日子,母亲的那种忧愁和匆忙的情形,就应该使我深感了,可是我那时目的在逃学与多吃,而且我的迟钝的神经似乎也不会感受到这些。现在,我却分明地觉得一切的人对于我的同情心,是会得跟着我的病也深起来的。母亲的自言自语的祈祷,父亲的在客堂里绕室巡行,妻坐在床头料量汤药,沈静得有一种异常庄肃的颜色,孩子们一走进房门,看见了他们的母亲的摇手示意,便做出一种可笑的鬼鬼祟祟的姿势,蹑足地退了出去。同事和朋友们来探望时也似乎比平常更显得亲热,好像每个人都是肯自告奋勇来医好我的样子,倘若他们有这个本领。

这种精微的同情心的享受,使我在健康的日常生活中,每常感觉到人生的孤寂的时候,便渴望着再发一次病来重新获得它们。有一位厌世的朋友曾经嘲笑过我,他告诉我这些都是假的。我想,即使是假的,总比没有好些。

此外,对于我这样贫寒的生活,生病有时也是在发生经济恐慌时候的一种最好的避难法。当我额角上流着冷汗,胸肋涨痛得嘴唇都惨白了的时候,即使钱囊里已没有了最后一个银币,或瓦缸里已没有了最后一粒米,妻也不会像平时那样地来诉说的,她会得自己去想方法;或者,当她实在没有办法的时候,不得已而来对我说,我也可以很容易地凭着一个便条而向朋友中去告贷,这是从来不会失望的。不过,这种情形,在良心上似乎总好像有点对人家不起,所以,不是在真的病倒了的时候,我不愿意采取这种方法。

然而为了耽于妄想及享受同情这两个欲望,我至今也还如小时候企图逃学一样,喜欢"借病"。"借病"这个名词是我自己创造的,那意思是本来有点病，然而还不至于必须卧床不出，但我却夸张地偃卧着了。因为毕竟是个成年人了，本来无病而托病，终究有点不好意思，虽然心里未始不想再来一下。

贾宝玉是个多愁多病身，据我想象起来，“多愁”似乎不会有什么趣味，虽然诗词中常常有愁的赞美，然而一个人如果真是镇日价摆着一副忧愁眉眼，也反而觉得滑稽了。至于“多病”，从我这样的经验去体会起来，我是赞成的。不过贾宝玉对于他的“多病”作何感想，那可不得而知了。

独笑

一般人常把笑与喜悦混在一起。他们以为笑是喜悦的表示，必须心里先有喜悦，脸上才会有笑。但是，经验告诉我们，喜悦了之后，不一定都会笑，而笑也并不完全表示着心里的喜悦。不笑的喜悦，我们称之为暗喜；无喜悦的笑，那种类就很多，佞人的谄笑，女人的媚笑，权奸的冷笑，我们总而名之曰假笑，或曰皮笑。

这些名词都很生动，所以我们常常引用它们而没有觉得它们有什么不妥之处。但今天，我忽然对它们发生疑问了。既然可以暗喜，则喜又何必继之以笑？喜悦仅仅是忠实于你个人的情感，如果你必须要用笑来表示你的喜悦给别人感觉到，则这个喜悦就不很忠实于你了。我以为，惟有暗喜才是真正的喜悦，需要用笑来表示的喜悦就大有问题了。因此，凡所以表示你的喜悦的笑，全是为了别人而做出来的姿态，它也未必是真正的笑。我们既然否定了一般人所认为是真正的笑，则一切笑的名目，自然也就难于确定了。

到这里，你也许会问我，然则何者为真笑呢？让我回答你！这就是我所要礼赞的“独笑”。你曾经在没有旁人的时候或地方，忽然独自个笑起来吗？倘若你曾经有过这个经验，你一定会懂得惟有这种独笑才是你自己的真正的笑。倘若我们说，这独笑才是正宗的笑，笑的本体，或许也不算是夸张吧？

当我们在郊野中散步，或在斗室中静坐的时候，我们可以眺望着远山飞鸟，或凝视着纸烟的烟云而解颐一笑，默然微笑也好，放声大笑也未尝不好，这并不为了任何人而笑，也并不为了任何情感而笑，甚至也并不为任何作用或企图而笑，简单地，只是因为要笑所以我们笑了。没有人在你对面从你的笑容里妄施揣测。超越了一切了解与误会，这才是最适意、最酣畅的笑。也许，它可能是某种喜悦情绪之泛滥，但至少，它并不是为别人而表现的姿态。

我们应当把笑与喜悦的关系分开，至少应当让它们疏远一点。生物学家也告诉过我们，笑只是一种对于衰疲的生理反应，当我们的肌肉衰疲的时候，我们可以笑一笑，正如我们可以伸一个懒腰一样。不知从什么时候起，人们只会伸懒腰而不会笑，于是永远遗忘了真正的笑而把它作为一种戏剧的表情了。

历史上曾经有过许多有笑癖的人，我的乡贤陆士龙便是最著名的一个。但他终于以笑贾祸，我想这或许是他专爱在别人面前失笑之故。笑并不是都受欢迎的，有的时候，你从一个笑容中获得的灾害，可能比你从一个怒容中所获得的更严重。可惜的是，陆士龙不解独笑之趣味，倘然他能够关起大门，在书房里莞尔而笑，也就不至于得罪了许多人，说不定也就可以免了杀身之祸。

尼采书中曾记愤世者迈孙有一次忽然独笑。人问之曰："没有人跟你在一起，你为什么笑呢？"迈孙曰："正因为如此，所以我才笑。"我每读到这一节，总觉得大有意思，因为他很透彻地阐明了独笑的意义。我想，真正能笑的人，一定不愿意在别人面前显示他的笑容的。

但是，在我们中国，一切事情都会有例外。纵然你学会了独笑，有时也还有危险。宋时蔡持正曾作安陆诗十首，其中有句云："睡起莞然成独笑，数声渔笛在沧浪"。这是我们久已在《千家诗》里读熟了的名句。我们想，这总该是超于物外的诗人境界了吧？这总该不会得罪什么人了吧？然而不然！萍洲可谈起了一个故事，当时吴处厚欲陷害蔡持正，即捃摭笺注此诗，以为作者心有怨望，蔡持正竟因此坐贬。吴注此句下云："未知蔡确此时独笑何事？"喔唷，这么一挑拨，赵家皇帝当然也就勃然大怒起来。真的，你笑些什么？你敢在家里笑我吗？给我滚出去！奸佞之笔固然可怕，而在我们中国，独笑也未必是十分安稳的举止，亦由此例可见。谚不云乎："闭门家里坐，祸从天上来。"坐犹如此，而况乎笑？

我本来想写一段小文以礼赞独笑，可是写到这里大有根本推翻的样子，文章也就无法写下去了。如果我们连独笑的权利都不被允许，那么，让我们——让我们怎样做呢？我想，或许只有两个办法：一个是从此以后板起面孔来不笑，一个是索性永远在笑，笑得像个白痴一样。你可以在这两者之中挑一个。再不然，你虽然尽管关了房门独笑，可千万别做诗画供。

关于图书馆

昨天，一个曾经做过初中教员的师范学院的新生写给我一封信。她，显然很愉快地描写了她的学校生活，一切都满意。但对于图书馆，她却抱怨了。她说，从前做教员的时候，可以同时借好几种书，现在却只能借三本了；从前可以自己到书库里去拣书，现在却必须凭着目录卡填借书券了。她以为，最坏的是，她所不知道的，然而也许会使她发生很大的兴趣，甚至有益于她的知识的书，现在已没有机会发现在她书桌上了。

是的，我很同情于她的话，并且，我想，一切对于图书馆有感情的大学生，一定也同情于这个“新鲜人”对于她的新环境的第一个失望。也许这是她的唯一的失望，但同时也将是在她毕业以前永久的失望。从私家藏书楼变成公众图书馆，这不能不说是欧洲文明所赐给我们书呆子的一种最好的制度，我们如今还要向它去吹毛求疵，诚然近乎苛酷了。但是，我们倘若想到它的严酷的借书条件给予一个正在贪得无厌地吞噬一切书本的青年的痛苦是多么严重，则我们的责难似乎也应该是正当的了。

据我个人的经验，使我发生兴趣的书，当然，同时也必然使我得益的书，几乎是没有一本是我蓄意要去找来看的。在某一个机会中，一本向不为我所知道的书落在我手里，而使我为它迟睡了二小时或三小时，这是读书人的最大的乐趣，然而一翻目录卡借书的大学生是被剥夺了这幸福了。固然，你可以替他设计，让他胡乱挑选一张书目卡填好送给管理人，然而这是一种失败多于成功的冒险。因为十个好的书名，常常不能代表九本好书的。有许多书，只要你一翻开卷首的叙或目录来，你就可以决定它不是你所愿意看的。然而，当一个管理员从书库里把它抽出来交给你以后，你虽然想在二分钟之内就还给他，恐怕也有点不好意思吧？在一个违心的情状之下，勉强拖一本明知不会看完——或甚至看一二页——的书回到你的书斋里去，这是一日中多么不痛快的事啊！

一走进图书馆，立刻就找到他的书目卡的人，决不是一个热心的读者。他不过是借一本他所知道的，能够从此中获得其研究或参考资料的书而已，当他借到了他所要的书,他所需要的也许只是其中的一章,一节,或一句,而决不是全部。因此,我知道他决不会把这本书从头到底看完的。反之,倘若是一个在许多书目卡抽屉中胡乱寻找的人,你可以知道他今天有了一日或半日的余暇,他正在替自己找一本可以使他不至于虚费此一日或半日光阴的书了。对于这样的借书人,倘若管理员愿意允许他自己到书库里去找书,我想,他必然会非常感激的。然而,一个守规则的管理员是不会这样慷慨的。

现在,许多书店老板都知道了买书的人很少是决意要某一本书而光降的了,所以他们已不再把他们的商品珍秘地陈列在橱里,而是五花八门地展览在庞大的书摊上了。许多青年人围在书摊上,玩弄这一本,翻看那一本,终于他至少会买一本回家去,于是,书贾庆祝他的成功了。然而一个图书馆长,倘若你贡献他这个意见,一定会说这必然是图书馆的失败。他所注意的常常是办事的秩序,而不是读者的方便。而这恰巧是双方冲突得最剧烈的一点。

其次,我又想到,借书限制册数,也同样是一个苦痛。有些书果然是应当从第一册第一章看起,但大多数的书似乎不必这样系统地阅读。全部在三册以上的书,倘若只许我借出三册,那似乎就责成我从第一册读到第三册末尾之后,才能更换了。再说,限制每次借三册,已经是很好的条件了,现在我们还有每次只准借一册的图书馆呢。说到这里,我不禁又想起昆明的翠湖图书馆来了。那里的章程是每次限借一册,每人可以更换三次。那就是说每人在一个上午或一个下午,可以从那里借三册书看。然而,因为借一册书所费的时间太久了,没有一个读者能够在"时间已届停止借书"的木牌挂出来以前赶交第三册的。我曾经在那里借看一部《通海县志》,全书四册,我就在借书券上写了四册,但等了半点钟,从楼上一个吊篮里颁发下来的却只有第一册一本。天啊,你知道志书的第一册里面有些什么文章?序文,序文,序文,凡例,疆域,星野,好,完了。于是,大略翻看一二篇序文之后,我就把它掩拢来,端端正正放在桌子上,闭目凝神了半点钟。我想,现在去换第二本出来,大概不至于对不起那位忙碌的管理员先生了吧?于是我重填一张借书券。这回是指定要第三册了,因为我从第一册目录知道我所要的材料是在第三册里。于是,照例又得等三十或四十分钟,我的书发下来了。捧回到座位上去一看,却是第二册。于是仍又捧到柜上去交涉,管理员说:"刚才看了第一册,现在不是应该看第二册吗?"我说:"不错,先生,你的话也不错,但是这并不是小学教科书,我不必一定要看第二册的,况且,况且,我在借书券上写明了要第三册的。"那管理员检出我的借书券来一看，自言自语的道：“哦，我想你是写错的，给你改了。你再填一张罢。”于是我再填一张券，于是再等半点钟。于是领到我的第三册《通海县志》，于是，在十余分钟之后，“停止阅览”的木牌挂出来了。

一个善于欣赏书籍的读者，当他得到一本值得欣赏的书之后，他不仅是热心地读它，而且还得玩弄，或说摩挲它。借来就看，看过就还，对于一本好书，这是最煞风景的待遇。多数书呆子，像我一样，喜欢把心爱的书放在常常看得见的一个书架上。新买来的书，不一定就看，让它在书架上搁几天，然后，在一个兴致最好的时候，翻开来看了。这正如我们对于一个朋友，必须到交情相当深密以后，才愿意和他娓娓谈心一样。因此，若是从图书馆里去借书看，这一册书就无法成为我的密友了。多数人宁愿自己花钱买书——假如他有足够的财力，而不喜欢进图书馆，恐怕都为了这个缘故。

至于图书馆里的阅览室，我们也有许多理由可以加以微辞。简要地说来，我觉得它太没有“个人的气氛”(privacy)了。你知道一个良好的读书环境，必然是最“个人的”。董仲舒读书为什么一定要“下帷”呢？我们可以引一句查尔士·兰姆的话来回答：“Within the four curtains he is a absolute. They are his mare clausum。”一个能容一二百人的阅览厅，如何使一个读者舒服地感觉到这是他的“禁海”呢？

现在，让我们来描写一个理想的阅览室。我以为，一个图书馆必须要有许多阅览室，譬如说，五个，六个或十个，每个阅览室应当最多容纳十个到十五个读者。再多，那就是一个教室了。一个阅览室的布置应该恰如一间会客室兼燕居室一样。有沙发，也有圈椅；有圆桌，也有茶几。谁愿意排班似地正襟危坐着看书呢？让我们可以自由坐倚，让我们可以抽烟喝茶，让我们可以随时掩卷，绕着一个桌子踱几步，甚至让我们可以和同来的朋友或不相识的同志谈几句天。当我们要从书中抄录一点什么的话，让我们有一个供应着文具的写字桌，像银行或邮局的那个一样。这样的要求并不太奢，为什么没有一个图书馆愿意试一试呢？如今，搬在内地的大学，常常感觉到没有一个大厅足以作为阅书室之用。对于这种烦恼，我总觉得是多余的。倘若每一系有一个小小的，然而舒服的阅览室，使我们的青年读者有一个知识的“禁海”，岂不比一个大杂耍场式的阅览厅更好吗？而这正是可以利用内地的大宅院，不必加以改造而轻易地完成的。

钱钟书 作品

钱钟书(1910~1998)是一位学者兼小说家和散文家,是现代作家中屈指可数的几位“幽默大师”之一。钱钟书因其长篇小说《围城》而饮誉世界。实际上他的小品文也很有成就,其小品集《写在人生边上》是现代文学小品文园地的一枝奇葩。

钱钟书小品文的幽默是典型的学者型幽默,主要表现为对人生幽微之处的深邃精细的辨察和深刻独到的识见。

钱钟书的小品文特别喜欢打比喻。他总是妙语连珠,奇妙的比喻在他的小品文中俯拾即是,这不仅增加了读者阅读的兴趣,而且有的比喻本身就极幽默有趣。

与鲁迅的幽默相比,钱钟书的幽默更像解剖刀,不慌不忙地剖析肌理,指出病疾。读他的小品,我们常常能够感觉到字里行间有股豪气在激荡,这种豪气是深敛的豪气,它收敛于内,含而不露,只有细心体味,方能觉出。

吃饭

吃饭有时很像结婚,名义上最主要的东西,其实往往是附属品。吃讲究的饭事实上只是吃菜,正如讨阔佬的小姐,宗旨倒并不在女人。这种主权旁移,包含着一个转了弯的、不甚素朴的人生观。辨味而不是充饥,变成了我们吃饭的目的。舌头代替了肠胃,作为最后或最高的裁判。不过,我们仍然把享受掩饰为需要,不说吃菜,只说吃饭,好比我们研究哲学或艺术,总说为了真和美可以利用一样。有用的东西只能给人利用,所以存在;偏是无用的东西会利用人,替它遮盖和辩护,也能免于抛弃。柏拉图《理想国》里把国家分成三等人,相当于灵魂的三个成份,饥渴吃喝等嗜欲是灵魂里最低贱的成份,等于政治组织里的平民或民众。最巧妙的政治家知道怎样来敷衍民众,把自己的野心装点成民众的意志和福利;请客上馆子去吃菜,还顶着吃饭的名义,这正是舌头对肚子的借口,仿佛说:“你别抱怨,这有你的份! 你享着名,我替你出力去干,还亏了你什么?”其实呢,天知道——更有饿瘪的肚子知道——若专为充肠填腹起见,树皮草根跟鸡鸭鱼肉差不了多少!真想不到,在区区消化排泄的生理过程里还需要那么多的政治作用。

古罗马诗人波西谒斯(Persius)曾慨叹说,肚子发展了人的天才,传授人以技术(Magister artisingeni que largitor venter)。这个意思经拉柏莱发挥得淋漓尽致,《巨人世家》卷三有赞美肚子的一章,尊为人类的真主宰、各种学问和职业的创始和提倡者,鸟飞,兽走,鱼游,虫爬,以及一切有生之类的一切活动,也都是为了肠胃。人类所有的创造和活动(包括写文章在内),不仅表示头脑的充实,并且证明肠胃的空虚。饱满的肚子最没用,那时候的头脑,迷迷糊糊,只配做痴梦;咱们有一条不成文的法律:吃了午饭睡中觉,就是有力的证据。我们通常把饥饿看得太低了,只说它产生了乞丐、盗贼、娼妓一类的东西,忘记了它也启发过思想、技巧,还有“有饭大家吃”的政治和经济理论。德国古诗人白洛柯斯(B.H.Brockcs)做赞美诗,把上帝比作“一个伟大的厨师父”(der gross Speisemeister),做饭给全人类吃,还不免带些宗教的稚气。弄饭给我们吃的人,决不是我们真正的主人翁。这样的上帝,不做也罢。只有为他弄了饭来给他吃的人,才支配着我们的行动。譬如一家之主,并不是赚钱养家的父亲,倒是那些乳臭未干、安坐着吃饭的孩子;这一点,当然做孩子时不会悟到,而父亲们也决不甘承认的。拉柏莱的话较有道理。试想,肚子一天到晚要我们把茶饭来向它祭献,它还不是上帝是什么?但是它毕竟是个下流不上台面的东西,一味容纳吸收,不懂得享受和欣赏。人生就因此复杂起来。一方面是有了肠胃而要饭去充实的人,另一方面是有饭而要胃口来吃的人。第一种人生观可以说是吃饭的;第二种不妨唤作吃菜的。第一种人工作、生产、创造,来换饭吃。第二种人利用第一种人活动的结果,来健脾开胃,帮助吃饭而增进食量。所以吃饭时要有音乐,还不够,就有"佳人"、"丽人"之类来劝酒;文雅点就开什么消寒会、消夏会,在席上传观书法名画;甚至赏花游山,把自然名胜来下饭。吃的菜不用说尽量讲究。有这样优裕的物质环境,舌头像身体一般,本来是极随便的,此时也会有贞操和气节了;许多从前惯吃的东西,现在吃了仿佛玷污清白,决不肯再进口。精细到这种田地,似乎应当少吃,实则反而多吃。假使让肚子作主,吃饱就完事,还不失分寸。舌头拣精拣肥,贪嘴不顾性命,结果是肚子倒楣受累,只好忌嘴,舌头也只能像李逵所说"淡出鸟来"。这诚然是它馋得忘了本的报应!如此看来,吃菜的人生观似乎欠妥。

不过,可口好吃的菜还是值得赞美的。这个世界给人弄得混乱颠倒,到处是磨擦冲突,只有两件最和谐的事物总算是人造的:音乐和烹调。一碗好菜仿佛一支乐曲,也是一种一贯的多元,调和滋味,使相反的分子相成相济,变作可分而不可离的综合。最粗浅的例像白煮蟹和醋、烤鸭和甜酱,或如西菜里烤猪肉和苹果泥、渗鳖鱼和柠檬片,原来是天涯地角、全不相干的东西,而偏偏有注定的缘分,像佳人和才子、母猪和癞象,结成了天造地设的配偶、相得益彰的眷属。到现在,他们亲热得拆也拆不开。在调味里,也有来伯尼支(Leibnjz)的哲学所谓"前定的调和"(Harmonia praes tabilita),同时也有前定的不可妥协,譬如胡椒和煮虾蟹、糖醋和炒牛羊肉,正如古音乐里,商角不相协,徵羽不相配。音乐的道理可通于烹饪,孔子早已明白,所以《论语》记他在齐闻韶,"三月不知肉味"。可惜他老先生虽然在《乡党》一章里颇讲究烧菜,还未得吃道三昧,在两种和谐里,偏向音乐。譬如《中庸》讲身心修养,只说"发而中节谓之和",养成音乐化的人格,真是听乐而不知肉味人的话。照我们的意见,完美的人格,"一以贯之"的"吾道",统治尽善的国家,不仅要和谐得像音乐,也该把烹饪的调和悬为理想。在这一点上,我们不追随孔子,而愿意推崇被人忘掉的伊尹。伊尹是中国第一个哲学家厨师,在他眼里,整个人世间好比是做菜的厨房。《吕氏春秋·本味篇》记伊尹以至味说汤那一大段,把最伟大的统治哲学讲成惹人垂涎的食谱。这个观念渗透了中国古代的政治意识,所以自从《尚书·顾命》起,做宰相总比为“和羹调鼎”,老子也说“治国如烹小鲜”。孟子曾赞伊尹为“圣之任者”,柳下惠为“圣之和者”;这里的文字也许有些错简。其实呢,允许人赤条条相对的柳下惠该算是个放“任”主义者,而伊尹倒当得起“和”字——这个“和”字,当然还带些下厨上灶、调和五味的涵意。

吃饭还有许多社交的功用,譬如联络感情、谈生意经等等,那就是“请吃饭”了。社交的吃饭种类虽然复杂,性质极为简单。把饭给有饭吃的人吃,那是请饭;自己有饭可吃而去吃人家的饭,那是赏面子。交际的微妙不外乎此。反过来说,把饭给与没饭吃的人吃,那是施食;自己无饭可吃而去吃人家的饭,赏面子就一变而为丢脸。这便是慈善救济,算不上交际了。至于请饭时客人数目的多少、男女性别的配比,我们改天再谈。但是趣味洋溢的《老饕年鉴》(Almanachdes Gourmands)里有一节妙文,不可不在此处一提。这八小本名贵希罕的奇书,在研究吃饭之外,也曾讨论到请饭的问题。大意说:我们吃了人家的饭该有多少天不在背后说主人的坏话,时间的长短按照饭菜的质量而定;所以做人应当多多请客吃饭,并且吃好饭,以增进朋友的感情,减少仇敌的毁谤。这一番议论,我诚恳地介绍给一切不愿彼此成为冤家的朋友,以及愿意彼此变为朋友的冤家。至于我本人呢,恭候诸君的邀请,努力奉行猪八戒对南山大王手下小妖说的话:“不要拉扯,待我一家家吃将来。”

一个偏见

偏见可以说是思想的放假。它是没有思想的人的家常日用,是有思想的人的星期日娱乐。假如我们不能怀挟偏见,随时随地必须得客观公平、正经严肃,那就像造屋只有客厅,没有卧室,又好比在浴室里照镜子还得做出摄影机头前的姿态。魔鬼在但丁《地狱篇》第二十七出中自称:“敝魔生平最好讲理。”

可见地狱之设,正为此辈;人生在世,言动专求合理,大可不必。当然,所谓正道公理压根儿也是偏见。依照生理学常识,人心位置,并不正中,有点偏侧,并且时髦得很,偏倾于左。古人称偏僻之道为"左道",颇有科学根据。不过,话虽如此说,有许多意见还不失禅宗洞山《五位颂》所谓"偏中正",例如学术理论之类。只有人生边上的随笔、热恋时的情书等等,那才是老老实实、痛痛快快的一偏之见。世界太广漠了,我们圆睁两眼,平视正视,视野还是偏狭得可怜。狗注视着肉骨头时,何尝顾到旁边还有狗呢?至于通常所谓偏见,只好比打靶的瞄准,用一只眼来看。但是,也有人以为这倒是瞄中事物红心的看法。譬如说,柏拉图为人类下定义云:"人者,无羽毛之两足动物也。"可谓客观极了!但是按照希腊来阿铁斯(Diogenes Laertius)《哲人言行录》六卷二章所载,偏有人拿着一只拔了毛的鸡向柏拉图去质问。博马舍(Beaumarchais)《趣姻缘》剧本里的丑角说:"人是不渴而饮,四季有性欲的动物。"我们明知那是贪酒好色的小花脸的打诨, 而也不得不承认这种偏宕之论确说透了人类一部分的根性。偏激二字,本来相连;我们别有所激,见解当然会另有所偏。假使我们说:"人类是不拘日夜,不问寒暑,发出声音的动物。"那又何妨?

禽啭于春,蛩啼于秋,蚊作雷于夏,夜则虫醒而鸟睡,风雨并不天天有,无来人犬不吠,不下蛋鸡不报。惟有人用语言,用动作,用机械,随时随地做出声音。就是独处一室,无与酬答的时候,他可以开留声机,听无线电,甚至睡眠时还发出似雷的鼻息。语言当然不就是声音,但是在不中听,不愿听,或者隔着墙壁和距离听不真的语言里,文字都丧失了圭角和轮廓,变成一团忽涨忽缩的喧闹,跟鸡鸣犬吠同样缺乏意义。这就是所谓人籁!断送了睡眠,震断了思想,培养了神经衰弱。

这个世界毕竟是人类主宰管领的。人的声音胜过一切。聚合了大自然的万千喉舌,抵不上两个人同时说话的喧哗,至少从第三者的耳朵听来。唐子西《醉眠》诗的名句"山静如太古",大约指着人类尚未出现的上古时代,否则山上住和尚,山下来游客,半山开饭店茶馆,决不容许那座山清静。人籁是寂静的致命伤,天籁是能和寂静溶为一片的。风声涛声之于寂静,正如风之于空气,涛之于海水,是一是二。每日东方乍白,我们梦已回而困未醒,会听到无数禽声,向早晨打招呼。那时夜未全消,寂静还逗留着,来庇荫未找清的睡梦。

数不清的麻雀的鸣噪,琐碎得像要啄破了这个寂静;乌鹊的声音清利像把剪刀,老鹳鸟的声音滞涩而有刺像把锯子,都一声两声地向寂静来试锋口。

但是寂静似乎太厚实了,又似乎太流动了,太富于弹性了,给禽鸟啼破的浮面,立刻就填满。雄鸡引吭悠扬的报晓,也并未在寂静上划下一道声迹。慢慢地,我们忘了鸟啭是在破坏寂静;似乎寂静已将鸟语吸收消化,变成一种有声音的寂静。此时只要有邻家小儿的啼哭,楼上睡人的咳嗽,或墙外早行者的脚步声,寂静就像宿雾见了朝阳,破裂分散得干净。人籁已起,人事复始,你休想更有安顿。在更阑身倦,或苦思冥想时,忽闻人籁嘈杂,最博爱的人道主义者也许有时杀心顿起,恨不能灭口以博耳根清净。禽兽风涛等一切天籁能和寂静相安相得,善于体物的古诗人早已悟到。《诗经》:"萧萧马鸣,悠悠旆旌",下文就说明"有闻无声";可见马嘶而无人喊,不会产生喧闹。《颜氏家训》也指出王籍名句"蝉噪林愈静,鸟鸣山更幽",就是"有闻无声"的感觉;虫鸟鸣噪,反添静境。雪莱诗《赠珍妮——一个回忆》(To jane——A Recollection)里,描写啄木鸟,也说鸟啄山更幽。柯律立治(Coleridge)《风瑟》诗(Eolian Harp)云:"海声远且幽,似告我以静。"假使这个海是人海,诗人非耳聋头痛不可。所以我们常把"鸦鸣雀噪"来比人声喧哗,还是对人类存三分回护的曲笔。常将一群妇女的说笑声比于"莺啼燕语",那简直是对于禽类的侮辱了。

寂静并非是声响全无。声响全无是死,不是静;所以但丁说,在地狱里,连太阳都是静悄悄的(Dove il sol tace)。寂静可以说是听觉方面的透明状态,正好像空明可以说是视觉方面的静穆。寂静能使人听见平常所听不到的声息,使道德家听见了良心的微语,使诗人们听见了暮色移动的潜息或青草萌芽的幽响。你愈听得见喧闹,你愈听不清声音。惟其人类如此善闹,所以人类相聚而寂不作声,反欠自然。例如开会前的五分钟静默,又如亲人好友,久别重逢,执手无言。这种寂静像怀着胎,充满了未发出的声音的隐动。

人籁还有可怕的一点。车马虽喧,跟你在一条水平线上,只在你周围闹。惟有人会对准了你头脑,在你顶上闹——譬如说,你住楼下,有人住楼上。不讲别的,只是脚步声一项,已够教你感到像《红楼梦》里的赵姨娘,有人在踹你的头。每到忍无可忍,你会发两个宏愿。一愿住在楼下的自己变成《山海经》所谓"刑天之民",头脑生在胸膛下面,不致首当其冲,受楼上皮鞋的践踏。二愿住在楼上的人变像基督教的"安琪儿"或天使,身体生到腰部而止,背生两翼,不用腿脚走路。你存心真好,你不愿意楼上人像孙膑那样受刖足的痛苦,虽然他何尝顾到你的头脑,顾到你是罗登巴煦所谓"给喧闹损伤了的灵魂"?

闹与热,静与冷,都有连带关系;所以在阴惨的地狱里,太阳也给人以寂寥之感。人声喧杂，冷屋会变成热锅，使人通身烦躁。叔本华《哲学小品》(Parergaund Paralipomena)第二百七十八节中说，思想家应当耳聋，大有道理。因为耳朵不聋，必闻声音，声音热闹，头脑就很难保持冷静，思想不会公平，只能把偏见来代替。那时候，你忘掉了你自己也是会闹的动物，你也曾踹过楼下人的头，也曾嚷嚷以致隔壁的人不能思想和睡眠，你更顾不得旁人在说你偏见太深，你又添了一种偏见，又在人生边上注了一笔。

说笑

自从幽默文学提倡以来，卖笑变成了文人的职业。幽默当然用笑来发泄，但是笑未必就表示着幽默。刘继庄《广阳杂记》云："驴鸣似哭，马嘶如笑。"而马并不以幽默名家，大约因为脸太长的缘故。老实说，一大部分人的笑，也只等于马鸣萧萧，充不得什么幽默。

把幽默来分别人兽，好像亚理士多德是第一个。他在《动物学》里说："人是惟一能笑的动物。"近代奇人白伦脱(W.S.Blunt)有《笑与死》的一首十四行诗，略谓自然界如飞禽走兽之类，喜怒爱惧，无不发为适当的声音，只缺乏表示幽默的笑声。不过，笑若为表现幽默而设，笑只能算是废物或者奢侈品，因为人类并不都需要笑。禽兽的鸣叫，尽够来表达一般人的情感，怒则狮吼，悲则猿啼，争则蛙噪，遇冤家则如犬之吠影，见爱人则如鸩之呼妇(Cooing)。请问多少人真有幽默，需要笑来表现呢？然而造物者已经把笑的能力公平地分给了整个人类，脸上能做出笑容，嗓子里能发出笑声；有了这种本领而不使用，未免可惜。所以，一般人并非因有幽默而笑，是会笑而借笑来掩饰他们的没有幽默。笑的本意，逐渐丧失；本来是幽默丰富的流露，慢慢地变成了幽默贫乏的遮盖。于是你看见傻子的呆笑，瞎子的趁淘笑——还有风行一时的幽默文学。

笑是最流动、最迅速的表情，从眼睛里泛到口角边。东方朔《神异经·东荒经》载东王公投壶不中，"天为之笑"，张华注谓天笑即是闪电，真是绝顶聪明的想象。据荷兰夫人(Lady:Holland)的《追忆录》，薛德尼·斯密史(Sidney

Smith)也曾说:“电光是天的诙谐(Wit)。”笑的确可以说是人面上的电光,眼睛忽然增添了明亮,唇吻间闪烁着牙齿的光芒。我们不能扣留住闪电来代替高悬普照的太阳和月亮,所以我们也不能把笑变为一个固定的、集体的表情。经提倡而产生的幽默,一定是矫揉造作的幽默。这种机械化的笑容只像骷髅的露齿,算不得活人灵动的姿态。柏格森《笑论》(Le Rire)说,一切可笑都起于灵活的事物变成呆板,生动的举止化作机械式。所以,复出单调的言动,无不惹笑,像口吃,像口头习惯语,像小孩子的有意模仿大人。老头子常比少年人可笑,就因为老头子不如少年人灵变活动,只是一串僵化的习惯。幽默不能提倡,也是为此。一经提倡,自然流露的弄成模仿的,变化不居的弄成刻板的。这种幽默本身就是幽默的资料,这种笑本身就可笑。一个真有幽默的人别有会心,欣然独笑,冷然微笑,替沉闷的人生透一口气。也许要在几百年后、几万里外,才有另一个人和他隔着时间空间的河岸,莫逆于心,相视而笑。假如一大批人,嘻开了嘴,放宽了嗓子,约齐了时刻,成群结党大笑,那只能算下等游艺场里的滑稽大会串。国货提倡尚且增添了冒牌,何况幽默是不能大批出产的东西。所以,幽默提倡以后,并不产生幽默家,只添了无数弄笔墨的小花脸。挂了幽默的招牌,小花脸当然身价大增,脱离戏场而混进文场;反过来说,为小花脸冒牌以后,幽默品格降低,一大半文艺只能算是“游艺”。小花脸也使我们笑,不错!但是他跟真有幽默者绝然不同。真有幽默的人能笑,我们跟着他笑;假充幽默的小花脸可笑,我们对着他笑。小花脸使我们笑,并非因为他有幽默,正因为我们自己有幽默。

所以,幽默至多是一种脾气,决不能标为主张,更不能当作职业。我们不要忘掉幽默(Humour)的拉丁文原意是液体;换句话说,好像贾宝玉心目中的女性,幽默是水做的。把幽默当为一贯的主义或一生的衣食饭碗,那便是液体凝为固体,生物制成标本。就是真有幽默的人,若要卖笑为生,作品便不甚看得,例如马克·吐温。自十八世纪末叶以来,德国人好讲幽默,然而愈讲愈不相干,就因为德国人是做香肠的民族,错认幽默也像肉末似的,可以包扎得停停当当,作为现成的精神食料。幽默减少人生的严重性,决不把自己看得严重。真正的幽默是能反躬自笑的,它不但对于人生是幽默的看法,它对于幽默本身也是幽默的看法。提倡幽默作为一个口号、一种标准,正是缺乏幽默的举动;这不是幽默,这是一本正经的宣传幽默,板了面孔的劝笑。我们又联想到马鸣萧萧了!听来声音倒是笑,只是马脸全无笑容,还是拉得长长的,像追悼会上后死的朋友，又像讲学台上先进的大师。

大凡假充一桩事物，总有两个动机。或出于尊敬，例如俗物尊敬艺术，就收集古董，附庸风雅。或出于利用，例如坏蛋有所企图，就利用宗教道德，假充正人君子。幽默被假借，想来不出这两个缘故。然而假货毕竟充不得真。西洋成语称笑声清扬者为“银笑”，假幽默像搀了铅的伪币，发出重浊呆木的声音，只能算铅笑。不过，“银笑”也许是卖笑得利，笑中有银之意，好比说“书中有黄金屋”；姑备一说，供给辞典学者的参考。

释文盲

在非文学书中找到有文章意味的妙句，正像整理旧衣服，忽然在夹袋里发现了用剩的钞票和角子；虽然是分内的东西，却有一种意外的喜悦。譬如三年前的秋天，偶而翻翻哈德门(Nicolai Hartmann)的大作《伦理学》，看见一节奇文，略谓有一种人，不知好坏，不辨善恶，仿佛色盲者的不分青红皂白，可以说是害着价值盲的病(Wertblindheit)。当时就觉得这个比喻的巧妙新鲜，想不到今天会引到它。借系统伟大的哲学家(并且是德国人)，来做小品随笔的开篇，当然有点大材小用，好比用高射炮来打蚊子。不过小题目若不大做，有谁来理会呢？小店、小学校开张，也想法要请当地首长参加典礼，小书出版，也央求大名人题签，正是同样的道理。

价值盲的一种象征是欠缺美感；对于文艺作品，全无欣赏能力。这种病症，我们依照色盲的例子，无妨唤作文盲。在这一点上，苏东坡完全跟我同意。东坡领贡举而李方叔考试落第，东坡赋诗相送云：“与君相从非一日，笔势翩翩疑可识；平时漫说古战场，过眼终迷日五色。”你看，他早把不识文章比作不别颜色了。说来也奇，偏是把文学当作职业的人，文盲的程度似乎愈加厉害。好多文学研究者，对于诗文的美丑高低，竟毫无欣赏和鉴别。但是，我们只要放大眼界，就知道不值得少见多怪。看文学书而不懂鉴赏，恰等于帝皇时代，看守后宫，成日价在女人堆里厮混的偏偏是个太监，虽有机会，却无能力！无错不成话，非冤家不聚头，不如此怎会有人生的笑剧？

文盲这个名称太好了，我们该向民众教育家要它过来。因为认识字的人，未必不是文盲。譬如说，世界上还有比语言学家和文字学家识字更多的人么？然而有几位文字语言专家，到看文学作品时，往往不免乌烟瘴气眼前一片灰色。有一位语言学家云："文学批评全是些废话，只是一个个字的形义音韵，才有确实性。"拜聆之下，不禁想到格利佛(Gulliver)在大人国瞻仰皇后玉胸，只见汗毛孔，不见皮肤的故事。假如苍蝇认得字——我想它是识字的，有《晋书·苻坚载记》为证——假如苍蝇认得字，我说，它对文学一定和那位语言学家看法相同。眼孔生得小，视界想来不会远大，看诗文只见一个个字，看人物只见一个个汗毛孔。我坦白地承认，苍蝇的宇宙观，极富于诗意：除了勃莱克(Blake)自身以外，所谓"一花一世界，一沙一天国"的胸襟，苍蝇倒是具有的。它能够在一堆肉骨头里发现了金银岛，从一撮垃圾飞到别一撮垃圾时，领略到欧亚长途航空的愉快。只要它不认为肉骨之外无乐土，垃圾之外无五洲，我们尽管让这个小东西嗡嗡的自鸣得意。训诂音韵是顶有用、顶有趣的学问，就只怕学者们的头脑还是清朝朴学时期的遗物，以为此外更无学问，或者以为研究文学不过是文字或其他的考订。朴学者的霸道是可怕的。圣佩韦(Sainte—Beuve)在《月曜论文新编》(Nouveaux Lundis)第六册里说，学会了语言，不能欣赏文学，而专做文字学的功夫，好比向小姐求爱不遂，只能找丫头来替。不幸得很，最招惹不得的是丫头，你一抬举她，她就想盖过了千金小姐。有多少丫头不想学花袭人呢？

色盲决不学绘画，文盲却有时谈文学，而且谈得还特别起劲。于是产生了印象主义的又唤作自我表现或创造的文学批评。文艺鉴赏当然离不开印象，但是印象何以就是自我表现，我们想不明白。若照常识讲，印象只能说是被鉴赏的作品的表现，不能说是鉴赏者自我的表现，只能算是作品的给予，不能算是鉴赏者的创造。印象创造派谈起文来，那才是真正热闹。大约就因为缺乏美感，所以文章做得特别花花绿绿；此中有无精神分析派所谓补偿心结，我也不敢妄断。他会怒喊，会狂呼，甚至于会一言不发，昏厥过去——这就是领略到了"无言之美"的境界。他没有分析——谁耐烦呢？他没有判断——那太头巾气了。"灵感"呀，"纯粹"呀，"真理"呀，"人生"呀，种种名词，尽他滥用。滥用大名词，好像不惜小钱，都表示出作风的豪爽。"印象"倒也不少，有一大串陈腐到发臭的比喻。假使他做篇文章论雪莱，你在他的文章里找不出多少雪莱；你只看见一大段描写燃烧的火焰，又一大节摹状呼啸的西风，更一大堆刻画飞行自在的云雀，据说这三个不伦不类的东西就是雪莱。何以故？风不会吹熄了火焰，火不至于烤熟了云雀，只能算是奇迹罢。所以，你每看到句子像“他的生命简直是一首美丽的诗”，你就知道下面准跟着不甚美丽的诗的散文了。这种文艺鉴赏，称为“创造的”或“印象主义”的批评，还欠贴切。我们不妨小试点铁成金的手段，各改一字。“创造的”改为“捏造的”，取“捏”鼻头做梦和向壁虚“造”之意。至于“印象派”呢，我们当然还记得四个瞎子摸白象的故事，改为“摸象派”。你说怎样？这和文盲更拍合了。

捏造派根本否认在文艺欣赏时，有什么价值的鉴别。配他老人家脾胃的就算好的，否则都是糟的。文盲是价值盲的一种，在这里表现得更清楚。有一位时髦贵妇对大画家威斯娄(Whistler)说：“我不知道什么是好东西，我只知道我喜欢什么东西。”威斯娄鞠躬敬答：“亲爱的太太，在这一点上太太所见和野兽相同。”真的，文明人类跟野蛮兽类的区别，就在人类有一个超自我(Trans—subjective)的观点。因此，他能够把是非真伪跟一己的利害分开，把善恶好丑跟一己的爱憎分开。他并不和日常生命黏合得难分难解，而尽量企图跳出自己的凡躯俗骨来批判自己。所以，他在实用应付以外，还知道有真理；在教书投稿以外，还知道有学问；在看电影明星照片以外，还知道有崇高的美术；虽然爱惜身命，也明白殉国殉道的可贵。生来是个人，终免不得做几桩傻事错事，吃不该吃的果子，爱不值得爱的东西；但是心上自有权衡，不肯颠倒是非，抹杀好坏来为自己辩护。他了解该做的事未必就是爱做的事。这种自我的分裂、知行的歧出，紧张时产出了悲剧，松散时变成了讽刺。只有禽兽是天生就知行合一的，因为它们不知道有比一己嗜欲更高的理想。好容易千辛万苦，从猴子进化到人类，还要把嗜好跟价值浑而为一，变做人面兽心，真有点对不住达尔文。

痛恨文学的人，更不必说：眼中有钉，安得不盲。不过，眼睛虽出毛病，鼻子想极敏锐；因为他们常说，厌恶文人的气息。“与以足者去其角，傅之翼者夺其齿”；对于造物的公平，我们只有无休息的颂赞。

论快乐

在旧书铺里买回来维尼(Vigny)的《诗人日记》,信手翻开,就看见有趣的一条。他说,在法语里,喜乐(bonheur)一个名词是“好”和“钟点”两字拼成,可见好事多磨,只是个把钟头的玩意儿。我们联想到我们本国话的说法,也同样的意味深永,譬如快活或快乐的快字,就把人生一切乐事的飘瞥难留,极清楚地指示出来。所以我们又慨叹说:“欢娱嫌夜短!”因为人在高兴的时候,活得太快,一到困苦无聊,愈觉得日脚像跛了似的,走得特别慢。德语的沉闷(Langeweile)一字,据字面上直译,就是“长时间”的意思。

《西游记》里小猴子对孙行者说:“天上一日,下界一年。”这种神话,确反映着人类的心理。天上比人间舒服欢乐。所以神仙活得快,人间一年在天上只当一日过。从此类推,地狱里比人间世更痛苦,日子一定愈加难度。段成式《酉阳杂俎》就说:“鬼言三年,人间三日。”嫌人生短促的人,真是最“快活”的人;反过来说,真快活的人,不管活到多少岁死,只能算是短命夭折。所以,做神仙也并不值得,在凡间已经三十年做了一世的人,在天上还是个初满月的小孩。但是这种“天算”,也有占便宜的地方;譬如戴君孚《广异记》载崔参军捉狐妖,“以桃枝决五下”,长孙无忌嫌罚得太轻,崔答:“五下是人间五百下,殊非小刑。”可见卖老祝寿等等,在地上最为相宜,而刑罚呢,应该到天上去受。

“永远快乐”这句话,不但渺茫得不能实现,并且荒谬得不能成立。快过的决不会永久;我们说永远快乐,正好像说四方的圆形、静止的动作同样地自相矛盾。在高兴的时候,我们的生命加添了迅速,增进了油滑。像浮士德那样,我们空对瞬息即逝的时间喊着说:“逗留一会儿吧!你太美了!”那有什么用?你要永久,你该向痛苦里去找。不讲别的,只要一个失眠的晚上,或者有约不来的下午,或者一课沉闷的听讲——这许多,比一切宗教信仰更有效力,能使你尝到什么叫做“永生”的滋味。人生的刺,就在这里,留恋着不肯快走的,偏是你所不留恋的东西。

快乐在人生里,好比引诱小孩子吃药的方糖,更像跑狗场里引诱狗赛跑的电兔子。几分钟或者几天的快乐赚我们活了一世,忍受着许多痛苦。我们希望它来,希望它留,希望它再来——这三句话概括了整个人类努力的历史。在我们追求和等候的时候,生命又不知不觉地偷度过去。也许我们只是时间消费的筹码,活了一世不过是为那一世的岁月充当殉葬品,根本不会享到快乐。但是我们到死也不明白是上了当,我们还理想死后有个天堂,在那里——谢上帝,也有这一天!我们终于享受到永远的快乐。你看,快乐的引诱,不仅像电兔子和方糖,使我们忍受了人生,而且仿佛钓钩上的鱼饵,竟使我们甘心去死。这样说来,人生虽然痛苦,却并不悲观,因为它终抱着快乐的希望;现在的账,我们预支了将来去付。为了快活,我们甚至于愿意慢死。

穆勒曾把"痛苦的苏格拉底"和"快乐的猪"比较。假使猪真知道快活,那末猪和苏格拉底也相去无几了。猪是否能快乐得像人,我们不知道;但是人会容易满足得像猪,我们是常看见的。把快乐分肉体的和精神的两种,这是最糊涂的分析。一切快乐的享受都属于精神的, 尽管快乐的原因是肉体上的物质刺激。小孩子初生下来,吃饱了奶就乖乖地睡,并不知道什么是快活,虽然他身体感觉舒服。缘故是小孩子时的精神和肉体还没有分化,只是混沌的星云状态。洗一个澡,看一朵花,吃一顿饭,假使你觉得快活,并非全因为澡洗得干净,花开得好,或者菜合你口味,主要因为你心上没有挂碍,轻松的灵魂可以专注肉体的感觉,来欣赏,来审定。要是你精神不痛快,像将离别时的筵席,随它怎样烹调得好,吃来只是土气息、泥滋味。那时刻的灵魂,仿佛害病的眼怕见阳光,撕去皮的伤口怕接触空气,虽然空气和阳光都是好东西。快乐时的你,一定心无愧怍。假如你犯罪而真觉快乐,你那时候一定和有道德、有修养的人同样心安理得。有最洁白的良心,跟全没有良心或有最漆黑的良心,效果是相等的。

发现了快乐由精神来决定,人类文化又进一步。发现这个道理,和发现是非善恶取决于公理而不取决于暴力,一样重要。公理发现以后,从此世界上没有可被武力完全屈服的人。发现了精神是一切快乐的根据,从此痛苦失掉它们的可怕,肉体减少了专制。精神的炼金术能使肉体痛苦都变成快乐的资料。于是,烧了房子,有庆贺的人;一箪食,一瓢饮,有不改其乐的人;千灾百毒,有谈笑自若的人。所以我们前面说,人生虽不快乐,而仍能乐观。譬如从写《先知书》的所罗门直到做《海风》诗的马拉梅(Mallarmé),都觉得文明人的痛苦,是身体困倦。但是偏有人能苦中作乐,从病痛里滤出快活来,使健康的消失有种赔偿。苏东坡诗就说:"因病得闲殊不恶,安心是药更无方。"王丹麓《今世说》也记毛稚黄善病,人以为忧,毛曰:"病味亦佳,第不堪为躁热人道耳!"

在着重体育的西洋，我们也可以找着同样达观的人。工愁善病的诺凡利斯(Novalis)在《碎金集》里建立一种病的哲学，说病是“教人学会休息的女教师”。罗登巴煦(Rodenbach)的诗集《禁锢的生活》(Les Vies Encloses)里有专咏病味的一卷，说病是“灵魂的洗涤”。身体结实、喜欢活动的人采用了这个观点，就对病痛也感到另有风味。顽健粗壮的十八世纪德国诗人白洛柯斯(B.H. Brockes)第一次害病，觉得是一个“可惊异的大发现”。对于这种人，人生还有什么威胁？这种快乐把忍受变为享受，是精神对于物质的最大胜利。灵魂可以自主——同时也许是自欺。能一贯抱这种态度的人，当然是大哲学家，但是谁知道他不也是个大傻子？

是的，这有点矛盾。矛盾是智慧的代价。这是人生对于人生观开的玩笑。

论文人

文人是可嘉奖的，因为他虚心，知道上进，并不拿身分，并不安本分。真的，文人对于自己，有时比旁人对于他还看得轻贱；他只恨自己是个文人，并且不惜费话、费力、费时、费纸来证明他不愿意做文人，不满意做文人。在这个年头儿，这还算不得识时务的俊杰么？

所谓文人也者，照理应该指一切投稿、著书、写文章的人说。但是，在事实上，文人一个名词的应用只限于诗歌、散文、小说、戏曲之类的作者，古人所谓“词章家”、“无用文人”、“一为文人，便无足观”的就是。至于不事虚文，精通实学的社会科学与自然科学等专家，尽管也洋洋洒洒发表着大文章，断乎不屑以无用文人自居——虽然还够不上武人的资格。不以文人自居呢，也许出于自知之明；因为白纸上写黑字，未必就算得文章。讲到有用，大概可分两种。第一种是废物利用，譬如牛粪可当柴烧，又像陶侃所谓竹头木屑皆有用。第二种是必需日用，譬如我们对于牙刷、毛厕之类，也大有王子猷看竹“不可一日无此君”之想。天下事物用途如此众多，偏有文人们还顶着无用的徽号，对着竹头、木屑、牙刷、毛厕，自叹不如，你说可怜不可怜？对于有用人物，我们不妨也给与一个名目，以便和文人分别。譬如说，称他们为“用人”。“用人”二字，是“有用人物”的缩写,恰对得过文人两字。这样简洁浑成的名词,不该让老妈子、小丫头、包车夫们专有。并且,这个名词还有两个好处。第一,它充满了民主的平等精神,专家顾问跟听差仆役们共顶一个头衔,站在一条线上。第二,它不违背中国全盘西化的原则:美国有位总统听说自称为“国民公仆”,就是大家使唤得的用人;罗马教皇自谦为“奴才的奴才”或“用人的用人”(Servus servorum);法国大革命时,党人都赶着仆人叫“用人兄弟”(Frères servants);总统等于君,教皇等于父,在欧美都和用人连带称呼,中国当然效法。

用人瞧不起文人,自古已然,并非今天朝报的新闻。例如《汉高祖本纪》载“帝不好文学”,《陆贾列传》更借高祖自己的话来说明:“乃公马上得天下,安事诗书?”直捷痛快,名言至理,不愧是开国皇帝的圣旨。从古到今反对文学的人,千言万语,归根还不过是这两句话。“居马上”那两句,在抗战时期读来,更觉得亲切有味。柏拉图的《理想国》里排斥诗人文人,哪有这样斩截雄壮的口气?柏拉图富有诗情,汉高祖曾发诗兴,吟过《大风歌》;他们两位尚且鄙弃词章,更何怪那些庸俗得健全的灵长动物。戈蒂埃(Theophile Cautier)在《奇人志》(Les Crotesques)里曾说,商人财主,常害奇病,名曰“畏诗症”(Poésophobie)。病原如是:财主偶尔打开儿子的书桌抽屉,看见一堆写满了字的白纸,既非簿记,又非账目,每行第一字大写,末一字不到底,细加研究,知是诗稿,因此怒冲脑顶,气破胸脯,深恨家门不幸,出此不肖逆子,神经顿呈变态。其实此症不但来源奇特,而且富有传染性;每到这个年头儿,竟能跟夏天的霍乱、冬天的感冒同样流行。药方呢,听说也有一个:把古今中外诗文集都付之一炬,化灰吞服。据云只要如法炮制,自然胸中气消,眼中钉拔,而且从此国强民泰,政治修明,武运昌盛!至于当代名人与此相同的这类弘论,则早已在销行极广的各种大刊物上发表,人人熟读,不必赘述。

文学必须毁灭,而文人却不妨奖励——奖励他们不要做文人。蒲伯(Pope)出口成章(Lisp in numbers),白居易生识之无,此类不可救药的先天文人毕竟是少数。至于一般文人,老实说,对于文学并不爱好,并无擅长。他们弄文学,仿佛旧小说里的良家女子做娼妓,据说是出于不甚得已,无可奈何。只要有机会让他们跳出火坑,此等可造之才无不废书投笔,改行从良。文学是倒霉晦气的事业,出息最少,邻近着饥寒,附带了疾病。我们只听说有文丐,像理丐、工丐、法丐、商丐等名目是从来没有的。至傻极笨的人,若非无路可走,断不肯搞什么诗歌小说。因此不仅旁人鄙夷文学和文学家,就是文人自己也填满了自卑心结，对于文学，全然缺乏信仰和爱敬。譬如十足文人的扬雄在《法言》里就说：“雕虫篆刻，壮夫不为。”可见他宁做壮丁，不做文人。因此，我们看见一个特殊现象：一切学者无不威风凛凛，神气活现，对于自己所学专门科目，带吹带唱，具有十二分信念；只有文人们怀着鬼胎，赔了笑脸，抱愧无穷，即使偶尔吹牛，谈谈“国难文学”、“宣传武器”等等，也好像水浸湿的皮鼓，敲擂不响。歌德不做爱国诗歌，遭人唾骂，因在《语录》(Gesprace che mit Eckermann) 里大发牢骚，说不是军士，未到前线，怎能坐在书房里呐喊做战歌 (Kriegs lieder schreiben and in Zimmer siteenl)。少数文人在善造英雄的时势底下，能谈战略，能做政论，能上条陈，再不然能自任导师，劝告民众。这样多才多艺的人，是不该在文学里埋没的，也不会在文学里埋没的。只要有机会让他们变换，他们可以立刻抛弃文艺，别干营生。

雪莱在《诗的辩护》里说文人是“人类的立法者”(Legislator)，卡莱尔在《英雄崇拜论》里说文人算得上“英雄”。那些特殊材料的文人只想充当英雄，希望变成立法者或其他。竟自称是英雄或立法者，不免夸大狂；想做立法者和英雄呢，那就是有志上进了。有志上进是该嘉奖的。有志上进，表示对于现实地位的不满足和羞耻。知耻近乎勇。勇是该鼓励的，何况在这个时期？

要而言之：我们应当毁灭文学而奖励文人——奖励他们不做文人，不搞文学。

谈教训

嫌脏所以表示爱洁，因此清洁成癖的人宁可不洗澡，而不愿借用旁人的浴具。秽洁之分结果变成了他人和自己的分别。自以为干净的人，总嫌别人龌龊，甚而觉得自己就是肮脏，还比清洁的旁人好受，往往一身臭汗、满口腥味，还不肯借用旁人使过的牙刷和毛巾。当然，除非肯把情人出让的人，也决不甘心以手中牙刷公诸朋友。这样看来，我们并非爱洁，不过是自爱。“洁身自好”那句成语颇含有深刻的心理观察。老实说，世界上是非善恶邪正等等分别，有时候也不过是人我的差异，正和身体上的秽洁一样。所以，假使自己要充好人,总先把世界上人说得都是坏蛋;自己要充道学,先正颜厉色,说旁人如何不道学或假道学。写到此地,我们不由自主地想到《聊斋》里女鬼答复狐狸精的话:"你说我不是人,你就算得人么?"

我常奇怪,天下何以有这许多人,自告奋勇来做人类的义务导师,天天发表文章,教训人类。"人这畜生"(That animal called man),居然未可一概抹杀,也竟有能够舍己忘我的。我更奇怪,有这许多人教训人类,何以人类并未改善。这当然好像说,世界上有这许多挂牌的医生,仁心仁术,人类何以还有疾病。不过医生虽然治病,同时也希望人害病:配了苦药水,好讨辣价钱;救人的命正是救他自己的命,非有病人吃药,他不能吃饭。所以,有导师而人性不改善,并不足奇;人性并不能改良而还有人来负训导的责任,那倒是极耐寻味的。反正人是不可教诲的,教训式的文章,于世道人心,虽无实用,总合需要,好比我们生病,就得延医服药,尽管病未必因此治好。假使人类真个学好,无须再领教训,岂不闲煞了这许多人?于是从人生责任说到批评家态度,写成一篇篇的露天传道式的文字,反正文章虽不值钱,纸墨也并不费钱。

人生中年跟道学式的教训似乎有密切的关系。我们单就作家们观察,也看得到这个有趣的事实。有许多文人,到四十左右,忽然挑上救世的担子,对于眼前的一切人事无不加以咒骂纠正。像安诺德、罗斯金、莫理斯(William Morris),以及生存着的爱利恶德(T.S.Eliot)、墨瑞(J.M.Murry)等等就是人人知道的近代英国例子。甚至惟美的王尔德,也临死发善心,讲社会主义。假使我们还要找例子,在自己的朋友里,就看得见。这种可尊敬的转变,目的当然极纯正,为的是拯救世界、教育人类,但是纯正的目的不妨有复杂的动机。义正词严的叫喊,有时是文学创造力衰退的掩饰,有时是对人生绝望的恼怒,有时是改变职业的试探,有时是中年人看见旁人还是少年的忌妒。譬如中年女人,姿色减退,化妆不好,自然减少交际,甘心做正经家庭主妇,并且觉得少年女子的打扮妖形怪状,看不入眼。若南(Jules Janin)说巴尔扎克是发现四十岁女人的哥仑布。四十左右的男人似乎尚待发现。圣如孔子,对于中年人的特征也不甚了解;所以《论语·季氏》章记人生三戒,只说少年好色,壮年好打架,老年好利,忘了说中年好教训。当然也有人从小就喜欢说教传道的,这不过表示他们一生下来就是中年,活到六十岁应当庆九十或一百岁。

有一种人的理财学不过是借债不还,所以有一种人的道学,只是教训旁人,并非自己有什么道德。古书上说只"能受尽言"的是"善人",见解不免肤浅。真正的善人,有施无受,只许他教训人,从不肯受人教训,这就是所谓的

"自我牺牲精神"。

从艺术的人生观变到道学的人生观可以说是人生新时期的产生。但是,每一时期的开始同时也是另一时期的没落。譬如在有职业的人的眼里,早餐是今天的开始,吃饱了可以工作;而从一夜打牌、通宵跳舞的有闲阶级看来,早餐只是昨宵的结束,吃饱了好睡觉。道德教训的产生也许正是文学创作的死亡。这里我全没有褒贬轻重之意,因为教训和创作的价值高低,全看人来定。有人的文学创作根本就是戴了面具的说教,倒不如干脆去谈道学;反过来说,有人的道学,能以无为有,将假充真,大可以和诗歌、小说、谣言、谎话同样算得创作。

头脑简单的人也许要说,自己没有道德而教训他人,那是假道学。我们的回答是:假道学有什么不好呢?假道学比真道学更为难能可贵。自己有了道德而来教训他人,那有什么希奇;没有道德而也能以道德教人,这才见得本领。有学问能教书,不过见得有学问;没有学问而偏能教书,好比无本钱的生意,那就是艺术了。真道学家来提倡道德,只像店家替存货登广告,不免自我标榜;绝无道德的人来讲道学,方见得大公无我,乐道人善,愈证明道德的伟大。更进一层说,真有道德的人来鼓吹道德,反会慢慢地丧失他原有的道德。拉罗斯福哥(La Rochefoucauld)《删去的格言》(Maximes Supprimees)里说:"道学家像赛纳卡之流,并未能把教训来减少人类的罪恶;只是由教训他人而增加自己的骄傲。"你觉得旁人不好,需要你的教训,你不由自主地摆起架子来,最初你说旁人欠缺理想,慢慢地你觉得自己就是理想的人物,强迫旁人来学你。以才学骄人,你并不以骄傲而丧失才学,以贫贱骄人,你并不以骄傲而变成富贵,但是,道德跟骄傲是不能并立的。世界上的大罪恶,大残忍——没有比残忍更大的罪恶了——大多是真有道德理想的人干的。没有道德的人犯罪,自己明白是罪;真有道德的人害了人,他还觉得是道德应有的代价。上帝要惩罚人类,有时来一个荒年,有时来一次瘟疫或战争,有时产生一个道德家,抱有高尚得一般人实现不了的理想,伴随着和他的理想成正比例的自信心和煽动力,融合成不自觉的骄傲。基督教哲学以骄傲为七死罪之一。王阳明《传习录》卷三也说:"人生大病只是一傲字,有我即傲,众恶之魁。"照此说来,真道学可以算是罪恶的初期。反过来讲,假道学来提倡道德,倒往往弄假成真,习惯转化为自然,真正地改进了一点品行。调情可成恋爱,模仿引进创造,附庸风雅会养成内行的鉴赏,世界上不少真货色都是从冒牌起的。所以假道学可以说是真道学的学习时期。不过,假也好,真也好,行善必有善报。真道学死后也许可以升天堂,假道学生前就上讲堂。这是多么令人欣慰的事!

所以不配教训人的人最宜教训人,愈是假道学愈该攻击假道学。假道学的特征可以说是不要脸而偏爱面子。依照王子汉姆雷特骂他未婚妻的话,女子化妆打扮,也是爱面子而不要脸(God has given thou one face, but you make yourself another)。假道学也就是美容的艺术。

写到这里,我忽然心血来潮,这篇文章不恰恰也是在教训人么?难道我自己也是人到中年,走到生命的半路了!白纸上的黑字是收不回来的,扯个淡收场罢。

王小波 作品

王小波(1952~1997)著名学者、作家。代表作有长篇小说《时代三部曲》、电影文学剧本《东宫·西宫》及数十万字的杂文随笔文字。

王小波的杂文思想深刻,笔锋犀利,风格冷峻,其中不乏幽默——而这个幽默是一种深层次的幽默,读后即如勒石深镌脑海之中,经久难忘:令人回味,如嚼橄榄。

有些幽默并不使人发笑,而是使人忧伤。就好像我们看卓别林的喜剧,有时是要准备一块揩泪的手帕的;鲁迅先生的幽默,亦时时刺得读者心灵深处隐隐作痛。这是大师的幽默与市井幽默之不同处。大师的幽默,常常点到为止,却是一枚余味无穷的橄榄,常嚼常新。在当代能够于余音里品出几分深邃内涵的幽默高手实在是凤毛麟角,王小波算是一个。

王小波作品所谈论的话题大多涉及文化状态与知识分子命运,除了文化的处境便是人的处境,这类话题,自然少不了尴尬与苦涩,因此读王小波的杂文,是不能笑笑就了事的。他的幽默为我们展示了一个神秘幽黑的洞口,如果浅尝辄止的话,是无法探究到他思想的精髓的。

极端体验

段成式在《酉阳杂俎》写道：唐朝有位秀才先生，才高八斗，学富五车，因慕李太白为人，自起名为李赤。我虽没见过他，但能想象出他的样子：一位翩翩佳公子。有一天，春日融融，李赤先生和几个朋友出城郊游。走到一处野外的饭馆，朋友们决定在此吃午饭。大家入席以后，李赤起身去方便。去了就不回来，大家也没理会。忽听外面一声暴喊，大家循声赶去，找到了厕所里。只见李赤先生头在下，脚在上，倒插在粪桶里！这景象够吓人的。幸亏有位上厕所的先生撞见了，惊叫了一声，迟了不堪设想……大伙赶紧把他拔出来，打来清水猛冲了几桶。还好，李赤先生还有气，冷水一激又缓了过来。别人觉得有个恶棍躲在厕所里搞鬼，把李赤拦腰抱起，栽进了粪桶里，急着要把他逮住。但李赤先生说，是自己掉进去的。于是众人大笑，说李先生太不小心了，让他更衣重新入席——但却忽略了一件事：李先生不是跳水队员，向前跳水的动作也不是非常熟练，怎么能一失足就倒插在粪桶里？所以，他是自己跳下去的。段成式没解释李秀才为什么会往粪桶里跳，但我觉得，这件事我能解释。

有些人秉性特殊，寻常生活不能让他们满足。他们需要某种极端体验：喜欢被人捆绑起来，加以羞辱和拷打——人各有所好，这不碍我们的事。其中还有些人想要 golden shower，也就是把屎尿往头上浇。这才是真正惊世骇俗的嗜好。据说在纽约和加州某些俱乐部里，有人在口袋里放块黄手绢，露出半截来，就表明自己有这种嗜好。我觉得李赤先生就有这种嗜好，只是他不是让别人往头上浇，而是自己要往里跳。这种事解释得太详细了难免恶心，我们只要明白极端体验是个什么意思就够了。

现在是太平年月，大约在三十年前吧，整个中国乱哄哄的，有些人生活在极端体验里。这些人里有几位我认识，有些是学校里的老师，还有一些是大院里的叔叔、阿姨。他们都不喜欢这种横加在头上的极端体验，就自杀了：跳楼的跳楼，上吊的上吊，用这种方法来解脱苦难。也许有些当年闹事的人觉得这些事还蛮有意思的，但我劝他们替死者家属想想。死者已矣，留给亲友的却是无边的黑夜……

然后我就去插队,走南闯北,这种事情见得很多。比方说,在村里开会,支书总要吆喝“地富到前排”,讲几句话,就叫他们起来“撅”着。那些地富有不少比我岁数还小。原来农村的规矩是地富的子女还叫地富,就那么小一个村子,大家抬头不见低头见,撅在大伙面前,头在下腚在上,把脸都丢光,这也是种极端体验吧。当然,现在不叫地富,大家都是社员了。作出这项决定的人虽已不在人世了,但大家都会怀念他的——总而言之,那是一个极端体验的年代;虽然很惊险、很刺激,但我一点都不喜欢。现在有些青年学人,人已经到了海外,拿到了博士学位和绿卡,又提起那个年代的种种好处来,借某个村庄的经验说事儿,老调重弹:想要大家再去早请示、晚汇报、学老三篇,还煞有介事地总结了毛泽东思想育新人的经验。听了这些话,我满脊梁乱起鸡皮疙瘩。

我有些庸人的想法:吃饱了比饿着好,健康比有病好,站在粪桶外比跳进去好。但有人不同意这种想法,比方说,李赤先生。大家宴饮已毕,回城里去,走到半路,发现他不见了。赶紧回去找,发现他又倒栽进了粪桶里。这回和上回不同,拖出来一看,他已经没气了。李赤先生的极端体验就到此结束——一玩就把自己玩死,这可是太极端了,没什么普遍意义。我觉得人不该淹死在屎里,但如你所知,这是庸人之见,和李赤先生的见解不同——李赤先生死后面带幸福的微笑,只是身上臭烘烘的。

我这个庸人又有种见解:太平年月比乱世要好。这两种时代的区别,比新鲜空气和臭屎的区别还要大。近二十年来,我们过着太平日子,好比呼吸到了一点新鲜空气,没理由再把我们栽进臭屎里。我是中国的国民,我对这个国家的希望就是:希望这里永远是太平年月。不管海外的学人怎么说我们庸俗,丧失了左派的锐气,我这个见解终不肯改。现在能太太平平,看几本书,写点小文章,我就很满意了。我可不想早请示、晚汇报,像“文化革命”里那样穷折腾。至于海外那几位学人,我猜他们也不是真喜欢“文化革命”——他们喜欢的只是那时极端体验的气氛。他们可不想在美国弄出这种气氛,那边是他们的安身立命之所。他们只想把中国搞得七颠八倒,以便放暑假时可以过来体验一番,然后再回美国去,教美国书,挣美国钱。这主意不坏,但我们不答应:我们没有极端体验的瘾,别来折腾我们。真正有这种瘾的人,何妨像李赤先生那样,自己一头扎向屎坑。

思想和害臊

我年轻时在云南插队。仅仅几十年前，那里还是化外蛮邦，因为这个缘故，除了山清水秀之外，还有民风淳朴的好处。我去的时候，那里的父老乡亲除了种地，还在干着一件吃力的事情：表示自己是些有思想的人。在那个年月里，在会上发言时，先说一句时髦的话语，就是有思想的表示。这件事我们干起来十分轻松，可是老乡们干起来就难了。比方说，我们的班长想对大田里的工作发表意见——这对他来说本没有什么困难，他是个老庄稼人嘛——他的发言要从一句时髦话语开始，这句话可把他难死了。从他嚅动的嘴唇看来，似要说句"斗私批修"这样的短语，不怎么难说嘛——但这是对我而言，对他可不是这样。只见他老脸涨得通红，不住地期期艾艾，豆大的汗珠滚滚而下，但最后还是没把这句话憋出来，说出来的是：鸡巴哩，地可不是这么一种屌种法嘛！听了这样的妙语，我们赶紧站起来，给他热烈鼓掌。我喜欢朴实的人，觉得他这样说话就可以。但他对自己有更高的要求，总要使自己说话有思想。

据说，旧时波兰的农妇在大路上相遇，第一句话总说：圣母马利亚是可赞美的！外乡人听了摸不着头脑，就说：是呀，她是可以赞美，你就赞美吧。这就没有理解对方的意思。对方不是想要赞美圣母，而是要表示自己有思想。我们那时说话前先来一句"最高指示"，也是这个意思。在《红楼梦》里，林黛玉和史湘云在花园里联句，忽然冒出些颂圣的诗句。作者大概以为，林史虽是闺阁中人，说话也总要有思想才对。至于我们的班长，也是这样想的，只是没有林妹妹那样伶牙俐齿。也不知为什么，时髦话语使他异常害臊，拼了命也讲不出口，讲出的总是些带×的话。这就使全体男知青爱上了他。每次他在大会上发言之前，我们都屏息静等，等到他一讲出话来就鼓掌欢呼，这使他的毛病越来越重了。

有一次，我们队和别的队赛篮球，我们的球队由他带领——说来你可能不信，我们班长会打篮球。球艺虽然不高，但常使对方带伤，有时是胸腔积血，有时是睾丸血肿；他可是个了不起的中锋，我们队就指着他的勇悍赢球——

两支队伍立在篮球场上。对方的队长念了一段毛主席语录，轮到他时，他居然顺顺当当讲出话来，也不带×，这使我们这些想鼓掌的人很是失望。谁知他被当裁判的指导员恶狠狠地吹了一哨，还训斥他道：最高指示是最高指示，革命口号是革命口号，不可以乱讲！然后他就被换下场来，脸色铁青坐在边上。原来他说了一句：最高指示，毛主席万岁！指导员觉得他讲的不对。最高指示是毛主席的话，他老人家没有说过自己万岁。所以这话是不对。但我总觉得不该和质朴的人较真，有思想就行了嘛。自从被吹了一哨，我们班长就不敢说话了，带×不带×的话都不敢说，几乎成了哑巴……

当年那些时髦话语都表达了一个意思，那就是对权力的忠顺态度——这算不上什么秘密，那个年月提倡的就是忠字当头。但是同样的话，有人讲起来觉得害臊，有人讲起来却不觉得害臊，这就有点深奥。害臊的人不见得不忠、不顺，就以我们班长而论，他其实是个最忠最顺的人，但这种忠顺是他内心深处的感情，实际上是一种阴性的态度，不光是忠顺，还有爱，所以不乐意很直露地不惧肉麻地当众披露。我们班长的忠顺表现在他乐意干活，把地种好，但让他在大庭广众中说这些话，就是强人所难。用爱情来打比方，有些男性喜欢用行动来表示爱情，不喜欢把“我爱你”挂在嘴上。我们班长就是这么一种情况。另外有些人没有这种感觉，讲起这些话来不觉得肉麻，但是他们内心的忠顺程度倒不见得更大——正如有些花花公子满嘴都是“我爱你”，真爱假爱却很难说。

如前所述，我插队的地方民风淳朴，当地人觉得当众表示自己的雌伏很不好意思；所以“有思想”这种状态，又成了“害臊”的同义语。不光是我们班长这么想，多数人都这么想。这件事有我的亲身经历为证：有一次我在集上买东西，买的是一位傣族老大娘的菠萝蜜。需要说明的是，当地人以为知青都很有钱，同样一件东西，卖给我们要贵三倍，所以我们的买法是趁卖主不注意，扔下合理的价钱，把想买的东西抱走。有人把这种买法叫做偷，但我不这么想——当然，我现在也不这么买东西了。那一天我身上带的钱少了，搁下的钱不怎么够。那位傣族老太太——用当地话来说，叫做蔑巴——就大呼小叫地追了过来，朝我大喝一声：不行啦！思想啦！斗私批修啦……然后趁我腰一软，腿一颤，把该菠萝蜜——又叫做牛肚子果——抢了回去。如你所知，这位蔑巴说这些有思想的话，意思是：你不害臊吗！这些话收到了效果，我到现在想起了这件事，还觉得羞答答的：为吃口牛肚子果，被人说到了思想上去，真是臊死了。

救世情结与白日梦

现在有一种“中华文明将拯救世界”的说法正在一些文化人中悄然兴起，这使我想起了我们年轻时的豪言壮语：我们要解放天下三分之二的受苦人，进而解放全人类。对于多数人来说，不过是说说而已，我倒有过实践这种豪言壮语的机会。一九七〇年，我在云南插队，离边境只有一步之遥，对面就是缅甸，只消步行半天，就可以过去参加缅共游击队。有不少同学已经过去了——我有个同班的女同学就过去了。这对我是个很大的刺激——我也考虑自己要不要过去。过去以后可以解放缅甸的受苦人，然后再去解放三分之二的其他部分；但我又觉得这件事有点不对头。有一夜，我抽了半条春城牌香烟，来考虑要不要过去，最后得出的结论是：不能去。理由是：我不认识这些受苦人，不知道他们在受何种苦，所以就不知道他们是否需要我的解救。尤其重要的是，人家并没有要求我去解放，这样贸然过去，未免自作多情。这样一来，我的理智就战胜了我的感情，没干这件傻事。

对我年轻时的品行，我的小学老师有句评价：蔫坏。这个坏字我是不承认的，但是“蔫”却是无可否认。我在课堂上从来一言不发，要是提问我，我就翻一阵白眼。像我这样的蔫人都有如此强烈的救世情结，别人就更不必说了。有一些同学到内蒙古去插队，一心要把阶级斗争盖子揭开，解放当地在“内人党”迫害下的人民，搞得老百姓鸡犬不宁。其结果正如我一位同学说的：我们“非常招人恨”。至于到缅甸打仗的女同学，她最不愿提起这件事，一说到缅甸，她就说：不说这个好吗？看来她在缅甸也没解放了谁。看来，不切实际的救世情结对别人毫无益处，但对自己还有点用——有消愁解闷之用。“文化革命”中流传着一首红卫兵诗歌《献给第三次世界大战的勇士》，写两个红卫兵为了解放全世界，打到了美国，“战友”为了掩护“我”，牺牲在“白宫华丽的台阶上”。这当然是瞎浪漫，不能当真：这样随便去攻打人家的总统官邸，势必要遭到美国人民的反对。由此可以得出这样的结论：解放的欲望可以分两种，一种是真解放，比如曼德拉、圣雄甘地、我国的革命先烈，他们是真正为了解放自己的人民而斗争。还有一种假解放，主要是想满足自己的情绪，硬要去解救一些人。这种解放我叫它瞎浪漫。

对于瞎浪漫，我还能提供一个例子，是我十三岁时的事。当时我堕入了一阵哲学的思辨之中，开始考虑整个宇宙的前途，以及人生的意义，所以就变得木木痴痴；虽然功课还好，但这样子很不讨人喜欢。老师见我这样子，就批评我；见我又不像在听，就掐我几把。这位老师是女的，二十多岁，长得又漂亮，是我单恋的对象，但她又的确掐疼了我。这就使我陷入了爱恨交集之中，于是我就常做种古怪的白日梦，一会儿想象她掉进水里，被我救了出来；一会儿想象她掉到火里，又被我救了出来。我想这梦的前一半说明我恨她，后一半说明我爱她。我想老师还能原谅我的不敬：无论在哪个梦里，她都没被水呛了肺，也没被火烤糊，被我及时地抢救出来了——但我老师本人一定不乐意落入这些危险的境界。为了这种白日梦，我又被她多掐了很多下。我想这是应该的：瞎浪漫的解救，是一种意淫。学生对老师动这种念头，就该掐。针对个人的意淫虽然不雅，但像一回事。针对全世界的意淫，就不知让人说什么好了。

中国的儒士从来就以解天下于倒悬为己任，也不知是真想解救还是瞎浪漫。五十多年前，梁任公说，整个世界都要靠中国文化的精神去拯救，现在又有人旧话重提。这话和红卫兵的想法其实很相通。只是红卫兵只想动武，所以浪漫起来就冲到白宫门前，读书人有文化，就想到将来全世界变得无序，要靠中华文化来重建全球新秩序。诚然，这世界是有某种可能变得无序——它还有可能被某个小行星撞了呢——然后要靠东方文化来拯救。哪一种可能都是存在的，但是你总想让别人倒霉干啥？无非是要满足你的救世情结嘛。假如天下真的在“倒悬”中，你去解救，是好样的；现在还是正着的，非要在想象中把人家倒挂起来，以便解救之，这就是意淫。我不尊重这种想法。我只尊敬像已故的陈景润前辈那样的人。陈前辈只以解开歌德巴赫猜想为己任，虽然没有最后解决这个问题，但好歹做成了一些事。我自己的理想也就是写些好的小说，这件事我一直在做。李敖先生骂国民党，说他们手淫台湾，意淫大陆，这话我想借用一下，不管这件事我做成做不成，总比终日手淫中华文化，意淫全世界好得多吧。

关于“媚雅”

前不久在报纸上看到一篇文章，谈到有关“媚俗”与“媚雅”的问题。作者认为，米兰·昆德拉用出来一个词儿，叫做“媚俗”，是指艺术家为了取悦大众，放弃了艺术的格调。他还说，我们国内有些小玩闹造出个新词“媚雅”，简直不知是什么意思。这个词的意思我倒知道，是指大众受到某些人的蛊惑或者误导，一味追求艺术的格调，也不问问自己是不是消受得了。在这方面我有些经验，都与欣赏音乐有关。高雅音乐格调很高，大概没有疑问。我自己在音乐方面品位很低，乡村音乐还能听得住，再高就受不了。

大约十年前，我在美国，有一次到波士顿去看个朋友。当时正是盛夏，为了躲塞车，我天不亮就驾车出发，天傍黑时到，找到了朋友，此时他正要出门。他说，离他家不远有个教堂，每晚里面都有免费的高雅音乐会，让我陪他去听。说实在的，我不想去，就推托道：听高雅音乐要西装革履、正襟危坐。我开了一天的车，疲惫不堪，就算了吧。但是他说，这个音乐会比较随便，属大学音乐系师生排演的性质。你进去以后只要不打瞌睡、不中途退场就可。我就去了，到了门口才知道是演奏布鲁克纳的两首交响曲。我的朋友还拉我在第一排正中就座，听这两首曲子——在这里坐着，连打呵欠的机会都没有了。我觉得这两首曲子没咸没淡、没油没盐，演奏员在胡吹、胡拉，指挥先生在胡比画，整个感觉和晕船相仿。天可怜见，我开了十几个小时的车，坐在又热又闷的教堂里，只要头沾着点东西，马上就能睡着；但还强撑着，把眼睛瞪得滚圆，从七点撑到了九点半！中间有一段我真恨不能一头碰死算了……布鲁克纳那厮这两首鸟曲，真是没劲透了！

如前所述，我在古典音乐方面没有修养，所以没有发言权。可能人家布鲁克纳音乐的春风是好的，不入我这俗人的驴耳。但我总觉得，就算是高雅的艺术，也有功力、水平之分，不可以一概而论。总不能一入了高雅的门槛就是无条件的好——如此立论，就是媚雅了。人可以抱定了媚雅的态度，但你的感官马上就有不同意见，给你些罪受……

下一个例子我比较有把握——不是我俗，而是表演高雅音乐的人水平低所致。这回是听巴赫的合唱曲，对曲子我没有意见，这可不是崇拜巴赫的大名，是我自己听出来的。这回我对合唱队有点意见。此事的起因是我老婆教了个中文班，班上有个学生是匹兹堡市业余乐团的圆号手，邀我们去听彩排，我们就去了。虽不是正式演出，作为观众却不能马虎，因为根本就没有几个观众。所以我认真打扮起来——穿上三件套的西服。那件衣服的马甲有点瘦，但我老婆说，瘦衣服穿起来精神；所以我把吃牛肉吃胀的肚腩强箍了下去，导致自己的横膈膜上升了一寸，有点透不过气来。就这样来到音乐学院的小礼堂，在前排正中入座。等到幕启，见到合唱队，我就觉得出了误会：合唱队正中站了一位极熟的老太太。我在好几个课里和她同学——此人没有八十，也有七十五——我记得她是受了美国政府一项“老年人重返课堂”项目的资助，书念得不好，但教授总让她及格，我对此倒也没有什么意见。看来她又在音乐系混了一门课，和同学一起来演唱。很不幸的是，人老了，念书的器官会退化，歌唱的器官更会退化，这歌大概也唱不好。但既然来了，就冲这位熟识的老人，也得把这个音乐会听好——我们是有这种媚雅的决心的。说句良心话，业余乐团的水平是可以的，起码没走调；合唱队里领唱的先生水平也很高。及至轮到女声部开唱，那位熟识的老太太按西洋唱法的要求把嘴张圆，放声高歌“亚美路亚”，才半声，眼见得她的假牙就从口中飞了出来，在空中一张一合，做要咬人状，飞过了乐池，飞过我们头顶，落向脑后第三排；耳听得“亚美路亚”变成了一声“噗”！在此庄重的场合，唱着颂圣的歌曲，虽然没假牙口不关风，老太太也不便立即退场，瘪着嘴假作歌唱，其状十分古怪……请相信，我坐在那里很严肃地把这一幕听完了，才微笑着鼓掌。所有狂野粗俗的笑都被我咽到肚子里，结果把内脏都震成了碎片。此后三个月，经常咳出一片肺或是一片肝。但因为当时年轻，身体好，居然也没死。笔者行文至此，就拟结束。我的结论是：媚雅这件事是有的，而且对俗人来说，有更大的害处。

卡拉OK和驴鸣镇

有一次,愁容骑士堂吉诃德和他忠实的侍从桑乔·潘萨走在路上,遇到一伙手持刀杖去打冤家的乡下人。这位高尚的骑士问乡下人为什么要厮杀,听到了这么一个故事:在一个镇子上,住了两个朋友。有一天,其中一位走失了一头驴子,就找朋友帮忙。他们进山去找——那位帮忙的朋友说:山这么大,怎么找呢。我有一样不登大雅之堂的雕虫小技,假如你也会一点,事情就好办了。失驴的朋友说:这是怎样的技巧呢?那位帮忙者说,他会学驴叫。假如失驴者也会,大家就可以分头学着驴叫在山上巡游,那迷途的驴子听到同类的呼唤,肯定会走出来和他们会合。那失驴者答道:好计策!至于学驴叫,我岂止是会一点,简直是很精通啊!让我们依计而行吧。于是,两位朋友分头走进了山间小道,整个荒山上响起了阵阵驴鸣……

我住的这座楼隔音很坏,住户中有不少人买了卡拉OK机器,从早唱到晚。黑更半夜,我躺在床上听到OK之声,一面把脑袋往被窝里扎,一面就想起了这个故事——且听我把故事讲完:这两位朋友分头去寻驴,在林子深处相会了。失驴的朋友说:怎么,竟是你吗!我是不轻易恭维人的,但我要说,仅从声音上判断,你和一头驴子是没有任何区别的……那帮忙者答道:朋友,同样的话我正要用来说你!你的声音很洪亮,音度很坚强,节奏很准确。在我的长项上,我从不佩服任何人的,但我对你要五体投地,俯首称臣了!——这也正是笔者的感触。你可以去查七八年人民大学新生的体检记录,我的肺活量在两千人里排第一,可以长嚎一分钟不换气,引得全校的人都想掐死我。但总想在半夜敲邻居的门,告诉他,在嚎叫方面我对他已是五体投地——现在言归正传,那失驴者听到赞誉之后说:以前,我以为自己是个一无所长的人。现在听了你的赞誉,再不敢妄自菲薄,我也是有一技之长的人了……后来,这两位朋友又去寻驴,每次都把对方当成驴,聚在了一起。最后,总算是找到了,这可怜的畜生被狼吃得只剩些残余。那帮忙的朋友说:我说它怎么不答应!就算它死了,只要是完整的,听了你的召唤,也一定会起来回答。而那失驴的朋友却说：虽然失了驴，但也发现了自己的才能，我很开心！于是，这两个朋友下山去，把这故事告诉路人，不想给本镇招来了“驴鸣镇”的恶名——隐含的意思就是镇上全是驴。故事开始时见到的那伙人，就是因为被人称为驴鸣镇人，而去拼命。如前所述，我觉得自己住在驴鸣楼里，但不想为此和人拼命。

我总想提醒大家一句，人在歌唱时听不到自己的声音。在卡拉 OK 时，面对五彩画面觉得挺美时，也许发出的全不类人声。茶余酒后，想过把歌星瘾时，也可以唱唱。但干这种勾当，最好在歌厅酒楼等吵不着人的地方；就是嗓子好，也请把嗓门放低些，留点余地——别给餐厅留下“驴鸣餐厅”的恶名。

明星与癫狂

笔者在海外留学时，有一次清早起来跑步，见到一些人带着睡袋在街头露宿。经询问，是大影星埃迪·摩菲要到这座城市来巡回演出，影迷在等着买票。摩菲的片子我看过几部，觉得他演得不坏。但花几十块钱买一张票到体育场里看他，我觉得无此必要，所以没有加入购票的行列，而是继续跑步，这样我就在明星崇拜的面前当了一回冷血动物——坦白地说，我一直是这样的冷血动物。顺便说一句，那座城市不大，倒有个很大的体育馆，所以票是富裕的，白天也能买到，根本用不着等一夜。而且那些人根本不是去等买票，而是终夜喝啤酒、放音乐、吵闹不休，最安静的人也在不停地格格傻笑，搞得邻居很有意见。凭良心说，正常人不该是这个样子。至于他们进了体育馆，见到了摩菲之后，闹得就更厉害，险些把体育馆炸掉了。所以我觉得他们排队买票时是在酝酿情绪，以便晚上纵情地闹。此种情况说明，影迷(或称追星族)是有计划、有预谋地把自己置于一场癫狂之中。这种现象并不少见，每有美式足球比赛，或是摇滚歌星的演唱会，就会有人做出这种计划和预谋。当时我很想给埃迪·摩菲写封信，告诉他这些人没见到他时就疯掉了，以免他觉得这么多人都是他弄疯的，受到良心的责备。后来一想，这事他准是知道的，所以就没有写。

现在我回到国内，翻开报纸的副刊，总能看到有关明星的新闻：谁和谁拍拖，谁和谁分手了等等。明星做生意总能挣大钱，写本书也肯定畅销。明星的手稿还没有写出来就可以卖到几百万元，真让笔者羡慕不已。至于那文章，我认为写得真不怎样——不能和我崇拜的作家、也不能和我相比。在电视上可以看到影星唱歌，我觉得唱得实在糟——起码不能和帕瓦罗蒂相比(比我唱的当然要稍好一些，但在歌唱方面，笔者绝不是个正面的榜样)，但也有人鼓掌。房地产的开发商把昂贵的别墅送给影星，她赏个面子收下了，但绝不去住，开发商还觉得是莫大的荣耀。最古怪的是在万人会场里挤满了人，等某位明星上台去讲几句话，然后就疯狂地鼓掌。这使我想起了"文革"初的某些场景。我相信，假如有位明星跑到医院去，穿上白大褂，要客串一下外科医生的角色，肯定会有影迷把身体献上任她宰割，而且要求不打麻药；假如跳上民航的客机要求客串机长，飞机上肯定挤满了把生死置之度外的影迷，至于她自己肯不肯拿自己的生命来冒险，则是另一个问题。总而言之，在我们这个社会里，也开始出现了针对明星的癫狂，表面上没有美国闹得厉害，实际上更疯得没底。这种现象使我陷入了沉思之中。

我认为明星崇拜是一种癫狂症，病根不在明星身上，而是在追星族的身上。理由很简单：明星不过是一百斤左右的血肉之躯，体内不可能有那么多有害的物质，散发出来时，可以让数万人发狂。所以是追星族自己要癫狂。追星族为什么要癫狂不是我的题目，因为我不是米歇尔·福柯。但我相信他的说法：正常人和疯子的界线不是那么清楚。笔者四十余岁，年轻时和同龄人一样，发过一种癫狂症，既毁东西又伤人，比追星还要有害。所以，有点癫狂不算有病，这种癫狂没了控制才是有病。总的来说，我不反对这件事，因为人既有这样一股疯劲，把它发泄掉总比郁积着好。在周末花几十元买一张票，把脑子放在家里，到体育场里疯上一阵，回来把脑子装上，再去上班，就如脱掉衣服洗个热水澡，或许会对身心健康有某种好处，也未可知。我既然不反对这种癫狂，也就不会反对这种癫狂的商业利用(叫做"明星制"吧？)。大众有这种需求，片商或穴头来操办，赚些钱，也算是公道。至于明星本人，在这些癫狂的场合出现，更没有任何可责备的地方。我所反对的，只是对这件事的误解。虽然有这种癫狂，大家并没有疯，这一点很重要。

如前所述，追星族常常有计划、有预谋地发一场癫狂，何时何地发作、发多久、发到什么程度、为此花费多少代价，都该由那些人自己来决定。倘若明星觉得自己可以控制这些人的癫狂，肯定是个不合理的想法，因为他把影迷当成了真的疯子。据报载，我国一位女影星晾台，涮了四川上万影迷，这些影迷有点发火了。这位女影星却说，这些影迷不懂什么叫做明星制，还举了迈克尔·杰克逊为例。说这位男歌星涮了新加坡无数的歌迷，那些歌迷还觉得蛮开心云云。我以为女影星的说法是不对的。四川的影迷虽然没有新加坡的歌迷迷得那么凶，但迷到何种程度该由那些人自己来决定。倘若由你决定他们该达到哪个程度，人家就迷到什么程度，有这种想法就不正常。几年前就从报上看到有位男明星开车撞了人，不但不道歉，反要把受害者打一顿。显然，该男明星把受害者看做追星的影迷，觉得他该心甘情愿地挨顿揍，但后者有不同的看法，把他揪到警察那里去了。总而言之，用晾和揍的方法，让大家领略明星制的深奥，恐非正常人所为。最后的结论是：追星族不用我们操心，倒是明星，应该注意心理健康。

最后再来说点题外之语。国外(尤其是指美国)对待影星的态度有两重性：既有冷静地欣赏其表演的一面，也有追星起哄的一面。大影星同时也是优秀的演员，演出了一些经典的艺术片。好莱坞的影业也玩闹起哄，但恐怕另有些正经的。他是个有城府的拳师，会要花拳绣腿；但也另有真招，不让你看到。鉴于这种情形，我怀疑所谓"明星制"，是帝国主义者打过来的一颗阴险的糖衣炮弹——当然我也没有任何凭据，只是胡乱猜测——香港的影业已经中弹了。你别看它现在红火，群星灿烂，但早晚要被好莱坞吃掉。不信你就拿两地的片子比比看。至于在大陆，首批中弹的是演员。现在有明星，但没有出色的表演，更没有可以成为经典的艺术片。假如我没理解错，这些明星还拿玩闹起哄当了真，当真以为自己是些超人。这个游戏玩到此种程度，已经过了，应该回头了。

一只特立独行的猪

插队的时候，我喂过猪，也放过牛。假如没有人来管，这两种动物也完全知道该怎样生活。它们会自由自在地闲逛，饥则食渴则饮，春天来临时还要谈谈爱情；这样一来，它们的生活层次很低，完全乏善可陈。人来了以后，给它们的生活做出了安排：每一头牛和每一口猪的生活都有了主题。就它们中的大多数而言，这种生活主题是很悲惨的：前者的主题是干活，后者的主题是长肉。我不认为这有什么可抱怨的，因为我当时的生活也不见得丰富了多少，除了八个样板戏，也没有什么消遣。有极少数的猪和牛，它们的生活另有安排。以猪为例，种猪和母猪除了吃，还有别的事可干。就我所见，它们对这些安排也不大喜欢。种猪的任务是交配，换言之，我们的政策准许它当个花花公子。但是疲惫的种猪往往摆出一种肉猪（肉猪是阉过的）才有的正人君子架势，死活不肯跳到母猪背上去。母猪的任务是生崽儿，但有些母猪却要把猪崽儿吃掉。总的来说，人的安排使猪痛苦不堪。但它们还是接受了：猪总是猪啊。

对生活做种种设置是人特有的品性。不光是设置动物，也设置自己。我们知道，在古希腊有个斯巴达，那里的生活被设置得了无生趣，其目的就是要使男人成为亡命战士，使女人成为生育机器，前者像些斗鸡，后者像些母猪。这两类动物是很特别的，但我以为，它们肯定不喜欢自己的生活。但不喜欢又能怎么样？人也好，动物也罢，都很难改变自己的命运。

以下谈到的一只猪有些与众不同。我喂猪时，它已经有四五岁了，从名分上说，它是肉猪，但长得又黑又瘦，两眼炯炯有光。这家伙像山羊一样敏捷，一米高的猪栏一跳就过；它还能跳上猪圈的房顶，这一点又像是猫——所以它总是到处游逛，根本就不在圈里待着。所有喂过猪的知青都把它当宠儿来对待，它也是我的宠儿——因为它只对知青好，容许他们走到三米之内，要是别的人，它早就跑了。它是公的，原本该劁掉。不过你去试试看，哪怕你把劁猪刀藏在身后，它也能嗅出来，朝你瞪大眼睛，噢噢地吼起来。我总是用细米糠熬的粥喂它，等它吃够了以后，才把糠兑到野草里喂别的猪。其他猪看了嫉妒，一起嚷起来。这时候整个猪场一片鬼哭狼嚎，但我和它都不在乎。吃饱了以后，它就跳上房顶去晒太阳，或者模仿各种声音。它会学汽车响、拖拉机响，学得都很像；有时整天不见踪影，我估计它到附近的村寨里找母猪去了。我们这里也有母猪，都关在圈里，被过度的生育搞得走了形，又脏又臭，它对它们不感兴趣；村寨里的母猪好看一些。它有很多精彩的事迹，但我喂猪的时间短，知道得有限，索性就不写了。总而言之，所有喂过猪的知青都喜欢它，喜欢它特立独行的派头儿，还说它活得潇洒。但老乡们就不这么浪漫，他们说，这猪不正经。领导则痛恨它，这一点以后还要谈到。我对它则不止是喜欢——我尊敬它，常常不顾自己虚长十几岁这一现实，把它叫做“猪兄”。如前所述，这位猪兄会模仿各种声音。我想它也学过人说话，但没有学会——假如学会了，我们就可以做倾心之谈。但这不能怪它。人和猪的音色差得太远了。

后来,猪兄学会了汽笛叫,这个本领给它招来了麻烦。我们那里有座糖厂,中午要鸣一次汽笛,让工人换班。我们队下地干活时,听见这次汽笛响就收工回来。我的猪兄每天上午十点钟总要跳到房上学汽笛,地里的人听见它叫就回来——这可比糖厂鸣笛早了一个半小时。坦白地说,这不能全怪猪兄,它毕竟不是锅炉,叫起来和汽笛还有些区别,但老乡们却硬说听不出来。领导上因此开了一个会,把它定成了破坏春耕的坏分子,要对它采取专政手段——会议的精神我已经知道了,但我不为它担忧——因为假如专政是指绳索和杀猪刀的话,那是一点门都没有的。以前的领导也不是没试过,一百人也逮不住它。狗也没用:猪兄跑起来像颗鱼雷,能把狗撞出一丈开外。谁知这回是动了真格的,指导员带了二十几个人,手拿五四式手枪;副指导员带了十几人,手持看青的火枪,分两路在猪场外的空地上兜捕它。这就使我陷入了内心的矛盾:按我和它的交情,我该舞起两把杀猪刀冲出去,和它并肩战斗,但我又觉得这样做太过惊世骇俗——它毕竟是只猪啊;还有一个理由,我不敢对抗领导,我怀疑这才是问题之所在。总之,我在一边看着。猪兄的镇定使我佩服之极:它很冷静地躲在手枪和火枪的连线之内,任凭人喊狗咬,不离那条线。这样,拿手枪的人开火就会把拿火枪的打死,反之亦然;两头同时开火,两头都会被打死。至于它,因为目标小,多半没事。就这样连兜了几个圈子,它找到了一个空子,一头撞出去了;跑得潇洒至极。以后我在甘蔗地里还见过它一次,它长出了獠牙,还认识我,但已不容我走近了。这种冷淡使我痛心,但我也赞成它对心怀叵测的人保持距离。

我已经四十岁了,除了这只猪,还没见过谁敢于如此无视对生活的设置。相反,我倒见过很多想要设置别人生活的人,还有对被设置的生活安之若素的人。因为这个缘故,我一直怀念这只特立独行的猪。

鲍尔吉·原野 作品

鲍尔吉·原野(1958 年生于呼和浩特,蒙古族),当代著名散文家、儿童作家,姓“鲍尔吉”,即蒙古诸部落中“黄金家族”的命号。从 1981 年开始发表作品,小说、散文、诗歌、报告文学等均多次获奖,近年以散文创作为主,著有《掌心化雪》《惟一的橘子惟一的灯》等散文集 13 部。

出版的主要作品还有《今年秋天的一些想法》《譬如朝露》《羊的样子》《青草课本》《每天变傻一点点》等,曾获文汇报笔会奖、人民文学散文奖、中国新闻奖金奖等。《浪漫是情场的官僚主义》除收录部分代表作品外,主要集合了作者 2002 年的新作。全书秉持醇正的幽默品质,令人开怀,又带一些忧伤。

鲍尔吉·原野的幽默发诸两端:急智与悲悯。习以为常的生活现象经他的点拨,便露出可笑的一面,并因此而可爱。作为成人作家,鲍尔吉·原野拥有天真的目光,令人称奇,而童心比油滑更接近幽默。

藏自行车的语感

我在辽大跑步，一共丢过三回车，捡到4.30元钱。捡钱的事后面讲，先说丢车。这三回车丢的是同一台，即备受阿富汗人民称赞的凤凰牌自行车——最近新华社记者到阿富汗采访，问及当地人对中国货的认识，齐曰：凤凰车。我的车未受小偷所窃，偷三回都偷不走，天下哪有这么笨的小偷。准确地说，车被保安收缴三回，而我每次都以跑步练就的直觉觅回帐下。

按说自行车不许乱停乱放，我们——你说这帮跑步的人有啥觉悟——随便一放，就进操场尽情玩耍。出来一看，傻了，车没了。所有的车全消失了，证明这是保安干的。找他们问，说不知道，并正正大檐帽、捋捋皮腰带，表示执法。他们也不容易，我看过两个保安抬一辆上锁的自行车，像蚂蚁挪一只蝗虫大腿，吃力地搬到什么地方。好容易搬到一个地方，再告诉你，车不白搬了？"不知道！"保安严正回答。

但车，他们不会抬自行车到校长办公室作战利品，这么短时间也卖不掉。吾车不远，肯定在附近。因为上锁，他们不好抬。但应该在一个视线遮蔽的地方。妥，我直奔10舍后身，那有一个废弃的锅炉房。一看，亲爱的车呀，正斜倚煤堆，做闲愁无限状。

第二回，车没了之后，我在方圆百公尺内遍寻无踪。保安们又动了什么心眼？我想，必是鱼目混珠法。到几个自行车停放处找找。找了三处，最后在较远的外语系的存车棚找到敝车。它放在尽头，和长年无人认领的鳏寡车混在一起。保安们蛮有创意嘛。后来见到他们，我很想拍拍彼等肩膀用湖北红安口音说：小鬼，好好干！

第三回丢车，我有点懵了，什么该找的地方全找了，没有。我估计让学生骑走了，那就不是藏哪的问题了。但我怎么能失去这辆深受阿富汗人民喜爱的坐骑呢？找。我突然感觉它就在某座楼里。此楼邻近操场，是刚分配工作的单身教师或工友们的住宅楼，里边不论几口人全住一间屋，在过道做饭，上厕所没法下脚，老鼠在水房奔突。走廊永远是黑暗的，要平伸着手前进。那么，是谁告诉我到这里找车呢?天意。一般说,在某些问题上,我也能获得神启。进楼,摸索着找过了一遍——当然在走廊,而不是人们房间。没有呀!神的指导难道会错吗?但是没有呀!上二楼看看,怎么会是二楼?但我还是上了二楼,并找到了我的自行车。手摸车把,抚昔思今。我真想写一篇赋什么的,贴在墙上。“昔我来兮,走廊肮脏。今我来兮,有车放光”,给藏车那人看看,证明我们俩想一块儿了。就这一次找车的经历,我觉得有人应该站出来,说此举不同寻常,是思路开阔、不按老经验办事、跳跃式发展之典范,评高级职称,外语免试。

我在辽大跑步的六年中,一共在操场上捡过三串钥匙,一副墨镜;捡过十二次现金,总计4.30元,其中以一角硬币居多,最大面值两元。有人说,现在一元钱掉地上都没人捡了,怕人家笑话。我说,要是地上有钱,包括一分钱,你不弯下那个破腰捡起来必遭天谴。有人问我:“你老跑步干吗?”竟无言以对。现在则可以说:捡钱。

但我说的不全是车与钱的事。说,前不久上辽大跑步,内有水急,径直驰篮球馆旁草木深处而去。穿过松林、柏树和牵牛花的扯绊之后,我发现了一台崭新的赛车,好哇!这车细胎,是公路赛车,把带是台湾的。再看飞轮,西班牙的。拎一拎,钛合金,轻。好车!我一直想有一台赛车,当然不是这辆,这是别人的。我再一看,锁坏了,人工破坏。肯定小偷干的,把车藏进树丛,晚上来偷。这哪行,幸亏被我发现了,要不今晚被偷走了。不容分说,我把这台“大赛”搬到篮球馆的门口,这是最引人注目处。它的主人一见阳光下蓝瓦瓦的车,该多么高兴。

而后,我到操场跑了几个二百米变速,眼睛看着远处的车。忽悟,无论什么人来骑走,都不知是否其主人。放到这儿,丢得更快。但如果把车交给保安,不用说就是保安的了。怎么办?我把它藏起来。此计既定,我把“大赛”藏到排球场那边的树丛里。也就是说,当偷车的人晚上到篮球馆树丛找而无获时,自然逃逸。而真正的失主会像我一样上下求索,结果在这里找到了!当然这只是我想的。在我做了一组杠铃之后,又想,假如偷车人不死心,跑到排球场树丛找到呢?

我跑出操场拦住一位同学,要来纸笔,写道:

“就算你找到也不能偷!”

进树丛,将纸夹在车的前把上。这话一石二鸟,失主与偷者目睹皆有心灵震动。而且,我反复揣摸这句话的语感——就算你找到也不能偷,音韵好,挺那个，还像港台歌词。

至于这车到底到了谁手里，不能想。不管什么事儿，想前半截就挺好，后半截不是咱们想的事，那叫结局。

以吃论英雄

我外甥阿斯汗信奉弱肉强食的道理，即天下英雄，在乎谁能吃掉谁。狮子之所以比狼英雄，是因为它能吃掉狼，而不在狮子长了一个乱发纷披的大脑袋。当然，狮子食谱上是否有狼肉这道菜，就不必细究了。阿斯汗四岁，心里想的全是动物们，核心问题是谁吃掉谁。从另一种角度观察，阿斯汗做的是生物学家的工作，他把所知的动物悉排为谁吃谁，是一条自然界的食物链。因此，他在看画报上的动物时，尤其留心其嘴与牙齿——英雄的根据。

不幸的是，阿斯汗把这条定律拿到了人类的社会生活之中，这是过去所批判过的“庸俗社会学”的理论。譬如，他多次比较我和他父亲究竟谁更厉害些，并观察我们吃饭时，特别是吃肉时的姿势和表情。我很替他惋惜，其理论水准只停留在进化论上面，而不懂阶级斗争学说。这是自然界与社会进步的不同的定律。

在这种思潮影响下，他对其父渐渐起了敬意。原因很简单，他爸一日将一条蛇煲熟吃掉了。阿斯汗从此上百遍地景仰他爸：“爸爸，你敢生吃蛇吗？”他爸微笑答云：“敢。”阿斯汗便欢喜地大笑四顾。

还有一次，他爸为阿斯汗表演一次吃虾。虾，在阿斯汗看来是虫子之辈，爪牙较多而可怕。但他爸两三下扯裂虾腿吞下。阿斯汗眼里冒出惊喜的目光，大叫：“爸爸，你还能吃虫子吗?！”他爸答得仍简洁：“能。”

有了这两次事之后，父亲在阿斯汗的心中高大完美，他以为自己的父亲无物不可吃了，便喜欢追随其后走来走去。偶尔，他父亲也答应阿斯汗的一些请求，譬如不吃小白兔与黄鹂等。

昨日，他们父子聊天，阿斯汗又以“你能吃什么？”开头，说过了蛇与虫子之后，他突然问道：

“爸爸,你敢吃警察肉吗?”

他爸很尴尬,连说不敢。因为我正穿着警察装坐在阿斯汗身边,这分明是威胁。我狠狠地瞪了阿斯汗一眼。今早,我听他爸小声教导儿子:“以后不能说吃警察肉,不文明。”

写给小千禧们的一封信

亲爱的小千禧们:

从今年的零点零分开始,你们将要从娘胎踊跃而出,来到这个世界上,来到我们身旁。我一想到这些就非常高兴,要用语重心长的风格给你们写一封信。

你们可能会奇怪,我们都没见面,怎么会知道你们的名字呢?这并不表明我会气功或遥感。你们出生的时刻太重要了,世纪之交,一千年的开始。有很多父母就是为了这个名字,为了这一年,而把你们辛苦地生产出来。而咱们国家——什么叫国家,你们长大就知道了——也喜欢好东西大家一块儿享用,包括名字。因此,在你们身旁,无论上学、当兵,包括喝酒或登记结婚的时候,会有许多“千禧”相伴,前面冠以张王李赵,直至皇甫鲜于。这是一件好事,证明你们是新世纪的见证人,而且在婚恋时与酒桌上也不用打听彼此的岁数了。我曾经向国家提出过一个建议——国家当然没工夫采纳,说,成立同名同姓联谊会,张静王静李静龚静殷静,分别张罗自己的联谊会,畅谈理想,互相借贷,共唱“张静之歌”,推广同一种发型或一种鞋的样式,抽奖、选举“张静先生”与“张静小姐”,公布职位最高、学位最吓人、身体最胖与最瘦之张静,每年一次,在《广播电视报》登选票(可以复印),编印《张静大辞典》,请领导与企业家做编委。总之,名堂多了,十分好玩。“那么,接下来”——这两句话是电视节目主持人最常用的语句——《千禧大辞典》的筹备工作可以由广告界的“策划”们下手了。

你们可能要问,为什么我不叫千禧即鲍尔吉·千禧。因为我生在1958年,这不是一个世纪的开始。那一年除了大炼钢铁没有发生过什么大事。也就是把各家的铁锅砸了,化为铁泥交给公家。好在这件事现在不搞了,炼钢,包括炼铁都由专门的单位和设备来弄,比如宝钢弄得就比较好。

我知道你们在等着我说一些和你们有关而不甚和我有关的事。第一,是祝贺。祝贺你们平安降生在新千年,我特别要恭喜的是,你们降生在中国其实是一种悲喜交集的事。你们降生,上户口,就成了一个中国人。做一个中国人,对世界好多地方的人来说,是梦寐以求的一件事,强盛、安宁、繁荣,没有卢旺达那种图西族人拎着胡图族人的脑袋在街上走,胡图族人拎着图西族人脑袋在街上走的可怕情形。我的一位美国熟人说,说你们中国欣欣向荣你们都不信,在美国,开车从东海岸走到西海岸,除了赌场,没有工地,房子都是几十年前盖的。你们中国,到处是工地,到处是新楼,太令人兴奋了。这个美国人说的是实话,并没有骗我们。在中国你们可以看到美丽的景色和风情,在青海、云南、西藏、上海与北京,如同在不同的时代与空间穿行,非常神奇。不需办护照就可以看到这些美丽的地方。但中国的问题是人口太多了。富兰克林说过一句话:人民担心政府庞大,政府担心人口庞大。就这么相互担心着。而你们的到来,又使人口多了许多。但我们没有嫌弃你们的意思,而是欢迎你们,因为你们从2030年开始,就会逐步成为国家的中坚。到2045年左右,中央委员的名单上就会出现“千禧”的字样,好好干吧,别不当回事。还有一点,你们听也就听了,不要和别人说。那就是,怎么说呢?咱们中国人德性比较差,缺少单纯宁静的心性。喜欢逞智斗巧,最怕吃亏,见不了别人发达,爱祸害东西。在中国,环境和动物保护会成为突出的问题。这里的人们什么都吃,广东人对各种纲目属科的动物昆虫和鸟类都要尝一尝。吃,就是杀死它们,剥皮,吃到肚子里面。官员们喜欢贪污,造成楼桥垮塌。老师往孩子脸上刺字。还有人拐卖妇女儿童,所以你们不要乱跑。但这不是我想向你们说的话,这一切都在改变。在你们长大之后,我希望这些事已经无影无踪了。由于你们是千禧人,肩负历史性的、文明高尚的职责。让贪婪、愚蠢的东西在我们非千禧一代就结束吧。第二层意思什么呢?祝愿。如果让我设计一个小千禧人的人格模式的话,首先是单纯,从小到大保持心性的澄明。爱因斯坦、毕加索都是单纯的人。做单纯的人既对社会有利,又对事业有利。但恐怕会吃一些亏。我劝你们相信,一个好人是吃不到什么大亏的,只要你对邪恶保持着警惕,利益上的亏不叫什么亏。当不上处长是吃亏吗?如果你除了当处长之外什么都不会,那么这就是吃亏了,否则吃不了亏。爱因斯坦也没吃什么亏。保持单纯还包括少读中国书,

《论语》和《老子》都可以不读,《老子》尤其是一本教人诈的书。经典的书精读七八本足够了,鲁迅、毛泽东、庄子的书要读,但不要超过10个人。陈寅恪、钱钟书的书都可以不读,如果有人说陈寅恪,而你不知道,你不要认为这有什么可耻。多读国外的科学书,包括医学书,了解自己和了解世界。单纯之外是强壮。强壮和朴素、坚韧是相联系的。强壮是把健身当作毕生的需要。强壮不仅是健康,它是一种心灵的状态。人的身体在竭尽全力的追求中,比如运动时,会抛弃许多庸念,获得许多新知。这种知识是书本中绝对没有的。中国的文人之所以那么讨厌与自恋,不断在互相谩骂,和他们不强壮有关。一个人在剧烈运动之后,心灵澄澈,也宁静了。这是人生非常好的状态。有的母亲见孩子摸土,便大叫:不许摸土!我见此不禁气愤。为什么不许摸土,连土都不许摸?我告诉你们,土是我们的母亲和父亲,是我们的朋友,我希望你们光着脚在泥土上奔跑,双手沾满土。你们的父母会说,土里有细菌。土里是有细菌,但土里还有黄金。如果一个人的免疫系统连土里的细菌都对付不了,他还叫人吗?强壮、朴素、战胜自己,它们都是相关的词,甚至是一个词。我曾向国家提过一个建议(又一个建议):小孩上学和大学毕业的时候,拉开裤角,看膝盖上有没有伤痕。如果孩子们,包括大学生,学习之余在操场上奔跑冲撞,腿上伤痕累累,我们的民族素质会多么优秀。那么,街上都是高大挺拔的人们,矫健茁壮;而不像现在,到处是肥胖、向前挺出的肚子,极其可耻。

我的祝愿就这两条,其他的祝愿由其他人提。他们提什么,我也不知道。总之我希望见到你们这些小千年虫。你们可能还会问:你是什么人呢?关于我,实在没有什么可说的,有很多旧时代的恶习。你们可能还要问:难道你身上一点值得我们学习的东西都没有吗?我想了半天,只好说:我的优点在于我是一个善良的人,我相信你们也是。

寻找鲍尔吉

鲍尔吉是我的蒙古姓氏,在《元朝秘史》的汉译本中被写为孛儿只斤。这个姓平常不用,因为在汉人居多数的城市,使用这么复杂的姓要用大量的时间去解释，太累。

发表作品时，我偶尔标上姓，使之成为“鲍尔吉·原野”，诗人赵健雄说这叫“蒙汉合璧”。在作品上注姓，表示不去掠其他“原野”之美。其他深意是没有的。

但这也遇到过麻烦。

我的一首名叫《乡音》的诗被国内一家用英文印行的刊物选译，给了一点稿费。事先我不知这是稿费，这是一份某银行的通知，告我凭此去一家较远的分理处取钱。

我知道某银行是一家与外币有涉的金融机构，美元什么的。我并未兴奋，没干过和美元有关的事，怎能和它相亲呢？

到了地方，拿凭证一看是稿费六元。支这稿费约需十来道手续。如要买一个铜牌再去换等等，每道手续都依次排队。在这些排队的人中，大多是企业和个体户提备用金的，六元钱肯定是最少的数目。

当那位小姐把铜牌清脆地掷来时，我见她掩口一笑。我猜想，咸亨酒店里的人笑孔乙已，大约就是这样的笑法。

临了，到了取款的时候。

“那个人是谁？”我急忙回头瞅，不知付款小姐在说什么。

她提高了声音：“鲍尔吉是谁？”

“鲍尔吉是我呀。”我和蔼地回答。小姐和我隔着钢管焊的为了防止抢钱的栅栏，而且大理石的台面也有一米宽。

“那原野又是谁？”她用圆珠笔杆敲着台面，案例出现了。

“我就是原野。”

“你，到底叫什么？”她镇定质问。

排队的人，目光已经转向我。我不是电影演员，很难在这么多人的逼视下保持气定神闲。

我虚弱地解释，原野是我的名字，而鲍尔吉……等等，但没提《元朝秘史》与孛儿只斤。

她笑了，向同事问：“你听说有姓鲍尔吉的吗？”她那同事轻蔑地摇摇头。她又问栅栏外排队的人：“你们听说有姓鲍尔吉的人吗？”她用那化妆品抹得很好看的脸上，已经露出戳穿骗局后的喜悦。

我有些被激怒了，但念她无知，忍住。子曰：“不知者不愠。”我告诉她：“我是蒙古人,不姓这个姓。”

她的同事告诫我:“就算你姓复姓,顶多姓到欧阳和诸葛这种程度,鲍尔吉？哼。”

这一位并不无知,并且戴一条蓝珠石项链。她知道复姓,但竟提到“姓到”这样的限制。汉人的倨傲,如果我是泰戈尔,那么“罗宾德拉纳特”这个姓定会使她们目眦尽裂了。

我不想当着那么多人和她们争辩或进行更可笑的学术性讨论,为了六元钱不值得。我仍耐心解释。

“在欧阳之外,不是还有罗纳德·里根吗？米哈依尔·戈尔巴乔夫。”

众人笑了,我知道他们在嘲笑我卖弄学问。有人说:“他肯定念过大学。”而银行小姐向我投来明确的侮慢的眼神。

原来中国人不配姓复杂的姓氏。这与阿Q想恢复自己的赵姓而不可得一样。

“你说怎么办呢？”我尽量悠闲地问那小姐。

“你要证明鲍尔吉是你。”她手拿着我的工作证和身份证。“但这已经不可能了,这上面写的都是原野。所以,你要把鲍尔吉找来,和他一同领款。”

为了六元钱去找鲍尔吉。我想起一句歌词:“为了一块牛排出卖巴黎。”

鲍尔吉,你在哪里？我怅然离开取款台,在心底呼唤。

对任何人来说,为了六元钱罹此磨难,就应该罢手了。但我如看电影一样,想知道此事是怎样一个结局。

我站在门口观察。

我发现一个面相善良的人,上前叙说我的处境,简言之,请他充任鲍尔吉。

“这怎么行？”他瞪着眼睛,原本善良的人瞪起眼睛也不善良。我忽悟,这种作弊的事不能选择好人。

我又找到一个衣冠不整如无赖的人,约二十多岁。谈过之后,他狡猾地问:“这事好办,你给多少钱？”

多少钱？这事不能超过六元钱。我告诉他“三元钱”。

“三元？”他简直想咬我一口,“你那笔款多少钱？”

“六元。”我给他看提款单。

他笑着看我的脸,那目光在我眼睛鼻子之间滑行。用目光蹂躏别人就是这个样子。他提一提后裤腰,问:“你是知识分子吧?”在“知识分子”这个词里,他的语调充满了恶毒的揶揄。

“我是你爹。”我告诉他。

他要动手,这从肩上可以看出来。《武当拳法》曰:“挥掌者其肩先动。”我上前掐住他的两腮,酸痛是难免的了。我把他的嘴捏成喇叭花一般,里边洞黑黄牙森然。

我一推,他踉跄而去。

他是那种在社会底层游荡的人,我后悔了,怎么能找这样的人担任鲍尔吉呢?凡吾鲍尔吉氏,乃贵族血统,铁木真即是此氏中人,当然又是我们的先祖。

最次也要找一个电大毕业的,这是我对新鲍尔吉的要求。

不好找,我只得打电话给附近的一位朋友,请他相助。他叫刘红草,在某机关当科长。

我道出原委,他摇头。“六元钱,嗨。我给你十元,算了!”

我表示此事如何如何,他迟疑地俯就了。

中国银行分理处,人已稀少。我们来到付款台。“他就是鲍尔吉。”

我骄矜地向小姐介绍,像推荐一件珍宝。

“是,就是。”刘红草点头。

“工作证。”小姐扔一句。

刘红草假装找工作证。“哎呀,忘带了。”

“回去取。”小姐连头都不抬了。

“嗨,六元钱。”我恳求她,“开开面吧。”

小姐有点通融的意思:“拿名章也行。”

“快拿名章。”我指示刘红草。他又上下假装找。

“小姐,你看没带名章。”

小姐坚拒。

我问:“那一会儿拿来名章,他还用来吗?”

“随便。”

出门,我和刘红草握别,感谢大力支持。我独自去找一个刻章的老头。

“鲍尔吉是啥玩意儿?”刻章的老头茫然发问。

“什么啥玩意儿?”我恶狠狠地说,“这是姓!”

“姓？”老头更茫然，“我刻了一辈子名章……”

又来了，我只好安抚：“刻吧刻吧……”

刻好了，牛角名章，十元。

“十元？我最多出六元。”

“八元。”

“六元。”

“七元，少一分不行。”

“七元就赔了。”

“赔了？”老头从花镜上方看我，“什么赔了？”

我的事情无人可解释。我拿着名章取出了按惯例应该在邮局汇来的稿费。

我看到结局了。主要的，当我手攥着“鲍尔吉“的名章时，便不惮来自各方的质询了，可以雄视四方。